Vladislav Bajac
Hamam Balkania

Vladislav Bajac

Hamam Balkania

Ein Roman und andere Geschichten

Aus dem Serbischen von
Angela Richter

Herausgegeben von
Nellie und Roumen Evert

Dittrich Verlag

Die *editionBalkan* im Dittrich Verlag
ist eine Gemeinschaftsproduktion mit
CULTURCON*medien*

Dieses Buch wurde unterstützt vom
Ministerium für Kultur in Serbien und

traduki

traduki

Bibliografische Information der Deutschen
Nationalbibliothek
Die Deutsche Nationalbibliothek verzeichnet diese
Publikation in der Deutschen Nationalbibliografie;
detaillierte bibliografische Daten sind im Internet
über >http://dnb.ddb.de< abrufbar.

ISBN 978-3-937717-62-3

Die Originalausgabe erschien unter dem Titel
»Hamam Balkanija« im Verlag Arhipelag,
Belgrad, 2008.
Lektorat: Janja Marijanović
Umschlaggestaltung: Guido Klütsch
unter Verwendung eines Bildes von Dimitrije Tadić

www.dittrich-verlag.de/www.culturcon.de

Alle Namen in diesem Buch sind erfunden.
Ebenso alle Figuren, einschließlich der des
allwissenden Autors.

Hamam oder die Kunst zu leben

Sehr wahrscheinlich ist, dass das berühmte Syntagma »ein Wunder der Natur« von dem altgriechischen materialistischen Philosophen Epikur (341-270 v. u. Z.) stammt. Warum das so ist? Seine Ethik vom menschlichen Glück basierte auf der Überzeugung, dass »ohne die Kenntnis der Natur kein echter Genuss erzielt werden kann«. Ihm zufolge ist glückseliges Genießen das höchste Gut. Diese Postulate bezogen sich nicht auf vulgäre Genüsse von wollüstigen Menschen, auch nicht auf ungezügelte kulinarische Befriedigungen, wie Uneingeweihte meinen, sondern vor allem meinten sie die Beseitigung physischen Leids und seelische Ausgeglichenheit.

Das Erreichen der Seelenruhe beruht auf einem naturalistischen und individualistischen Fundament.

Epikurs Glaube an den Hedonismus war derart fest, dass ihn nicht einmal die finsteren Zeiten des Zerfalls des Alexanderreichs erschüttern konnten (Epikur war Zeuge seiner einstigen Größe und Stärke), dessen Konsequenzen alles andere als ein Vergnügen boten. Dennoch war er der Ansicht, dass »die Worte des Philosophen, der menschliches Leid nicht lindern kann, nichts taugen. Denn wie die Medizin nutzlos ist, die nicht imstande ist, die Krankheit aus dem Körper zu verbannen, ist auch die Philosophie nutzlos, wenn sie nicht fähig ist, das Leid aus der Seele zu vertreiben.«

Der also, der es verstand, körperlichen Schmerz und seelische Unruhe zu vermeiden und für den sinnliche Genüsse und geistige Freuden (als Einheit) den höchsten Wert im Leben darstellten, derjenige nämlich, dem die Lebenskunst vertraut war, gehörte zur epikureischen Bruderschaft, die bis heute fortbesteht.

Sein geistiger Vater ist Aristipp von Kyrene (435-355 v. u. Z.), der schönsten und fortschrittlichsten griechischen Kolonie in Libyen, Begründer der kyrenaischen Schule. Pindar beschrieb diesen Ort als einen Hügel in außerordentlicher Lage, voller Quellen, die künstlich seine Gartenterrassen bewässerten. Die herrliche Umgebung schmückten Olivenhaine, Weingärten und das weithin bekannte Silphium wie auch ausgedehnte Weideflächen mit Schafen, Ziegen und Pferden, aus denen die berühmte arabische Züchtung entstand. Und trotz der schweren Kämpfe mit den Ägyptern und Libyern hielten die Kyrener ihren hoch entwickelten Handel aufrecht, der ihre Heimat zu einem der reichsten griechischen Staaten machte. So mussten seine Bewohner ihre Kräfte nicht einzig für die Arbeit aufwenden, sondern übten sich auch in der Kunst des Wohllebens und des Genießens dessen, »was Überfluss und ein raffiniertes Lebensgefühl mit sich bringen«. Ein Ort, der als antiker Prototyp für utopische Städte und Staaten und vor allem für Gesellschaften bei Thomas More und Thomas Campanello diente.

Es ist nicht verwunderlich, dass der Denker Aristipp, der Lust als Grundprinzip des Lebens verkündete, gerade in Kyrene geboren wurde. Der Nachwelt ist er allerdings weitaus bekannter als Begründer des Hedonismus. Er verkündete Lust als das einzig Gute; ebenso hielt er Schmerz für das einzig Böse. Das Gefühl der Lust, behauptete er, zeige sich in der Bewegung: »Die leichte Bewegung des Fühlens, ähnlich einem günstigen Wind, der gut für das Boot ist, stellt die Quelle der Zufriedenheit dar; die grobe Bewegung des Fühlens, ähnlich einem Meeressturm, ist die Quelle der Unzufriedenheit; das Fehlen der Bewegung des Fühlens, ähnlich der Stille auf dem Meer, ist die Quelle der Gleichgültigkeit, vergleichbar mit der Zufriedenheit oder Un-

zufriedenheit eines Fremden.« Aber Aristipp hielt es auf keinen Fall für möglich, den Menschen voll und ganz auf die Jagd nach momentanen sinnlichen Gelüsten zu reduzieren; im Gegenteil, er lehrte, ein weiser Mann, der sich von seinem Verstand leiten ließe, würde nicht zum Sklaven der Gelüste werden, sondern diese beherrschen. Diesen Standpunkt bezeugte er in seinem keineswegs gleichgültigen Verhältnis zur Hetäre Lais und mit seinem bekanntesten Diktum: »Ich besitze, werde aber nicht besessen.«

Diesem Standpunkt sehr ähnlich war die ethische Richtung des Eudämonismus (nach der altgriechischen Göttin des Glücks und der Seligkeit), die Glückseligkeit als Hauptmotiv, Anlass und Zweck all unseres Strebens erachtet. Allen Formen des Hedonismus – vom betont lustvollen bis zum rational geistigen – ist jedoch ein stark ausgeprägter Individualismus eigen.

Die auf diese griechischen »Schulen des Genießens« folgende Geschichte zeigte, dass einige ihrer wichtigen und einprägsamen Schöpfer wie auch zahlreiche anonyme und in der Geschichte nicht erwähnte Einzelpersonen, bei aller Rauheit ihres Lebens und des Lebens ihrer Völker und Staaten, versuchten, teilweise Genießer zu werden und zu bleiben. Sie bemühten sich beharrlich, Befriedigung zu empfinden, und sei es auch im Rahmen des breiten, absurden Verständnisspektrums des Hedonismus, als Genießen der eigenen oder fremden Schönheit oder des eigenen oder fremden Todes.

Wenn sie sonst nichts weiter bewiesen, so die Beständigkeit der Rolle des ethischen Relativismus.

Vor Beginn

Višegrad hat wie jeder andere Ort sein reales Leben. Aber wie kaum ein Ort hat die Stadt auch ein imaginäres. Meine Erfahrung mit der Metaphysik Višegrads begann im April 1977, auf den Zufahrtswegen zur Stadt, bevor ich zum ersten Mal die Brücke über die Drina erblickte, die sicher dazu beigetragen hatte, dass die Stadt für ewig in die Geschichte einging. In mein kleines Heft für Haikus, das ich noch habe, notierte ich damals zu einem Gedicht, das ich durch die Scheiben des Busses entdeckte, den geopoetischen Kommentar »auf dem Schotter von Višegrad«:

> Ein Stein zwischen ihnen
> Zwei Kiefern zog
> im Wald einen Scheitel.

Žarko Čigoja, mein Gastgeber und Freund aus der Studienzeit, ging davon aus, dass die Brücke von Mehmed Pascha Sokolli (präzise türkisch Sokollu) aus dem Jahr 1571 – Ivo Andrićs Brücke – Gewinn und Genuss genug für diesen Anlass war, und so zeigte er mir gar nicht erst weitere Sehenswürdigkeiten seines Geburtsstädtchens. Er hatte keinerlei Vorstellung davon, wie egoistisch ich war, und eigentlich auch unglücklich darüber, dass ich diese prächtige Brücke mit anderen teilen musste. Aber wie konnte ich annehmen, dass die Einführung in die Geheimnisse der Umgebung von Višegrad erst durch künftige Erfahrung verdient werden musste, auf Grundlage derer man in der Lage sein konnte, das zu genießen, was geboten wird? Wieder ging es um eine geheime Bruderschaft. Volle sechsundzwanzig Jahre musste ich auf den Eintritt in jene Bruderschaft warten! Es hat sich ausgezahlt. Das Warten hatte mich eigentlich Andrić gelehrt – bei der erneuten Lektüre seines Meisterwerks während des Studiums der Literaturwissenschaft war ich noch nicht imstande, die Lektüre mit dem Leben zu verbinden: So überging ich leichtfertig seine Angaben zum Baubeginn der Brücke – zu ihrem Wesen –, zum »Heranschaffen von Steinen aus den Steinbrüchen, die in den Bergen bei Banja, eine Stunde Fußweg von dem Städtchen entfernt, angelegt wurden«. Sogar zwei der zumindest in literarischer Hinsicht wichtigsten Brücken in ganz Bosnien – die über die Drina und die über die Žepa – wurden aus ein und demselben weißen Gestein aus meinem Haiku: mit Liebe und Geld der (türkisierten oder islamisierten) Serben Mehmed Pascha Sokolović und Jusuf Ibrahim errichtet, aber unsterblich wurden sie durch die knappen und weisen Worten von Ivo Andrić, des Mannes, der seinem Helden das Lebensmotto zuschrieb: *Im Schweigen ist Sicherheit.*

Als ich mich bei meinem Freund darüber beklagte, dass mir beim Schreiben ein wenig die Puste ausging, sagte er mir, ich solle mir keine Sorgen machen. Er habe eine sichere Medizin gegen diese Krankheit. Gerade käme auch der türkische Schriftsteller Orhan Pamuk zu ihm, mit derselben Diagnose, so dass wir uns beide gemeinsam mit seinem Rezept therapieren lassen könnten.

Das einzige, was ich über Banja wusste, über Sokolovićs Bad, über das Višegrader Bad, wie es von allen genannt wurde, war – abgesehen davon, dass hier Sintervorkommen sind, mit denen die Višegrader Brücke gebaut wurde –, dass dieser Ort in fünf Kilometer Entfernung von der Stadt eine Heilquelle ist. Hier hatte Mehmed Pascha Sokolović 1575 in hohem Alter einen Hamam mit einer Kuppel errichtet, weil er seinen heimatlichen Gefilden (noch) etwas schenken wollte. In einer Broschüre aus dem Jahr 1934 las ich, dass dieses radioaktive Wasser (mehr als vierhundert Meter über dem Meeresspiegel) Rheumatismus, Neuralgien und Frauenkrankheiten heilt. Man sagt, dass das Wasser des Bades außerordentlich gut für kinderlose Frauen sei. »Wenn eine kinderlose Frau sorgfältig Bäder nimmt und dann in Bälde ein Kind zur Welt bringt, schüttelt das ganze abergläubische Dorf den Kopf und sagt: Bei Gott, hätte sie nicht ein Bad genommen und wäre nicht vom Zauber benommen, dann wär auch kein Kind zur Welt gekommen ...«

So machte auch ich mich durch dichten Wald auf den Weg zum Hamam, den ich nach der seltenen und zauberhaft aussehenden Pflanze, die nur hier wächst, Elfenhaar nannte. Das Treffen mit meinem alten Bekannten Orhan Pamuk, dem berühmtesten türkischen Schriftsteller, der aus Istanbul stammt, machte mich froh. Ich war ein bisschen darüber verwundert, dass auch er an einer Schreibflaute litt, war er doch für ergiebiges Schreiben bekannt. Falls es doch vorkam, dass er in einer Phase seines Schriftstellerlebens kaum ein Buch veröffentlichte, so erwies sich das, was folgte, als ein ausgesprochen kräftiges Baby.

Ich persönlich brachte seltener Kinder zur Welt, und meist hatten sie mittleres Gewicht. So war mein

Rhythmus. Im letzten Jahr aber empfing ich nicht ein einziges und ich machte mir ernsthaft Sorgen. Deshalb begebe ich mich zu dem Stein, der Wasser geboren hatte: Eine derartige Fruchtbarkeit bringt mir den Glauben zurück. Der Stein, auf den ich klettere, wurde mehr als vier Jahrhunderte geschliffen! Ein Stein in den Farben des Grases und des Mooses! Das Wasser heiß, aber nicht kochend, ganz himmlisch warm. Und ein Körper, der sich in einen Geist verwandelt! Lebendig, aber tot! Pamuk und unser Gastgeber versuchen, sich durch den Wasserdampf zu unterhalten, aber die Worte lösen sich in den Glasfenstern der Kuppel auf und verlieren jeglichen Sinn. Wir werden Helden (Affen) aus dem Film mit dem Sufi-Titel *Baraka* des Regisseurs Ron Fricke: Auf der Stelle schwimmen wir an der Oberfläche, die sich in Nebel verwandelt und in einen anderen Aggregatzustand übergeht, wobei sie jeglichen Intellektualismus mit sich nimmt. Die Lider fallen zu, aber die Augen finden keinen Schlaf. Wenn es gefährlich wird, schiebe ich mich durch das kraftvolle Wasser, unter den dicken Strahl, der aus dem Gebirge in dieses kleine Becken schießt, nun über meinen Rücken. Ich werde ausgepeitscht wie nie zuvor. Und ich bin glücklich, von Kopf bis Fuß! Hier begegnen sich Kabbala, Zen, Sufismus, orthodoxe Askese, katholisches Ausradieren der Angst vor der Sünde, artistischer Islam und Dschanna ... So wie der Farn kann das Elfenhaar nirgendwo sonst als an diesem Ort wachsen, weil nur hier das Wasser aus einer Tiefe von hundertachtzig Metern und aus der noch wichtigeren historischen Tiefe von achtunddreißigtausend Jahren entspringt. Das Alter genügt, um nicht an den Gründen ihrer Existenz und der Hinwendung zur Welt zu zweifeln.

Daher auch meine Beziehung zur Vergangenheit. Das Uralte, das ich hier einatme, ist ganz authentisch und man kann dem nicht widerstehen. Der Geist verliert zuerst die Orientierung, und dann die Vorstellung von Zeit, und danach verliert auch der Körper die Orientierung, und dann ebenso die Vorstellung von Zeit. Dieses eigenartige Nirwana verwandelt mich in ein großes Fragezeichen: Hatte sich der kinderlosen Frauen in diesem Hamam nicht zufällig irgendein Mann angenommen, der für seinen gesunden Samen bekannt war? War dieses Bad nicht ein männlicher Harem für die untröstlichen kinderlosen Frauen? Was für ein Genuss dieses verschwiegene Bad erst für die Begs, Paschas, Wesire und Sultane, ganz egal, ob Gastgeber oder Gäste, gewesen sein musste! Egal, welches Geschlecht dieses aktive Wasser und seine Badenden bediente – gesagt wird, und in einem verlorenen gegangenen Text steht es geschrieben, dass ein Liebesakt unter diesem Wasserstrahl aus dem Gebirge (mit einer Temperatur von 34 Grad) wie das Genießen der Schönheiten in den paradiesischen Gärten von Walhalla und Dschanna ist.

Dieser Hamam könnte ein idealer Platz für eine Karawanserei sein. Wieviel Geld würden die Reisenden hier lassen! Doch die Natur (und auch das Schicksal) wollte ihn vor den zu belebten Straßen verbergen, und so wurde er in einer Höhe angelegt, die der müde Reisende nicht mal in Gedanken zu überwinden versucht. Eben deshalb wurden die Steine des Hamam von Jahrzehnten und Jahrhunderten geschliffen, und nicht von Menschenhand. Allerdings muss zugegeben werden, dass sich jene Hand einmischte, wo und wann immer sie konnte: Daher kann man Zitate in alten Schriften finden (erkennbar an der Sprache, doch ohne Notwendigkeit, unbedingt ihre Quelle und die

Entstehungszeit anzuführen), die sich mit der Gegenwart decken: »Gleich neben dem Bad wurde ein Gebäude errichtet, in dem ein bekannter Pächter eine Restauration und Zimmer zum Übernachten unterhält. Vor diesem Gebäude gibt es eine recht große Veranda, von der aus sich herrliche Naturpanoramen eröffnen.«

Ich weiß nicht, wie bekannt der gegenwärtige Pächter, privater Businessman oder nicht, ist, doch entledigte er sich weder der »Restauration« noch der »Veranda«. Denn wahr ist, das Badevergnügen im winzigen paradiesischen Bassin wäre nicht vollkommen, wenn man nicht danach über eine Art Halbbrücke noch die Restaurantveranda aufsuchen könnte. Eigentlich ist sie ein großer unverglaster Hängeerker über der tiefen Gebirgsschlucht, der den Badegästen mit seiner wunderschönen Aussicht auch die Gedanken weitet und sie, nachdem ihre Gedanken abgeprallt von den bosnischen Bergen und Schluchten erneut ihre Schultern streifen, nicht mehr den Eindruck haben, unfruchtbar zurückzukehren. Und erst das Essen! Neben allen einheimischen Vorspeisen wartet auf sie eine königliche junge Forelle, die eine Stunde zuvor telefonisch in Zlatibor bestellt wurde, frisch gefangen in den umliegenden Stromschnellen. Eine, die ohne Nahrung überwintert und gerade begonnen hat, das noch unberührte Futter zu fressen.

Diese zivilisatorische Errungenschaft des Restaurants darf man allerdings auch heute nicht mit der Karawanserei aus dem 16. Jahrhundert verwechseln. Das ist nicht dasselbe. Heute gibt es für die, die diese Schönheit gern etwas länger genießen möchten, ein Hotel – ein Rehabilitationszentrum namens *Elfenhaar* mit all dem nötigen Komfort, aber auch mit einem modernen Bassin, das natürlich mit Thermalwasser gefüllt ist. Seine Radioaktivität verdankt es Radon, und wo es Radon gibt, sind auch Ärzte und Physiotherapeuten vor Ort. Natürlich müssen Sie nicht krank oder um ihre Gesundheit besorgt sein, um an diesen Ort zu kommen. Gerade wenn Sie gesund hierher kommen, beweisen Sie sich, dass Sie dem Hedonismus noch nicht abgeschworen haben.

Nicht einmal Mehmed Pascha Sokolović machte aus dem Hamam, dem »schönen Kuppelbad«, eine Karawanserei, sondern errichtete diese etwas weiter unten, »nahe der Drina, als Sokolovićs steinernen Han oder Karawanserei, die etwa zehntausend Pferden und Kamelen Unterschlupf zu bieten vermochte.« Sie meinen, dass die Zahlen übertrieben sind? Das würde ich nicht sagen. Und selbst wenn, dann nicht übermäßig. Stellen Sie sich nur einmal vor, wie das Unternehmen des Baus einer Brücke wie der Višegrader in den siebziger Jahren des sechzehnten Jahrhunderts ausgesehen haben mag! Zu Lebzeiten von Mehmed Pascha gab es in Višegrad etwa siebenhundert Häuser, eine Moschee namens Selimiye, Brunnen, etwa dreihundert Läden, eine öffentliche Küche für die Armen der Stadt, ein Derwischkloster – Tekke. Im Dorf Sokolovići (es hatte seinen Namen nach dem Pascha erhalten oder der Pascha seinen Namen nach dem Dorf, ganz egal) gab es die Sokolović-Moschee, aber auch eine christliche Kirche, die – so erzählt man sich – der Pascha für seine orthodoxe Mutter errichten ließ. Das sollte natürlich niemanden verwundern, wenn man davon ausgeht, dass die Mehrheit der Leute weiß, dass kein anderer als Mehmed Pascha Sokolović als Wesir des osmanischen Diwan im Jahr 1557 persönlich das Patriarchat von Peć wiederherstellen ließ und an dessen Spitze seinen Bruder Makarije setzte, und das, wie die Quellen vermerken, in dem Moment, »als die Orthodoxie sich im Chaos befand und im Zerfall begriffen war, und der nationale Gedanke des serbischen Volkes in den schweren Fesseln der Sklaverei langsam in Vergessenheit geriet«. Einige Historiker sind der Ansicht, dass der letzte »große Wesir mit diesem Akt das serbische Volk vor seiner endgültigen Vernichtung und Ausrottung bewahrte«. Das kann nicht so weit entfernt sein von der Wahrheit, wenn man weiß, welche Bedeutung in jener Zeit das serbische Volk in Ermangelung eines eigenen selbständigen Staates der Kirche beimaß, als dem einzigen vorhandenen Ersatz für Staatlichkeit. Daher gilt für Mehmed Pascha Sokolović, dass er »ein unbeugsamer Muslim und gleichzeitig ... ein guter Patriot war (der sich ehrenhaft seinem Volk erkenntlich zeigte)«. Er glaubte, den Islam so mit seiner bosnischen Heimat, mit seinen serbischen Wurzeln und dem christlich-orthodoxen Glauben versöhnen zu können.

Und das ist der Grund dafür, weshalb (in meinen Gedanken) hier, im Hamam, der beste und populärste, aber auch umstrittene türkische Gegenwartsschriftsteller Orhan Pamuk auftauchte – weil er, falls Romanschreiben mit Ideologie zu tun hat, seine Bücher den Beziehungen zwischen Ost und West widmete und so denselben Weg einschlug wie einige seiner Vorfahren. Ich hatte die Gelegenheit, mich in Gesprächen mit Pamuk davon zu überzeugen, nicht nur bei der Lektüre seiner ausgezeichneten Bücher. Und ein zweiter Grund: Sein Meisterwerk *Rot ist mein Name* befasst sich mit dem Osmanischen Reich (teilweise auch mit der Zeit von Mehmed Pascha und deren Folgen); mich informierte es über wichtige *Beziehungen* des türkischen Systems – das Eroberungsverhalten und die Eroberung neuer Räume für

Kunst innerhalb dieses Reichs, worüber ich fast gar nichts wusste. Für all die Anstrengungen zum Wohle anderer verdiente sich Pamuk ein virtuelles (für ihn vielleicht derwischhaftes) Baden. Übrigens, Sauberkeit und Reinigung kann es nie genug geben. Ebensowenig nicht das Genießen oder den *akšamluk* »den bosnischen Brauch, am frühen Abend im Gras, meistens am Wasser zu sitzen und Schnaps zu trinken, zu singen und zu erzählen.«.

Was wären wir für Schriftsteller, wenn wir uns nicht manchmal, neben dem Hamam, auch ein wenig Freude durch *akšamluk* gönnen würden. Unter der Bedingung, das Wort gleichzeitig und gleichberechtigt als hedonistisches und philosophisches zu fassen.

Das Problem eines Schriftstellers, eines der unzähligen, besteht darin, dass er häufig Realität mit Imagination vermischt. Daher rührt auch das berühmte Verwischen der Grenzen zwischen dem Ereigneten und dem Erfahrenen. So glich ich Begegnungen mit mir nahestehenden Menschen zeitlich an; jene, die fünf Jahrhunderte vor mir lebten, näherte ich meiner Zeit, mich und meine Freunde (oder Figuren, ganz egal) versetzte ich in Leben, die Jahrunderte älter waren als wir. Daher konnte es geschehen, dass sich unsere realen und irrealen Begegnungen häufen.

Das war einer der Wege zur Erfüllung des Traums von der zeitlichen Allmacht des Wortes.

Bücher entstehen im übrigen wegen dieses Traums.

Das Ende

Er wünschte sich, jemand möge ihn töten. Ja, genau so. Einfach so – umgebracht werden. In den letzten Jahren war so vieles, an dem ihm lag, waren so viele, die er mochte, aus seinem Leben verschwunden. Natürlich nicht zufällig. Alles war sorgfältig geplant und ebenso sorgfältig in die Tat umgesetzt worden. Er musste zugeben – der Rivale erledigte alles fehlerfrei und im Hinblick auf Geschick und Professionalität des Getanen konnte er keinerlei Einwände vorbringen. Außer im Hinblick auf die Grundidee: Warum hatten die Gegner ihre ganze Maschinerie in Gang gesetzt und noch dazu viel Zeit, Geld und Kraft dafür verschwendet, alles zu vernichten, was ihm lieb und teuer war, wenn es viel schneller, billiger und leichter war, zuerst ihn und nur ihn umzubringen?

Aber eigentlich war ihm das klar. Sie wollten eben, dass er sich genau das ständig fragte und sich, ohne eine Antwort gefunden zu haben, letztlich derart einsam und vor allem verlassen fühlte, dass er selbst seinen Untergang herbeiwünschte. Denn anzusehen, wie die, die er mochte, die ihm teuer und ergeben waren, einer nach dem anderen vor seinen Augen verschwanden, musste weh tun, und dieses Gefühl war von Dauer. Hätten sie ihn als *ersten* und *sofort* umgebracht, wären die Qualen, die sie ihm wünschten und dann auch verordneten, nicht gewesen. Allerdings, nach so vielen Jahrzehnten an der Spitze der Macht musste ein solcher oder ähnlicher Absturz auf ihn lauern. So war es wahrscheinlich seit Beginn der Welt; Aufstieg war allermeist mit Absturz verbunden. Wer oben war, musste auch unten sein. Doch nicht allen war dieselbe Reihenfolge beschieden. Ja, jeder, der oben war, musste vor dem Aufstieg auch unten sein. Aber ob nach jenem Oben wirklich auch jeder nach unten fallen musste, ist fragwürdig. Bei ihm war es so. Oder es war ihm, wie es heißt, vorbestimmt. Oder er hatte den Fall selbst herbeigerufen.

Immerhin war sein Absturz irgendwie nachvollziehbar. Niemand löste ihn ab, entthronte ihn oder sah bei irgendeiner Neuverteilung über ihn hinweg. (Was nicht heißt, dass all das nicht so geplant gewesen war). Von einem einzigen heftigen Messerstich direkt ins Herz fiel er nieder, und, in einer Blutlache liegend, warf er einen Blick zurück in sein vergangenes Leben, als wolle er es vor seinem Tod bündeln, um es nicht zu vergessen.

Siehe da, sein Wunsch erfüllte sich: Er wurde umgebracht.

Seltsam, dass der Tod eine Erleichterung sein kann! Natürlich taten die Mörder das nicht, um Erbarmen zu zeigen. Ein gewaltsamer Tod war während seiner Herrschaft etwas ganz Alltägliches; Nuancen existierten nur bezüglich der Art und des Grades an Morbidität und Grausamkeit. Imperium hieß Gewalt zu jeder Zeit und in jeglicher Form. Während seiner Zeit als Großwesir gehörte die Beseitigung fremden Lebens keineswegs zu seinen Eigenschaften als Herrscher, Gott bewahre, noch war das eine persönliche oder charakterliche Eigenart. Es war Teil der Systemsicherung; keineswegs Schutz der eigenen Macht. Es war ein über Jahrhunderte gewachsener

Mechanismus, den keine Einzelperson, egal von welcher Machtposition aus, selbst wenn sie es wollte, zu stören, geschweige denn zu verändern vermochte. In Schlachten, Kriegen, Feldzügen und Eroberungen war Tod ein Ersatz für *Guten Tag*. In Friedenszeiten war das auch oft so, nur nicht so weit verbreitet.

War er denn als Großwesir nicht auch dafür bekannt, dass er sogar während der Herrschaft *dreier Sultane* regierte? Wer konnte das sonst noch von sich sagen? Wesire, die den Wechsel nur eines Sultans überlebten, waren selten, geschweige denn drei zu überstehen! Jeder Tod ging vom obersten Herrscher aus: War es nicht so, dass nach einem ungeschriebenen Gesetz jeder Sultan mit der Thronbesteigung zunächst seine eigenen Brüder ermordete (manche auch die eigenen Kinder), damit sie nicht *durch ihre bloße Existenz* seine Macht gefährdeten?

Es wäre auch nicht wahr, wenn er sagte, dass er auf seinen Tod *wartete*. Er stellte nur keine Überraschung für ihn dar. Über den Tod als solchen wusste er alles: Schwerlich ließe sich jemand finden, der ihn mit Kenntnissen über dessen Ursachen und Folgen, Arten und Formen übertreffen könnte. Hinsichtlich seiner Zweckmäßigkeit konnte er möglicherweise nicht brillieren: Nicht ein einziger Lehrer oder Herrscher hatte ihn in solche Geheimnisse eingewiesen, denn die Frage nach dem Zweck wurde unter ihnen nie und nimmer gestellt.

Den Tod »herbeiwünschen« hieß nicht, ihn »herbeizusehnen«. Das Sehnen half ihm dabei, friedlich das persönlich Unumgängliche abzuwarten. Es befreite ihn von unnützen Zweifeln.

Obwohl jetzt alles unwichtig geworden war, besonders das, was Zeit zum Nachdenken erforderte. Es war für nichts mehr Zeit. Außer für den Tod.

Ganz zu Beginn

Nachdem ich mir bewiesen hatte (auf eine einzig mir bekannte Art), dass ich als Schriftsteller nicht »ausgebrannt« war, musste ich auch in der Realität den Kampf um die Lösung des Dilemmas beginnen: *Welches von den drei angedachten Büchern sollte ich in Angriff nehmen?* Die zwei anderen werde ich nicht erwähnen, da ich ganz offensichtlich schon mit jenem begonnen habe, das den Sieg davongetragen hatte. Natürlich sprachen subtile Gründe dafür, denn auch für die beiden anderen in der engeren Wahl befindlichen Bücher hatte ich schon ernsthafte und umfangreiche Vorarbeiten geleistet, ohne die ich mich ohnehin nicht ans Schreiben mache.

Es überwogen die Gründe, die ich, auf einen Nenner gebracht, als lokalpatriotische bezeichnen würde. In einem kürzlich stattgefundenen Gespräch mit einem Kollegen zum Thema solch aktueller Gegensätzlichkeiten und Extreme wie Nationalismus und Globalisierung als literarisches Sujet begriff ich nämlich zum ersten Mal, dass die Tatsache, dass mich die eifrigen Verteidiger des »Einheimischen« nicht offen und geringschätzig als »Kosmopoliten« bezeichneten, sondern sich sanfter, etwas vorsichtig aber gleichwohl hinterlistig äußerten (»Der Schriftsteller ist dafür bekannt, dass er keine nationalen Themen aufnimmt«), keineswegs der Wahrheit entsprach. Es war eigentlich seltsam, dass ich mich viele Jahre so leicht mit der Tatsache abfand, dass mir andere mein literarisches Schicksal vorschrieben und noch dazu mit falschen Schlüssen! Und was, wenn jene die Bücher überhaupt nicht gelesen hatten? Oder hatten sie doch, und ich blieb ein sogenannter unverstandener Schriftsteller? Es genügte also, mich daran zu erinnern, dass in vier von fünf meiner bisher veröffentlichten Romane die Handlung in Belgrad und/oder in meinem Land spielte oder wenigstens begann und von den sieben Prosabänden (diesen nicht eingerechnet) sechs dieselbe Topographie aufweisen! Schande über das eine! Doch der Schuld nicht genug: Vielleicht waren diese Bücher in ihrem Kern oder ihrer Botschaft nach zu kosmopolitisch, so dass auch eine lokale Geografie oder eine lokale Handlung hier keine Abhilfe schaffen konnte. Es gelang ihnen nicht, in den Rang nationaler Mythen aufzusteigen, was allerdings auch nicht beabsichtigt war.

Das auserkorene Thema barg auch neue Fallen, nicht nur handwerkliche, sondern auch die bereits erwähnten ideologischen. Wenn man jedoch auf all das Rücksicht nimmt, würde man wahrscheinlich niemals etwas (Brauchbares) zustande bringen. Ich beschloss daher, über einen Serben zu schreiben, *der etwas anderes wurde*. Es war das »Andere«, was mich interessierte. Nicht so sehr der »Serbe«, obwohl, auch wenn ich gewollt hätte, das nicht vom »Anderen« zu trennen war. Wenn ich mich tiefer einlasse, ganz tief, dann muss ich zugeben, dass mich eigentlich nur der Übergang von dem Einen in das Andere, der Akt an sich, wirklich interessierte.

Und ich machte mich ans Forschen, Suchen, Anhäufen, Auswählen, Akzeptieren und Verwerfen ... Mit einem Wort, an die sogenannte Materialsammlung. Allerdings bedurfte es für diese Tätigkeit einer Methode oder wenigstens einer Reihenfolge im Vorgehen. Fakten als eine Art Leitmotiv konnten immer von irgendwo her auftauchen und zu den bereits vorhandenen hinzugefügt werden. Auch sonst zeigten sie sich oft nur so nebenbei und fast zufällig, als hätte die Gewohnheit sie getrieben, sich selbst zurechtzufinden und sich beim Autor zu melden. Es gab allerdings auch andere Wege, um zu wichtigen Details zu gelangen. Einer bestand darin, dass man die Spuren der Helden verfolgte. So besuchte ich (parallel zu anderen Formen der thematischen Nachforschung) mehrere Jahre hauptsächlich die wichtigsten oder sogar fast alle Regionen, in denen sich Mehmed Pascha Sokolović aufgehalten und/oder gewirkt hatte: Višegrad und Umgebung und den größten Teil Ostbosniens, Westserbiens (inklusive den Fluss Drina, der hier teilend und verbindend wirkt), die Herzegowina mit Dubrovnik, die Wojwodina mit Süd- und Zentralungarn, Ungarns westlichen Teil, das Zentrum der einstigen Österreichisch-ungarischen Monarchie Wien, ganz Bulgarien der Breite nach (oder besser gesagt: der Fülle nach), Edirne – die einstige Hauptstadt des Osmanischen Reiches, und dann das Herz des einstigen wie jetzigen Staates – Byzanz/Konstantinopel/Carigrad/Stambol/Istanbul, wie auch alle Meere im Umkreis (die Adria, das Schwarze Meer, das Marmarameer, die Ägäis). In der südwestlichen Türkei und – ganz am Schluss – auf den Prinzeninseln beendete ich meine Recherchen. An allen Orten war ich mehrmals. Einzig Persien lag für mich außerhalb der Reichweite. Es hinderten mich die Kriege im Umfeld der Türkei – im heute nicht existenten Persien. Zuvor hatten mich die Kriege im Umfeld Serbiens, im heute nicht existenten Jugoslawien, daran gehindert, vor der eigenen Tür etwas zu sehen. (Belgrad, das für mich entscheidend war, wurde auch als Toponym verstanden. Übrigens, von dort ging alles aus, und im Prinzip wird hier in Bälde auch alles sein Ende haben).

Eine zweite, parallele Studie während dieser Reisen erfolgte zu den Wunderwerken der Architektur des Baumeisters Mimar Sinan, der zweiten Figur des künfigen Buches, eines Zeitgenossen von Mehmed Pascha. Ich besuchte auch eine Person namens Orhan Pamuk, wie auch V. B., mit dem ich am häufigsten zusammen war. Die zwei letzteren stellten das zweite Paar der parallelen Handlung des geplanten Romans dar.

Diese vier Menschen wurden Romanfiguren in ein und demselben Buch (positioniert allerdings auf gegensätzlichen Seiten), das sie allesamt in die Verschwörung gegen die Geschichte einbezog, die mir bekannt war.

Kurz vor dem Ende

Vor dem Tod lag natürlich ein Leben. Ein langes und wohlhabendes. Einflussreich, aber unsicher. Es gehörte ihm wie anderen. Diese Macht über das eigene Leben entglitt ihm von Zeit zu Zeit. Wäre es um Gott, den Herrn aller Dinge oder um einen Emissär Gottes gegangen, die Wahl wäre nicht schwergefallen: Mohammed oder Christus. Oder beide gleichzeitig. Von seinem Leben aber hatte von Zeit zu Zeit jemand oder eher *etwas* ganz anderes Besitz ergriffen und ihn der wesentlichen Möglichkeit beraubt, darüber selbst zu entscheiden, zu wem oder wozu er gehört.

Vielleicht wäre das an und für sich gar kein unlösbares Rätsel, hätte es sich ihm im Alter nicht immer häufiger so hartnäckig aufgedrängt. Sogar über alle Maßen. Da er keine leicht verständlichen Ursachen dafür finden konnte, vermochte er das Rätsel nicht zu lösen. Und wenn zur Bürde so vieler Jahre das Geheimnis hinzukommt, gerät das Leben zu einem Albtraum. Es kann sein, dass das Herannahen (oder doch das Herbeiwünschen) des Todes der Auslöser war; der Geruch seiner Nähe konnte das bereits akzeptierte und tausendmal überprüfte Weltbild verändern, es ins Gegenteil verkehren und in eine ganz abscheuliche Wahrheit umwandeln. Aber bis dahin kam er gar nicht! Er dachte, dass er auch die schlimmste

Wahrheit leichter akzeptieren könnte als dieses Unvermögen, zu *irgendeiner* zu gelangen.

Zwei mögliche Erklärungen wollte er um keinen Preis berücksichtigen.

Die erstere verstand sich von selbst: Es ist Allahs Wille! Dem durfte und konnte man sich nicht widersetzen. Öffentlich. Da das aber ein Selbstgespräch war, hatte die Öffentlichkeit hier nichts zu suchen, aber auch Allah nicht.

Die zweite Erklärung führte nicht weit weg vom Allmächtigen. Man kann sagen, dass sie für ihn gemacht war: das Schicksal. Das akzeptierte er schon gar nicht, denn es war eine Erfindung der Machtlosen zur Rechtfertigung ihres Unvermögens.

Die Wahrheit erkannte er, welch eine Ironie, als ihm ein Messer in die Brust gerammt wurde: Er war nur *zur einen Hälfte* Herr über sein Leben. Die *andere Hälfte* war im Besitz der zweiten Hälfte seiner Persönlichkeit. Oder besser gesagt, der Reihenfolge nach die erste, jene die er in Serbien und Bosnien gehabt hatte.

Er war sowohl ein Türke als auch ein Serbe. Serbe wie Türke.

Was für eine Erleichterung.

Zu sterben.

Nach dem Beginn

Die Planung einer Romanstruktur sieht zwei Anfänge und Enden vor, oder zwei Varianten von Anfang und Ende. Die eine Variante von Anfang und Ende bezieht sich auf die Handlung selbst: wie und wann sie beginnt und wie und wann sie endet. Für den Leser ist das vielleicht das wichtigste Geheimnis des Buches. Für einen Schriftsteller ist vermutlich ein anderes Geheimnis von größerer Bedeutung, jenes nämlich, das zu dem Anfang und dem Ende der Ideen gehört, die einen Autor anspornen. Genauer gesagt, welche Frage oder welches Problem den Schriftsteller überhaupt dazu getrieben hat, über ein Buch nachzusinnen, von der Idee/dem Problem zum Schreiben überzugehen und welche vortreffliche Idee das Buch beschließen könnte.

Als mir die Struktur dieses Buches noch recht abstrakt und nebulös erschien, erkannte ich, dass mir seine Helden die Möglichkeit einer reichhaltigen Geschichte über Identität und Identitäten und auch über deren Veränderungen bieten. Das konnte die sogenannte Ausgangsposition sein, während die Zielposition bereits zu erahnen ist: Was geht in den Menschen, aber auch in deren Umfeld, vor, die das Schicksal einer Doppelidentität haben.

Über Ursache und Anlass des Schreibens entschied in meinem Namen Mehmed Pascha Sokolović, die treibende Kraft dieses Romans. (Ich erinnere mich, wie man uns in der Grundschule auf Logik, das künftige Fach am Gymnasium, aber auch auf die Logik des Lebens vorbereitete, und an Beispielen von Kriegen – wie wir Ursache und Anlass zu unterscheiden haben. Den meisten gelang das nicht, und wenn doch, dann mit größter Mühe. Dennoch hatte ich wie auch andere nach reichlichen Anstrengungen ein für allemal begriffen: Eine Ursache wurde lange und gründlich vorbereitet, ein Anlass aber war ein kurzer Moment und konnte auch ersonnen werden, war er doch nur ein einfacher Hebel in einem lange geschmiedeten Plan. Besonders beliebt war der Unterricht am Beispiel des Ersten Weltkrieges; am Beispiel des Thronfolgers der österreich-ungarischen Monarchie, am Beispiel Serbiens, Bosniens, Sarajevos, der Schwarzen Hand und des Attentäters und Patrioten Gavrilo Princip).

Also, die *Ursache* dafür, mich mit Bajo Sokolović zu befassen, beruhte auf der Erkenntnis, dass dieser im Zusammenhang mit der berühmten *Knabenlese* zu den Türken gebracht wurde, als er bereits achtzehn Jahre (!) alt war, und nicht als Kleinkind, das kaum in der Lage war, sich zu erinnern woher es stammte. Ich fragte mich, warum man ihn erst so erwachsen als künftigen Janitscharen ausgewählt hatte? Für die Türken war es eine extrem ungewöhnliche Geste, Kinder von serbischen Eltern zu nehmen, die nicht ganz klein oder klein genug waren. Die Türken verboten ihnen während der Ausbildung für ihre Armee nicht, sich ihrer Wurzeln bewusst zu sein, doch setzten sie zu Recht stets darauf, dass Kinder mit spärlicherer Erinnerung an die Heimat auch weniger an diese gebunden sein würden.

Und schließlich sei hier *mein* echter *Anlass* und endgültiger Grund genannt, mich an das Schreiben über Sokollu Mehmed Pascha zu machen. Als ich alles durchforstet hatte, was sich über Leben und Zeit jenes interessanten Mannes finden ließ, was aber noch nicht ausreichte, um mich davon zu überzeugen, mit dem Schreiben zu beginnen (noch waren weitere zwei Bücher als Option im Spiel), sollte Folgendes den endgültigen Ausschlag geben. Nach allem also, sozusagen nachträglich, fand ich untrügliche Beweise (Schriften und Zeichnungen, Kommentare und Beschreibungen aus mehreren Quellen), dass Mehmed Pascha in Belgrad um 1575 unter anderem die weithin berühmte Karawanserei und den überdachten Basar genau unter den Grundfesten des Hauses errichtet hatte, *in dem ich im Jahr 2005 wohnte und in dem ich auch heute lebe!* Genau hier und nirgendwo anders! Ein Zufall? Wenn ich »errichten« sage, meine ich, dass sie nach seinem Willen und seinen Befehlen erbaut und aus privaten Quellen finanziert wurden. Das nannte man Stiftungswesen, aber im alltäglichen Leben hieß es »er errichtete«. Ausgeführt wurde der Bau allem Anschein nach abermals vom Baumeister Sinan.

Nach dieser Entdeckung musste ich, ob ich wollte oder nicht, ob das übertrieben war oder nicht, mich dazu berufen fühlen, etwas über jene zwei Männer in einem Körper zu erzählen. Das Problem der Doppelidentität zog mich anfangs lediglich als Problem einer doppelten nationalen Identität und Relgion *eines Menschen* in seinen Bann. Mit dem Zugang über das Leben von Sokolović zu Mimar Sinan drängte sich die Wahrscheinlichkeit der doppelten Verdopplung in *zwei* Männer auf. Also, die Doppelidentität *zweier Männer in einem Körper* konnte unvorhergesehen allerhand bedeuten: Sowohl dass es sich um die Spaltung einzelner Individuen in zwei Persönlichkeiten handelt, aber auch um die völlige (oder hinreichende) Ähnlichkeit zweier Personen, die deshalb zu einer verschmolzen waren!

Doch zurück zu meiner Adresse. Die Grundfesten dieses Hauses in Dorćol, dessen Bau nach Plänen des Architekten Petar Bajalović 1914 (schon wieder der Erste Weltkrieg!) begonnen – im sogenannten serbisch-byzantinischen Stil mit Elementen der Sezession, einer ansonsten in der Belgrader Architektur selten verwendeten Kombination – und 1924 abgeschlossen wurde, könnte ich als *Ort, von dem aus ich erzähle*, bezeichnen, im wörtlichen und im übertragenen Sinn. Wenn ich dazu jene schriftstellerisch freie und mitunter dreiste Haltung einnehme, dann könnte ich noch etwas ergänzen. Das Erbe der osmanisch-islamischen Architektur eines Sinan ist nicht das einzige Bindeglied zwischen Vergangenem und Gegenwärtigem. Es gibt weitere: etwa das *Spiel mit den Ähnlichkeiten* der uralten serbischen *Vornamen* Bajo/Bajica – des künftigen Großwesirs des Osmanischen Reiches, das gerade zu seiner Zeit das stärkste Imperium im Zenit der Macht war – mit den Nachnamen des serbischen Architekten Bajalović und des Autors dieses Buches V. B. (dessen Nachname vor der Germanisierung in der Wojwodina durch Maria Theresia dem Nachnamen Bajalović ähnlicher war als dem Vornamen Bajica). Dann mein Haus, das auf den Spuren einer ehemals »feindlichen« Kultur errichtet wurde, in der aktuellen *Straße des Zaren Dušan*, genannt *der Starke*, benannt nach dem serbischen Herrscher des 14. Jahrhunderts, der Serbien nicht nur im Hinblick auf die Ausdehnung seines Territoriums zu einer einmaligen Größe machte, wie übrigens auch Süleyman *der Prächtige* die Türkei zwei Jahrhunderte später, mit Hilfe von Bajica/Sokollu Mehmed

Pascha. Das ist also das *Gebäude, aus dem ich spreche*, und auf dessen viereckigem Turm ganz oben auf der Spitze mit großen Buchstaben geschrieben steht, dass es der orthodoxen Gesellschaft des Heiligen Sava gehört(e) (welcher der *größte* serbische Heilige, aber auch *wichtigste* Geistliche ist). Und so weiter (zum Beispiel erwähne ich nicht noch einen serbischen, allerdings literarischen Konquistador, der im 20. Jahrhundert, wie er selbst zu sagen pflegte, eine »Armee von Lesern« in der ganzen Welt eroberte und in dem Jahrhundert außerhalb seines Landes tatsächlich als *bedeutendster* serbischer Gegenwartsschriftsteller galt, und das mit derselben Adresse, von der aus ich mich melde).

Die Geschichte mag besonders das *Größte, Stärkste, Mächtigste,* alle Superlative. Ein Buch hat allerdings andere Aufgaben: Etwa zu fragen, ob einige der Superlative aus dem vorangegangenen Passus hier zusammengeprallt oder zusammengetroffen sind? Und warum? Falls da ein »ja« wäre, hat das Buch auch nach dem Wie und Was vorher und nachher zu fragen, und abermals nach dem Wie, und vielleicht auch nach dem Warum... Im vorliegenden Fall ist sogar die *Bezeichnung* des Ortes, an dem ich meine Überlegungen anstelle, der Belgrader Stadtteil Dorćol, türkischer Herkunft (*dört-yol*), was vom Wort her aussagt, dass das ein Ort der Begegnung, des Beisammenseins und des Verweilens ist (war), denn im Türkischen bedeutet es *vier Wege* oder *Kreuzung*.

Wenn ich also zusammenfasse: das *Buch* befasst sich mit dem Sammeln von Wahrscheinlichem und scheinbar Nebensächlichem.

Während die *Geschichte* auch weiterhin beharrlich wie ein Denkmal steht.

Vor dem Ende

Nachdem er seine Familie aus der Kleinstadt zum Bruder aufs Dorf gebracht hatte, ging der Vater davon aus, die Rettung vor den türkischen Versuchen des Fortbringens kleiner serbischer Kinder irgendwohin in die Türkei, selbst bis an den Hof, zum Zwecke ihrer Ausbildung zu Elitekriegern des Reiches sei gelungen. Aber er wusste nicht, dass der herzegowinische Sandschak Beg Skender Ornosović aus Konstantinopel den Befehl erhalten hatte, angefangen im Jahr 1515 und in den darauf folgenden Jahren in Bosnien und der Herzegowina durch Knabenlese »*eintausend* Knaben auszuheben und sie den Serails zuzuführen …«[1] Doch das bedeutete zusätzliche Sorgen: Um die hohe Quote an besonders begabten Kindern zu erfüllen, die nach der Einnahme von Belgrad 1521, bei dessen Belagerung ziemlich viele Soldaten zu Tode kamen, abermals erhöht worden war, musste der Beg auch ältere Kinder als bis dahin üblich ausheben. Mit welcher Strenge ihm diese Pflicht auferlegt worden war, zeigte sich in der Unerbittlichkeit, mit der dieses Mal den Eltern, die wie zuvor auch ihre Kinder in den Wäldern versteckten, und selbst jenen, die sie absichtlich verstümmelten in der Hoffnung, dass sie so für das Reich nicht mehr brauchbar wären, nicht verziehen wurde. Die Agas ließen auch in solch drastischen Fällen nicht davon ab. Sie suchten sogar alle Klöster heim und trennten jene jungen Burschen vom Buch, die sich anschickten Mönch zu werden. Unter ihnen war auch Bajo Sokolović, ein orthodoxer Seminarist, längst kein Kind mehr, ein gut gebauter Jüngling von fast achtzehn Jahren, der gewaltsam aus dem Kloster Mileševa in das Dorf Sokolovići zurückgebracht wurde. Neben seiner Belesenheit war noch etwas ungünstig für ihn: Er stammte aus einer Adelsfamilie. Kinder aus solchen Familien waren als Nachwuchs außerordentlich begehrt. Die Tatsache, dass er sich das christliche Wort Gottes angeeignet hatte, stellte für die Osmanen ganz und gar kein Hindernis dar. Vater Dimitrije erfuhr sogleich von der Besonderheit seines Falls: Der Anführer der Janitscharen namens Mehmed Beg gab zu, dass im Falle seines Bajica sogar ausdrücklich gefordert war, diesen im Rahmen der Knabenlese in die Residenzstadt zu bringen! Er ließ ihn dies wissen und tröstete ihn damit, dass sein Sohn für wichtige Positionen und noch wichtigere Taten vorbestimmt sei – dies beweise die Tatsache, dass ein Sokolović nach ihm suche, der auf dieselbe Art und Weise, zwanzig Jahre vorher, in das kaiserliche Serail entführt worden war. Er hieß jetzt Deli Husrev Pascha. Nach ihm kam dort kurz darauf auch sein jüngerer Bruder an, der nunmehr Mustafa hieß. Husrev war am Hofe des Sultans sehr schnell vorangekommen, als Pascha oblag es ihm bereits, auch wichtige Beschlüsse zu fassen. Das waren alles zusätzliche Gründe, weshalb es dem Vater und seinem weiteren Bruder – dem Mönch aus Mileševa – gemeinsam mit dem Klosterältesten von Mileševa, Božidar Goraždanin, weder mit Bitten noch mit Geld gelang, den Aga davon abzubringen, Bajica mitzunehmen. Zum Schluss musste er sich als Vater damit trösten, dass man die zwei jüngeren

Söhne bei ihm beließ. Der Raub des einen Jungen befreite ihn für alle Zeiten von dem Bangen um die übrigen Söhne: Die Türken hielten sich streng an die eigene Regel, dass einem Haus nur ein männliches Kind weggenommen werden konnte.

Natürlich gab es nichts, was den Abschiedsschmerz lindern konnte. Falls ein Vergleich überhaupt angebracht war, so der, dass es für Bajica am schwersten war. Einzig er *ging fort*, all die Seinen *blieben* (wie es einst im Volke hieß) »in der Horde« und so blieben sie wenigstens teilweise verschont von der Bürde der Einsamkeit, die er beim Abschied trug. Und zweitens wurde er, der das Haus unter Zwang verließ, ins *Unbekannte* getrieben, während die ganze Familie *unter sich* blieb.

Auf dem langen Weg durch Serbien und Bulgarien konnte er nur darüber nachdenken, was er hinter sich zurückgelassen hatte oder was vor ihm lag. Das erste brachte ihn zum Weinen, das zweite flößte ihm Angst ein.

Völlig ausgezehrt von ununterbrochenem Weinen, das sich allmählich in Schluchzen, und dann in tiefe und laute Seufzer verwandelte, versiegten seine Tränen irgendwann – es waren ganz einfach keine mehr da. Er konnte nur noch innerlich weinen.

Hätte er damals wenigstens gewusst, dass er einen gehörigen Teil seines künftigen Lebens genauso verbringen würde – in sich gekehrt –, vielleicht wäre ihm dann leichter zumute gewesen! Würde er irgendwann öffentlich und hörbar *am Ende* seines Lebens sagen, er habe den größten Teil seines Lebens in seinem Inneren verbracht, würde ihm das niemand glauben. Wie denn auch: sein Leben – selbst so gewaltsam unterbrochen – war ein Beispiel für Langlebigkeit. Noch dazu war es derart öffentlich und wichtig, als dass irgendein Leben – von wem auch immer – überhaupt für einen Vergleich herhalten konnte.

Das Handeln des Herrschers war dermaßen im alltäglichen Blickpunkt der Öffentlichkeit und jedes Einzelnen im Reich, dass es auf Grund jener echten und scheinbaren Dichte des Einbringens offizieller Beschlüsse, des Agierens und Verfahrens, des Bekanntmachens von Aufrufen, des Reisens, des Empfangens von Gästen, des Bestrafens von Ungehorsamen, häufiger Jagdausflüge und so weiter so aussah, als wäre er ein großer Wesir und gänzlich ohne Zeit, auch nur irgendetwas für sich zu tun, geschweige denn manchmal auch eine Privatperson zu sein. Die Häufigkeit der offiziellen Verpflichtungen (von denen übrigens einen großen Teil der gehorsame Apparat des Herrschers erledigte und nicht er persönlich) und besonders die ständige Verbindung seines Namens mit allem und jedem, wobei der Eindruck entstand, er wäre bei jeder Erwähnung seines Namens auch selbst physisch präsent, untermauerte die Illusion von seiner Allgegenwart. Wäre es erlaubt gewesen, hätten ihn wahrscheinlich einige seiner Untertanen wegen derart vieler Pflichten auch noch bedauert. Deshalb entstanden auch die Geschichten über des Herrschers Doppelgänger: Eine solch starke öffentliche Präsenz konnte nur eine vervielfachte Erscheinung erfüllen; da das jedoch nicht möglich war, wurden Geschichten über Doppelgänger des Herrschers erfunden. Später kamen Gründe für das gleichzeitige Auftauchen des Herrschers an mehreren Orten hinzu, zum Beispiel der des Vermeidens eines Attentats.

Die Kolonne von Pferden und Menschen, die sich wie ein dickes Tau endlos in die Länge zog und an beiden Enden aus seinem Blickfeld rückte, half ihm beim Ordnen der eigenen Gedanken. Zunächst war klar, eine Rückkehr zu dem, was vorher war, konnte es nicht mehr geben. Eine Flucht war kaum ausführbar und falls doch, bliebe die Frage, wohin mit der Freiheit. Die neuen Herren seines Schicksals wussten, wer er ist; er war nicht als zufällig gefundenes Kind hierher gelangt, sondern als bewusst ausgewählter junger Bursche mit Vornamen, Nachnamen und Stammbaum. Sein Eintreffen im Osmanischen Reich war sogar in Auftrag gegeben worden! Ja, er war in die Fremde gebracht worden, aber nicht um *zu verschwinden*, sondern um *etwas zu werden.* Es galt klug und pragmatisch zu sein. Es lohnte sich, allem etwas Gutes abzugewinnen, wenn nicht gar Nutzen daraus zu ziehen, hatte ihm der Vater gesagt.

Er betete zu seinem Gott, dass dieser ihn nicht vergessen möge. Er betete, dass ihn das Gedächtnis nicht verlassen möge. In diesem Moment schien es ihm »er selbst« zu sein »sich erinnern« zu bedeuten. Obwohl die Erinnerung allmählich aus dem Bewusstsein in den physischen Körper wanderte und somit ein organisches Gedächtnis schuf, das jemanden zu dem macht, was er insgesamt ist (eigentlich, woraus er besteht), musste er sich vor dem *Vergessen* fürchten. Er ging davon aus, dass Vergessen nicht mehr da zu sein bedeutete. Er wusste nicht, dass der Körper genauso imstande ist, zu lesen wie der Verstand: der Körper las gerade jetzt, ihn vor dem Neuen beschützend, seine Kindheit, die Sprache, den Glauben, die Eltern, Brüder und Schwestern, die Klosterzelle und deponierte alles in den entlegensten Teilen des Körpers, bereitete die Botschaften jener Sprache auf einen zeitweiligen Traum von ungewisser Dauer vor. So konnte die Erinnerung mit Sicherheit *fortdauern.*

Erst im Lauf der Zeit begann er zu verstehen, warum seine neuen Herren, Herrscher und Besitzer zugleich, sich nicht übermäßig um das Problem von Vergessen und Nichtvergessen dessen sorgen mussten, was er und all die anderen Kinder hinter sich gelassen hatten. Durch das Tempo der nachfolgenden Ereignisse sowie den Umfang der neu entstandenen Pflichten erledigte sich das von allein.

Kapitel I

Wenn man ein Buch mit einem partiellen Hintergrund an (historischen) Fakten schreibt, ist es meist unmöglich, Mystifikationen zu vermeiden, und seien es auch nur zufällige.

Als ich über all die Zufälligkeiten nachdachte, die für dieses Buch eine Rolle spielten und eine Motivation darstellten, zeigte sich, dass ich den Roman über Sokollu Mehmed Pascha genau in dem Augenblick zu schreiben begann, als fünfhundert Jahre seit der Geburt seiner »ersten Hälfte« Bajica Sokolović (1505) ihren Abschluss fanden. Ich dachte mir, na gut, ich werde dieser einsame Einzelgänger sein, der solch ein wichtiges und rundes Jubiläum beiläufig begehen wird. In meinem Land habe ich nicht bemerkt, dass auch nur einem Beamten so etwas eingefallen ist (allerdings, die Journalistin Nataša Ilić des Blattes *Politika* hat in ihrem Text vom Juni 2005 darauf hingewiesen, dass sie vor allem die Regierenden und die Öffentlichkeit dazu aufrufen möchte, den verwahrlosten *Mehmed-Pascha-Brunnen* in Belgrad zu restaurieren, aber – sie ist keine Beamtin). Und die Tageszeitung *Večernje Novosti* reagierte auf das Jubiläum im letzten Augenblick, im Dezember, indem sie im Feuilleton zehn Folgen veröffentlichte, die aus der Feder von Ismet Kočan stammten.

Während ich in diesem Jubiläumsjahr einige Zeit in der Türkei verbrachte, habe ich auch dort nicht (weder in diesem Jahr noch in der Türkei) bemerkt, dass jemand das Jubiläum feierlich begangen hätte. Als wäre es an mir, in aller Bescheidenheit auf diesen Anlass hinzuweisen, indem ich darüber schreibe, aber nicht für die Öffentlichkeit (zumindest in diesem Moment), sondern für mich selbst. Denn, wenn dieses Buch veröffentlicht wird, ist das Jubiläum nicht mehr aktuell, wird es auch streng genommen keines mehr sein. Daher sollte man die feierliche Stimmung unter Kontrolle halten oder man sollte sie wenigstens mit Zufälligkeiten bedecken – durch die Verkettung glücklicher Umstände wurde sie von einer anderen Feier überdeckt: der Ankunft des nächsten Jahres.

Ein Fest verwandelt sich in eine Markierung.

Das Jubiläum wird durch das Neue Jahr abgelöst.

Mehmed Pascha verwandelt sich in den Weihnachtsmann.

Eine echte Möglichkeit, die wie ein Witz wirkt. Zynischer Humor, bedingt durch die Umstände und nicht durch das Talent des Autors. Das ist, als würde ein Autor ohne Plan schreiben und am Ende erhielte er als Ergebnis beispielsweise einen *Roman ohne Eigenschaften.*

Die große Frage bleibt, was beim Schreiben Zufall ist. Ein Autor mag es, die Dinge umzustellen, zu füllen, weiterzudichten, zu vervielfältigen, um dann zu verkürzen, zu organisieren und umzugestalten … aber vor allem mag er es, die Dinge zu verschränken. Und wenn er das tut, dann ist alles möglich. Deshalb kann man ihm eventuell den Fehler für das nebensächliche (böse) Werk, dessen er sich gar nicht bewusst ist, wie die Fehler eines Kindes verzeihen. Erstens, weil dieses (böse) Werk völlig zufällig und nebenbei angefertigt wurde; es war nicht das Ziel, sondern es existiert ohne jegliche Planung. Zweitens, seine Folgen sind schwerlich so dramatisch, als dass sie unverbesserlich wären. Aber selbst wenn sie nicht zu verbessern sind, weitreichend sind sie nicht. Drittens, die Grundidee bleibt weiterhin im Mittelpunkt der Aufmerksamkeit – das (böse) Werk ist eine Kollaterale. Und zum Schluss, wer versteht den Autor wirklich und essenziell? Das ist noch ein zusätzlicher Grund, wenn nicht sogar eine Rechtfertigung, warum ihm erlaubt ist, die Dinge ruhig zu verschränken und dafür keine Verantwortung zu übernehmen.

Hier ein Beispiel eines (bösen) Werks: In den Kapiteln, die beanspruchen, sich mit der heutigen Zeit zu befassen (wie auch dieses), führe ich die ganze Zeit ein Gespräch mit mir selbst! Ist das gut oder schlecht? Vielleicht begreife ich zum Schluss, dass es immerhin für das Buch gut ist, obwohl ich in diesem Moment daran zweifle. Warum lasse ich die Helden nicht ihren Weg gehen, damit sie sich – wie man so sagt – entwickeln? Aber, vielleicht ist es für sie noch nicht an der Zeit. Denn … ich bin doch auch einer von diesen Helden (jener mit den Initialen V.B.)! Entwickle ich mich etwa nicht als Figur, durch diesen Dialog mit mir selbst? Hat der Leser etwa nicht begonnen, klare Schlüsse über sie (über mich) zu ziehen? Ich denke, er müsste einige Schlüsse ziehen. Wenn nicht er, wer dann?

1. Kapitel

Sie machten in Jedrene, türkisch Edirne Halt, der berühmten kaiserlichen Winterresidenz und einstigen Hauptstadt.

Nach einer Pause setzte die Karawane mit der großen Mehrheit der Kinder ihren Weg ins Landesinnere fort. Bajica wurde mit einem ganz kleinen Teil der Gruppe von ungefähr einhundert Übriggebliebenen in Edirne zurückbehalten. Allein die Schönheit des Ortes und der äußerliche Prunk des Serails zogen sie in ihren Bann. Die Beschwerlichkeiten und die Länge des gerade zurückgelegten Weges hatten sie fast vergessen. Vor ihnen lag die erste Versuchung ihres Lebens, derer sie sich weder bewusst sein konnten noch waren sie imstande, sich diese klar vorzustellen. Alles reduzierte sich auf den Vergleich dessen, woher sie kamen mit dem, wohin sie gelangt waren, und dabei hatten sie noch nicht einmal die Gelegenheit gehabt, den zweiten und gar den dritten Innenhof des Serails zu sehen!

Die Sinne waren schon korrumpiert, und dabei hatte niemand ein Angebot gemacht.

Sie wurden in Militärbaracken untergebracht, gleich neben den Räumen der Einheit, die zur Wache des Sultans gehörte. Ihnen wurden einige Wächter zugeteilt, Diener, die Serbisch sprachen, sich ihnen in dieser Sprache aber nur in dem Maße zuwandten, wie es der Dienst erforderte: Sie durften kein einziges privates Wort reden, und schon gar nicht irgendetwas erklären. Es war Sache jedes einzelnen der künftigen Untertanen, nur das (oder alles, wie man es nimmt) zu begreifen, was er selbst in der Lage war zu verstehen.

In die Verzeichnisse wurden neben den existierenden, aus Bosnien und Serbien mitgebrachten Daten, ihre neuen türkischen Namen eingetragen. Bajo Sokolović wurde Sokollu Mehmed. Sie erhielten den Befehl, von nun an nur auf ihre neuen Namen zu reagieren. Unverzüglich gingen sie an das Erlernen der türkischen Sprache. Dieses basierte auf dem sukzessiven Erlernen der elementaren Kommunikation, aber auch auf Begriffen, die sie, ohne sie zu verstehen, sofort auswendig zu lernen hatten, mit der Erklärung, dass deren Erläuterung mit Beginn des Koranstudiums folgt. Der Sprachunterricht währte den ganzen Tag und wurde lediglich von Leibesübungen und kargen Mahlzeiten unterbrochen. Vor dem Einschlafen nannte Bajo sich auch weiterhin Bajica, was in der Regel nur kurz dauerte: Völlig erschöpft, fiel er im Nu wie alle anderen in den Schlaf.

Die ersten Monate vergingen blitzschnell. Als sie die neue Sprache soweit beherrschten, dass sie sich ohne Schwierigkeiten verständigen konnten (sie mussten diese in Anwesenheit der Lehrer und Aufpasser untereinander benutzen), machten sie sich schnell auch an das Lesen und Schreiben. Obwohl es bereits einen solchen gegeben hatte, setzte nunmehr ein sichtbarer Auswahlprozess ein. Diejenigen, die sich als die Besseren erwiesen, wurden auserwählt, sich verschiedene Wissenschaftsbereiche anzueignen und sich schnell, breit und tief in sie einzuarbeiten. Unverzüglich wurden sie zu dem, was sie sich angeeignet hatten, auch geprüft. Jene, mit denen man nicht zufrieden war, wurden für die Vorbereitungen zum künftigen Dienst in niederen Positionen eingeteilt. Hatten sich in den verschiedenen Lernphasen genügend Schüler zusammengefunden, wurden die für einzelne Wissensgebiete weniger begabten gruppenweise zu denen gesteckt, von denen weniger gefordert wurde. Allerdings war da etwas, das sie alle ohne Unterschied zusammenhielt und auch allen sofort klar war: Sie dienten allesamt ein und demselben Herrscher. In diesem Rahmen waren sie für verschiedene Positionen prädestiniert, doch im Hinblick auf den ihnen allen auferlegten Gehorsam und die künftige blinde und gemeinsame Treue waren das nur Nuancen.

Mit einer rituellen, bescheidenen und sehr verknappten Zeremonie bekehrte sie der Imam von Edirne zum Islam. Auch eine Beschneidung wurde vorgenommen. Nunmehr konnten sie neben einer umfassenden und vielschichtigen militärischen Ausbildung auch religiöses und geistiges Wissen erwerben. Sehr bald waren Umfang und Dauer der militärischen Übungen völlig identisch mit der Zeit, die sie in Vorlesungen über den islamischen Glauben, mit dem Studium des heiligen Buches, des Korans, und mit gemeinsamen Gebeten verbrachten. Bajica fühlte sich wie jemand, aus dem sie einen Übermenschen machten, bereit und fähig zu Heldentaten von Körper, Verstand und Geist. Für Widerstand brachte er keinerlei Kraft auf; ihm war klar, dass Auflehnung nicht dazu angetan war, ihn vor dem Unvermeidlichen zu schützen. So hatte er wenigstens den Trost (oder die Illusion), an der Entscheidung über die Zustimmung selbst beteiligt zu sein.

Zwang oder Freiwilligkeit?

Es war, als würde er auf Osmanisch nachdenken, aber auf Serbisch träumen. Sich so selbst von einer Sprache in die andere hin und her übersetzend, schien er sein Inneres auf einen ewigen Bewacher der Grenze zwischen Realität und Traum vorzubereiten. Das Halten des Gleichgewichts an so einer scharfen Trennlinie begann mit der Zeit, an die Geschicklichkeit eines Seiltänzers auf dem Jahrmarkt zu erinnern. Mit größerer Höhe wuchs die Gefahr zu fallen, als auch die daraus entstehenden Folgen, aber gleichzeitig auch der Gewinn aus einem eventuellen Erfolg. Stellten nicht gerade diese Gegensätze ein Bild seines gegenwärtigen, aber auch zukünftigen, also seines gesamten Lebens dar? Wahlmöglichkeiten gab es wenige: Er konnte mit oder gegen den Strom schwimmen. Aber wie? Und, vielleicht, warum? Wozu? Hier gab es doch keine Erlösung; ein Verzicht würde ihn nicht wieder nach Hause bringen. Er würde in die schlimmstmöglichen Lebensbedingungen eines gewöhnlichen Sklaven abgleiten, ohne jegliche Chance auf Veränderung, geschweige denn auf Fortkommen oder Erfolg. Sich fremden Entscheidungen über sein Leben zu beugen, sicherte ihm die eine oder andere Möglichkeit, irgendwann in der Zukunft eventuell wenigstens partiell Verantwortung für Entscheidungen über dieses eine, sein Leben, zu übernehmen.

Kapitel II

Die Zeit der Kriege, die auf dem Territorium meiner einstigen Heimat geführt wurden, ist vorbei, hoffentlich auf Nimmerwiederkehr. Aber es ist nicht genug Zeit vergangen, viele ihrer Folgen zu beseitigen. Eine davon, die nur auf den ersten Blick harmlos ist, besteht in einer neuen und hartnäckigen Erscheinung des unfeinen Ersatzes von Qualität durch Quantität, so zum Beispiel der Verwandlung von Literatur in Mathematik. Ich möchte es erklären. Da der Zeitraum der Transition einer Gesellschaft von Halbprimitiven als Versuch verstanden wird, alles in Zahlen auszudrücken, zeigte sich als Nebenprodukt »der Schaffung ursprünglichen Kapitals« bei denen, die das Ausrauben von Volk und Staat so nennen, die Notwendigkeit, alles zu bewerten. Und die Bewertung wird in Zahlen vollzogen. Für die vom Geld Abhängigen sind (waren) Zahlen der einzige Wertmaßstab. Und in der Tat wurden aus den Zahlen Top-Listen von allem gemacht, was es gab. Was immer ihnen auch in den Sinn kam, sie konnten es durch einen Vergleich mit dem Ranglisten-Platz dessen ausdrücken, was ihnen eingefallen war, im *Verhältnis zu etwas* anderem.

So tauchten auch in den Verlagen und in der Literatur Zahlen aller Art auf. Der größte Teil davon sah im Umfeld des Wortes überflüssig aus. Abgesehen vielleicht von den Zahlen, die so genannte Auflagenhöhe oder die Anzahl der gedruckten Exemplare und die Anzahl der Auflagen einzelner Titeln ausdrücken. Diese Zahlen waren schon immer da, aber, auch wenn sehr wichtig für das Verlagswesen, waren sie nicht entscheidend, unantastbar oder allmächtig. Sie waren einfach da, wie ein gleichberechtigter Teil eines Ganzen, das aus den verschiedensten Elementen zusammengesetzt war, auch aus Zahlen, die das Buch und sein Leben ausmachten.

Aber diese anderen Zahlen, die im Nachhinein in der Transition auftauchten, waren überflüssig: zum Beispiel die Zahl, die das *Einnehmen* des Platzes eines Buches auf der Top-Liste der berühmtesten, der meistverkauften, der meistgelesenen, der modernsten und ähnliches ... kennzeichnet. Allem Anschein nach die *Eroberung* eines Platzes auf demokratischem Weg. Aber das ist eher ein Trugschluss. Zwingend ist das Gefühl, dass die Transition mit Hilfe des Gebrauchs von Zahlen durch *Rauben* des Platzes vonstatten geht.

Aber die Messungen nehmen kein Ende: wie viele Wochen ist das Buch auf der Top-Liste, wie viele Ausgaben erschienen als Hardcover, als Taschenbuch, Wiederauflage, goldener Einband, absurder Einband, es endet mit dem Zubinden der Augen der Leser. Und dann, auf welchem Platz war es letzte Woche, wie viele Wochen, wie viele Stimmen hat es gewonnen, aber wenn die Stimmen auf elektronischem Weg abgegeben wurden – wie viele »Besucher« hatte die Seite zum Zeitpunkt der Abstimmung. Danach das Vergleichen: All die Angaben für das aus einer fremden Sprache übersetzte Buch werden mit den Zahlen aus anderen Ländern verglichen. Und wieder von neuem.

Es gibt auch versteckte Zahlen, die es nicht in die Öffentlichkeit schaffen: Vereinbarungen, die durch Verträge bindend sind, bis zu welchem Datum muss der Autor das Manuskript abgeben, wie viele Seiten darf oder muss es haben (nicht mehr und nicht weniger), die Prozente für mögliche Einnahmen in allen vorstellbaren Situationen und das für jede Vertragsseite, und das sind nicht nur der Autor und der Verleger. Auch was in unvorhersehbaren Situationen zu tun ist!

Die Nichterfüllung der bindenden Punkte solcher Verträge besteht ebenfalls aus Zahlen: von Strafpunkten bis hin zum Abzug von Prozenten. Diese Mathematik ist stärker als der Tod! Siebzig Jahre nach dem Tod des Autors gilt die Rechnung immer noch: alles wird auch weiter berechnet, summiert, abgezogen, multipliziert und geteilt. Das Glück besteht darin, dass die Bücher ihre Autoren überleben, aber die Rechnung verlangt auch ihr Recht: Sie verfolgt den Autor sogar ins Jenseits und erlaubt ihm nicht, sich von seinen Rechten loszusagen. Dieser *Post-Mortem*-Teil der Zeit heißt *glückliche Mathematik*.

Die Polemik *für* und *wide*r diese und jene Form der Ehe zwischen der Literatur und der Mathematik ist noch nicht entfacht. Der Grund ist einfach, wenn auch nicht leicht zu sehen. Die Intellektuellen haben nämlich in der Transition ihre gesellschaftliche und sogar kulturelle Bedeutung eingebüßt, was sie zunächst überraschte und danach verwirrte, erniedrigte und ziemlich marginalisierte. Zu dieser Statusveränderung gesellte sich noch blanke materielle Not. In diesem vordepressiven Zustand wurden einige Leute aus der Welt der Literatur und des Verlagswesens moralisch und materiell bestechlich. Die »Mathematiker« erlangten Ruhm.

Das alles wäre vielleicht nicht so tragisch, wenn es nicht auch eine Veränderung einzelner Eigenschaften und Teile des Charakters verursacht hätte. In Verbindung mit der Frage der Nation, der nationalen Zugehörigkeit, der sprachlichen Kombinatorik, der neuen Eigenständigkeit und ähnlichem, gelangte der Intellektuelle zum Problem der Identität. Wenn es aber so weit kommt, dann ist Zerstören und Aufbauen, Aufbauen und Zerstören an der Tagesordnung. Von Identität. Und allem anderen.

2. Kapitel

Kampfkünste konnten auch eine Maske für vieles andere sein, dem sie unterworfen waren. In der scheinbar einfachen und sehr harten Schule physischen Ausgleichs erlernten sie auch zahlreiche geistige Fertigkeiten. Um zum Beispiel Mut als Eigenschaft für sich zu akzeptieren, musste man zunächst Feigheit verstehen; erst nachdem man sich diese bewusst gemacht hatte, konnte man dazu übergehen zu erlernen, wie man sie besiegt. Dann durfte man den neuen Zustand seine persönliche Eigenschaft nennen.

Aufs Ganze gesehen, war dieses Verständnis zwischen Körper und Geist der entscheidende Punkt in der gesamten Ausbildung. Hatte man die Verbindung einmal erkannt, machte man Werte leichter und schneller aus. Das war eine Kettenreaktion. Aus den Wechselbeziehungen zwischen Feigheit und Mut erwuchs sozusagen auch das Verhältnis zwischen Unterordnung und Höherstellung. Die Angst wich vor der Provokation zurück, aber … ihre Lehrer erhoben sie in jenem Moment auf eine höhere Stufe des Durchbrechens psychologischer Barrieren: Sie versicherten ihnen, dass Angst auch Mut hervorbringen kann. Und vielleicht noch furchtloseren und größeren als gemeinhin üblich! Und so ließen sie sich in derartige Prozesse ein und bewiesen am eigenen Beispiel die Richtigkeit dieser Lehren.

Das waren Verfahren zum genaueren Verstehen des Ziels: Sie wollten durch Einpflanzen von etwas Fremdem aus ihm keinen Übermenschen machen (wie er zunächst gedacht hatte), sondern es sollte so viel wie möglich von dem, was er bereits verinnerlicht hatte, an die Oberfläche gelangen und so gut, konzentriert und rentabel wie möglich genutzt werden. Als wollte man aus ihm einen vollkommeneren Menschen machen.

Allerdings betraf Letzteres lediglich Bajica und dazu wenige Burschen aus der Gruppe. Niemand musste ihnen sagen, dass man sie für besondere Aufgaben vorgesehen hatte; waren sie doch bei zahlreichen Unterweisungen schon ohne die anderen Burschen. Als Folge dieses Separierens und der so gemeinsam verbrachten Zeit aber, und wahrscheinlich auch wegen des stärkeren Gefühls der Sicherheit in der Gemeinschaft, bahnte sich zwischen einigen von ihnen eine seltsame, vielleicht auch rettende neu erweckte Freundschaft an; notgedrungen eine heimliche, öffentlich zeigen durften sie diese nicht. Bis zu einem ganz besonderen Augenblick.

Bajica war es während seines mehrjährigen Aufenthaltes im Serail von Edirne nicht gelungen, dessen Herrscher zu sehen. Der Sultan befasste sich mit anderen Aufgaben und Dimensionen. Und wenn er nach Edirne kam, wurde er ihrer nicht ansichtig, denn alle Jungen sperrte man, bevor er seinem Serail näher kam, in die Unterrichtsräume ein und kontrollierte sie streng, damit sie während des Herrscheraufenthaltes nicht einmal zufällig draußen erblickt wurden. Man sagte ihnen jedoch, dass der Sultan regelmäßig über die Fortschritte der künftigen Hüter des Reiches unterrichtet würde, denn an ihrer Zukunft zeigte er sich ernsthaft und ständig interessiert. Ein Beweis dafür war eines Tages das überraschende Auftauschen seines Gesandten Deli Husrev Pascha am Hofe. Er war eine Person, die ihnen zu sehen erlaubt war.

Für den, der Gast und Gastgeber in einem war, wurde sofort eine öffentliche Vorführung von Fertigkeiten und Wissen der jungen Schüler des Reiches organisiert, alles unter Wahrung der offiziellen Form und in Festkleidung und mit einem strengen Zeremoniell. Mit ihren Kenntnissen der persischen und arabischen Sprache, der Geschichte, mit der Zahl der gelernten und rezitierten Suren aus der göttlichen Prophezeiung Mohammeds versetzten sie ihn in Erstaunen.

Der Pascha hielt am Schluss vor allen, die da in Reih und Glied standen, eine Rede. Und danach lud er ein Dutzend mit besonderer Begabung, die es nach seinen Worten verdient hatten, ein, im Innenhof des Serails einige der Sultansgemächer zu sehen. Als sie in einem, das gerade durch seine minimale Ausstattung und Dekoration seine Bedeutung erkennen ließ, Halt machten, sagte der Pascha zu ihnen:

»Wenn unser Herrscher in Edirne die Wesire versammelt, dann wird hier der Diwan des Herrschers einberufen, um über wichtige Staatsdinge zu entscheiden. Dort oben an der Wand aber, fast an der Decke, wo das kleine vergitterte Fenster zu sehen ist, sitzt hinter einem Vorhang der Sultan und lauscht von oben, wie seine Wesire arbeiten.«

»So wie Allah von oben auf uns alle schaut«, platzte Bajica heraus. Die Mehrheit der Kameraden sah ihn verwundert an; einige mit Argwohn, einige mit Zustimmung im Blick.

Doch dann folgten mehrere echte Überraschungen. Deli Husrev Pascha entließ zunächst seine gesamte

Begleitung und die Bewacher der Jungen und nachdem diese alle im ersten Hof verschwunden waren, begann er Serbisch zu sprechen!

»Ihr habt euch als gute Schüler des Reiches erwiesen. Wenn ich meine Zufriedenheit unserem Herrscher übermittle, heißt das, dass ihr euch bald – auf der Grundlage ausführlicher Berichte eurer Lehrer und Aufseher über jeden von euch – trennen werdet. Ihr werdet für unterschiedliche Regionen der Welt und für verschiedene Tätigkeiten eingeteilt.«

Er machte eine Pause.

Er näherte sich einem von Bajicas Kameraden, der jetzt Mustafa hieß, umarmte ihn plötzlich und sagte leise zu ihm:

»Bruder.«

Der Junge war verwirrt, begriff nicht, was da vor sich ging, argwöhnte, vielleicht nicht richtig gehört zu haben. Der Pascha sagte ihm kurz etwas ins Ohr, dann schlang er seine Arme um Bajicas Schultern und flüsterte diesem zu:

»Er ist mein Bruder, aber er ist auch dein Cousin.«

Dann wandte er sich erneut an alle:

»Euch ist klar, dass auch ich aus eurem Geschlecht bin. Ich wurde vor genau zwanzig Jahren aus der Herzegowina hierher gebracht, genau wie ihr. Ich bin aus der Familie Sokolović und einige von euch sind auf meinen Befehl hin hierher gebracht worden. Meinen jüngeren Bruder sehe ich seit seiner Geburt zum ersten Mal. Ist das nicht seltsam und verrückt?«

Mustafa sah ihn an, Augen und Mund weit aufgerissen. Auch Bajica betrachtete ihn nicht minder bestürzt. Hier, aus diesem Mund, nach so langer Zeit ihren nicht gänzlich vergessenen, aber total unterdrückten Nachnamen zu hören!

Die ganze Geschichte des Paschas, begriffen sie, zielte darauf sie zu ermutigen, auf die ihnen gebotene Gelegenheit, sich so gut wie möglich zu bilden, nicht zu verzichten, möglichst viel von dem Gebotenen zu nutzen und all das zu gegebener Zeit für die eigenen Ziele einzusetzen – welche das auch immer sein würden und wann auch immer sie auf den Plan treten mochten. Gerührt von ihrer Gegenwart und überwältigt von seinen Erinnerungen zeigte er ein gewisses Maß an Vertraulichkeit. Er bemühte sich um klare Worte, achtete aber gleichermaßen darauf, nicht zu offen zu sein. Er musste ihnen nicht sagen, was sie schon verstanden hatten: Dass sie sich maximal und bei jeder Gelegenheit untereinander helfen und unterstützen müssen. Dass sie nicht vergessen, woher sie sind, aber auch nicht das versäumen, was sie erwartet. Wenn sie dazu verdammt sind, eine andere Vergangenheit als Zukunft zu haben, mögen sie daraus etwas machen, wodurch sie sich, unverkennbar oder unauffällig, von allen anderen unterscheiden. Nur so würden sie den Frieden mit und in sich bewahren können. Denn, so hob er mit Nachdruck hervor, falls sie sich der Doppelexistenz, in die sie gedrängt wurden, nicht bewusst werden, werden sie nicht einer einzigen Versuchung widerstehen.

»Derjenige, der es schafft, sich über die eigene Zweiheit zu erheben, wird Unglück in Vorteil verwandeln können. Nicht wenigstens einen Elternteil zu haben, ist eine echte Tragödie. Beide zu haben, ist ein großes Glück, das täglicher Erinnerung wert ist. Vielleicht kommt es euch jetzt so vor, als wärt ihr ohne Eltern, aber bald werdet ihr sehen, dass ihr beide Elternteile habt.«

Der Pascha verhalf Bajica zu seiner ersten, jugendlichen Weisheit: Wenn man etwas nicht vermeiden kann, dann muss man sich damit konfrontieren.

Eine ganz eigenartige Folge des Besuchs von Deli Husrev Pascha kam zwanglos und ganz offen zum Vorschein. Nach seinem Fortgang begann das Dutzend auserwählter junger Burschen untereinander Serbisch zu sprechen, wobei alle stillschweigend die Regel einhielten, das Serbische nur außerhalb der Ausbildung zu benutzen, es aber nicht mehr zu unterdrücken. Und siehe da, was für ein Wunder! Niemand nahm ihnen das übel, geschweige verbot es ihnen gar! Und warum auch? Unvermeidlich war, und das wussten sie selbst auch, dass für alle die Zeit der Trennung kommen und nicht einer von ihnen dann mit sich selbst Serbisch sprechen wird. Das würde daher niemandem schaden.

Kapitel III

Ich mag Definitionen, egal welche, nicht sonderlich (man erinnere sich nur daran, wie übertrieben oft dieses Wort in jedermanns Schulzeit auftauchte). Aber beim Thema des Vermischens von Literatur und Rechnen (wieder ein Wort aus der Schulzeit, das kleine Kinder in die höheren Sphären des Operierens mit Zahlen einführte) reifte in mir der unwiderstehliche Wunsch, Geld zu definieren. Und hier nun, zu welchem Schluss ich gekommen bin: Geld ist ein in Zahlen ausgedrückter Wert! Es scheint, dass man für diese Schlussfolgerung nicht viel Verstand benötigt. Könnte man dasselbe nicht auch über, sagen wir mal, die Dauer sagen: Die Jahre sind ein in Zahlen ausgedrückter Wert. Ha! Genau, wie man vieles andere mit völlig derselben Definition ausdrücken könnte. Aber nicht darin liegt der Sinn. Auch wenn es richtig ist, dass diese »Weisheit« auf viele andere Begriffe und Erscheinungen übertragen werden kann, heißt das nicht, dass die ursprüngliche Definition nicht richtig ist und auch nicht, dass die Existenz anderer sie aufhebt.

Was will ich sagen? Na, dass Wert nicht gleichzusetzen ist mit Qualität. Daher haben die Aussagen »das Geld ist ein in Zahlen ausgedrückter Wert« und »das Geld ist eine in Zahlen ausgedrückte Qualität« nicht dieselbe Bedeutung. Wir kommen zu der so genannten Pointe. Stellen sie sich vor, gewisse Autoren würden nachgeben und das in Zahlen ausgedrückte Wertesystem (der Platz ihres Buches auf der Top-Liste sozusagen) gleichsetzen mit der Qualität dieses Buches. Sie wüssten nicht, wem sie schwerer verzeihen würden: der Eitelkeit des Autors oder denen, die diese monströsen Hit-Listen erfunden haben.

Diese Phänomene wären nicht besorgniserregend, wenn sie im Bereich der Phänomene verbleiben würden. Sie sind inzwischen viel mehr als das, und am Anfang sind sie nur eine Modeerscheinung und eine Tendenz, aber mit der Zeit verwandeln sie sich in einen richtigen Plan, in ein Programm, alles mit dem Ziel, zur Regel zu werden. Von daher darf man ihnen nicht Zufälligkeit, Leichtfertigkeit und schnelle Vergänglichkeit zuschreiben. Ihr Ziel ist es, ein dauerhafter Wert zu werden und zu bleiben. Zahl ist gleich Qualität.

Und wie sieht das in der Praxis aus? Neulich wohnte ich tatsächlich dem Vortrag einer bekannten Autorin zur Verteidigung der Zahlen bei. Um zu beweisen, dass ihr erster Platz auf der Liste der meistgelesenen Bücher in jeder Hinsicht unantastbar ist, egal, wie viele Leute ihr Buch gelesen hatten, was ihr übrigens auch niemand streitig machte, verglich sie sich mit den geistreichsten, besten und wichtigsten Autoren des Jahrhunderts! In ihrer egomanischen Arbeit hatte sie entsprechende Stichworte wie etwa die Platzierungen der Bücher dieser verdienstvollen Autoren auf den damaligen oder historischen Top-Listen, weder gesucht noch gefunden. Genau genommen konnte sie auch nichts finden, denn zu jener Zeit existierten solche Listen gar nicht. Die Autoren eroberten ihre Plätze durch Verdienste und nicht numerisch. Also, meine Botschaft ist klar. Die Frau Autorin war beleidigt, weil sich zuvor jemand erstmals getraut hatte, ihren eitlen Wunsch in Frage zu stellen, dass ihr der erste Platz und der Platz des Besten gebührt. Sie hatte diese Formel mit einer anderen, verführerischeren verwechselt: Dass der erste Platz auch der beste sei.

Und um alle Zweifel auszuräumen: Der Platz des Ersten kann wirklich auch der beste Platz sein, aber das heißt auf keinen Fall, dass es auch der Platz des Besten ist.

3. Kapitel

Die größte und schwerwiegendste Folge des Paschabesuches (wie sich herausstellte, ein Auskundschaften) war wenige Monate später die Ankunft seiner Hoheit selbst. Jetzt aber nicht nur in seinem Serail, sondern auch bei den ausgehobenen Knaben. Genauer gesagt, diesmal wurde ihnen gestattet, vor dem großen Sultan zu erscheinen. Sein Großmut erschöpfte sich in der Geduld, sie alle, wie sie da saßen, mit einem Blick zu messen, eine Handbewegung zu machen, die ihnen bedeutete, dass sie frei seien, auf dem Diwan Platz zu nehmen und darauf zu warten, zu dem Dutzend Auserwählter zu gehören, die ihm einzeln vorgestellt werden. Das taten ihr Lehrer, was sein Recht war, und Deli Husrev Pascha als Mann aus der Gefolgschaft des Herrschers, offensichtlich ein Mann mit einer besonderen Vertrauensposition.

Der Pascha mit seinem unerschütterlichen Selbstvertrauen sprach über jeden Burschen gesondert: Von wo man ihn gebracht hatte, aus welcher und was für einer Familie er stammte, wofür er in der Ausbildung besondere Begabung zeigte und wo seiner Meinung nach Bildung und Ausbildung fortgesetzt werden sollten. So erfuhr Bajica vor dem Sultan, dass sein Schicksal so geplant war, dass er an den obersten Herrscher gebunden sein würde: im kaiserlichen Serail in Istanbul!

Nur ein einziges Mal hatte er die Gelegenheit, dem Blick des Sultans zu begegnen und dieser ließ ihn erstarren. Er sah eine seltsame Verbindung von Gleichgültigkeit und Interesse, aber vor allem eine eisige Kälte, die wahrscheinlich jene gewaltige Entscheidungsmacht mit sich brachte: angefangen bei den Problemen unbedeutender Einzelschicksale bis zur Gestaltung der Zukunft ganzer Stämme und Staaten. Doch wiederum war er immer noch zu sehr Soldat, um kein Interesse an diesen gebildeten Sklaven zu zeigen, von denen vielleicht morgen auch sein Leben abhängen könnte. Bajica hatte man gelehrt, dass alle zugeführten Kinder, in den verschiedenen Funktionsebenen vom Janitscharen bis zu den höchsten kaiserlichen Ratsmitgliedern, also wirklich alle, eine nachweislich verdiente, identische Rolle gegenüber dem Sultan haben würden. Er wird in dieser oder jener Weise, in Abhängigkeit davon, inwieweit und wann er in ihrer Nähe sein würde, ihnen mehr Vertrauen entgegenbringen als jeder anderen militärischen Formation. Von ihrer Treue ihm gegenüber – individuell wie gruppenbezogen – würde auch sein Leben abhängen. Aber auch das ihre. Sie werden sein Schutzschild gegen alle anderen sein: sowohl innerhalb wie auch außerhalb des Reiches. Und er wird einer der Ihren sein.

Über all das dachte er tagelang nach, nachdem alles schon vorbei war. Aber, über all den wichtigen Schlüssen schwebte ein weitaus einfacherer, ihm aber weitaus wichtigerer: Ihn, Bajica, verbargen sie nicht mehr vor dem Sultan! So begriff er, dass er ihnen etwas wert war. Das war wahrscheinlich eine Anerkennung für das Akzeptieren des Fremden. Als Ersatz für diese Akzeptanz wurde ihm zu verstehen gegeben, dass ihn künftig Privilegien und kein Sklavenschicksal erwarteten, obwohl ihn niemand und niemals von diesem Status würde erlösen können, nicht einmal der Sultan.

Nun war ihm eigentlich angeboten worden, ein vollendeter Sklave zu sein.

Kapitel IV

Die auf Literatur und Bücher angewandten Zahlen erlangen manchmal geistreiche Charakteristiken und zeitigen absurde Folgen. Auf einer unlängst veranstalteten lokalen Buchmesse hat der Organisator in allen Medien eine Rangliste der teilnehmenden Aussteller publik gemacht. In dieser Veröffentlichung stand alles Mögliche, nur nicht wonach die Verlage bewertet wurden und was sie besser als andere macht. Sie waren die *Besten*, aber man wusste nicht worin. Aber dann, nach seriöser Analyse und Ursachenforschung über die Nichtnennung des wesentlichen Kriteriums, was aber den Ausschluss der Vergesslichkeit des Organisators einschloss, wurde klar, dass dieses Detail gar keine Rolle spielte, solange sie die *Besten* waren.

Es ist die Zeit gekommen oder die Stelle erreicht, an der ich mich selbst vom Anfang dieses Buches (das Kapitel mit dem Titel »Nach Beginn«) aus dem Passus zitiere, in dem ich die Epitheta erwähne, die für Großartigkeit und Kraft stehen und Teile von Personennamen wurden: der Starke, der Prächtige oder ich bediene mich der gewöhnlichen Qualifikationen – der Größte, der Wichtigste, der Bekannteste. Aber warum? Na, um zu beweisen, dass die Geschichte oft genug eine Estrade[2] war, weil, hier das Zitat: »Die Geschichte mag besonders das *Größte, Stärkste,*

Mächtigste, alle Superlative. Ein Buch hat allerdings andere Aufgaben.«

Deshalb bleibt das Buch im Bereich des Marginalen, auf einem Nebengleis, während die Geschichte sich bemüht, zwischen ihre erhabenen und dauerhaften Denkmäler auch die ewigen Werte der Hierarchie der Estrade einzureihen. Die Estrade ist schlau, sie nutzt die Schwäche der Geschichte gegenüber allen Siegern aus (sogar in Bezug auf die falschen, unwichtigen, grotesken …), so dass sie leicht auf Schmusekurs zu ihr geht. Sie macht ihr Komplimente, mit denen sie sie sehr geschickt einkassiert. Und Charme ist auch *ein Ort, von dem aus gesprochen wird:* in den so genannten Unterhaltungskünsten (öfter als »Künste« bezeichnet) heißen diese Orte Podien, und in den politischen Tätigkeiten – Bühne.

Erst der Prozess der gesellschaftlichen und ökonomischen Transition einzelner europäischer Staaten hat die gefährliche Ähnlichkeit zwischen Politik (als zukünftiger Geschichte) und den populären Unterhaltungsfertigkeiten (als ewiger Gegenwart) gezeigt. Diese Ähnlichkeit, erprobt, vorgeführt und zu vollkommener Unverschämtheit oder zu unverschämter Vollkommenheit entwickelt – erwies sich als ideale, sich gegen das Buch verbündende Gemeinschaft. Die Angst vor der Beweisbarkeit der Vorstellung vom ewigen Bestand des Buches oder wenigstens seines natürlichen Bestrebens, aber auch häufigen Erfolgs, im Hinblick auf eine lange Existenz ließ diese primitive, einer Karikatur ähnliche, absurde, aber gefährliche Symbiose zu einer unauflösbaren Ehe aus Berechnung erstarren. Bald wurden Floskeln erdacht als Kräfte für eine schnelle Intervention vom Typ Populismus gegen Elitismus. Aber da das Elitäre nur einer geringen Anzahl von Menschen vorbehalten ist, geht das gegen die Demokratie, die sich in Gottes Namen wenn nicht an alle, so doch wenigstens an eine große Zahl von Menschen richtet.

Hier ist sie – die transitionale Dialektik!

Der Fakt, dass zum Welterbe Bücher gehören, die aus der ferneren oder näheren Vergangenheit zu uns in die Gegenwart gelangen und ganz gewiss sowohl in naher als auch fernerer Zukunft eine gewisse Zeit fortleben werden, hat nur die Position der Angreifer und des (Fort-)Dauerns verschärft.

Der Kampf zwischen der täglichen Dauer und irgendetwas Dauerhafterem hat sich in einen Kampf des Lauten gegen das Stille verwandelt (Letzteres entstand aus der häuslichen Erziehung heraus und nicht aus Angst), der Stimme der Heimlichkeit gegen die Stimme der Öffentlichkeit, der Beleidigung gegen die Toleranz, des Aggressiven gegen das Sanftmütige, des Krieges gegen den Frieden.

Wer wird den Sieg davontragen? Na, die Sieger.

So viel haben wir wenigstens gelernt.

4. Kapitel

Nachdem der Sultan Edirne verlassen hatte, dachte Bajica nochmals über den vorausgegangenen Besuch von Husrev Pascha nach. Die zwar erst im Nachhinein verstandene Idee des Paschas einer Vorkontrolle von allem, was für einen erfolgreichen Empfang des Sultans wichtig war, um für seine Ankunft den Boden zu bereiten, reizte ihn. Also, alles zu tun, damit den Herrscher nichts überrraschte, überrumpelte, zu sehr enttäuschte …, sondern damit ihn jede Kleinigkeit wie vorgesehen vertraut und sicher erwartete …, was ihn glauben lassen würde, alles sei unter Kontrolle. Bajica verstand, dass das mit Hilfe einer Art *Plan* des Paschas geschah. Daraus wiederum zog er den Schluss, dass Weitsicht von Ereignissen von außerordentlicher Relevanz für das Herrschen ist: Falls es gelänge, zu sehen oder vorauszusehen, welche, welcherart und wieviele Möglichkeiten ein Mensch (oder Staat, das ist egal) hat, um dann zu entscheiden, welche der Optionen und Ziele den Bedürfnissen entsprechen, könnte man auch die Pfade festlegen, die zu diesen Zielen führen. Das also konnte Planung genannt werden. Oder Politik.

Ganz und gar genauso ließen sich unerwünschte Folgen künftiger Verfahrensweisen vermeiden. Der Mensch konnte durch vorausschauende Wahl Fehler und unnötigen Zeitverlust vermeiden und damit wahrscheinlich – im Falle einer staatlichen Entscheidung – auch den Staat vor überflüssigem Aufwand an finanziellen Mitteln, Menschenleben und Territorien bewahren. Aber genau dieses Verfahren könnte wie eine Prophezeiung aussehen, wenn man es umsetzte ohne es den Leuten, denen der Hintergrund des Ganzen nicht bekannt war, erklärt zu haben.

Derjenige, der weiß, *was* passieren wird, weiß auch, *wie* er sich gegenüber dem Geschehen positioniert. Das, was Deli Husrev Pascha »Auskundschaften« genannt hatte, vermochte er nun in zwei Unterkategorien zu teilen.

Die eine war diese unverkennbare, die öffentlich die Macht des Herrschers über die Ereignisse zeigt. Sie illustrierte vermutlich die Weisheit, mit der alle menschlichen Beziehungen geregelt werden können, von den einfachen Beziehungen bis zu denen zwischen Herrschern und ganzen Staaten.

Die andere war vielleicht weniger klar und gewiss nicht für die Öffentlichkeit. Sie offenbarte eher Unzulänglichkeiten als Qualitäten, eher Unterlassungen als Erfolge des Besuchs. Sie suchte nach wunden Punkten, die man, falls es irgend nötig wäre, ins Spiel bringen könnte. Wie ein Säbel über dem Kopf eines Opfers, mit dem man in einem beliebigen Moment flink ausholen kann. Sie war ewig wie ein mit unauslöschbarer Tinte fixiertes Dokument, das, aufbewahrt an einem unsichtbaren Ort, leicht, schnell und jederzeit publik gemacht werden konnte.

Vielleicht war das der Weg zur Schaffung einer übermächtigen Einzelperson und eines bombastischen Imperiums.

Er beschloss, wann immer es möglich war, sich selbst »auszukundschaften«, öffentlich wie heimlich.

Erst viel später, als ihm weitaus subtilere Kenntnisse über das Regieren eines Staates zugänglich wurden, sollte er erkennen, wie präzise seine Ahnungen von der Bedeutung auch der Verbindung dieser für ihn erstmals erkennbaren Form von Bespitzelung mit der scheinbar zufälligen Verschränkung von Ereignissen und Schicksalen Einzelner und ganzer Völker gewesen waren.

Kapitel V

Wie sähe es aus, wenn einzelne Wörter, Ausdrücke oder Syntagmen aus dem aktuellen politischen Wortschatz in der Literatursprache Verwendung finden würden? Hier ist eines meiner Lieblingsworte: *nachhaltig*, dem man danach den notwendigen Bestandteil hinzufügt, der sich allerdings nur auf die Zukunft bezieht. Und stellen Sie sich vor, was für ein Wirrwar entsteht, wenn dieser Nachhaltigkeit das Wort *Geschichte* zugefügt wird.

Wichtig zu wissen ist, was in der Auslegung der europäischen politischen Institutionen als begleitendes Instrumentarium zu solchen künstlichen Syntagmen passt. Am häufigsten passt dazu eine Art Erpressung: Wenn sie das und das erfüllen, dann bekommen sie das und das … Dann ist Ihr Projekt nachhaltig. Das ist die wesentliche Bedeutung. Natürlich würde das niemand von den Autoren der Erklärung jemals zugeben, sondern würde über die Erfüllung zahlreicher und langwieriger Bedingungen reden, aber nicht um zu erpressen, sondern wegen des erfolgreichen Gelingens des Projekts. Kurz gesagt, man erklärt ihnen, dass bevor eine Entscheidung über die Unterstützung eines Vorschlags getroffen wird, eine Studie über seine realistische Zukunft, seine sichere Dauer und sein noch sichereres Überleben angefertigt wird. Wo ist hier die Wahrheit? Man kann sagen – sehr wahrscheinlich irgendwo zwischen diesen beiden Erklärungen. Aber nein. Sie ist näher an der Erpressung dran, gerade weil es für das Negieren der Erpressung diese außergewöhnlich logische Erläuterung gibt, die sowohl richtig als auch ideal für Manipulationen ist. An und für sich ist das nicht falsch, aber es verlangt einfach nach einem Zusatz.

Ein Beispiel.

In einem der ausschlaggebenden (französischen) Bücher über das Osmanische Reich, einem Sammelband mit Texten von ungefähr zwanzig anerkannten Experten aus aller Welt, Spezialisten nicht nur für bestimmte Epochen, sondern auch für bestimmte Themen in diesem Bereich, und unter der Federführung eines Mannes von unstrittiger Autorität taucht sozusagen solch eine, ob ignorante oder doch subtilidiotische Manipulation von Daten auf, und das, siehe da!, im Abschnitt mit der Überschrift »Die Leitung des Reichs«, fortgesetzt im Kapitel »Die Hebel der Macht«:

»Das System zeichnete sich innerhalb der herrschenden Schicht des Imperiums durch außergewöhnliche ethnische Vielfalt aus. Unter den siebenundvierzig Großwesiren (während der Herrschaftszeit von elf Sultanen – Anm. V. B.), die sich zwischen 1453 und 1623 abwechselten, waren nur fünf türkischer Herkunft.«

Mein Kommentar:

Hier unterbreche ich das Zitat (aber ich werde gleich dort, wo ich aufgehört habe, fortsetzen), um zu unterstreichen, um welche außerordentlich wichtige Angabe es geht! Wenige Menschen wissen von diesem mathematischen Versteckspiel (diesmal in die Geschichte verschoben und erst danach in die Literatur), das aber total frappierend ist: dass das mehrere Jahrhunderte währende und stärkste Imperium Vorderasiens und eines beachtlichen Teils Europas und Afrikas so einfach und konsequent die größte Macht hartnäckig in die Hände von Menschen legte, die *nicht* seinen ethnischen Hintergrund und sehr oft nicht einmal (ursprünglich) seinen Glauben hatten! Diese Angabe als solche verlangt eine Pause im Zitat, was sonst, oder etwa nicht?

Und dann folgt das »Einkochen«.

»Neben den anderen waren elf Albaner, sechs Griechen, ein Tscherkesse, ein Armenier, ein Georgier und ein Italiener, während zehn von ihnen unbekannter Herkunft waren.«

Mein Kommentar:

Gut, nach dem hartnäckigen Addieren kann und muss man über das unmögliche Erreichen der Gesamtzahl von siebenundvierzig Großwesiren hinweggehen. Aber, wo sind diese fehlenden elf? Welcher Herkunft waren sie, wenn sie weder unter den Türken noch unter einer der anderen genannten ethnischen Gruppen, aber auch nicht unter den »zehn mit unbekannter Herkunft« zu finden sind? Was will uns diese Unkenntnis über den Rechenvorgang des Addierens eigentlich sagen? Oder will es uns nichts sagen, da wir nicht verdienen, es gesagt zu bekommen?

Und danach folgt sofort, im gleichen Passus, das »Mutmaßen«.

»Der Großwesir Mehmed Pascha Sokolović und *Kul*[3] des Sultans, ein Serbe aus Bosnien, zeigte sich demütig gegenüber seinen Wurzeln, als er in seinem Geburtsland religiöse Stiftungen errichteten ließ oder als er 1557 die Erneuerung des serbischen Patriarchats in Peć ermöglichte.«

Mein Kommentar:

So, jetzt haben wir in der vorausgegangenen Rechnung noch einen entdeckt, den nicht existierenden Großwesir! Jetzt fehlen uns nur noch zehn! Ich würde nicht sagen, dass der Autor bzw. die Autoren der Studie nicht auch wissen, um wen es sich handelt. Einzig wir wissen nicht, ob dieser, den wir entdeckt haben, zu den »zehn mit unbekannter Herkunft« gehört oder zu den anderen zehn, die uns in der Aufzählung fehlen? Natürlich habe ich in diesem Zitat absichtlich die Angaben über Sokolović ausgelassen (die von den Autoren der Sammlung stammen, nicht von mir), damit man sieht, dass die Autoren alles, was nötig ist, über ihn *wissen*. Zuerst existiert er nach ihren Ausführungen gar nicht als Großwesir, um dann bereits im ersten nachfolgenden Abschnitt desselben Textes desselben Buches sehr wohl existent zu sein. Das heißt, sie wissen auch um all die anderen, doch aus irgendwelchen nur ihnen selbst bekannten Gründen lassen sie deren Existenz nicht zu.

Ich kenne zum Beispiel mindestens noch einen von diesen »nicht existierenden« Wesiren. Sie fragen sich, wie, wenn die Autoren keine Namen nennen (außer den von Mehmed Pascha)? Weil ich weiß, dass auch dieser der Herkunft nach Serbe war. Sein Name ist Rüstem Pascha Opuković. Ist es nötig, dass ich diese Behauptung mit einigen Angaben erhärte? Ja? Gut. Er wurde 1500 in Bosnien geboren, in der Umgebung von Sarajevo. Er hatte die Position eines Großwesirs inne, sogar *zweimal*: von 1544 bis 1553 und von 1555 bis zu seinem Tod im Jahr 1561. Zwei Mal – ungewöhnlich und selten und vor allem leicht in Erinnerung zu behalten. In die Position eines Großwesirs des Reiches berief ihn Süleyman der Prächtige persönlich, nach den Zerwürfnissen zwischen dem bis dahin herrschenden Großwesir Hadim Süleyman Pascha (der Namensvetter des Sultans) und dem zweiten Wesir des Reiches Deli Husrev Pascha (wie wir bereits wissen, der Herkunft nach auch Serbe). Der Sultan setzte beide zur Strafe ab und vertrieb sie aus der Hauptstadt. Ein Großwesir wurde also totgeschwiegen zur Zeit des mächtigsten Sultans des Osmanischen Reiches, das damals gerade auf dem Höhepunkt seiner imperialen Kraft seit Bestehen angelangt war! Der Mann, dem der Sultan seine Lieblingstochter Mihrimah zur Frau gab, die aus seiner berühmten, glücklichen und langjährigen Beziehung zu Hürrem (der früheren Sklavin mit dem Namen Roxelane, der Tochter eines russischen Geistlichen) stammte. Vergesslichkeit? Unwissen? Zufälligkeit?

Wenn ich ein Paranoiker, Nationalist oder ein Anhänger der so genannten Verschwörungstheorie wäre, würde ich behaupten oder zumindest die Möglichkeit in Erwägung ziehen, wenigstens im Scherz – (obwohl solche Leute mit diesen Sachen nicht scherzen und vielleicht überhaupt nie scherzen), dass die übrigen neun ausgelöschten Großwesire – ohne Ausnahme Serben waren!

Hier ist eine Hausaufgabe für die Passionierten.

Natürlich konnten sie alle irgendeiner, egal welcher ethnischen Herkunft sein, solange sie existierten! Aber in diesem Fall scheint es das Schwierigste zu sein, den Beweis zu erbringen, dass sie überhaupt gelebt haben.

Die Mathematik vermag offenbar in der Geschichte genauso erfolgreich zu sein wie in der Literatur.

Aber was sollen wir mit der nachhaltigen Lüge machen?

5. Kapitel

Ungeachtet der ganz offensichtlichen äußeren Übereinstimmung im Lernen und Verhalten erkannte Bajica deutlich genug die Unterschiede in der Rezeption des Islams unter seinen Mitschülern. Zunächst stach da eine Gruppe aus der Generation heraus, die schon ein paar Jahre früher nach Edirne gelangt war. Ihr gehörte auch Mustafa an, der Bruder von Deli Husrev Pascha. Diese jungen Burschen achteten darauf, ihre Abwehrhaltung gegenüber dem Islam nicht vor den Lehrern und Wächtern zu zeigen, doch vor den anderen Schülern machten sie keinen Hehl daraus. Sie sagten, dass sie sich auf keinen Fall vom christlichen Glauben lossagen können, und besonders gern wandten sie sich an Bajica. Sicherlich weil er der einzige war, der vor seiner Ankunft zum orthodoxen Mönch ausgebildet und noch dazu direkt aus dem Kloster nach Edirne gebracht worden war.

Dennoch schienen sie irgendwie von seiner Zurückhaltung überrascht und auch von seinen Ratschlägen. Wahrscheinlich erwarteten sie nicht nur, dass er sie offen und direkt unterstützte, sondern möglicherweise auch anführte. Sie wussten wohl selbst nicht so recht wobei, wahrscheinlich bei einer Revolte. Doch wiederum bei was für einer Art von Revolte? Gewiss nicht bei einer offenen, sondern gedachten, versteckten. Bajica aber machte ihnen klar, dass sie bereits mit der Konversion ihren Glauben in jeder Hinsicht gewechselt hatten: mit ihrem Eid sowohl mit dem Wort als auch mit dem Körper, mit ihrer Kleidung, Ernährung, Sprache, mit ihren Gebeten. Er unterstützte ihren Anspruch, weiterhin an das zu glauben, was immer ihr Wunsch war, auch an den Vater, den Sohn und den Heiligen Geist, aber tief im Inneren ihrer Seele. Dieses Recht und dieses Geheimnis würde ihm nie jemand wirklich verwehren können. Jeder andere Widerstand gegen den Glauben Allahs, selbst wenn er nur partiell publik werden würde, führte zur rabiaten Auslöschung ihres Lebens. Zwischen diesen beiden Extremen – des Lebens mit Allah oder des Todes ohne ihn – tat sich keine Ausweichmöglichkeit auf. Man konnte nur eine der beiden wählen. Sie könnten natürlich daran festhalten, sich halb heimlich und halb offen dem Glauben des Propheten Mohammed zu widersetzen, doch damit vergrößerten sie die Gefahr des Verrats, der durchaus zuerst aus den eigenen Reihen kommen könnte, gab er wiederholt zu bedenken.

Nach mehreren Gesprächen kamen sie zur Ruhe. Sie akzeptierten nicht, mit Herz und Seele in einem fremden Glauben zu sein, aber sie begriffen, dass ihnen jenseits der intimen Wahrheit nichts anderes übrigblieb, es sei denn, sie wählten den Tod, von eigener oder fremder Hand, das war egal.

Gut war, dass sie seine Worte nicht als Niederlage auffassten, besonders als er die vielleicht… dennoch… mögliche Zweigeteiltheit des Glaubens zur Sprache brachte. Er sagte ihnen, dass auch ihm niemand die Erinnerung nehmen könne. Sogar falls er sich selbst wünschte, sie auszulöschen, wie sollte das möglich sein? Man kann einen Teil des Lebens nicht durch einen *Entschluss* auslöschen, etwa das bisherige

Leben. Und das Leben kann auch nicht aus einem auserwählten Tag bestehen! Es war zu sehen, dass solche Worte sie verblüfften, doch sie akzeptierten, dass sie der Klügste von ihnen ausgesprochen hatte.

Erst dann begriff Bajica, dass von dieser ganzen konservativen Gruppe einzig Mustafa, der jüngere Bruder von Husrev Pascha, für eine höhere Bildung vorgesehen war und er auch der einzige von ihnen war, dem der Dienst in Herrschernähe zustand. Nachträglich erinnerte er ihn auch daran, er sagte ihm das unter vier Augen, dass sie sich alle bald trennen würden und dass von der gesamten aufrührerischen Gruppe nur er ohne sie alle verbliebe; während die anderen zusammenbleiben würden oder auch nicht. Er riet ihm, geduldig zu sein und der Dinge zu harren, die unvermeidlich kommen und Veränderungen mit sich bringen würden.

Er erinnerte ihn auch daran, dass sie Verwandte sind.

Kapitel VI

Als Lord Byron 1814 das Buch *Der Korsar* veröffentlichte, wurden am ersten Tag 10 000 Exemplare verkauft. Aber da er im Einklang mit seiner aristokratischen Konsequenz sein Schreiben *nicht* zu Geld machen *wollte*, hat nicht er so viele Bücher verkauft, sondern die *Verkäufer*. Er war von *nachhaltigem* Charakter, weil er sich nicht verkaufen wollte. So bereicherten sich andere an seinem Werk, während er immer weiter in materielle Schulden geriet, »in Übereinstimmung mit seinem Namen und seiner Würde«, wie der charmante Interpret von Byrons Werk Zoran Paunović es ausdrücken würde.

Ich möchte hinzufügen: Das ist ein Fall von nachhaltiger Umwandlung der Mathematik in Literatur. Es gilt zu bemerken, dass das ein seltenes Beispiel für Transformation in die dem Üblichen entgegengesetzte Richtung ist.

Ach, ja! Fast hätte ich es vergessen (wie die berühmten Historiker): Als in England der erwähnte Geldverlust eintrat, verloren zur selben Zeit auf dem Balkan Serben und Türken ihr Leben. Im Gange waren die Vorbereitungen für den Zweiten serbischen Aufstand, im Westen besser bekannt als die Zweite serbische Revolution. Totes Kapital im Westen und tote Menschen im Osten. Die einen erkauften mit

Geld die Freiheit des Lesens, die anderen die Freiheit zu leben – mit dem Tod.

Das gute alte Europa in beiden Fällen, die einen befreite es von der Sklaverei, die anderen machte es zu Sklaven.

Dieses ganze Ummodeln von Mathematik in Geschichte, das Überschwappen der Rechenvorgänge in die Literatur … ist im Grunde eine Vorbereitung zur Erörterung der Lebensstrategie einer Nation und eines Staates, der seine zeitliche Existenz beobachtet und durch das Prisma von Angriff und Verteidigung betrachtet. Es ist auch eine Einführung in Überlegungen, wie man eine Niederlage in einen Sieg verwandelt.

Ich war mir ganz sicher, dass bei einigen türkisch-serbischen, sowohl gesondertern als auch gemeinsamen Beispielen, aus der Geschichte beider Völker, beider Staaten, beider Reiche – Orhan Pamuk und ich eine Form von Wahrheit, vielleicht sogar eine neue, mögliche Wahrheit erlangen können. Und wenn nicht Wahrheit, dann wenigstens die eine oder andere Behauptung oder zumindest eine triftige Hypothese. Ich spürte den unwiderstehlichen Wunsch danach.

Pamuk hat mich mit dem Satz für sich gewonnen, der ein wenig scherzhaft begann, aber am Ende kein Scherz war:

»Du bist sehr hartnäckig mit diesen Zahlen und der Kunst des Schreibens. Ich gebe dir ein zugegebenermaßen fremdes Beispiel, wie Literatur sich in Geschichte verwandelt, wie Fiktion zur Faktografie wird.«

Und dann zitierte er Voltaire, der anlässlich der berühmten Seeschlacht von Lepanto 1571 zwischen dem osmanischen Heer und der vereinigten christlichen Flotte den folgenden Satz niederschrieb, der die Absurdität des Verhältnisses von Wahrheit und deren Hintergrund abbildet: »Es schien, als hätten die *Türken* die Schlacht von Lepanto *gewonnen.*« (Hervorhebungen von mir).

Natürlich bedürfen diese Worte der Klärung, die nun folgt, hauptsächlich im Rahmen unseres Gesprächs.

Ich gebe zu, dass dieses Zitat hinsichtlich der Glaubwürdigkeit des Ereignisses für mich mindestens zwei Bedeutungen hatte, weil die Rede von a) einer der seltenen, unstrittigen und drastischen *Niederlagen* des Osmanischen Imperiums war und das auch noch b) auf dem Gipfel seiner Macht.

Ich fragte Pamuk, was er an dieser Niederlage auszusetzen hat.

»Man könnte sagen, eine Niederlage ist wie die andere. Aber in diesem Fall war die Niederlage nicht unvermeidlich. Es war dumm, zuzulassen, dass so etwas passiert und es war selbstverständlich völlig unnötig. Es überwogen jedoch der osmanische, imperialistische Hochmut und die übertriebene Sicherheit, die aus den vorangegangenen Siegen entstanden war, vor allem aus dem letzten bei der Eroberung Zyperns.«

»Das heißt, dass diejenigen, welche die Entscheidungen getroffen haben, nicht einig waren.«

»So ist es. Da gab es Umsichtige, Weise und Erfahrene, die gegen den leichtfertigen Eintritt in den offenen Kampf waren.«

»Wer war auf welcher Seite?«, fragte ich.

»Dem Obersten Flottenkommandant des Sultans Ali Pascha Müezzinzade gelang es, fast alle Mitglieder des Rates der Wesire für den Angriff zu gewinnen, indem er enthusiastisch die Größe und Stärke vorheriger Eroberungen beschwor. Darüber hinaus hatte er auch die Unterstützung des Großmuftis.«

»Wer war *umsichtig*, wer *weise* und wer *erfahren?*«, hakte ich weiter nach, da mir Pamuks Fähigkeit, mit Epitheta um sich zu werfen, bekannt war.

»Der zweite Wesir des Reiches, Pertev Mehmed Pascha, der in der Armee die Position des ältesten strategischen Beraters innehatte, war nicht sicher bezüglich der Angaben zur Stärke der feindlichen Armee, vor allem einer, die so bunt gemischt war. Der Bund, den 1571 das christliche Oberhaupt, Papst Pius V geschlossen hatte, diesmal mit Erfolg, vereinigte die Republik Venedig, Spanien, Malta und die italienischen Städte. Aber Ali Pascha war sich sicher, dass die Ungläubigen auch diesmal Zwietracht zeigen würden wie schon mehrmals zuvor, was einzeln Schwäche heißen konnte, und so gab er nichts auf die *Umsicht* des Pertev Pascha. Der Großwesir Mehmed Pascha Sokolović forderte den Aufschub des Konflikts bis zum nächsten Jahr. Die *Weisheit* erlegte ihm auf, zu warten, bis die Flotte noch besser ausgerüstet sein würde. In diesen Dingen hatte er Erfahrung: Er war derjenige, der seinerzeit den legendären Chaireddin Barbarossa im Jahr 1546 in der Position des Admirals der osmanischen Flotte abgelöst hatte. Einzig weil dieser verstorben war, ansonsten hätte er nicht einmal den Versuch gewagt, sein Nachfolger zu werden. Aber Sultan Süleyman, der Gesetzgeber[4], hatte einen Befehl erteilt, dem er sich nicht widersetzen durfte. Als er endlich eingewilligt hatte, ahmte er in einem Prozess des vernünftigen Überdenkens der eigenen Entscheidungen die Handlungen und Erklärungen seines großen Vorgängers nach. Eine davon war: Niemals hasten, auch nicht in einen Sieg!«

»Und erfahren, wer war erfahren?«, fragte ich weiter.

»Uludsch Ali, der berühmte Korsar, dem der Sultan aufgrund seiner sklavischen Loyalität die Befehlsgewalt über einige Teile der Marine anvertraute, die er mehr als fünfzig Jahre ausübte. Dieser mutige Mann zerstörte über viele Jahrzehnte mit außergewöhnlichem Erfolg europäische Flotten im Mittelmeerraum. Aber er hatte zwei schlechte Seiten. Die eine war eine scharfe Zunge (die ihm wegen seiner unermesslichen *Erfahrung* manchmal verziehen wurde). Aber diesmal hatte er vor Müezzinzade Ali Pascha die folgenden (allzu) offenen Sätze ausgesprochen, und das, als er sah, dass jener nicht von seinem verhängnisvollen Entschluss abließ: ›Die Türken aus Konstantinopel können sich nicht annähernd die Stärke der christlichen Flotte vorstellen. Diesem Vieh (damit es keine Verwirrung gibt, genau so hat er sie benannt – die hauptstädtischen Türken, nicht die Europäer! –, kommentierte Pamuk) muss man die Nachrichten über Anzahl und Stärke des europäischen Feindes übertrieben darstellen, damit ihnen wenigstens auf diese Weise die Wahrheit einleuchtet!‹

Müezzinzade Ali Pascha, den stolzen und mutigen Mann, verletzten diese Worte und er gab genauso zurück: ›Du willst die Christen verschonen, weil du in deiner Jugend auch einer warst! Du willst deine italienische Heimat retten!‹

Diese abstoßende Beleidigung saß: Uludsch Ali verstummte, denn er wollte nicht, dass man an seiner Ergebenheit und seinem Mut zweifelte. (Die christliche Herkunft war, neben seinem losen Mundwerk, seine andere schlechte Seite).«

Ich dachte über die Schläue von Ali Pascha nach. Mit diesen Worten hatte er gleichzeitig den Großwesir und den zweiten Wesir beleidigt, und in einer solchen Situation wurde das scheinbar unangefochten hingenommen. Aus reiner Besonnenheit haben weder Mehmed Pascha Sokolović noch Pertev Mehmed Pascha auf diese Bemerkung reagiert. Hätten das die getan, die ursprünglich Serben waren, und noch dazu gemeinsam mit dem bereits herausgeforderten Uludsch Ali, wären zweifelsohne alle als Verteidiger ihres ursprünglichen christlichen Glaubens wahrgenommen worden. In diesem Zusammenhang war Ali Pascha unverschämt listig, da er solch eine Reaktion vorausgeahnt hatte. Pamuks weiteres Erzählen bestätigte das nur.

»Sultan Selim hat in dieses Schweigen hinein, während er seinen Turban abnahm, folgendes Urteil gefällt: ›Wenn dieser Turban drei Köpfe bedecken kann, werden auch die Ungläubigen vereint gegen mich auftreten ...‹«

Pamuks Zitieren des Sultans ließ mich darüber nachdenken, dass dessen charmante aber zwanglose Eloquenz das Reich mitunter teuer zu stehen kam. Dass die Entscheidung weder einstimmig noch leicht getroffen wurde, ist ein schwacher Trost. Obwohl sie immerhin von der Existenz sehr vernünftiger und besonnener Menschen an der Spitze der Macht zeugt, die eine allumfassende Prognose bevorzugten.

Zum Leidwesen des Osmanischen Reiches »traten die Ungläubigen vereint auf«. In die Schlacht in der Bucht von Lepanto eingetreten, wohin sich die türkische Armada zurückgezogen hatte um auf den Feind zu warten, nebenbei noch Korfu ausplündernd, erhielt Ali Pascha zusätzlich moralischen Rückenwind, obgleich sich der echte Wind kurz vor dem Beginn des Aufeinandertreffens der zwei Armeen zugunsten der Christen gedreht hatte.

Pamuk verdeutlichte mir das Kräfteverhältnis vor der Schlacht:

»Müezzinzade Ali Pascha führte eine Flotte von 120 Galeeren und 66 Galiotten[5] mit ca. 50 000 Ruderern und Matrosen und ungefähr 25 000 Soldaten an Bord. Don Juan de Austria beteiligte sich am Kampf mit einer Flotte von 236 Galeeren und 6 schweren Galeassen[6]. Auf seinen Schiffen befanden sich 44 000 Ruderer und Matrosen sowie 28 000 Soldaten. Obwohl die christliche Armee insgesamt über weniger Schiffe und kleinere Mannschaften verfügte, war sie doppelt so gut mit Waffen ausgestattet, sowohl mit schweren Kanonen als auch mit allen anderen Feuerwaffen. Das hat auch die Schlacht entschieden.«

»Nun erzähl mir von den Zahlen *nach* der Schlacht.«

»Ja. Und die strategische Beschreibung der Schlacht werde ich überspringen. Obwohl auch heute noch an den Militärakademien als Beispiel jedes Detail der bis dahin größten Seeschlacht in der Geschichte studiert wird. Also, die Flotte von Ali Pascha verlor über 200 Schiffe, von denen mehr als 80 versenkt und 117 vom Feind erbeutet wurden. Ungefähr 25 000 türkische Soldaten und Matrosen kamen um und 3 500 wurden gefangen genommen. Von den eroberten Schiffen wurden 12 000 christliche Sklaven befreit, die als Rudersklaven[7] dienten. Die Flotte der Heiligen Liga hatte lediglich ca. fünfzehn Galeeren an Verlusten sowie 8 000 Tote und 2 500 Verletzte zu beklagen. Daher war die türkische Niederlage eine totale und schreckliche.«

»Mir ist klar, dass du all diese Zahlen anführst, um irgendetwas hervorzuheben«, unterbrach ich ihn. »Ich gehe davon aus, dass die Konsequenzen aus der Niederlage das Wesentliche sind?«

»Oh, ja. Der Schock unter den Osmanen war unbeschreiblich. Sich in Sicherheit wiegend und ständig angeheizt durch die selbstverliebte Begeisterung der Macht, konnten sie nicht einmal die theoretische Option einer Niederlage akzeptieren und noch weniger den Fakt, dass so etwas geschehen war. Die Nachricht erhielt der Großwesir Sokollu von Pertev Pascha, der es geschafft hatte, seinen Kopf zu retten, indem er sich irgendwie zum Ufer durchschlug. Er meldete auch, dass der Kapudan Pascha[8] Müezzinzade Ali Pascha im Kampf gefallen sei und seine beiden Söhne gefangen genommen wurden. Dieser Brief erreichte Mehmed Pascha in Edirne, wo er den Sultan und die ganze Gefolgschaft auf der Herbstjagd begleitete. Zeugen sagen, dass er sich selbst den Bart ausriss und dass er Sultan Selim die Nachricht in dem Augenblick überbrachte, als dieser mit dem Dragoman[9] aus Dubrovnik sprach. Dieser Gesprächspartner hat bezeugt, dass der Sultan nach dem Empfang dieser Nachricht bestürzt war und dann große Angst zeigte, dass die Sieger Konstantinopel angreifen könnten. Daher befahl er, sofort bestmöglich die Dardanellen zu schließen und die Hauptstadt vor jeglichen Angriffen zu schützen.«

»Ich habe gelesen, dass diese Nachricht echte Verwirrung und Angst in der ganzen Türkei ausgelöst hat«, sagte ich zu Pamuk. »Das Volk hat in der Tat, mit heutigen Worten ausgedrückt, einen kollektiven Schock erlebt. Also, ich zitiere für dich genau den Zeugen, in dessen Anwesenheit dem Sultan diese Nachricht übermittelt wurde, den Gesandten aus Dubrovnik, den du soeben erwähnt hast. Da er direkt anwesend war und dieselbe Sprache wie der Großwesir Mehmed Pascha sprach, was ein zusätzlicher Vorteil war, notierte er äußerst detailliert die Reaktionen der Öffentlichkeit und der Menschen: ›Das Jammern und Klagen war unglaublich, auch die unendliche Verzagtheit, die diese Menschen auf einmal offenbarten. Vor kurzem sprachen sie noch gut gelaunt mit Geringschätzung und Verachtung von den christlichen Kräften, nun da Überheblichkeit und Hochmut dahinschwanden, weinten sie wie Frauen. Sie dachten allein daran, wie sie der sich nähernden Gefahr entgehen und einen Krieg vermeiden konnten.‹«

Pamuk knüpfte daran an.

»Und objektiv betrachtet war die Angst nicht unbegründet. Diese Niederlage hatte viele Aufstände der im selben Moment ermutigten Christen zur Folge, die unter den Osmanen lebten. In der westlichen Welt fand dieser Sieg der Christen einen starken Widerhall und bestärkte Europa in dem Gedanken, dass nach zwei Jahrhunderten ständiger Niederlagen und ständiger Angst etwas völlig Anderes eintreten könnte. Die bis dahin herrschenden Kräfteverhältnisse gerieten nach langer Zeit ins Wanken.«

»Ich habe auch gelesen«, fuhr ich fort, »dass die wahren Probleme begannen, als der Großwesir Mehmed Pascha Sokolović, der wie es scheint, der einzige war, der den Kopf nicht verlor oder der erste, der sich wieder gesammelt hatte, es schaffte, den Sultan zu überreden, zu einer Art offensiven Handelns überzugehen. Nicht zu militärischem Handeln, sondern zu Aktivitäten, die die Passivität, die den gesamten Staat völlig lahmgelegt hatte, überwinden sollten. So wurden schnell Fermane[10] über die erneute Rekrutierung von Soldaten und den Wiederaufbau der Marine erlassen. Aber offensichtlich gingen die Probleme da erst los! Wie aus den Papieren hervorgeht, wollten die Rechtgläubigen des Sultans ›nichts mehr vom Krieg wissen‹, es geschah sogar, dass die gesamte Bevölkerung aus ›dreihundert anatolischen Dörfern auf persisches Gebiet flüchtete, aus Angst davor, dass ihre Bewohner wieder auf die Galeeren getrieben würden.‹«

Pamuk vervollständigte nur meine Zitate.

»Da gab es noch mehr. Eine große Anzahl von Edelmännern begann sich von ihren Titeln und Einkünften loszusagen, weil sie ohne diese nicht verpflichtet waren, den Steuer- oder (Vor-)Kriegsverpflichtungen der Pforte nachzukommen. Deswegen ließ der Sultan viele Spahis pfählen, um andere in Angst und Schrecken zu versetzen. Aber das waren dennoch Schritte der Verzweiflung.«

»Untröstlich kehrte Selim II nach Konstantinopel zurück und versuchte, die Gründe der Niederlage zu begreifen. Er hielt unendlich lange Sitzungen des Diwans ab, befragte jeden um sich herum, erörterte mit dem Großwesir bis tief in die Nacht hinein, was ihre Ursachen sein könnten und was die Folgen, er rief jeden zu sich, der als weise und erfahren galt, befragte die Hellseher, rief die Propheten ... und überall und vor jedem wiederholte er, dass ›das Osmanische Reich solch ein Unglück bisher nicht getroffen hatte‹. Er bemühte sich keineswegs, seine Erschütterung zu verbergen.«

Ich ging daran, dieses seltene historische Bild der Panik mit Angaben aus der Chronik der Zeitgenossen abzurunden.

»Aus panischer Angst heraus trug das Handeln des Sultans vollkommen irrationale Züge: Von den Leuten, die unmittelbar an der Schlacht von Lepanto teilgenommen hatten, bestrafte er einige grundlos und andere zeichnete er unverdient aus. Dem zweiten Wesir, dem alten Pertev Mehmed Pascha, der gegen den Konflikt war, sich aber trotzdem im Kampf tapfer geschlagen hatte, entzog er den Titel des Wesirs und erlaubte ihm nicht, die Fehler der anderen zu rechtfertigen (denn eigene hatte er nicht). Zur gleichen Zeit zeichnete er den algerischen Korsar Uludsch Ali aus (der ebenfalls gegen die Teilnahme an dem Kampf gewesen war!), denn ihn sah er als Helden. Aber dieser hatte sich, als er begriff, dass sich die Ereignisse für die Türken nicht zum Guten entwickeln würden, rechtzeitig, oder besser gesagt vorzeitig, aus dem Gefecht zurückgezogen. Heimlich verließ er den Hafen von Preveza und sammelte auf dem Weg die Restbestände der Flotte ein. Er schaffte es, ungefähr achtzig Galeeren teils unbeschädigt, teils beschädigt einzusammeln und mit gehisster Flagge, die er den Malteser-Rittern entwendet hatte, fuhr er, fast wie ein Sieger, in den Hafen von Konstantinopel ein. Für diesen Mut während der Rückkehr bekam er den Dienstgrad des neuen Admirals der osmanischen Flotte. (Aber vielleicht war der Sultan im Grunde genommen nur klug genug, weil er auf diese Weise unproblematisch den Platz des getöteten Kapudan Pascha Müezzinzade besetzte).«

Natürlich wusste Pamuk mehr als ich. Er fügte hinzu:

»In welcher psychischen Verfassung der Sultan war, sagte mir sein Verhalten gegenüber seinem Günstling und alten Freund Celal Çelebi, mit dem er jahrelang getrunken und rumgehurt und jedes seiner Geheimnisse geteilt hat. Er wandte sich von ihm ab und vertrieb ihn vom Hof, nur weil Großmufti Ebusuud Effendi in ihm einen Schuldigen für die Niederlage ausgemacht hatte (obwohl bis zum heutigen Tag seine Rolle in der Schlacht oder bezüglich der Entscheidung dafür schwer nachzuvollziehen ist).

»Es sollte gesagt werden, dass der Sultan und der Großwesir, was ihre gegenseitige Beziehung angeht, bei Sinnen blieben und sich nicht gegeneinander wendeten. Wahrscheinlich haben beide verstanden, dass das die Lage nur erheblich verschlechtern würde und sie in einer derartigen Situation ohne einander schlecht zurechtkämen.

Beide zollten sich gegenseitig auch Anerkennung: Mehmed Pascha berief sich nicht auf seinen rechtzeitigen Widerstand gegen die Eröffnung der Schlacht von Lepanto und wiederholte das kein einziges Mal. Er nutzte auch nicht die Möglichkeit, die Schuld auf irgendjemanden abzuwälzen – was er durchaus hätte tun können. Der Sultan zeigte gegenüber dem Großwesir keinerlei Missmut, geschweige denn Zorn. Er gab ihm auf verschiedene Arten zu verstehen, dass er sich dessen bewusst war, dass Sokollu Mehmed Pascha im Recht war. Aber er sprach das nicht aus.«

Ich fragte Pamuk:

»Was meinst du, hat der Sultan beim Abwägen der Argumente für oder gegen einen Kampf mit der europäischen Flotte die christliche Herkunft des ersten und zweiten Wesirs und auch des Korsarenbegs in Betracht gezogen? Stellte er Überlegungen an wie der Flottenadmiral?«

»Ich bin mir sicher, dass er das nicht tat. Jeder Würdenträger und jeder Sultan an der Macht hatte hunderte Möglichkeiten, die Loyalität seiner Untergebenen zu prüfen. Warum hatte deiner Meinung nach ein jeder so viele Stufen auf der Karriereleiter vor sich? Und warum dauerte jeder Schritt so lange? Na, jeder kleinste Schritt war ein Test für die Ehe zwischen Ambition und Loyalität! Der Sultan hatte es nicht nötig, sich auf die Ebene der Beleidigung seiner Untertanen zu begeben, wie das Müezzinzade getan hatte. Hegte der Sultan Zweifel, dann rollten die Köpfe.«

6. Kapitel

Obwohl Bajicas Alter anfangs erschwerend auf sein Fortkommen wirkte, stellte es bald eine vortreffliche Ergänzung seines Talents, seines Fleißes und seiner Bescheidenheit dar, die er bei seinen Studien zeigte. Nicht nur, dass auch jene Burschen auf ihn hörten, denen es ganz und gar nicht recht war, sich einem fremden Glauben, Willen oder allen möglichen neuen Erkenntnissen zu unterwerfen, sondern es wandten sich auch ausgesprochen oft die Lehrer, die Ältesten verschiedener Dienste des Sultans an ihn. Er fiel allen auf und so war er gemeinsam mit einem Dutzend ähnlich wahrgenommener junger Männer dazu auserkoren, sich Bildung schneller und auf verkürztem Wege anzueignen.

Bereits nach drei Jahren Aufenthalt im Serail von Edirne, gemeinsam mit den anderen begabten jungen Männern, drang die Erfahrung des Krieges in sein Leben. Fünf Jahre nach der Eroberung Belgrads, im April 1526, rüstete Sultan Süleyman zu einem neuen Feldzug gegen Ungarn. Sein Liebling, der Großwesir Ibrahim Pascha, seiner Herkunft nach ein Grieche aus Parga, forderte, dass auch die älteren Schüler aus dem Serail den Sultan begleiten sollten, um sich so schnell wie möglich in einem echten Krieg zu stählen und möglichst bald zum Offizier befähigt zu sein. So bestimmte Deli Husrev Pascha als Vollstrecker vertraulicher und wichtiger Aufgaben noch einmal den Pfad des Erfolgs für die jungen Leute. Seinen noch sehr jungen Bruder Mustafa ließ er am Hofe von Edirne zurück (obwohl dieser vor Bajica/Mehmed in den Serail gekommen war und demnach »älter« als er war).

In seinem ersten Leben als Bajo Sokolović hatte Bajica Belgrad vornehmlich für die Hauptstadt gehalten, die er allerdings nie betreten hatte. Nachrichten von dieser wunderschönen Festung drangen durch Händler zu ihm wie auch zu den anderen, welche – die Armeen nicht eingerechnet – am meisten in bekannten und unbekannten Gegenden unterwegs waren. Selbst wenn er einen Teil ihrer Geschichten als übertrieben ablehnte, ging auch aus dem Rest ohne Zweifel hervor, dass es sich um eine echte, gründlich befestigte Stadt handelte. Oft dachte er über sie nach, aber er sehnte sich nicht danach, sie zu betreten. In seiner Nähe war der Fluss Drina, der sich, so überlegte er, nicht großartig von der Save oder der Donau unterscheiden konnte. An anderen Orten hatte er einige kleinere Festungen gesehen und er konnte sich daher vorstellen, wie eine Hauptstadt aussehen musste. Reisende erzählten, dass sie sich abgesehen von ihrer Größe nicht wesentlich von der Stadt unterschied, die 1404 unter dem serbischen Despoten Stefan Lazarević erbaut worden war.

Seit er Sokollu Mehmed geworden war, gingen seine Überlegungen zu Belgrad über die bisherigen hinaus. Seit vor fünf Jahren diese Stadt von Sultan Süleyman erobert worden war, wurde sie zu einer *osmanischen* Stadt, und danach zum wichtigsten osmanischen Ausgangspunkt (und damit auch Stützpunkt) nach Zentraleuropa und eine Startposition zur Verwirklichung des lang gehegten Wunsches, nach

Ungarn auch das östrreichische Imperium zu erobern und natürlich auch die Tore Wiens zu erreichen. Bajica sah diesen Ort nunmehr auch als Osmane, der Strategie und Pläne beherrscht, militärische Macht hat, aber auch mit der aufgezwungenen Überzeugung seiner Unbesiegbarkeit. Einerseits. Andererseits regte sich zur selben Zeit eine neue *Emotion*, die er mit Erstaunen erkannte, denn sie entstand *antizipatorisch* gegenüber einer Stadt, die er nie gesehen hatte. Die einzige Antwort, die er sich selbst in dieser Frage anbieten konnte, war anscheinend, dass dies zu einem Teil des Widerstands in seiner noch zarten Zweiheit gehörte, die ihn ausmachte. Als er die Stadt aber *sah*, begriff er, dass er sich in sie *verlieben musste*, gerade so im Kopf und im Voraus. Ein Blick auf die Tore, Türme, Mauern und Gebäude auf diesem Fićir bajir [11] wie auch auf die nach europäischer Art gebauten Häuser neben dem Kalemegdan [12], die durch Kopfsteinpflasterstraßen und -gassen miteinander verbunden sind, mit den alten orthodoxen Kirchen und den im Bau befindlichen Moscheen, mit dem einen oder anderen Brunnen und den äußeren Stadttoren, nachdem er das also alles gesehen hatte, begriff er auch, *warum* er sich verlieben musste. Belgrad war ihm ähnlich: ein Mischling mit klaren Zeichen der Zugabe eines neuen Lebens zu dem existierenden, mit großen Unterschieden zum vorherigen. Er sah in der Stadt sowohl Serben als auch Türken. Sie lebten ganz dicht nebeneinander; ob sie einander mochten, ertrugen oder duldeten, konnte er nicht ergründen. Doch er meinte zu sehen, warum, denn er begriff, dass auch das künftige Schicksal dieser Stadt wie sein eigenes sein könnte: *Die Serben werden sich niemals von ihr lossagen, und die Türken werden sie als ihre eigene betrachten!*

In einem breiteren Kontext gesehen, konnte sich eine solche Denkweise auf mehrere Fakten aus der (gemeinsamen? serbisch-türkischen) Vergangenheit stützen. Der erste türkische Überfall und die erste erfolgreiche Verteidigung fanden im Jahr 1440 statt. Erst etwa fünfzehn Jahre später, nur drei Jahre nach der Eroberung von Konstantinopel und dessen Transformation zu Istanbul, begann Sultan Mehmed II 1456 einen neuen Feldzug gegen Belgrad. Diese Eile offenbarte, welche Bedeutung die Politik des Osmanischen Reiches Belgrad beimaß. In den Schlachten auf den Belgrader Flüssen und an deren Ufern bewiesen die Verteidiger großen Mut, besonders die serbischen Matrosen. Es gelang ihnen, die Stadt zu retten. Belgrad wurde von da an zum Symbol der Verteidigung der Werte Europas und erhielt die Bezeichnung Schutzwall des Christentums[13]. Allerdings konnte sie 1521 nicht Süleyman I, dem Gesetzgeber, trotzen. Dieser gab der »Weißen Stadt«[14] den islamischen Namen Dar ul-Jihad[15] und im Gegenzug verhalfen ihm seine Feinde zu dem Namen »der Prächtige«.

Die Wahrheit war folgende: Für das Osmanische Reich war diese Stadt ein einzigartiges *Absprungbrett* für jede neue Eroberung in Richtung des endgültigen Ziels – der Stadt Wien; und für die europäischen Mächte im Bündnis gegen die Osmanen war die Stadt eine *begehrte Grenze*, mit Opfern, die nicht ihre Bürger waren. Die Serben boten hinsichtlich der Interessen beider Seiten – der islamischen wie der christlichen – eine ideale Basis: eine formbare Masse und eingeklemmt zwischen Hammer und Amboss.

Das war Vergangenheit. Und was, wenn die Zukunft etwas völlig Gegensätzliches bringen würde als das, was er kurz zuvor gedacht hatte: *Die Ser-*

ben werden sich von ihr lossagen und die Osmanen werden sie nie als ihre akzeptieren? Darüber hatte er nicht weiter nachdenken dürfen und auf einmal nahm die Idee der Ähnlichkeit oder gar möglichen Identität zwischen dem Schicksal der Stadt und seinem eigenen Gestalt an.

Nun fand Bajica heraus, was die kaiserliche Straße war, die die Serben Straße nach Konstantinopel nannten und auf der auch er nach Belgrad gekommen war. Er konnte nicht wissen, wieviele Male er noch auf dieser Straße, gewöhnlich den Flussebenen folgend, kommen und gehen würde. Diese Straße sollte mehr als ein Symbol seines gesamten Lebens werden.

Die Militärbefehlshaber schützten die Jungen aus Edirne nur in einer Hinsicht: Sie positionierten sie unter keinen Umständen bei den Kämpfern in der vordersten Linie und sie schickten sie auch nicht in den direkten Kampf. Sie durften deren Leben nicht riskieren, denn die jungen Burschen sollten dem Sultan und dem Reich *erst zeigen*, ob und inwieweit sie überhaupt auch zur Verteidigung des eigenen Lebens fähig sind. Aber zunächst galt es zu überleben. Für den Anfang reichte es völlig aus, dass sie in ihrer Nähe genügend Blut sahen; es war nicht notwendig, die eigenen Hände mit Blut zu besudeln. Jene erste Begegnung mit dem massenhaften Tod schockierte Bajica und seine Kameraden gerade in dem Maße, dass es ihnen gelang, einen klaren Kopf zu behalten und mit sehr einfachen Arbeiten fortzufahren, welche die Agas ihnen gaben. Die Ranghöheren, das sah man, hatten viel Erfahrung mit derartigen Situationen und machten in keinem einzigen Moment diesbezüglich auch nur einen einzigen überflüssigen Zug. Die große Zahl der Pflichten, die ein Feldzug besonders dem Kommandanten abverlangte, erwies sich als willkommen, um die »Lässigkeit« gegenüber den Jungen zu rechtfertigen. Aber eigentlich war alles geplant: Sie ließen scheinbar los, damit jene sich abhärten und begreifen konnten, was sie künftig erwartete. Natürlich wachten die Agas ungemein über ihre Sicherheit, was sie geschickt verbargen. Jene vordergründige Einsamkeit flößte den Jungen zunächst schreckliche Angst ein, doch nach erfolgreich getaner Arbeit wurden sie mit Selbstvertrauen belohnt.

Der Natur des Ortes nach, in dem sie stationiert lagen, waren Bajica und seine Kameraden in Truppen, die in jeder Hinsicht die Kämpfer sicherten – Stoßtrupps, Janitscharen und Einheiten mit lokalen Soldaten. Auf jeden Stoßtrupp kamen mehrere einfache Soldaten und Reservisten, Handwerker, Händler, Kämmerer und andere, die dafür Sorge zu tragen hatten, dass jeder von ihnen seine Sache so gut wie möglich machte. Davon hing ab, ob die Kämpfer in der vordersten Linie umkamen, wann und wieviele sinnlos oder nicht. Bajica verstand damals die absolute Wichtigkeit der Strategie, der Organisation einer ganzen Kette von Tätigkeiten und Aufgaben, die ein untrennbares Ganzes bildeten. Falls nur ein Glied dieser Kette brach, und sei es ein noch so unwichtiges, war auch das Ganze gefährdet. Von außen betrachtet, sahen die Dinge anders aus: Sichtbar waren die Prominenten (Einzelpersonen oder Ereignisse), die ganze Armee aber, die diese herausgehobenen Positionen ermöglicht hatte, verharrte tief im Schatten. Die Handlungsmechanismen dieses Beispiels konnte er auf das gesamte Reich anwenden. Die Kämpfer in den ersten Reihen (wie auch der Sultan und ihm Nahestehende im Staat) riskierten mehr als alle anderen das eigene Leben (das heißt, sie trugen im Staat die größte Verantwortung). Manchmal büßten sie es ein, aber im Falle eines Triumphes nahmen sie dafür die »Bürde« von Ruhm und Reichtum (an Macht und Luxus im Staat) auf sich.

Das Töten als sichtbarstes Werkzeug dieses Feldzugs interessierte ihn ganz und gar nicht, erst recht nicht konnte es ihn begeistern. Dies hatte man ihn auch im Serail gelehrt. Jetzt sah er die Übungen in der Praxis. Er war sicher, dass man dies auf ein notwendiges Minimum reduzieren könnte. Gewalt konnte und musste nicht in diesem Maße praktisch der einzige Maßstab für Erfolg sein. Ihn interessierte, wie man den Tod vermeiden kann. Leichter gewöhnte er sich an den Tod als an das Töten.

Größere Anziehungskraft übten Handwerker und Erfinder auf ihn aus. Zu ihnen fühlte er sich hingezogen auch durch die vielen Sprachen, die sie benutzten. In Erstaunen versetzten ihn ihr Glauben an das eigene, noch nicht gemeisterte *künftige* Wissen: Sie gaben sich offensichtlich nicht mit dem zufrieden, was sie bereits wussten. Das war besonders evident, wenn ihnen der Sultan oder der Großwesir eine unverhoffte, neue und scheinbar unmögliche Aufgabe stellte. Ihr Glaube an das *Mögliche* bezauberte Bajica völlig. Sie gingen an die Lösung jedes noch so kleinen Problems mit einem solchen Fleiß heran, als hinge davon das Schicksal der ganzen Welt ab.

Unter den Baumeistern und Handwerkern erspähte er einen Mann, der mehr als zehn Jahre älter als er sein musste, sich durch seinen Elan aber derart von allen anderen hervorhob, dass er aussah, als hätte er Bajicas Alter. Und gerade an ihn wandte sich Ibrahim Pascha mehrfach!

Diesmal war er nahe genug um zu *hören*, wie sich die beiden auf Griechisch unterhielten. Er wusste, dass der Großwesir seiner Herkunft nach Grieche war, und nun begriff er, dass auch dieser jüngere Mann genau wie er durch die Knabenlese zugeführt worden war, um dem Osmanischen Reich zu dienen. Ibrahim Pascha hatte ihm gerade suggeriert, sich durch Ideen hervorzutun, um im Dienst schneller voranzukommen.

Wie freute sich Bajica über dieses Belauschen und über seine Kenntnisse des Griechischen, das er so gewissenhaft im Kloster gelernt hatte! Nun wird er wenigstens noch einen Gesprächspartner haben, mit dem er sich auf verschiedene Art und Weise unterhalten kann.

Und ausgerechnet während er darüber nachdachte, bemerkte der Wesir sein unverhohlenes Interesse an dem Gespräch. Der Pascha wusste offensichtlich sehr genau, wer Bajica ist, denn er wandte sich auf Griechisch an ihn, sagte ihm, dass er sie miteinander bekanntmachen kann.

»Ihr werdet euch nicht nur miteinander bekanntmachen«, begann der Wesir, »sondern ihr werdet einander auch mit dem bekanntmachen, was ihr wisst.«

»Das ist Sinan. Er wird zum hohen Offizier ausgebildet, interessiert sich aber auch für das Bauen. Wenn ich ihn brauche, finde ich ihn eher unter den Baumeistern als unter den Kämpfern. Da er zur Leibwache des Sultans gehört, hat der Herr ihn sich gemerkt und fragt zuweilen nach ihm. Dann müssen Lutfi Pascha, der Kommandant der Garde und ich häufig seine Abwesenheit rechtfertigen. Obwohl, Hand aufs Herz, er sich unserem Sultan mit den Ideen in seinem Kopf als nützlicher erwiesen hat als mit dem Säbel in der Hand.«

Bajica wunderte sich über den vertraulichen Ton des Großwesirs gegenüber einem Opfer der Knabenlese[16]. Doch Ibrahim Pascha lieferte schon die Erklärung nach:

»Vom ersten Tag des Jahres 1511 an, als er aus der anatolischen Provinz Kayseri ins Herz des Reiches kam, und das als fast Neunzehnjähriger, wurde Sinan Jusuf meinem Hof zugeteilt. Darin seid ihr euch ähnlich: Auch du bist in dem Alter aus Bosnien hergebracht worden, wenngleich zu einem späteren Zeitpunkt. Beide seid ihr der Herkunft nach orthodoxe Christen, und du, Mehmed, wärst um ein Haar auch noch Mönch geworden. Sinan hat sich schon vor fünf Jahren bei der Eroberung von Belgrad als ein mutiger und exzellenter Kämpfer erwiesen, aber er entdeckte einige andere Eigenschaften an sich, von denen das Reich größeren Nutzen haben könnte: Das Bauen ist es, was ihn interessiert, und so wurde ihm gestattet auch dieses Handwerk zu erlernen. Eine ideale Gelegenheit ebenso für das Erlernen des Zusammenhangs zwischen Bauen und Zerstören.«

Nachdem Bajica ihn auf den letzten Satz hin mit Verwunderung und Unverständnis angesehen hatte, klärte der Pascha mit einem selbstzufriedenen Lächeln alles auf.

»Ich sehe, dass du dich fragst, wie das ist, *im Angesicht des Krieges das Bauen zu erlernen*, wo dieser doch dem Gegenteil dient, der Zerstörung vor allem?! Doch hast du daran gedacht, was eine Armee *vor* und *nach* den Zerstörungen tun muß?«

Ja, tatsächlich. Das war ihm nie in den Sinn gekommen.

»Vor einem Angriff sind die Bauleute der Voraustrupp der Armee und errichten Straßen, Brücken, Dämme und Wälle. Nach einer Schlacht kann es vorkommen, dass sie das, was sie gerade errichtet haben, zerstört vor sich sehen, und dann müssen sie von vorn beginnen. All diese Zerstörungen konnte auch der Feind vorgenommen haben, aber das, was ganz sicher erneuert werden muss und was hauptsächlich wir zerstören, sind die Städte und Festungen, die von uns erobert werden. Meist bleibt nach uns wenig davon übrig, aber es muss, wenn auch nicht alles, doch zumindest ein Teil in Ordnung gebracht werden, damit wir während unserer Vormärsche und Rückzüge unsere Wachen und Außenposten in den Befestigungen lassen können. Diese Befestigungen verteidigen wir dann vor anderen. Zugegeben, im Frieden sieht es für die Baumeister besser aus. Da können sie Moscheen, Karawansereien, Basare, Brunnen, Minarette, Krankenhäuser und Medressen errichten.«

Ibrahim Pascha begriff, dass er sich vom Erzählen hatte hinreißen lassen und überließ nun die beiden ihrem Zwiegespräch.

Seit dem Augenblick ihrer Bekanntschaft waren Sinan und Mehmed beinahe unzertrennlich. Natürlich in dem Maße, wie die Umstände dies zuließen. Und die kamen ihnen entgegen, wenigstens vorläufig.

Kapitel VII

Zum nächsten Gespräch erschienen Pamuk und ich gut gewappnet, mit Chroniken, Reiseberichten, Aufzeichnungen, einfachen Marginalien deutscher, französischer, venezianischer, dubrovniker, ungarischer, serbischer, polnischer, türkischer Reisender, Beamter, Abenteurer, Gesandter, Spione, gebildeter Sklaven, Händler und verschiedener anderer Leute, die es für zweckmäßig gehalten hatten, eine Spur von ihrer Sicht auf die Ereignisse im Osmanischen Reich oder eine Geschichte zu eben diesen Ereignissen zu hinterlassen.

Wir kamen uns komisch vor: Es fehlte wenig, uns wie Kinder, die Bildchen ihrer Lieblingsfußballspieler tauschen, zu streiten, wer von uns die bessere Mannschaft hat ... Kinder tun das mit Worten »und sieh das ...«, »sieh doch nur das hier ...«. Aber da wir erwachsen genug sind, haben wir vereinbart, die Zitate und Daten »im Sinne expliziter Notwendigkeit und in bester Absicht« zu verwenden.

Pamuk legte als erster seine Gedanken über Sokollu dar.

»Sultan Selim hat im entscheidenden Augenblick zwei wichtige Dinge über seinen Großwesir verstanden und das in dieser Reihenfolge. Erstens, Mehmed Pascha zeigte außergewöhnliche moralische Größe, mit der er alle um sich herum übertraf, indem er nicht ein einziges Mal auf seine Warnung vor Kriegsbeginn zurückkam, er missbrauchte nicht die Möglichkeit, den (verletzten und lenkbaren) Sultan zu verleiten, die Gegner des Paschas der Ungnade der Pforte auszusetzen.«

Ich mischte mich ein.

»Na, sie haben ihn nicht umsonst den Großen genannt.«

»Ja, stimmt. Weißt du, dass er zuerst den Frauen am Hof ob seiner Statur auffiel. Alle sprachen sie über seine Haltung; dass sie bis dahin einen solch stolzen geraden Rücken nicht gesehen hätten«, fügte Pamuk noch hinzu.

»Zum Glück war er auch noch schön, ansehnlich, wie man zu jener Zeit wohl gesagt hätte«, versuchte ich weiter zu scherzen. Aber Pamuk fuhr mit Wichtigerem fort …

»Zweitens, der Wesir hat mit seinen Vorschlägen ohne jeglichen Zweifel Härte, Unerschütterlichkeit und die Überzeugung gezeigt, dass man sofort in Aktion treten muss. Einen größeren Nutzen für das Reich konnte sich der Sultan in dieser gefährlichen Situation der eigenen und der allgemeinen Mutlosigkeit nicht wünschen. Mit der Idee, sofort eine neue Flotte aufzubauen, wollte der Pascha nicht zum Ausdruck bringen, dass man so schnell wie möglich in einen neuen Krieg ziehen möchte, sondern der Feind sollte das *denken* und sich deshalb nicht leichtfertig auf weitere Kämpfe einlassen. Vor allem sollte die Botschaft bedeuten: Das Osmanische Reich ist nicht eingeknickt!«

Ich lieferte einen Kommentar.

»Da war auch etwas Glück dabei. Auch die Europäer waren von ihrem unerwarteten Sieg berauscht und schickten aus einem ähnlichen Gefühl verfrühter oder übertriebener Sicherheit die Schiffe in ihre Heimathäfen zurück, damit rechnend, die Sache im nächsten Jahr zu vollenden. Allerdings muss man einräumen, dass sie schon in den Winter hineingeraten waren und die Fortsetzung des Krieges zu Wasser schwerer zu realisieren gewesen wäre.«

»Ja, da hast du Recht. Vielleicht konnte Mehmed Pascha, solch eine Entwicklung voraussehend oder wissend, dass sie im Bereich des Möglichen lag, gerade deshalb auf der Erneuerung der Flotte bestehen. Obwohl sehr früh klar war, dass die Gegner nicht auf die Hauptstadt losgehen würden, beschleunigte der Großwesir die Umsetzung seiner Idee: Es galt allen, den Eigenen und den Fremden, zu zeigen, wie schnell die Großmacht ins Zentrum der Welt zurückkehrt.«

Und tatsächlich. Die Geschichte weiß, dass durch die außergewöhnliche Organisation der Geschäfte des Großwesirs die osmanische Flotte innerhalb weniger Monate wieder erneuert war! Mehmed Pascha ließ zunächst mehrere Werften errichten, in denen dann eine Flotte von hundertfünfzig neuen Schiffen gebaut wurde! Und das alles von Ende 1571 bis Anfang des Jahres 1572. Mehr noch, als der Sultan ihn persönlich besonders hervorheben wollte, sagte Sokolović, dass man nicht an ihn glauben solle, sondern an die Stärke des Reiches. Welcher Sultan hätte nicht solch einen Mann neben sich haben wollen?

Freilich, einen Teil seines inneren Selbstvertrauens (das er nicht leichtfertig nach außen zur Schau trug) schöpfte der Großwesir zu Recht aus einer ähnlichen Erfahrung ein Vierteljahrhundert zuvor, als er in der Position des obersten Kommandanten der osmanischen Flotte diese durch den Bau von Hunderten neuer Schiffe modernisierte. Auch damals ging ihm diese Arbeit besser von der Hand als das Kriegführen auf dem Meer. Deshalb überließ er das Führen von Seeschlachten denen, die geschickter waren als er. Er baute auch in dieser Zeit neue, wie man sie damals nannte, Arsenale für den Schiffsbau, mit ihrer Gesamtzahl schuf er eine beängstigend mächtige Werft. Daneben führte er tiefgreifende Reformen der Marine durch und machte Pläne für die zukünftige Eroberung des Indischen Ozeans, Nordafrikas und der europäischen Teile des Mittelmeers. Mit seinem Wissen, seinem diplomatischen Geschick, seinem Sinn für Ordnung, Disziplin und Hierarchie sowie seinen realistischen Visionen bereitete er für seine Kommandanten umfassend den Boden zur Umsetzung seiner Pläne in Taten ihrerseits.

In das erneute Aufleben der Flotte nach der Niederlage hat Mehmed Pascha das ganze Land einbezogen: Es gab weder einen Stand noch strategische Punkte, die mit ihren Pflichten nicht den Anordnungen Folge zu leisten hatten. Vielleicht war die Notwendigkeit alle einzubinden gar nicht so immens, doch die Tatsache, dass der Großwesir absichtlich so viel Lärm machte, hatte die Intention, durch das Ausmaß des Engagements die Demoralisierten im Land erneut zu motivieren und denen außerhalb des Landes die Warnung zukommen zu lassen, dass man mit dem Osmanischen Reich auch weiterhin zu rechnen hat.

Der Wesir wusste, was er tat. Gleich nach der Niederlage suchte ihn der venezianische Diplomat Marcantonio Barbaro auf, der trotz des Krieges die osmanische Residenzstadt nicht verlassen hatte, um etwas über die weiteren Absichten des Reiches zu erfahren. Als erfahrener Politiker empfing ihn Mehmed Pascha freundschaftlich, doch nicht ohne Zynismus. »Du bist gekommen, um zu sehen, ob uns nach der Niederlage der Mut verlassen hat.« Und dann überraschte er den Diplomaten mit einem Vergleich: »Es besteht ein großer Unterschied zwischen eurem und unserem Verlust. Als wir euch das Königreich Zypern wegnahmen, haben wir euch die Hand abgetrennt; als ihr unsere Flotte zerschlugt, habt ihr uns den Bart versengt. Die abgetrennte Hand wird niemals nachwachsen, aber der versengte Bart wird noch dichter sprießen.«

Und er hatte Recht.

»Aber so ging der Großwesir auch mit seinen Leuten um«, sagte ich zu Pamuk, nachdem er mir diese Fakten erzählt hatte. »Als der neu ernannte Kapudan Pascha, der ihn sehr direkt bei der Erneuerung der Flotte unterstützte und der sich unter allen Umständen eine starke Armada wünschte und auch ausreichend sachkundig war, Zweifel an der Verwirklichung der Pläne und Anordnungen des Wesirs hegte, sah dem Chronisten zufolge der abschließende entscheidende Teil ihres Gespräches so aus:

Kiliç Ali: ›Es ist leicht, Schiffe zu bauen, aber es ist in dieser kurzen Zeit unmöglich so viele Anker, Tauwerk und andere Ausrüstung heranzuschaffen.‹

Mehmed Pascha: ›Macht und Reichtum der Hohen Pforte machen es, falls notwendig, möglich, Anker aus Silber, Tau aus Seidengarn und Segel aus Atlas und Samt herzustellen. Verlange alles von mir, was dir für ein Schiff fehlt, und du bekommst es.‹

Auf diese Worte hin, so der Chronist, fiel der Admiral vor dem Wesir auf die Knie, mit ausgestreckten Armen, berührte mit Stirn und Handinnenflächen den Boden und sagte: ›Ich wusste, dass du der einzige bist, der eine neue Marine aufbauen wird.‹

Pamuk und ich kamen gemeinsam zu dem Schluss, dass dies ein echtes Beispiel für eine Geschichte mit belehrendem Charakter ist. Beide Seiten des Konflikts haben zugelassen, dass sie die Eitelkeit überwältigt: Die Türken *vor* der Schlacht und die Europäer *nach* der Schlacht. Und beide Seiten haben diese Schwäche, jede auf ihre Art, mit historischen Konsequenzen bezahlt. Egal, wie geschickt und rasch sie diese Konsequenzen abzuschwächen, zu reduzieren und zu verbergen wussten – für dieses nachträglich gezeigte Geschick verdienten sie gar Lob (!) –, trotzdem hatten sie den nötigen Preis zu zahlen.

7. Kapitel

Mit dem weiteren Vorrücken der osmanischen Truppen sollten sich die Worte des Großwesirs als sehr wahr herausstellen. Das Kriegsgeschäft dieser scheinbar unwichtigen Begleiteinheit offenbarte sich nicht nur als wichtig, sondern als unentbehrlich, ohne das hätte die Armee kein einziges Ziel erreicht. An so vielen Stellen galt es sumpfigen Boden zu überwinden oder einen Fluss zu überqueren, Dämme zu befestigen, Wälle zu errichten oder bereits existierende zu sichern, Gräben auszuheben oder zuzuschütten... Ohne die vielfältigen Ideen und das Geschick der Angehörigen dieser Einheit war es unmöglich, hohe Hindernisse zu überwinden oder Mauern zu zerstören. Dazu gehörten Vorrichtungen, Werkzeuge, Leitern, Plattformen, Geschütze, Selbstschussanlagen mit Steinen, Metallkugeln und brennbaren Materialien als Munition, seltsame Wagen und Rammen zum Aufbrechen von Festungstoren sowie eine Unmenge an Waffen, von denen Bajica weder gehört hatte noch wusste, wozu sie dienen. Doch vor allem stellte sich heraus, dass die Soldaten aus diesen Einheiten eigentlich besonderen Mut zeigten, denn sie bildeten häufig die Vorhut der kämpfenden Truppen, beim Rückzug aber auch die Nachhut. Sie waren natürlich nicht sich selbst überlassen, sondern wurden von anderen Einheiten geschützt, doch diese »Denker« traten mit unerschütterlicher Leidenschaft und Kühnheit dem Feind engegen.

Das war Bajicas erster Eindruck von Sinan, der zugleich Wissen von anderen Gelehrten und Handwerkern anhäufte, Ideengeber war, Ratschläge erteilte und diese – wenn möglich – sofort in die Tat umsetzte. Gleichermaßen ließ er sich auf eine Schlacht ein, wobei er mehr die Mitkämpfer und deren Erfindungsgeist verteidigte, als dass er zum Angriff überging. Wenn nötig, offerierte er flink seine Ideen und war auch schnell in Aktion; in Stunden der Erholung und des Gesprächs mit Mehmed war er friedlich und ruhig. Mehmed fragte ihn über seine Erinnerungen an Belgrad vor fünf Jahren aus, über seine Pläne, über seinen Geburtsort, über Herkunft und Familie... Sinans Beharrlichkeit, die er selbst nicht besaß (nicht nur, weil er weitaus jünger war), sagte ihm zu. Sinan bot eine Erklärung für diese Art Sicherheit. Sie hatten in einem Dorf gelebt, dessen Bevölkerung zwar rein griechisch-orthodox war, das aber inmitten anatolischer Orte mit osmanischer Bevölkerung lag. Doch nicht einmal die Tatsache, dass er auf diesem Boden geboren war, bewahrte ihn vor dem Schicksal, das auch Bajica ereilte, der aus einem *eroberten* Land hierher gebracht wurde. Obwohl Sinan allein dadurch, dass er im *Inneren* des Reiches lebte, zu den Osmanen gehörte, war er wie ein Ungläubiger mit Gewalt von zu Hause entführt worden.

Entscheidend blieb die Herkunft des Blutes und nicht des Bodens. Aber nicht einmal das bis zur letzten Konsequenz.

In einem bestimmten Augenblick dachte Sinan darüber nach, dass er doch bei der Bewertung des jungen Mehmed dieselben Maßstäbe des Blutes und des (einstigen) Glaubens anwenden könnte, doch er besann sich schnell anders: Gewiss hatte das Einfluss auf seine tiefsinnigen Überlegungen über eine neue Freundschaft, aber es war nicht ausschlaggebend. Vor allem gefiel ihm die Offenheit, die Bajica ihm gegenüber sofort zeigte. Klar, in diesen Kriegswirren war der junge Mann auf jemanden getroffen, der bereits kampferfahren war, der wusste, was Angst ist und was Trauer, der sich aber auch in Fragen der Unstetigkeit der Herkunft von Körper und Geist auskannte. So war es ganz natürlich, dass sich dieser unsichere und verlegene junge Mann fest an ihn band. Allerdings war Sinan auch klar, dass das Chaos, das ein Feldzug von sich aus mit sich bringt, diese Konfusion hervorrief und dass sie keine übliche Eigenschaft Mehmeds war. Krieg bestand in erheblichem Maße aus Geräuschen von Gewehrsalven, lärmenden Kanonen, dem Zerteilen von Holz und Fleisch mit scharfen Äxten, von Stöhnen, Ermutigungsrufen, Todesschreien, Pferdegetrappel, Trommelwirbel, aus zarten Schalmeienklängen und schrillen Trompetentönen, selten gehörten sie zu einem Lied. Krieg bestand aus den durchdringenden Befehlen der Kommandeure und leisen Gebeten an den Allmächtigen in der Einsamkeit. All das vermischte sich mit den Klängen der Natur: dem Klang starken Regens oder eines Wolkenbruchs mit Gewitter, dem des schwelenden Lagerfeuers oder verheerender Brände, dem Rauschen der Bäche, Krachen der Brücken und Schiffe auf den aufgewühlten Flüssen und den Wellen der Meere … Niederlagen zerbrachen die Klänge, Siege erhoben sie zu lieblichen Melodien.

Gewiss, Klänge konnten für eine Freundschaft nicht der entscheidende Faktor sein.

Das Wesen gegenseitiger Anziehung entzog sich einer einleuchtenden Erklärung.

Der immer häufigere Aufenthalt in Sinans Nähe führte dazu, dass Bajica die Unbilden des Feldzugs leichter ertrug. Er traf immer mehr Menschen, die sein jetziges Schicksal vor ihm zu ertragen hatten und denen es gelungen war, die Unbilden zu meistern, indem sie ihren Pflichten nachkamen. Nun schienen sie mit sich Frieden geschlossen zu haben. Auf dem Feldzug gegen Osijek sah er Hunderte, wenn nicht Tausende von Cerahoren und Martolosen, die beruhigend auf ihn wirkten. Das Cerahoren-Prinzip wirkte ganz stabil, obwohl diese militärischen Einheiten ausschließlich aus der einheimischen Bevölkerung, die in den Grenzprovinzen des Osmanischen Reiches rekrutiert worden waren, bestanden. Die Christen waren zumeist Handwerker aller Art: Maurer, Zimmerleute, Schmiede. Diese waren unverzichtbar und damit von höchster Bedeutung. Die anderen wirkten unterstützend. Eigentlich waren sie alle gemeinsam diejenigen, die die Armee *aufrechterhielten*. Wenn nötig, führten zusätzlich auch die Bewohner der umliegenden Dörfer, aber auch die osmanischen Soldaten selbst Arbeiten aus. Am häufigsten handelte es sich um Maurerarbeiten und um die Reparatur von Festungen, Brücken und Straßen, aber auch um das Bäumefällen, das Trockenlegen von Sümpfen, das Ausheben von Gräben und den Transport der Militärvorräte. Die Cerahoren erhielten Lohn und waren von einigen Steuern befreit, obwohl sie auf Kommando fast gewaltsam zugeführt wurden. Bajica kam es sehr seltsam vor, ab und zu ohne jegliche Zurückhaltung, geschweige denn Heimlichtuerei, die serbische Sprache hören zu können.

Zusätzlichen Trost bot ihm die Bekanntschaft mit weiteren Militärkommandeuren. Darunter waren auch die, welche ihren serbischen Namen, ihren

Glauben und alles, was dazugehörte, behalten hatten wie auch jene, die vor ihm bekehrt worden waren.

Einer der Führer der Martolosen, der christlichen Einheiten, die hauptsächlich als Mannschaften für die eroberten, strategisch wichtigen Orte engesetzt wurden, von Befestigungen bis zu Brücken, Schluchten und wichtigen Kreuzungen, war der Kommandeur der Flussflotte Petar Ovčarević. Durch seine Haltung, seinen Mut, seine nicht vorhandenen Zweifel hinterließ er bei Bajica einen nachhaltigen Eindruck. Bajica wusste um sein Verhalten während der Verteidigung Belgrads vor den Türken 1521, um seinen Rückzug, als es keine Hoffnung mehr gab und um die dann an ihn gerichtete Einladung des früheren Feindes, des Sultans persönlich, die entlassenen Angehörigen der Flussflotte erneut um sich zu scharen und sich an deren Spitze zu stellen, in den Dienst des Sultans. Der Sultan hatte ihn lange vor dem Anschluss und diesem fünf Jahre später liegenden Feldzug gewürdigt, als er ihm die Einladung und Genehmigung übermittelte, sich mit seinen Bootsknechten in Belgrad anzusiedeln und gar das Stadtviertel, wo sie sich niederließen, nach ihm benannte – Ovčar-oglu mahala. Ovčarević erklärte Bajica und dem anwesenden Sinan ohne sich zu genieren, dass er in dem ganzen Unterfangen völlig mit sich im Reinen war: Er war angeheuert worden für Geld und Privilegien, blieb dem Namen und Glauben nach Serbe und beteiligte sich, wie er ausführte, an der »Erhaltung des *momentan* belagerten Belgrads, das immer serbisch sein wird«. Auch den Mut, das auszusprechen, deutete Bajica als Heldentat. Der Sultan und der Großwesir mochten über diese Dreistigkeit lachen, aber sie machten ihm nicht das Recht streitig, so zu denken. Mehr als alles sonst schätzten sie sein tagtägliches Heldentum, das ihnen wichtiger war als seine

Kühnheit. Immerhin gehorchten ihm Tausende Serben, die sich in den Dienst des Osmanischen Reiches begeben hatten. Selbst wenn das vorübergehend war, unter Zwang, aus Hinterlist oder sonstigem Kalkül. Er war ein Mann, der sein Gelübde gegenüber dem Reich allein mit seinem Wort aufrechterhielt. Deshalb wurde auch respektiert, was er sonst noch sagte.

Bajica lernte hier auch die Söhne des berühmten Jahja Pascha aus der Familie Jahjapašić kennen: Bali Beg, Ahmed Beg und Gazi Mehmed Pascha. Alle drei waren als harte Krieger bekannt, wie ihre Vorfahren übrigens auch, die wie Ovčarević nie mehr irgendwelche Fragen zu ihrer Herkunft stellten; sie wollten, nachdem sie den neuen Glauben angenommen hatten, den alten völlig aus ihrem Leben verbannen. Von daher fand Bajica mit ihnen nicht viel Gesprächsstoff. Sie waren wilde Eroberer, die den Befehlen *ihrer* Herren blind gehorchten, mit ungeheuerlichem Mut und mit Brutalität die Gegner das Fürchten lehrten und neue Gebiete einnahmen. Sie siegten, weil sie eine schamlose Vorliebe für Schlachten hatten. Und sie waren gefährlich.

Andererseits, überlegte Bajica, egal, wie sehr sie sich hinsichtlich ihrer Herkunft unterschieden oder nicht, in der Annäherung an ihr eigenes oder an fremdes Leben, mit ihren Ansichten zu Recht, Gewissen oder was sonst noch, waren sie ohne Ausnahme in ein- und dieselbe Sache involviert: in den Dienst zur Erweiterung des Osmanischen Imperiums! Hier verschwanden alle Unterschiede, und wenn sie da und dort durchkamen, waren sie bedeutungslos. Siehe da, seine Gedanken aus der Schule in Edirne waren wieder da. Alles dem Einen untergeordnet!

Dieses Eine, das Imperium, demonstrierte mit seiner realen Strenge eine außergewöhnliche Kraft, die von sich aus zur Paralysierung des Gegners führte. Der noch unbesiegte Feind geriet in Panik, die bereits eroberte Welt sah ihre Untertanenposition als ewig und unveränderlich an. Es hatte den Anschein, dass es immer so gewesen war und auch ewig so sein würde. Eine Kraft, die imstande wäre, sich einer solchen Macht zu widersetzen, war nicht vorstellbar. Die Einzelnen sahen für sich lediglich zwei mögliche Optionen: Frieden zu schließen und in eine solch perfekte Welt einzutauchen oder sich dieser mit ihren Gedanken, ihrem Willen und mit innerer Kraft zu widersetzen. Allerdings brachte auch dieses Andere keine Befreiung. Im Gegenteil, es lähmte jegliche Existenz, denn es bot nicht einmal die Wahrscheinlichkeit einer Veränderung, sondern einzig Niedergeschlagenheit und Apathie. Aus einer derartigen Hoffnungslosigkeit heraus, die besagte, dass alles ein für alle Mal gegeben schien, war es hart für ein ganzes Volk, geschweige für den besiegten Einzelnen einen Ausweg zu finden.

Als er verschiedenen Teilnehmern dieses Feldzugs zuhörte, spürte Bajica dennoch auch den ersten, gut verdeckten Riss in den Mauern des unbesiegbaren Imperiums! Der offizielle Grund dafür, dass der Sultan eine solch große Armee aussandte, waren die erneuten zahlreichen Feindseligkeiten gegen Ungarn. Der geheime Grund war aber die Rebellion der Janitscharen in Istanbul. Sultan wie Großwesir hatten zu Recht Angst gerade vor ihren loyalsten und elitärsten Soldaten! Das war verständlich, hing doch von deren Zufriedenheit auch die Sicherheit des Reiches ab. Ihr Mut und ihre Opferbereitschaft blieben das A und O des Osmanischen Reiches. Sowohl im Kampf für das Reich als auch in der Rebellion gegen dieses waren sie ausgesprochen gefährlich. Wenn sie sich gegen ihren Herrscher erhoben, tat man gut daran, sie möglichst schnell zu beschwichtigen. Später konnten die Anführer einzeln beseitigt werden. Während des Aufruhrs wagte allerdings niemand, sich ihnen zu widersetzen. Im Kampf für den Sultan wiederum waren sie unbesiegbar, und für ihren Mut wurden sie – zusätzlich zur allgemeinen Großzügigkeit des Herrschers – häufig mit der Erlaubnis zum Plündern belohnt. Das Versprechen, das der neue Feldzug des Sultans mit sich brachte, reichte zur Beschwichtigung der Janitscharen aus und lenkte deren Wut, Verbitterung und Kampflust in eine andere Richtung.

Bajica nahm sowohl seine eigene wie auch die allgemeine Konfusion wahr. Er war erleichtert (was eigentlich schrecklich war), als er begriffen hatte, dass das Problem seiner eigenen Zweigeteilheit das des ganzen serbischen Volkes war! Einerseits sah er die serbischen Soldaten in türkischen Reihen, andererseits seine Kameraden bei der Verteidigung Belgrads in ungarischen Einheiten. Ohne ihren eigenen Staat und mit einer Heimat, über die viele andere marschierten, die sie plünderten und beherrschten, fanden sich die Serben nach eigenem Ermessen zurecht, individuell, gruppenweise oder auf anderem Wege. So gerieten sie in eine sinnlose Situation, die zu Trennungen, Selektionen und Seitenwechseln führte, denen sie sich beugten, und so wurden sie in eine Situation anhaltender persönlicher und kollektiver Instabilität getrieben. Die türkischen und ungarischen Herrscher betrachteten das als offensichtliches und ernstes Problem, bemühten sich aber nicht um eine Lösung, denn die Zerissenheit der Serben kam ihnen zupass: So waren diese besser beherrschbar. Sorgfalt ließen sie lediglich dahingehend walten, dass sie konsequent zuverlässig ein Aufeinandertreffen und, Gott behüte, einen Konflikt »ihrer« Serben in den Schlachten vermieden. Und auch das taten sie vor allem dann, wenn es in ihrem eigenen Interesse war.

Kapitel VIII

Es ist seltsam, wie die Phantasie es versteht, das Leben herbeizurufen!

Vor nicht ganz einem Monat habe ich vor dem Formulieren dieses Satzes und nur ca. zehn Buchseiten zurück, im VII. Kapitel, mein eigenes Verhalten und das von Orhan Pamuk mit dem von »Kindern, die Bildchen ihrer Lieblingsfußballspieler tauschen« verglichen. Ich tat das anlässlich unser beider Eigenlobs, wer über detailliertere Angaben zu den bekannten Ereignissen aus der gemeinsamen türkisch-serbischen Vergangenheit verfügt. Dieser Vergleich kam mir wie eine gelungene Illustration vor, weil ich mich in dem Augenblick erinnerte, wie wir irgendwann Ende der sechziger Jahre auf dem Belgrader Kopfsteinpflaster als Kinder unsere zur Hälfte arme Kindheit (als Jugoslawien dabei war, aus der Armut des klassischen Sozialismus herauszufinden und in die Phase des Führens der Bewegung der Blockfreien und des Akzeptierens des schädlichen kapitalistischen Lebensstandards eintrat) mit dem Tauschen von Bildern berühmter Fußballer verbrachten, die wir für unsere Fotoalben zu den Fußballweltmeisterschaften sammelten. Neben dem klassischen Tausch bedienten wir uns auch des berühmten Spiels »Trippeln«, mit dem wir auf sportlichem Weg einzelne Bildchen des Gegners im Spiel *eroberten*. Das hat uns irgendwie mehr in die ganze

Geschichte hineingezogen. Wir hatten den Eindruck, dass wir mit unserer Fähigkeiten den Gewinn beeinflussen können und dass es nicht nur eine Frage des Zufalles und/oder des Glücks ist. Ich erinnere mich auch, dass niemand seine Bildchen einem anderen verkaufte und dass Geld als Kategorie in diesem Fall (ungeachtet des Führers, der uns restlos zur materiellen Welt hinführte) weder erwähnt, geschweige denn eingesetzt wurde. Es genügte, das vervollständigte Album dem Organisator dieser Lotterie zu schicken und mit der Ziehung des Gewinns aus der Trommel sein Glück zu versuchen.

Warum erwähne ich das? Weil Übereinstimmungen in mir einen seltsamen Aberglauben hervorrufen, unter dem ich ansonsten weder leide noch an ihn glaube. In der Zwischenzeit nämlich, zwischen dem Schreiben der zitierten Worte und diesen, die ich gerade aufschreibe, flanierte ich mit Pamuk über einen der Plätze im Zentrum Belgrads mit dem Namen Terazije (noch ein türkisches Wort in serbischer Sprache). Seine jungenhafte und unerschöpfliche Neugier, auch meine, wie ich gestehen muss, trieb uns zum Hotel *Moskau* und zu einer Ansammlung von ungefähr hundert erwachsenen Männern und Jungs im Schulalter. Als wir ihnen näher kamen, sahen wir, dass sie Bildchen von Fußballern für die Fotoalben der Fußballweltmeisterschaft Anfang Juni 2006 in Deutschland tauschten. Ich war von meiner Intuition verblüfft, die *genau* dieses Phänomen (ich hatte es seit meiner Kindheit zum ersten Mal überhaupt wieder erwähnt) im Manuskript des noch unvollendeten Buches beschrieben hatte, nur wenige Wochen zuvor und in dem wir, Pamuk und ich, auch *aus diesem Anlass* Helden sind! Das sagte ich ihm auch. Statt einer Antwort reagierte er noch überraschender: Er vertiefte sich auffällig in die Leute und in die Bildchen. Die gesamte Situation nahm ihn völlig gefangen. Nur mit Mühe konnte ich ihn fortreißen!

Ich wette, dass er dorthin zurückkehrte, nachdem ich ihn wegen des überraschenden Regens zurückgelassen hatte im Restaurant des besagten Hotels, dessen Außenfronten verglast waren, damit er dort sitzen konnte und in das blaue Heft seine Eindrücke notieren und das zeichnen konnte, was er in der Phantasie oder *wirklich* gesehen hatte.

Aber auch ich kam zurück. Ich überzeugte mich davon, dass es auch in dieser Kindheit (sowohl der Erwachsenen als auch der Kinder) keinen Platz für Geld gibt. Der einzige Unterschied – wie ich erfuhr – bestand darin, dass für das vollständige Album keinerlei Prämien vergeben wurden. Und dass sich Erwachsene in das Spiel einmischten, die anscheinend kindisch geworden waren. Schön wäre es, wenn der Grund dafür die Einführung einer neuen Naivität ins Spiel wäre. Die Erwachsenen waren hier nicht die Begleiter der kleinen Kinder, sondern auf gleicher Augenhöhe mit ihnen – Kinder.

Das »Trippeln« kannten sie nicht.

Aber vielleicht geschah das alles aus gutem Grund und nicht zufällig ausgerechnet auf dem Platz mit dem Namen *Terazije*[18].

Ich bin mir sicher, dass etwas von diesem naiven Tausch und der Herstellung des Gleichgewichts (zwischen kleinen und großen Teilnehmern, zwischen Überfluss und Mangel an Bildchen) Eingang in Pamuks Heft gefunden hat. Wenn ich nur ein wenig Talent zum Zeichnen hätte (so wie Pamuk), ich bin mir sicher, dass ich mich in einem Dilemma befände, ob man über diesen Rest von Einfachheit etwas aufschreiben oder lieber zeichnen sollte?

Bereits aus dieser Darstellung ist zu erkennen, dass ich niemals ein fabelhafter Kenner noch ein Anhänger des Fußballspiels gewesen bin. Aber es war das Ungewöhnliche seiner Nebenwirkungen und Verbindungen, das mich anzog, wie auch bei anderen Sachen. Außerdem sind das diese Dinge, die die Welt interessant machen. So habe ich neulich den Film *Spiel der Götter – Als Buddha den Fußball entdeckte* des Regisseurs Khyentse Norbu gesehen. Es geht um die unglaubliche Verbindung von tibetischer Kunst und westeuropäischer Filmtechnologie (und wahrscheinlich das Geld für die Produktion); man sieht buddhistische Mönche, wie sie es verstehen, neben ihren rezitierten tausendjährigen Mantren mit völlig kindlicher Naivität in der unbeschreiblichen Abgeschiedenheit des Erhabenen und im Blick auf die gegenwärtige Welt sich auch mit der Organisation der Fernsehübertragung von der Fußballweltmeisterschaft zu befassen, *innerhalb* der Klostermauern und ihres nicht gerade zum Fußball passenden Glaubens! Die absurde Verbindung des fast Unvereinbaren zeigt durch ungezügelten Humor in diesem Film im Grunde, dass *alles menschlich* ist und vor allem das, was auf den ersten Blick überhaupt nicht so zu sein scheint. Darin spielen tibetische Schüler und Lehrer mit authentischen Namen (und Titeln) wie Neten Chokling, Godu Lama, Jamyang Lodro sich selbst … Also, wieder die lokalen Jungs und die erwachsenen Männer.

Kurz nach meiner Faszination für diesen Film tauchte in meinem Haus ein Freund auf, der mit diesen »Fußballhelden« vom Dach der Welt vor nicht allzu langer Zeit ein Jahr seines Lebens verbracht hatte! Und er sagte (wie ein Kind): »Die sind genauso wie im Film!«

8. Kapitel

In einem Moment hatte es den Anschein, er könnte die Gründe für die Extreme im Verhalten derer, die einen neuen Glauben angenommen hatten, durchschauen und größeres Verständnis für die Zerrissenheit jener aufbringen, die das nicht getan hatten.

Die erste Gruppierung wurde durch die Janitscharen repräsentiert. Sie wurden erbarmungslos ausgenutzt, als hätten sie keinerlei Wurzeln, Familien und keinerlei persönlichen Grund zu leben. Was zu jenem Leben gehört hatte, war verdrängt worden, damit sich einzig der Antrieb, dem Sultan zu dienen, dauerhaft verfestigen konnte. Gut ausgebildet, benahmen sie sich auch entsprechend. Ohne die Gefechtstaktik des Kommandeurs zu berücksichtigen, durchbrachen sie als Einzelne die Grenzen der Tapferkeit und stürzten sich buchstäblich in die Schlachten, und eben auch in den Tod. Dieses Vorgehen rettete sie auch häufig. Wenn der Feind sie so sah, ließ er im Kampf nach, zog sich wiederholt aus taktischen Erwägungen zurück und ergriff nicht selten kopflos die Flucht. Auf diese Weise wurden sie von Allah oder dem ehemaligen Gott (oder von beiden gleichzeitig) vor ihrem eigenen Wahnsinn bewahrt. Daher waren sie bei Siegen voller Übermut. Ihren weithin bekannten Ruf von Kühnheit ausnutzend raubten, vergewaltigten, quälten und mordeten sie, wie es ihnen gelüstete. Außer, wenn der Sultan oder der Großwesir das persönlich untersagten. Sie hatten sich nicht nur in die Rolle des Beweisens ihrer Blutrünstigkeit eingelebt, sondern demonstrierten auch über jegliches Maß hinaus und jenseits des guten Geschmacks ihre Ergebenheit. Und wenn etwas von der Beute nicht in ihre Hände fiel, erhoben sie ebenso unkontrolliert ihre Stimme gegen ihren Auftraggeber und zeigten auch ihm gegenüber jene zügellose Dreistigkeit, die selbst den Herrscher keineswegs kalt ließ. Dieser delegierte ihre Beschwichtigung meist an den Großwesir. Es gab Fälle, bei denen sie in solchen Momenten sogar vor diesem nicht zurückschreckten und einzelne Großwesire brachten sie sogar um. Wurden sie jedoch mit Geld, Gold oder Ähnlichem zufriedengestellt, waren sie ihrem Herrn erneut fanatisch hörig, so als sei überhaupt nichts vorgefallen.

Bajica interpretierte ein derartiges Verhalten als eine besondere Form des Wahnsinns, mit rationalen Gründen war das nicht zu erklären. Ihre Meutereien waren furchterregend, flink, hart und extrem gefährlich. Nach Erfüllung der Forderungen, auch nach der Bestrafung der Anführer legte sich die Revolte genauso geschwind und unmissverständlich, wie sie begonnen hatte. Ihre jähen Stimmungsschwankungen hielten die Herrscher in einem Zustand ständiger Anspannung. Eigentlich hatte das auch etwas Gerechtes; wer uneingeschränkte Loyalität einforderte, musste auch zeitweilige Risiken einkalkulieren, die ein solcher Gehorsam mit sich brachte.

Obwohl dieses Verhalten der Janitscharen im Prinzip durch den Glaubenswechsel provoziert worden war, hielt Bajica das nicht für den elementaren Grund. Dennoch wurden diese Männer mit der Zeit Teil einer lebenden Legende. Diese

Legende machte sie zu Recht, hauptsächlich nach militärischen Maßstäben, zu Eliteeinheiten, die in der Armee des Sultans oder irgendeiner anderen ihresgleichen suchte.

Falls irgendwo unter der Flamme des neuen Glaubens noch der ursprüngliche flackerte, dann traf das eher auf die Agas, Begs, Paschas und andere konvertierte Kommandeure zu. Im Interesse einer möglichst schnellen, leichten und gesicherten Karriere wurden einige von ihnen größere Untertanen Allahs als viele Osmanen. So sah das Bajica bei den Jahjapašićs, sowohl beim Vater als auch bei den drei Söhnen. Sie waren ständig derart böse auf Ungläubige, dass sie häufig einer der Wesire beruhigen und zur Ordnung rufen musste, sie mögen erst nachdenken, bevor sie sich in das Leben anderer einmischten.

Bei denen, die zerrissen blieben, war es komplizierter.

Das einfachste war zu sterben. Das konnte sich jeder Ungläubige leisten, der sofort, deutlich und voll und ganz den Wunsch verspürte, zu zeigen, dass er nicht in einen neuen Glauben konvertieren will. Aber für den Tod reichte das nicht. Die Osmanen waren nämlich nicht der Ansicht, dass es gegen diese Ideen keinen Widerstand geben durfte. Im Gegenteil, niemand (außer bei der Knabenlese) wurde gezwungen, zu ihrem Glauben überzutreten. Sterben konnte man nur, wenn man aus diesem Anlass die Waffen gegen sie richtete.

Aber noch schwerer war es, sich nicht vom eigenen Glauben loszusagen und in den Dienst eines Fremden zu treten! Denen, die abseits standen, erschien das wie völliger Eigennutz! Doch was stand denn noch zur Auswahl? War es etwa unnormal geworden, überleben zu wollen? Eine Schande? Sterben, um zu existieren? Ein ganzes Volk zu vernichten, damit es sich künftig vermehren kann? Und wie geht das?

Das alles waren Fragen, die ihn außerordentlich belasteten. Er hatte um sich herum noch niemanden gesehen, der diese Fragen beantworten konnte, geschweige eine Lösung parat hatte. Er sammelte Bruchstücke von Antworten bei jedem in seinem Umfeld und das war alles, was er tun konnte. So wie sein Volk zweigeteilt war, wobei keine Hälfte natürlich ausgewählt worden war, stellte auch jeder einzelne ein zerrissenes Wesen dar und konnte das nicht einmal entscheiden. Oder dem einen oder anderen stand eine solche Entscheidung erst noch bevor. Aber zuvor war da eine Falle: Beim Fällen der künftigen Entscheidung war es unmöglich, sich selbst treu zu bleiben und nur sich selbst.

Ein Glück war es bei so vielen unbeantworteten Fragen, das alles während eines Feldzugs geschah, so dass Bajica diese Art Selbstquälerei unterbrechen musste, um weiter aktiv am Geschehen teilzunehmen.

Das Aufeinanderprallen zweier Armeen, oder besser gesagt einer umzingelten ungarischen und deshalb schwer beweglichen Kavallerie und der osmanischen Kanonen im sumpfigen Feld von Mohács, dauerte nur zwei Stunden. Die Ungarn wurden von der Artillerie aufgerieben und kamen gar nicht erst in Konflikt mit der gegenerischen Kavallerie und Infanterie. Im Sumpf eingekreist, waren sie ein leichtes Ziel. König Lajos II kam in der Schlacht um. Der Weg nach Buda war offen. Unterwegs sah Bajica alle Fähigkeiten seines neuen Freundes. Sinan fand mit bewunderungswürdiger Leichtigkeit für alle Hindernisse neue Lösungen. Und das geschah schnell, ohne viel zu erzählen; erledigte Aufgaben waren kein

Thema mehr bei der Suche nach einer Lösung für die nächste. Einmal sagte er nach einer Schlacht zu Bajica: »An ein und demselben Tag, am 29. August, bin ich in fünf Jahren zum Zeugen zweier Siege geworden: 1521 vor Belgrad und jetzt, *am selben Tag* fünf Jahre später, vor Mohács.«

Er registrierte, wie sowohl der Sultan als auch der Wesir Sinan erstmalig die volle Verantwortung für die Arbeiten übertrugen. Abgesehen davon, dass er sich bei jeder fachlichen Problemlösung als geschickt erwiesen hatte, zeichnete ihn die Fähigkeit aus, bei der Auftragserteilung den Meistern und Bauarbeitern mit gebührender Achtung zu begegnen, so dass er eine unglaubliche Effizienz erzielte. Jeder beteiligte sich zuverlässig und mit großem Engagement an jeder Arbeitsphase. Alles in allem besaß er ein ausgeprochenes Organisationstalent: Als Offizier vermochte er die Umstände einzuschätzen sowie rechtzeitig präzise und korrekte Anweisungen zu geben; als Baumeister zeigte er Wissen, als Hauptverantwortlicher der Arbeiten auch Sorge für die, die ihm unterstanden. In einem System, das vom Großwesir und vom Sultan geleitet wurde, war das unüblich, aber sie ließen ihn gewähren, weil sie davon großen Nutzen hatten. Nachdem beispielsweise auf dem Marsch nach Buda die Ansiedlung Osijek völlig zerstört worden war, ordnete Sinan ohne Umschweife ihren Wiederaufbau an. Beim Verlassen des Ortes ließ er dort nur einige Agas und Meister zurück, die nach seinen Plänen rasch die Einwohner anstellten und sofort mit den Arbeiten begannen. Selbst die gerade geschaffenen Vasallen waren beeindruckt von der Entscheidung und von dem Tempo, in dem der eroberte Ort ohne Aufschub wieder aufgebaut wurde. Das verbesserte sogleich das Bild, das die Osmanen unter der christlichen Bevölkerung und beim versklavten Adel hinterließen. Sinan schuf für sie wenn nicht Achtung, so doch zumindest von Grausamkeit ein abgeschwächtes Bild.

Auch das Verhalten des Großwesirs Ibrahim Pascha beobachtete Bajica aufmerksam. Er tat so, als sei er von Sinan angenehm überrascht, obwohl klar war, dass kein anderer als er ihm diese »Überraschungen« bereitete. Während ihm Freiheiten, die für einen Offiziersschüler und Baumeister ungewöhnlich waren, gewährt wurden, hielt der Wesir durch das Lockern, aber auch durch das häufige Anziehen der Zügel alle Kommandeure in Schach. Sie durften sich nicht entspannen, auch wenn sie wie nach dem Beispiel von Jusuf Sinan befreit worden waren. Der Großwesir hatte offensichtlich zur rechten Zeit die Fähigkeiten seines Schützlings erkannt und damit das Recht erworben, ihn zu protegieren, wobei er darauf achtete, dass dieser sich ständig durch Taten bewies, damit er nicht unnötig Neid unter den anderen Offizieren hervorrief. Dieser ließ sich nicht ganz vermeiden, aber durch das geschickte Spiel von Ibrahim Pascha reduzierte er sich auf ein erträgliches Maß. Seit etwa einem Jahr mit einer der Schwestern des Sultans verheiratet, hatte der Großwesir am eigenen Leib erfahren, was Eifersucht heißt. Unter dem Schutz des Sultans wandte er die Kunst des Wechselspiels zwischen grausamem Herrschen und edlem Verzeihen auch bei sich an. Allerdings sah er zu, dass aus diesem Verhalten niemand Schlüsse zog, die Regeln und Gesetzmäßigkeiten erkennen ließen. Oder – Gott behüte – Schwäche. So war er gegenüber anderen stets im Vorteil und konnte unverhofft mit einer plötzlichen oder unerwarteten Entscheidung überraschen.

Etwa zehn Tage nach der Schlacht von Mohács zog die Armee des Sultans fast ohne Gegenwehr in Buda ein. Dort blieb der Sultan eine gewisse Zeit, dann ging er nach Pest hinüber, und danach befahl er der Hauptarmee, sich ins Mutterreich zurückzuziehen. Dem neu ernannten ungarischen König Szapolyai János vertraute er als osmanischem Vasall die Herrschaft über Ungarn an. Freilich wusste der Sultan schon zu dem Zeitpunkt, dass er mit einer solchen Entscheidung die Anhänger von Ferdinand von Habsburg, Bruder von Karl V, und Maria von Ungarn, Witwe von Lajos II, nicht zur Ruhe bringen würde. Demzufolge musste er diese Gebiete erneut besuchen. Ein solcher Besuch war schon lange geplant, sogar ohne den Kampf um den ungarischen Thron. Nur wusste das der Feind nicht.

Als er Belgrad passierte, versuchte Bajica zu ergründen, woran ihn die Belgrader Festung, ihre Lage und Umgebung erinnerten. Das gelang ihm nicht; irgendetwas verwirrte ihn. Wahrscheinlich das Wasser. Und dann hatte er eine verrückte Idee: Dieser großartige Blick gehörte der Ähnlichkeit nach zu etwas, das er noch nie gesehen hatte!

Irgendwo dort trennte er sich von Sinan. Der Sultan verlangte die Zöglinge und künftigen Pagen [19] bei sich zu haben, die Bauleute aber mussten als Nachhut der Armee das Zerstörte wiederherstellen und das Gesicht des Imperiums reinwaschen. Bajica kehrte nach Edirne zurück und Sinan marschierte weiter gen Istanbul, und zwar als neu ernannter Hauptmann der siegreichen Armee des Sultans.

Kapitel IX

Das Gespräch über die Schlacht von Lepanto drängte mir eine Art Parallele und einen Vergleich mit der Kosovo-Schlacht auf. Auch wenn es zwischen ihnen keine allzu großen Ähnlichkeiten gab, tut man gut daran, über die Folgen der Niederlage nachzudenken.

Auch wenn der Schock von Lepanto bei den Osmanen tief saß, zwang er sie trotzdem nicht vor dem Feind auf die Knie. Er zeigte ihnen, dass auch ihr Imperium verletzbar ist, dass sie sich vor allzu großer Überheblichkeit bewahren müssen und dass Hochmut seinen Preis hat. Aber das Reich, so aufgerüttelt es war, war dennoch nicht ernsthaft erschüttert. Mithilfe weiser Schachzüge der überaus Kühnen wurde schnell die eigene Sicherheit wieder hergestellt. Diese Kraft war objektiv – im Unterschied zum Gefühl der Schwäche, das subjektiv war. Aber häufig ist dieser nichtobjektive Faktor, der so abstrakt ist und auf psychologischen Eindrücken und nicht auf kühlen Zahlen und Fakten basiert, schwerer in den Griff zu bekommen als die Wahrheit. Wahrscheinlich weil er eher zum Aufgeben tendierte als zum Kampf; weil die Verzweiflung wahrscheinlich stärker war als ein neuer Anfang.

Das wichtigste ist, dass die Osmanen Lepanto nicht in ein Märtyrertum verwandelt haben.

Im Unterschied zu ihnen rezipierten die Serben die Kosovo-Schlacht aus dem Jahr 1389, die fast zweihundert Jahre früher stattfand, aus der Sicht eines Märtyrers. Das ist teilweise verständlich, denn von da an gerieten sie immer weiter in die Sklaverei, verloren ihre persönliche und die kollektive Freiheit, ihr Reich und ihren Staat. Die kurzen Intervalle erneuten Erhebens und Hoffens wendeten das Schicksal nicht. Als Stütze blieb ihnen nicht viel: einzig die Sprache, der Glaube und die Kirche. Aber auch sie, die Kirche, war müde geworden.

Aber das war noch nicht das Ende. Die Geschichte fuhr fort, die Ereignisse zu wälzen, die Schicksale zu zermalmen, die Zukunft zu überraschen ... Auf jeden Fall änderte sie die Verhältnisse. Aber mit der Erzählung von der Kosovo-Schlacht geschah etwas Seltsames. Das heißt, so wie die Zeit verging, verloren die Folgen dieser entscheidenden Schlacht ihre klaren Umrisse einer historisch tragischen Niederlage und gewannen die Konturen weniger der greifbaren Tatsachen als der Schatten des Möglichen ... Es ging nicht um die Veränderung der historischen Wahrheit, sondern um eine andere *Auffassung* dieser Wahrheit. Die Interpretation übertraf die Bedeutung, das System der Prioritäten wurden verschoben: Das Bedeutende wurde unwichtig und das Marginale wurde zum Wesentlichen. Diese Niederlage hat das Schicksal eines ganzen Volkes für einige Jahrhunderte zementiert. Kaum zu glauben, dass sich die Mythologie von vornherein in die Ereignisse eingeschlichen hat. Es wird wohl eher so sein, dass im Nachhinein ein Wechsel im Verständnis von Niederlagen stattgefunden hat, und das alles, um die Unabwendbarkeit der Geschichte abzuwehren. Wie soll man sich zur rechten Zeit mit einer Niederlage abfinden, die zwei, drei Jahrhunderte oder noch länger währte? Das ist wirklich schwer zu akzeptieren.

Ist das Kosovo der Geburtsort der Ideen von Mut, Ehre, Mord wegen Verrats? Hat dies das zukünftige Schicksal für das zwanzigste Jahrhundert oder ein anderes Jahrhundert entschieden?

Darf eine Niederlage von Selbstmord bis Hörigkeit gehen? Wenn du den Feind nicht töten konntest, dich selbst konntest du immer töten. Wenn du ihn nicht bezwingen konntest, dich selbst konntest du.

Wurde aus einem derartigen Verständnis der Dinge die Verzweiflung geboren? Und wurden die Extreme im Grunde aus der Verzweiflung geboren?

Die Schlacht wurde zum Mythos. Die Niederlage wurde zum Sieg.

Andererseits führte Pamuk in dem Wunsch zu zeigen, wie es aussieht, wenn der Sieger es mit dem Stolz übertreibt, ein Beispiel aus den osmanischen Quellen an, nämlich die Schlacht von Mohács (als, nebenbei bemerkt, die Serben jegliche Hoffnung verloren hatten, dass für sie nach der Kosovo-Schlacht die Sonne aufgehen oder ihnen wenigstens die Chance oder das Zeichen für ein *besseres Morgen* gegeben würde).

Auf dem Schlachtfeld wurden, dem persönlichen Kriegstagebuch von Süleyman zufolge, auf der Seite der Ungläubigen zwanzigtausend Tote der Infanterie und viertausend der Kavallerie gezählt. Über die eigenen Toten schrieb der Sieger nichts. Man weiß, dass gefeiert und geplündert wurde und auch mehrere Tausend Gefangene getötet wurden. In allen Schlachten, die die Schlacht von Mohács flankierten, so sagen die Quellen, kamen auf der ungarischen Seite über zweihunderttausend Menschen um und weniger verlässliche Daten schreiben dem osmanischen Heer einen Verlust zwischen fünfundzwanzig- und fünfzigtausend Menschen zu! Das war ein richtiges Massaker und es zeigt, wie stark der osmanische Wunsch und die strategische und symbolische Relevanz waren, Wien zu erreichen! Eigentlich bedeutete jeder neue Überfall eine Wiederholung dieses Wunsches.

Anscheinend um die Heftigkeit der Kämpfe, die Zahl der Toten, die möglichen Gewissensbisse des Sultans zu rechtfertigen, der mit einigen seiner Befehle das unnötige Töten von Gefangenen und auch von Zivilen ermöglicht hatte, erwähnten die Chronisten der Eroberer beim Beschreiben der Schlacht von Mohács, dass sie »auf Feindesseite« umgekommen waren. Dann folgte eine unglaubliche Anreihung von Epitheta (als hätte der Sieg nicht gereicht) – »Söhne der Hölle, Dämonen, lüsterne Schläger, Schweine, Starrköpfe, Dickköpfe, Gesindel, Hunde, Ungläubige, Wüstlinge, Verbrecher, Heuchler, Monster, unreine Kräfte, die das Antlitz eines dämonischen Folterknechts bekommen haben«.

Wahrscheinlich übernahm das Überhäufen mit all diesen Schimpfwörtern die Funktion des Feierns (oder vielleicht der Rechtfertigung) des wichtigen Sieges. Aber das Töten der gefangenen Sklaven und Bauern, die auf den Feldern gefangen genommen worden waren (viertausend, so sagt man, Frauen nicht mitgerechnet) war *nach dem Sieg* mit keiner einzigen Strategie zu rechtfertigen. Auch nicht mit Hass. Und schon gar nicht mit Epitheta.

Vielleicht schien es manchen, dass einige tausend unnötig getöteter Menschen nicht der Aufmerksamkeit wert waren, selbst wenn sie Opfer eines gewöhnlichen Fehlers oder der unbegreiflichen Lust zum Töten waren. Denn so konnten sie bequem in die so große Zahl der mehreren hunderttausend Toten integriert werden. Wenn die Zahlenangaben stimmen, und das bestätigen enorm viele Quellen, dann muss man wirklich im Blick haben, was für eine außergewöhnlich hohe Anzahl an Toten das *für jene Zeit* war!

Wie dem auch sei, Sultan Süleyman erlangte unter den verängstigten Europäern auch auf diese Weise seinen Beinamen – der Prächtige. Übrigens, was ist, wenn wegen dieses Epitheton auch alles angefangen hat?

9. Kapitel

Drei Jahre nach seinen ersten Erfahrungen als Soldat ritt Bajica im Frühjahr 1529 erneut in Begleitung des Großwesirs Ibrahim Pascha, der jetzt bereits Beglerbeg[20] von ganz Rumelien war und den Titel eines Serasker[21] der osmanischen Armee erhalten hatte. Der Großwesir scharte bei seinem Zug durch Edirne abermals die besten Zöglinge um sich und ermutigte sie damit, dass ihre Taten zum Ruhme des großen Sultans in Erinnerung bleiben würden.

Sie nahmen denselben Weg wie einige Jahre zuvor. Bajica war jetzt bereits imstande, etwas im Voraus zu erkennen, vorauszusehen oder vorab zu wissen. Unter den Offizieren ritt allerdings Sinan nicht mit. Zu Bajicas Überraschung war er auch in den anderen Einheiten der Kawallerie aus Istanbul nicht auszumachen.

Sinan schloss sich ihnen erst hinter Edirne an, in Ostrumelien, genauer in Thrakien. Und das war es, was Bajica nicht voraussehen konnte. Um das Rätsel noch größer zu machen, vor der ersehnten Begegnung, als sie sich dem Fluss Marica[22] näherten, warf ihm Ibrahim Pascha immer häufiger geheimnisvolle Blicke zu; offensichtlich wollte er ihm etwas zu verstehen geben. Im Ort Uzunköprü[23] wurden sie von einer großen Gruppe festlich gekleideter und besonders organisierter Sergeanten, Vasallen, Musiker und vom Volk aus der Umgebung empfangen. Und vor ihnen stand – Sinan Jusuf! Nachdem sich dieser vor dem Sultan verneigt und der Masse befohlen hatte auseinander zu gehen, sah Bajica den Grund für die vorherige Geheimniskrämerei und den jetzigen Stolz: Über den Fluss erhob sich eine Brücke, die vor drei Jahren noch nicht da war, eine Brücke aus hellen Steinen von außerordentlicher Eleganz. Sie war sehr lang und breit und besaß zwölf sehr dicke tragende Säulen. Die Säulen hatten die Form eines Bogens und sie waren es auch, die das Wesen der Schönheit und Festigkeit der Brücke ausmachten. Gleichzeitig sprach ihre Massivität für die innewohnende Kraft und das Streben nach Beständigkeit. Sie ließen dem Wasser Raum zum Fließen, aber durch ihr Ausmaß kanalisierten sie es. Als würden sie die Kraft des Wassers achtungsvoll respektieren, aber gleicheitig stolz auf sich selbst sein.

Es war ihm ein Vergnügen, die Freude der Einheimischen zu sehen, die augenscheinlich am besten wussten, wie sehr die Verbindung der Ufer ihr Leben verändern würde. Es war aber auch interessant, den zufriedenen Sultan zu sehen, nach dessen Wunsch die Brücke errichtet worden war. Bajica wusste aber, dass das nicht geschehen wäre, wenn Sinan keinen Beschützer gehabt hätte, seinen Landsmann Ibrahim Pascha. Und andererseits zeigte sich, dass die Unterstützung des Großwesirs für jemanden (und auch für den gemeinsamen Glauben) kein bloßer Gebrauch der Macht war, sondern ein praktisches und gutes Werk zum Nutzen für jedermann.

Obwohl er jetzt schon Kommandeur der Eskorte war, wurde Sinan, wenn er auf dem weiteren Weg nichts zu tun hatte, häufig aufgefordert, in des Sultans und Wesirs Nähe zu bleiben. Jetzt nannten ihn beide betont oft Mimar. An seinem eigenen Beispiel, nicht nur durch Sinan, verstand Bajica das Bestreben des Herrschers besser, seinen Stolz über die von ihm (zumeist jungen) Auserwählten öffentlich zu zeigen. Deshalb wurden sie sogar prächtiger gekleidet als das jenen gestattet war, die eine weitaus höhere Position als sie innehatten. Obwohl ihm diese Angeberei nicht gerade angenehm war, ermöglichte diese Position Bajica, häufiger in Sinans Nähe zu sein.

Und der erzählte ihm auf dem Weg, wie er nach all diesen Arbeiten, an denen er im vorangegangenen Feldzug gegen Buda beteiligt war, den Herrscher offenbar mit seinem Wissen zufrieden gestellt hatte und er den Befehl erhielt (zu Bajica hatte er gesagt »angeboten bekam«), sich am Bau einer Brücke zu versuchen, wobei er selbst alle Pläne und Kalkulationen anfertigen und den Bau überwachen sollte. Er machte sich sofort nach der Rückkehr aus Istanbul an die Zeichnungen und Kalkulationen für die Brücke, und wenige Monaten später organisierte er die eigentlichen Arbeiten an den beiden Ufern der Marica. Mit dieser Tätigkeit verbrachte er anderthalb Jahre, genau bis zum feierlichen Passieren der Brücke durch den Sultan.

»Wenn sie von so einer Armee überquert werden konnte, besonders von der Artillerie und meiner Einheit mit einer solchen Beladung, wird diese Brücke Jahrhunderte fortbestehen! Weißt du, Bajo Mehmed, was für ein Gefühl es ist, zu wissen, dass etwas, das zu dir gehört, dich überdauern wird?! Oder einfach – nur dauern.«

Es war schwer für ihn, ihm so etwas zu bestätigen. Nichts, was Bajica bisher getan hatte, war sichtbar. Was war, konnte man nicht zeigen. Er schwieg. Er ließ Sinan reden, denn dieser verspürte den innigsten

Wunsch danach und er hatte ja auch eine Menge zu sagen.

»Nach all diesen Wällen, Sperren, Gräben, provisorischen Brücken und Gerüsten, und besonders nach dem Zerstören und erneuten Aufbauen *genau dessen*, was zerstört wurde, hatte ich den Eindruck endgültig gelernt zu haben, wie sich welcher Stein, welches Holz oder Metall unter den entsprechenden Bedingungen verhalten«, erzählte er ihm. »Es ist sehr wichtig zwischen den Materialien und Bedingungen zu differenzieren. Nicht ein einziger Bau, nicht einmal die einfachste Hütte oder der einfachste Brunnen sind gleich. Und nicht ein einziger Bau *von irgendetwas derselben Art* ist identisch. Alles ist jedes Mal neu und wird erstmalig errichtet!«

Bajica lauschte seinen Worten und betrachtete ihn, der von Sumpf und Stein so leidenschaftlich wie von Lebewesen sprach. Er war ganz und gar von dem Gedanken an Schöpfertum besessen! Und als er auf das zu sprechen kam, was er sich vielleicht noch als Bauprojekt vorgenommen hat, wobei er aber noch viel zu lernen habe, war für Bajica klar, dass er einen verliebten Mann vor sich hatte.

Bei seinem Erzählen von den vielen Ängsten im Ringen um die Brücke ließ er eine sehr interessante Sicht auf das erkennen, woran er arbeitete. Für ihn war die Brücke nicht einfach aus Stein, aus dem Skelett und Verbundmaterialien gefertigt, sondern auch aus Wasser! Und das nicht aus irgendeinem, sondern genau aus dem, das es zu überbrücken galt.

»Das Wasser ist *nur dort* so, wie es ist, sonst nirgends. Zuerst musste ich *für das Wasser* eine Brücke bauen, danach für die Menschen.«

Bajica erschrak ein wenig vor diesem nur zur Hälfte verständlichen Satz. Für alle Fälle warnte er ihn.

»Das vom Wasser solltest du vielleicht nicht herumerzählen. Ich fürchte, man würde dich nicht verstehen.«

Das mit dem Wasser ließ Bajica verschiedene Überlegungen anstellen.

Weder kämpfte er also *gegen* den Fluss noch wollte er es mit dem Wasser aufnehmen. Er hat *das Wasser* zunächst ergründet; wie es sich zu welchem Material verhält, was es aushält, was es mag und an sich reißt und was es nicht duldet, abwehrt und zerstört. Als er sich auch bei einer solchen Denkweise ertappte, geriet Bajica in Sorge. Wasser war doch nichts Lebendiges! Aber hatte er etwa als Junge nicht so viele Male die Unterschiedlichkeit einzelner Bäche, Stromschnellen und Flüsse erlebt? Jeder, an dem er sich versucht oder den er überquert hatte, war anders! Jeder Berg und jedes Gebirge, alles! – jeder Baum unterschied sich vom anderen! Ja, genau wie der Mensch. Jeder erzählt seine eigene Geschichte.

Sicher besaß Sinan eine außergewöhnliche Begabung für Architektur; das war ganz offenkundig. Für Bajica aber war unverkennbar, dass das nicht das einzige Geheimnis sein konnte, und auch nicht der einzige Grund für sein erfolgreiches Wirken. Das Wichtigste lag sehr wahrscheinlich *im Herangehen* an das, was getan werden sollte. Nun wusste er wenigstens, was er künftig in Angriff nehmen konnte.

Es galt, gerade die Annäherungsweisen an die Dinge zu untersuchen.

Allein der Zugang zu (die Annäherung an?) Belgrad zeigte ihm die seit seinem letzten Besuch erfolgten Veränderungen in der Stadt. Jetzt waren die Ufer der Save und der Donau große Häfen, in denen sich der Handel mit bis dahin unbekannten Regionen entwickelte: mit den asiatischen Küsten des Mittelmeeres mit Venedig, Dubrovnik, den nördlichen Teilen Afrikas. Die Waren kamen von überall, und mit ihnen auch die Menschen, neue Bräuche, Sprachen und Geschichten über andere Völker. Für Belgrad stand allerdings in diesem Moment der Handel gezwungermaßen im Hintergrund. An seinen Rändern ankerten jetzt, nachdem sie die Ufer des Deltas und beider Flüsse eingenommen hatten, kilometerweit flussabwärts türkische Kriegsschiffe. In der näheren und weiteren Umgebung, beiderseits des Ufers und rings um Zemun, waren zwei Lager mit Tausenden Armeeeinheiten. Sie strömten von allen Seiten heran, von Bosnien bis Suez, die geballte Kraft des Osmanischen Imperiums mit dem unverhohlenen Wunsch, tief ins Herz Europas vorzustoßen. Ziel dieses Feldzugs war Wien. Wenn nicht Zentrum des Kontinents, war die Stadt auf jeden Fall eine seiner tragenden Säulen. Genau diesen Begriff benutzte Sinan, der Baumeister.

Bajica überraschte es nicht, dass sie im Inneren der Festung vom Sandschak Beg aus Smederevo bewirtet wurden, der eigentlich schon damals in dem im Verhältnis zu Smederevo, das noch offizielles Zentrum des Belgrader Distrikts war, weitaus größeren und wichtigeren Belgrad residierte. Belgrad war nun auch der Zentralhafen der türkischen Donauflotte, die von demselben Sandschak Beg kommandiert wurde, und das war kein anderer als der junge Mehmed Beg Jahjapašić. Gerade wegen seiner bereits recht bekannten Skrupellosigkeit drängte er sich dem Sultan als ideal einsetzbarer Statthalter auf.

Allerdings waren das Entscheidungen des Herrschers, die außer dem Großwesir niemand beeinflussen konnte. War ein Feldzug einmal begonnen, wurden alle Nuancen im Hinblick auf Eigenschaften von Einzelnen, die nicht mit dem alleinigen Ziel – dem künftigen Sieg – korrespondierten, als zweitrangig oder nicht existent betrachtet. Die osmanischen Kräfte schlossen ihre Reihen, indem sie alle unnötigen Unterschiede auslöschten, die negativ auf die Stimmungslage der Soldaten wirken könnten. Der Sultan legte auf die allgemeine Atmosphäre großen Wert.

Das, was sowohl Bajica als auch Sinan zu beeinflussen vermochten, war die Entscheidung, durch die Belgrader Ansiedlung zu schlendern. Jeder nutzte seine Stärken, das aufzunehmen, was ihm an diesem Ort besonders wichtig war. Bajica lauschte den unterschiedlichen Sprechweisen seiner Muttersprache und vergnügte sich damit, die Gegenden zu erraten, aus denen die einzelnen Sprecher kamen. Außerdem bekam ihm die Mischung vieler weiterer Sprachen, die ihn wie eine Art Amalgam erreichte, sehr gut. Er dachte, es wäre gut, wenn alle Orte solch eine Kombination aus Varianten verschiedener Sprachen haben würden und dass das bereichernd für jedermann wäre.

Sinan betrachtete eher die Gebäude denn die Menschen. Er schaute mehr als er lauschte. Seine Sprache war offenbar zum Raum geworden, etwas, das er durch das Bauen füllen konnte. Aus der Art und Weise, wie dieser mit offenen Augen schwieg, konnte Bajica lediglich erahnen, in welche Richtung seine Gedanken gingen: Er akzeptierte scheinbar die Schönheit einiger Objekte und verwarf wiederum andere, errichtete an deren Stelle schon neue und wer weiß was noch. Es war wirklich wundersam, wie sie zusammen, und doch jeder auch für sich gingen. Weder störten sie sich gegenseitig noch sprachen sie aus, wie gut ihnen das gemeinschaftliche Schweigen tat.

Erst später, im Schlachtgewühl, begriffen sie, wie sehr ihr Körper und ihr Geist diese Form von Purifikation brauchten. Das, was dann folgte, war größer als sie.

Als der Sultan das Zeichen zum Aufbruch gab, zählte die osmanische Armee auf dem Festland mehr als einhunderttausend Soldaten, mehrere Tausend Kamele und Pferde (für Lasten wie Menschen), dreihundert Kanonen, und auf der Donau segelte eine Flotte mit vierhundert Mannschaften und zwanzigtausend Martolosen. Der erste Teil dieser Armee passierte erneut die Sümpfe von Mohács, wo sie dieses Mal vom türkischen Liebling und Erben der ungarischen Krone, Johann Zápolya, mit sechstausend Reitern erwartet wurden. Sie machten sich gemeinsam gen Buda auf, dessen Garnision kampflos übergeben wurde, doch ein Massaker konnte dadurch nicht abgewehrt werden. Süleyman war der Ansicht, dass das neben der erneuten Inthronisation von Zápolya die rechte Botschaft für den österreichischen Herrscher und Prätendenten auf die ungarische Krone, Ferdinand von Habsburg war, der mit zwanzigtausend Soldaten hinter den Mauern von Wien Zuflucht gesucht hatte.

Das war kein Wunder. Auch zu Ferdinand drangen grauenvolle Nachrichten über schreckliche Morde und Zerstörungen, die der Hauptarmee der Osmanen vorausgingen. Um nämlich für seine Kräfte ein sicheres Passieren zu ermöglichen, nutzte Süleyman diesmal für die Säuberung der Marschroute mehrere tausend Angehörige der leichten Reiterei unter der Führung des Sandschak Beg Mehmed Beg Jahjapašić. Ihm schlossen sich tatarische Reiter an, und unmittelbar nach ihnen agierten unter demselben Kommando die Akindschi[24], deren Aufgabe es war, von den Toten das zu plündern, was noch übrig war. Das Hauptziel des Sultans bestand darin, den Feind schon in Angst und Schrecken zu versetzen, bevor er sich selbst vor ihm zeigte. Er erreichte noch mehr: Er erschreckte die gesamte westliche Welt.

Die Schachzüge des Sultans und Großwesirs beobachtend, begann Bajica die Politik des Kriegführens zu verstehen. Das, was in Friedenszeiten (und diese waren selten) zur Politik gehörte, war im Krieg augenscheinlich unanwendbar. Der Heerführer musste über die Wichtigkeit der Ziele entscheiden und sie der Reihe nach mit verschiedenen Werkzeugen und Taktiken ausstatten. Dazu zählten auch Extreme wie Grausamkeit und Gnade, allerdings nur dann, wenn sie Erfolg versprachen. Alles, was nicht effektiv war, wurde sofort verworfen. Heerführer, die ihre Aufgaben nicht erfüllten, wurden abgesetzt oder geköpft. Selbst an Sinans Beispiel wurde klar, wie sich in Abhängigkeit vom Bedarf die augenblicklichen Prioritäten änderten: Sinan kommandierte die Begleiteinheit, als es galt, alle möglichen Arbeiten auszuführen, aber von Zeit zu Zeit wurde ihm auch das Kommando der Janitscharenorta[25] oder gar der anatolischen Truppen angetragen. Es muss allerdings eingeräumt werden, dass er nicht in einem einzigen Fall an die vorderste Front geschickt wurde. Für ein solches Risiko war er in mehrerlei Hinsicht zu wertvoll. Ebenso schienen seine Beschützer keine Möglichkeit auslassen zu wollen, ihm unter den Bedingungen des Krieges so viel wie möglich beizubringen. Ibrahim Pascha schloss, nachdem er die stabile Freundschaft zwischen Sinan und Bajica erkannt hatte, auch letzteren in die Kunst des Bauens ein, er rechnete damit, dass Sinan so nebenbei auch dem jüngeren Zögling etwas beibringen konnte. Als Gefechtskommandeur teilte er ihnen Lutfi Pascha zu, dessen Aufgabe es war, sie zu überwachen und zu lehren und ebenso – wenn nicht noch mehr – auf sie aufzupassen.

Die Armee erreichte die Stadtmauern von Wien am 27. September, ohne Furcht vor der fortgeschrittenen Jahreszeit und den häufigen Regenfällen. Die mutige und heftige Verteidigung seitens der eigentlich um ein Mehrfaches schwächeren Verteidiger, die festen und unzugänglichen Wälle und das anhaltend schlechte Wetter ließen auch nach zwanzig Belagerungstagen, bis zum 16. Oktober, keinen Erfolg zu. Der Sultan befahl die Auflösung des Lagers und den Rückzug der Armee. Selbst das kam zu spät.

Bajica wusste nicht, was schlimmer für ihn war: Die vielen Menschen anzusehen, die im Kampf gestorben waren, oder die, die bei der Heimkehr verwundet, krank und ausgezehrt ihre Gebeine im Morast der überschwemmten Ebenen Slawoniens und Ungarns ließen. Nunmehr hatte er begriffen, welchen Einfluss die Begriffe Wetter und Zeit auf Feldzüge haben – der Zeitbegriff, der die Dauer kennzeichnet und der des Wetters, der klimatische Veränderungen festhält. Ein Feldzug von der osmanischen Residenzstadt aus konnte bei allen Vorbereitungen auf den Winter nicht vor April beginnen und musste vor Wintereinbruch beendet sein. Und hier tauchte dann ein Problem auf, das er vor Sinan »Reichweite« nannte.

»Was heißt das für dich?«, fragte Sinan.

»Das müsstest du besser wissen als ich. Das heißt auszurechnen, wie groß deine Reichweite ist. Falls dir vor Beginn eines Feldzuges alle Daten bekannt sind, von der Zahl der Soldaten, Pferde, Kamele, Kanonen, Waffen, der angestrebten Rastplätze bis zu unvorhergesehenen und absehbaren Hindernissen und allem übrigen, und wenn das alles auch für den späteren Rückzug der Armee bekannt ist, dann dürfte es möglich sein, zu kalkulieren, *wie weit* man auf einem Feldzug vordringen kann. Man würde die äußersten Grenzen für die Armee erkennen und damit auch den Punkt, ab dem nichts mehr geht.«

»Das stimmt. Aber du vergisst, dass sich die Grenzen des eroberten Territoriums ständig verschieben und dass das neue Positionen ermöglicht, von denen aus sich die Hauptarmee vorwärtsbewegen kann.«

»Ja, vor Belgrad war Sofia ein solcher Punkt. Und der ist veränderlich. Einige Dinge können allerdings nicht verändert werden. Der Sultan und der Oberkommandierende beginnen einen Feldzug *immer* von Istanbul aus und diese Entfernung bleibt immer gleich, falls sie nicht gar größer wird. Als Belgrad gefallen war, wurde es möglich, dass sich unterhalb seiner Mauern die Armee sammelte, um von dort aus weiter zu ziehen. Unter anderem wurde es dem Reich möglich, auf die Eroberung Ungarns und auch Österreichs zu setzen. Selbst wenn ein Großteil der Armee aus anderen, weniger entfernten Gegenden schon von früher dort ist, dauert es noch, bis auch der Sultan angelangt ist. Mit ihm kommt die Hauptarmee aus Anatolien und Ostrumelien. Ein Problem würde entstehen, wenn der Sultan in Belgrad residieren und im Frühjahr von dort aus seinen Feldzug beginnen würde. Das ist unmöglich. Verstehst du? Ich befürchte, dass das Problem der Reichweite einer Armee unlösbar ist. Außer bei einer kürzeren Belagerungsdauer und einem schnelleren Sieg. Oder, wenn du oder jemand anders herausfinden könnte, wie eine schwer bewaffnete und massive Armee sich schneller fortbewegen und ihr Ziel viel schneller als bisher erreichen kann.«

Sinan versank in Nachdenken.

»Gut, selbst wenn die Rückkehr der Armee zu spät

beginnt, sieh doch, wieviele Soldaten unnötig auch außerhalb des Kampfes ihr Leben ließen. Aber das, was du sagst, verdient auf jeden Fall ernsthaft beachtet zu werden. Jetzt bist du mir ein bisschen ähnlich. Ich würde es die Distanz nennen, über die du einen Stein werfen kannst. Das ist genau das, worüber man nachdenken sollte. Es ist wichtig, das Problem zu erkennen. Siehst du es nicht, kannst du es auch nicht lösen. Und andererseits, wenn du es nicht siehst, heißt das nicht, dass es nicht vorhanden ist.«

Kapitel X

Pamuk wollte das Thema wechseln.

»Lass uns von den Toten ausruhen. Hier hast du das Zitat eines Chronisten, eines Zeitgenossen des militärischen Einmarsches der Osmanen aus dem Jahr 1529, als nach der erfolglosen Belagerung von Wien gemeinsam mit dem Militär auch die Händler mit tausenden Sklaven und vor allem Sklavinnen zum Verkauf zurückkehren; letztere beschreibt er wie folgt: ›Auf dem Basar wurden Schönheiten verkauft, die eine Stirn wie Jasmin hatten, dichte hoch geschwungene Augenbrauen und einen Wuchs wie die paradiesischen Huris. Ihre Anmut war unglaublich.‹ Siehst du, Händler bleibt Händler! Dieser letzte abstrakte Satz besagt, dass Worten Glauben geschenkt wurde, aber auch, dass in solchen Situationen offensichtlicher und geradezu unglaublicher Schönheit Worte nicht ausreichten, um das auszudrücken, was das Auge wahrnahm. Das spricht sogar von dem Versuch romantisch zu sein, allerdings mit Hilfe von ungeschickt zusammengestückelter Lobhudelei.«

Und dann widerlegte er sich selbst.

»Ich kann im Namen meines Vorschlags, vom Tod Abstand zu nehmen, hier zum Schluss kommen, aber das Leben war offensichtlich auch damals eine Verbindung von angenehmen und unangenehmen Dingen. Ich habe hier eine Pause gemacht, aber derselbe

Chronist fuhr nach dieser Romantik, über die ich zu dir sprach, kaltblütig ohne Pause fort, uns mit der nächsten Aussage zu füttern. ›Gut beweglich oder unbeweglich, Menschen und Tiere, empfindungsfähige und empfindungslose Wesen, alles wurde zerstört oder kam unter den Säbel. So wurde der Auftrag der Prophezeiung, wie man mit den Ungläubigen umzugehen hat, erfüllt.‹ Jetzt gibt es auf einmal keine Schönheit in den Menschen, sie sind ›empfindungsfähige Wesen‹, zwar werden sie von den Tieren unterschieden, aber sie werden mit den ›empfindungslosen Wesen‹ in einen Topf geworfen.«

Jetzt fiel auch mir etwas auf.

»Aber schau dir jetzt den vorletzten Satz an! Siehst du, dass an dieser Stelle das Töten genannt wird? ›Unter den Säbel kommen‹! Der Autor versucht auch hier, wenn nicht romantisch, so doch sprachlich originell zu sein. Es war ihm wohl langweilig, die häufigen Vorkommnisse beim Namen zu nennen.«

Er lachte.

»Du bist besser als ich.«

»Das ist nicht der Punkt. Schon lange denke ich über diese Zweigeteiltheit des Menschen nach, über den gleichzeitigen Besitz von Schönheit und Hässlichkeit, über das Tun von Gut und Böse durch die gleiche Hand. Bei einem geschätzten serbischen Historiker[26] stieß ich auf ein eventuell noch drastischeres Beispiel. Er vermittelt ein seltsames Bild aus dem Jahr 1551, als Mehmed Sokolović im Verlauf des Einzugs nach Temeswar den strategisch wichtigen Ort Lipovo eroberte. Und während er weiterzog, hinterließ er dort eine starke Besatzung unter Führung des Persers Ulama Beg. Der Chronist erzählt, dass dieser offensichtlich untätige Vorgesetzte während eines Spaziergangs durch die Stadt eine Kirche betrat, von der man sagt, dass sie von Karl I erbaut wurde, und die Orgel sah. Sich für dieses Instrument interessierend bat er den Kapuzinermönch, den er in der Kirche antraf, für ihn zu spielen und empfand dabei größtes Vergnügen. Danach befahl er, diesem fünf Zähne herauszureißen, um ihn zu zwingen, den Schatz zu offenbaren, der in einer Kirche mit solcher Musik vorhanden sein müsse. Siehst du, mich verwirrt diese gleichzeitige, zeitlich nur durch wenige Sekunden voneinander getrennte Subtilität und Banalität total, aber ich weiß nicht, was sie im *Wesentlichen* trennt oder verbindet. Wie können solche Eigenschaften so nahe eine *neben* der anderen sein?«

Pamuk überrumpelte mich mit seinem blitzartigen Scharfsinn.

»Und was, wenn das eine in dem anderen enthalten ist?«

»Ich weiß nicht, ob es dafür Regeln gibt. Ob man irgendwelche gemeinsamen Schlüsse ziehen kann oder ob jedes Beispiel für sich steht«, fragte ich mich selbst und ihn.

»Ich tendiere zu der Meinung, die besagt, dass jede Geschichte eine Geschichte für sich ist. Da gibt es ein Beispiel aus der Zeit, da 1570 Zypern erobert wurde; man könnte es vielleicht *Tragödie wegen Schönheit* nennen. Als die Osmanen nach fünfwöchiger Belagerung die Hauptstadt Nikosia besetzten, töteten sie alle zwanzigtausend Einwohner. Eine Ausnahme machten sie bei den Jünglingen und den jungen Frauen, die man – wie es heißt – zum Vergnügen der Soldaten trennte. Nach der achttägigen Plünderung der Stadt waren alle Kostbarkeiten, von Gold über Juwelen bis zu den Kanonen eingesammelt und auf drei Schiffe verladen, zusammen mit tausend wunderschönen jungen Mädchen, die als Sklavinnen nach

Konstantinopel verschifft werden sollten. Aber kurz bevor das Schiff ablegte, entdeckte eine der jungen Frauen auf dem Schiff eine Ladung Pulver und zündete es an. Alle drei Schiffe gingen mit den Mädchen und den Kostbarkeiten im Nu unter.

»Irgendwie kam es mir so vor, dass sich hier die Schönheit für die Tragödie entschieden hat. Wenn Schönheit Subtilität ist und diese Tat des Selbst/Mordes eine Banalität, dann gibt es noch eine Verbindung.« So dachte Pamuk.

Er erwähnte nicht, dass der Serasker dieses Angriffs Lala Mustafa Pascha war, der mein nächstes Beispiel für *Grausamkeit aus unbekannten Gründen* sein sollte. Zorn konnte keine ausreichende Rechtfertigung sein. Außer wenn von Bedeutung war, dass es sich um den jüngeren Bruder von Deli Husrev Pascha handelte, aus der Familie Sokolović, der vor langer Zeit Zögling im Serail von Edirne war, wo ihn sein Cousin Mehmed Pascha Sokolović, da er der Jüngste war, beschützte und beriet. Ersterer war zur Zeit des Geschehens Oberbefehlshaber des Einmarschs von hunderttausend Soldaten auf Zypern und der zweite war Großwesir des Osmanischen Imperiums.

Hier ist die Geschichte, die ich für Pamuk vorbereitet hatte.

»Mein Beispiel folgt zeitlich gleich hinter deinem. Und es ereignet sich am selben Ort; es ist seine Fortsetzung. Lala Mustafa Pascha nahm gleich nach Nikosia Kurs auf das befestigte Famagosta, das nur von siebentausend Kriegern verteidigt wurde. Das war im Oktober 1570 und im Frühling des folgenden Jahres grub der Pascha immer noch unterirdische Gänge bis zur Festungsmauer und errichtete Bastionen für vierundsiebzig Kanonen. Die heftigen Kämpfe dauerten noch ganze eineinhalb Monate, solange die venezianischen und griechischen Verteidiger Munition hatten, und danach wurde ein Abkommen über die ehrenhafte Kapitulation getroffen. Darin war vorgesehen, dass der Kommandant der Verteidigung, Marcantonio Bragadino, zusammen mit den überlebenden Verteidigern frei an Bord der geliehenen türkischen Schiffe gehen und nach Candia segeln könne. Zu jenem Zeitpunkt sollten sich die Türken in angemessener Entfernung von der Stadt aufhalten.

Nachdem alle übrigen Kämpfer und Bewohner die Festung verlassen hatten, kam der oberste Befehlshaber der Verteidigung in Begleitung seiner zehn Offiziere in das Lager von Lala Mustafa Pascha, um die Schlüssel der Stadt zu übergeben. Doch der Pascha verlangte entgegen der vorherigen Absprache, dass Bragadino Geiseln als Garantie hinterlasse, damit die Schiffe auch zurückgebracht würden! Der Venezianer lehnte dies barsch ab und forderte die Einhaltung des gegebenen Wortes, aber der Pascha reagierte daraufhin mit furchtbarem Zorn und befahl die Tötung aller Offiziere.

Und da begann das unbegreifliche Verhalten von Lala Pascha. Zuerst schnitten sie Bragadino Ohren und Nase ab und dann folterten sie ihn lange zwölf Tage. Es folgen die Worte des Chronisten: ›Sie banden ihm zuerst ein Rad aus Stein an die Füße, zogen ihn dann mit einem Strick bis zur Mastspitze und ließen ihn von dort ins Meer fallen. Danach hängten sie ihm zwei mit Erde gefüllte Körbe um und zwangen ihn die Festungsmauer zu erklimmen, die von der Armee geflickt und wieder aufgebaut worden war. Jedes Mal, wenn er an dem Serasker vorbeilief, musste er sich bis zur Erde verneigen. Schließlich spießten sie Marcantonio auf dem Stadtplatz vor dem Marterpfahl, wo einst türkische Sklaven ausgepeitscht wurden, lebend auf. Anstatt zu schreien, dankte der Venezianer dem Herrn, dass er ihm ein reines Herz gegeben hatte und bald darauf starb er. ›Wo ist jetzt dein Jesus, um dir zu helfen?‹, warf Lala Mustafa dem toten Kommandanten noch hin und befahl, dreitausend christliche Gefangene abzuschlachten. Unmittelbar danach wurden die übrigen Gefangenen kastriert.«

»Und hier, mein Lieber, endet diese unfassbare Ungeheuerlichkeit nicht«, ich konnte mir nicht verkneifen, das Gelesene zu kommentieren. »So geht es weiter: ›Bragadino wurde die Haut abgezogen, und nachdem sein Körper gevierteilt wurde und die Teile über den vier Stadttoren hingen, tauchte der Kommandant mit Stroh ausgestopft auf den Straßen von Famagosta auf, in einer Sänfte, unter einem roten Baldachin, als wäre er noch am Leben und auf dem Weg zu Lala Mustafa, um diesem die Schlüssel der Stadt zu übergeben. Zu guter Letzt wurde er mit den Köpfen der anderen Offiziere dem Sultan in Konstantinopel geschickt.«

Man muss zugeben, dachte ich, dass nur wenige solcher Gräueltaten in Schriftstücken überliefert sind. Vielleicht hatte das Limit an Menschlichkeit, auch wenn solche Gräuel geschehen sind, Chronisten jeglicher Coleur davon abgehalten, diese zu bezeugen. Sei es, dass sie sich davor grauten oder dass sie stolz darauf waren. Aber deshalb gibt es Ausnahmen wie diese. Wahrscheinlich wollte man in diesem Fall erklären, wie sich der Serasker das Verhalten von Besiegten vorstellte und er deshalb auf seine Weise die Zeremonie der Schlüsselübergabe »wiederholte«.

Und dann fuhr ich laut fort.

»Aber auch hier endet die Geschichte nicht. Erst als Lala Mustafa Pascha, zurückgekehrt vom Feldzug, triumphierend in die Hauptstadt einzog und die Bewohner wegen der Eroberung von Zypern in ein Delirium versetzte, erfuhr der Sultan die bittere Wahrheit.«

Pamuk zog den falschen Schluss: »Du meinst, er begriff, in welchem Ausmaß sein Serasker es mit der Brutalität übertrieben hatte?«

»Nein, er begriff eine für das Reich noch viel schlimmere Sache. Das immense Übel des Mustafa Pascha konnte mit dem erklärt werden, was er bis dahin wusste, nicht aber der Sultan und der Großwesir: Dass auf Zypern insgesamt fünfzigtausend osmanische Soldaten umgekommen waren. Das ist eine Zahl, mit der sich niemand abfinden konnte. Kein Triumph war solche Verluste wert. Aber wegen der Siegesfeier und wegen der Geschichte bestrafte ihn der Sultan nicht öffentlich, verdeckt aber schon: Mit einem speziellen Dekret sprach er alle eroberten Güter von Zypern zur Verblüffung von Lala Pascha dem Großwesir Mehmed Pascha Sokolović zu! Das war ein Vorgehen, das im Einklang mit einer Form innerer Gerechtigkeit stand, aber die Frage ist, ob er mit diesem Akt auch das zugefügte Übel relativieren konnte.«

Ich wagte es nicht, noch ein Thema zur Ursache dieses Übels anzuschneiden, das als Möglichkeit noch in einem Winkel des früheren Glaubens von Lala Mustafa Pascha schmorte. Diese Art von Beweis der Ergebenheit gegenüber dem neuen Glauben würde dennoch unglaubwürdig erscheinen. Stand denn nicht über ihm der Großwesir, ein Mann mit gleicher Vergangenheit und ähnlicher Gegenwart? Allerdings mit einer ziemlich differenten Auffassung von Glauben, Zugehörigkeit und Menschlichkeit.

Oder war Lala Mustafa nur wegen der langen Dauer der Belagerung außer sich? Vielleicht hatten diese sechs Monate der vorübergehenden und eingebildeten Vergeblichkeit sogar bei ihm das Gefühl des letztendlichen Sieges überlagert? Vielleicht versuchte er jede Spur einer persönlichen Niederlage zu verwischen, die er in der Tat trotz des unzweifelhaften Sieges, für den es so viele Zeugen gab, erlebt hatte.

Statt solche Fragen zu stellen, versuchte ich mich mit Ironie zu verteidigen.

»Und du wolltest, dass wir uns von den Toten ausruhen?«

10. Kapitel

Erneut trennten sich ihre Wege. Bajica blieb abermals hinter den Mauern des Serails von Edirne zurück, Sinan machte sich mit dem Großwesir auf den Weg nach Istanbul. Der Sultan zog es vor, sich in Edirne auszuruhen, wobei er ungeduldig auf die Fortsetzung des Weges zur Hauptstadt wartete. Der erfolgreiche Feldzug wurde überall gebührend gefeiert. Als ob der Herrscher sagen wollte: »Es wird in Zukunft noch unzählige Siege geben, und so muss ich nicht jeden im Topkapi-Palast feiern.«

Dass sie sich an demselben Hof befanden, änderte nichts an Bajicas Tagesplan. Er hatte nur das seltsame Gefühl, beobachtet zu werden, was wahrscheinlich eine ganz gewöhnliche Täuschung war. Irgendwann verlangte der Herrscher ihn zu sehen. Bajo nannte diese Begegnung für sich »Anstarren«, der Sultan starrte ihn nämlich nur schweigend an. Nach einer Weile sagte er zu ihm:

»Du bist also der, der kalkuliert, wie weit sich die osmanische Armee ausbreiten kann!« Und ohne eine Antwort oder einen Kommentar seines Zöglings abzuwarten, brach er in lautes Gelächter aus.

Bajica fühlte sich erniedrigt. Anfänglich freute es ihn, dass Sinan offensichtlich dem Großwesir so etwas gesagt hatte, was dieser dann dem Sultan zutrug. Falls es so war, und anders konnte es kaum gewesen sein, musste man dankbar sein. Aber so, unter diesem Lachen, wirkte das wie Spott. Aber dennoch, überlegte er, nachdem ihn der Herrscher entlassen hatte, dass der Sultan ihn sich aus irgendeinem Grunde gemerkt hatte! Nur warum fand er das lächerlich?

Die Antwort auf diese Frage erhielt er ein Jahr später.

Süleyman verließ kurz vor Ende des Winters Edirne und kehrte zum Topkapi-Palast zurück. Bajica sah ihn nicht einmal, als er aufbrach.

Nunmehr schon planmäßig und im Abstand von drei Jahren marschierte die osmanische Armee gegen König Ferdinand, der abermals den Thron von Johann Zápolya in Ungarn usurpiert hatte. Osmanische Chronisten bezeichneten diesen Feldzug als »Überfall auf Deutschland«. Die Armee brach im Frühjahr 1532 auf und erreichte nach der Rückeroberung von Buda im September Graz, als es wie gewöhnlich schon zu spät war, weiter Richtung Wien zu ziehen. Wieder blieb diese Stadt unerreicht ...

Bajica wurde dieses Mal nicht mitgenommen. Warum, wusste er nicht. Es schickte sich für ihn auch nicht zu fragen. Er studierte in Edirne weiterhin alle Wissenschaften und Sprachen, mit denen er schon begonnen hatte, dazu kam noch das Erlernen der Hofetikette, des Verhaltens gegenüber Vertretern anderer Länder, der Kampf- und politischen Führungsstrategien.

Er hörte, dass Sinan auch an diesem Überfall auf Graz teilgenommen hatte und dass er abermals seinen Herrscher mit architektonischen Lösungen beeindrucke, die zu weiteren Siegen führten. Auf dem Rückweg sah er ihn nicht, denn das ganze Gefolge eilte in Richtung Hauptstadt. Erst später fand er heraus, warum.

In der Zwischenzeit erhielt das Serail von Edirne Besuch vom Großen Defterdar Skender Çelebi[28], staatlicher Schatzmeister und einer der wichtigsten, reichsten und mächtigsten Männer des Reiches. Er war bekannt für sein buntes Gefolge, das er stets mit sich führte und das von derartiger Pracht war, das es Gefahr lief, unverzeihlich des Sultans prunkvolles Gefolge zu überbieten. Dennoch gab es zwei Gründe dafür, dass der Herrscher ihn in Ruhe ließ. Erstens erledigte der Defterdar seine Arbeit als Wächter über die Einkünfte und Ausgaben des Reiches tadellos. Dieser Grund war weniger wichtig, denn er stand nicht in direkter Verbindung zur Eitelkeit des Sultans: Das war eine Arbeit, die er unter allen Umständen einfach gut machen musste. Der zweite, wichtigere Grund, der Çelebis Wichtigtuerei rechtfertigte, war der, für den er berühmt war: Die Pagen, die der Defterdar mit sich führte, bereitete er außerordentlich gut auf den Staatsdienst vor, und das in jeder Hinsicht. Die talentiertesten unter ihnen bildete er in dem aus, worin er selbst der Beste war – in Finanzen, alle zusammen auch in den Kampfkünsten wie auch in denen, die mit der Hof- und diplomatischen Etikette verbunden waren. Er war es, der am erfolgreichsten jene früher besonders auserwählten Zöglinge nach Beendigung der Schulzeit mit subtilem Wissen und Können ausrüstete, was für die wichtigsten Tätigkeiten im Staatsdienst und bei Hofe unabdingbar war. Daher hatte von all dem Aufwand, der für die Fähigsten betrieben wurde, der Sultan am Ende den größten Nutzen.

Der Große Defterdar kam dieses Mal nicht in den Serail, um die Finanzen zu regulieren, sondern um neue Pagen für *sein* Serail auszuwählen. Seine Auswahl erwies sich als fast identisch mit der, die schon lange vorher Deli Husrev Pascha vorgenommen hatte, der die Auserwählten allein durch seine Wahl für den Weg an die Spitze der Macht vorsah. So trug es sich zu, dass zu dem Dutzend auch Bajica gehörte. Die einzige Überraschung war die Wahl auch des jungen Mustafa, dessen Betreuung anstelle des abwesenden Bruders Husrev Bajica übernommen hatte.

So geschah es, dass sie nun alle zusammen, auch der viel zu junge Mustafa, 1533 aufbrachen, um Persien zu erobern. Diese gemeinschaftliche Feuertaufe ging ohne die sonst übliche Gewalt vorüber. Mit Hilfe einiger persischer Verbündeter zog der Großwesir Mitte des folgenden Jahres gemeinsam mit den Pagen des Großen Defterdar kampflos in Tabriz ein, der Residenzstadt von Schah Tahmasp. Die Pagen waren hier nicht einmal Zeugen von ansonsten üblichen Plünderungen, Gewalttaten und Brutalitäten der Sieger in den Straßen, was sozusagen stets zur Einnahme einer Stadt gehörte. Bald wurde klar, warum die Osmanen sich zurückhaltend gegenüber den Besiegten benahmen: Der Sultan stellte sich nachträglich an die Spitze des Heeres und marschierte am letzten Tag des Jahres 1534 würdevoll in Bagdad ein. Sein Traum, als Oberhaupt der islamischen Welt die Hauptstadt eines Kalifen [29] einzunehmen, hatte sich erfüllt! Nun konnte er sich endlich in voller Pracht Padischah [30] nennen. Und als solcher musste er sich seiner Position gerecht und würdig erweisen, besonders vor den neu eroberten persischen Realitäten.

Während dieses Feldzugs erlebte Bajica zwei bedeutsame Veränderungen. Die eine war der Konflikt zwischen seinem Herrn, dem Großen Defterdar Skender Çelebi und dem Großwesir Ibrahim Pascha. Ihre Differenzen reichten schon ein Jahr zurück, doch auf dem Feldzug nach Persien erfolgte die endgültige Abrechnung. Der Großwesir war im Vorteil, denn er galt als des Sultans Liebling, und außerdem war er mit der Schwester von Süleyman verheiratet. Das Ende war brutal: In einem öffentlichen Diwan in Bagdad wurde Skender Çelebi zum Tode durch Erhängen auf dem zentralen Platz verurteilt. Nach der Exekution wurden all seine Besitztümer beschlagnahmt und der staatlichen Schatzkammer übergeben. Neben seinem Hof und mehreren Gebäuden hinterließ er sechstausend Bewacher, Diener und Sklaven. Darunter waren auch dreihundert Pagen, auf die er besonders stolz gewesen war. Es wird gesagt, dass die Eitelkeit des Großwesirs gerade an diesem Punkt nicht besonders ausgeprägt war: Er hatte nur an die hundert solcher Pagen (während die ihm untergebenen Wesire jeweils sechzig bis achtzig hatten)!

Wenngleich das für Bajica den Übergang in den Dienst des Sultans hieß (und vielleicht auch in das hauptstädtische Serail), tat ihm der Defterdar leid, der zu allen gut war. Nun aber hatte Bajica gelernt, wie wichtig es ist, die Hierarchie zu achten und nicht gegen die eigene Position zu rebellieren.

Das zweite große Ereignis bestand aus zwei Teilen und betraf Sinan. Bei der Realisierung des ersten Teils des Plans, Persien zu erobern, erhielt Sinan die Aufgabe, schnell eine große Anzahl von Galeeren zum Übersetzen der Truppen zu bauen. Nachdem es ihm gelungen war, den Befehl in einer Rekordzeit auszuführen und die ausgerüsteten Schiffe dem Oberkommandeur des Feldzugs zu übergeben, gebührte hauptsächlich Sinan Anerkennung für die schnelle Überquerung des Van-Sees durch die osmanischen Truppen und das Abschneiden des Weges für die persische Armee. Der Sieg war sauber, schnell und ließ keine Fragen offen. Sinan wurde mit der Position eines Haseki[31] in der Leibwache des Sultans belohnt.

Und dann kam Mimar Sinan ins Bagdader Militärlager, um Bajica zu besuchen.

Keiner der beiden verbarg seine große Freude über die Begegnung. Bajica war stolz auf seinen älteren Freund und übermittelte ihm, dass die ganze Armee davon spräche, dass es keinen Sieg gegeben hätte, wären da nicht seine Galeeren gewesen. Sinan aber maß dem keine große Bedeutung bei. Er war nicht undankbar, sagte aber im Vertrauen, dass er von Waffen und Zerstörung und wiederholtem Errichten militärischer Befestigungen genug hatte. Er sehnte sich danach, etwas für das Leben zu errichten, und nicht für den Tod. Und dann schockierte er Bajica:

»Es ist Zeit, dir meinen christlichen Namen zu sagen.«

Er machte eine Pause, als ob er ihm zu Verstehen geben wollte, dass dieses Beichten ein Beweis seines Wunsches sei, sich mit dem Leben zu befassen.

»Ich heiße Josif. Da mein Vater Steinmetz und Tischler ist, gab er mir den Namen des Tischlers aus Galiläa, Ehemann von Maria und Ziehvater Jesu.«

Da Bajica, von der unerwarteten Äußerung überrumpelt, den Freund stumm ansah, versuchte dieser zu scherzen.

»Brauchst du einen weiteren Beweis für meine Herkunft?«

Sie saßen im sogenannten Gästezelt. Während Bajica, wie es sich gehörte, auf eine Frage reagierte, die gar keine war, fielen plötzlich mehrere Pagen des Großwesirs, und dann auch dieser persönlich ein, was Bajica einen Schreck einjagte. Sie waren hektisch, nervös und ungeduldig. Ibrahim Pascha sagte ihnen auch, warum das so war.

»Der große Sultan hat gehört, dass Mimar Sinan hier ist. Er hat den Wunsch, ihn zu sehen. Und hier kommt er.«

Weder Josif noch Bajica, und wahrlich auch Jusuf und Mehmed gelang es, sich zu sammeln und schon stand der Sultan, umgeben von seiner Leibgarde, im Zelt! Alle fielen auf die Knie und warteten auf den Ausgang des unverhofften Besuchs.

Der Herrscher befahl ihnen, sich auf die Kissen neben ihm zu setzen, den Großwesir ließ er an seiner Seite Platz nehmen. Zu Bajicas Bestürzung wandte er sich zuerst an diesen:

»Du bist also der, der unserem Helden wichtiger als der Herr ist! Zu dir, dem Vermesser osmanischer Macht, ist er gekommen, sich zu rühmen! Hast du kalkuliert, ob die Galeeren Kurs auf Van nehmen können? Hättest du ihm irgendwann beigebracht, dass das nicht möglich ist, hätte er wahrscheinlich auch meine Anordnungen ignoriert und die Schiffe erst gar nicht gebaut!«

Mit seiner besonderen Betonung aller Worte, die sich auf das Messen bezogen, paralysierte der Sultan Bajica vollends. Zum einen gab er ihm zu verstehen, dass er sich gut daran erinnerte, wer er war, zum anderen jagte er ihm mit seinem Zynismus Angst ein.

»Aber zum Glück«, fuhr er grob auf Bajicas Kosten scherzend fort, »haben deine Kalkulationen meine Anordnungen unterstützt.«

Der Großwesir war auch überrascht, erkannte jedoch als erster die Grenzen des Ernstes und lachte los. Als sich auch der Sultan dem Lachen anschloss, atmeten Mehmed und Jusuf erleichert auf.

Das Lachen war Bajicas einziger Schutz. Der Meinung des Sultans durfte sich niemand widersetzen, nicht einmal im Spaß. Aber wenn Lachen auch ein wenig half, befreien konnte es nicht. Was würde als nächstes passieren?

Der Sultan erstickte fast an seinem Lachen, so sehr genoss er es. Aber dann, als würde er sich erinnern, dass es vielleicht nicht für alle so unterhaltsam war, hörte er plötzlich auf.

»Keine Sorge, ich bin in bester Absicht gekommen.«

Er wandte sich abermals an Bajica.

»Der, dem Mimar Sinan seine Ehrerbietung erweist und mit dem er befreundet ist, taugt auch etwas. Und wie du siehst, dich habe ich auch schon früher bemerkt. Jetzt bin ich ganz sicher, dass das auch so sein musste.«

Dann wandte er sich an Ibrahim Pascha.

»Ich erwäge, beide auszuzeichnen. Wie denkst du darüber?«

Bajica erschien diese Frage wie eine Provokation gegen den Großwesir. Oder wie eine Frage, auf die keine Antwort erwartet wird. Ibrahim Pascha ergab sich jedoch nicht so leicht.

»Na, Sinan hast du ja schon mit einem neuen Posten ausgezeichnet. Den jungen Schüler kannst du nicht im Voraus mit Lorbeeren schmücken.«

»Ja, aber Sinan bedeutet dieser Titel gar nichts. Er möchte sich als Baumeister beweisen. Und der junge Mehmed hat sich schon durch das Vermessen der osmanischen Erfolge bewiesen.«

Josif und Bajica sahen sich an. Diese beiden Mächtigsten im Reich stachelten sich vor ihnen wie kleine Kinder an. War das für sie nur Vergnügen oder doch eine an Jusuf Sinan und Sokollu Mehmed gerichtete Provokation? Am besten sagte man gar nichts. Der Mensch ist wahrlich besonders weise, wenn er schweigt.

»Du würdest seine Unverschämtheit auszeichnen?«

»Nenn es, wie du willst, aber er hat gezeigt, wie man seinen Verstand gebraucht und wie wichtig es ist, korrekt zu planen!«

Aber der Pascha gab nicht auf. Als würde er jetzt den Sultan auf die Probe stellen.

»Hätte es noch jemanden im Reich gegeben, der so etwas laut gesagt hätte, wäre er getötet worden. Und du möchtest ihm danken!«

»Weil er es gewagt hat, auch meine Meinung infrage zu stellen. Zugegeben, alle anderen hätten ihn umgebracht, falls sie seine Kommentare zum Vorgehen des Sultans gehört hätten. Da ich das aber so gehört habe, wie es war und du auch daran beteiligt warst, möchte ich ihn für diese Unverschämtheit belobigen. Übrigens möge auch das Glück in all dem eine Rolle spielen.«

Schließlich gab der Großwesir auf.

»Nun gut, aber wie willst du sie auszeichnen?«

»Sinan habe ich schon ausgezeichnet, doch das weißt du nicht.«

Der Sultan machte eine Pause, damit sich alle davon überzeugen konnten, wie überrascht der Wesir war. Und fuhr fort: »Ich habe ihn beauftragt, zu Ehren meines Sieges bei Van, den ich teilweise auch ihm verdanke, in diesem Ort nahe des gleichnamigen Sees mit meinem Gold und in meinem Namen eine Moschee zu errichten!«

Dann wandte er sich an Sinan: »Ich möchte sehen, wie du auch mit solchen Maßen zurechtkommst. Oder bist du deswegen zu deinem Freund gekommen? Wenn es so ist, dann soll auch der junge Page künftig einen Teil der Verantwortung tragen und die Last der eigenen Prophezeiungen spüren, ganz besonders seiner eigenen Reichweite!«

Die Nachricht, dass Sinan ein grandioses Angebot erhalten hatte, überlagerte den groben, auf ihn gemünzten Witz des Sultans. Er war in diesem Moment absolut nicht wichtig; sein vortrefflicher Freund stand vor etwas, von dem er nur hatte träumen können und das er nicht einmal vor sich selbst auszusprechen gewagt hatte. Und gerade war er zu ihm gekommen, um ihm vielleicht als ersten die Neuigkeiten zu überbringen!

Um sich selbst brauchte er sich nicht wirklich Sorgen zu machen; der Sultan hatte ihn möglicherweise beleidigt, aber dennoch gelinde und aus offensichtlicher Sympathie. Den Beweis dafür trat er an, als er Ibrahim Pascha seine Entscheidung mitteilte:

»Wenn er schon dazu verurteilt ist, in meinem Serail zu sein, dann möchte ich ihn buchstäblich zu meinen Füßen platzieren. Er möge mein Rikabdar[32] sein.«

Nach diesen Worten stand er auf und ging fort. Der unerschütterliche Herrscher würdigte die, die er zurückließ, keines Blickes. Bajica kam gar nicht dazu zu begreifen, welche Position ihm der Sultan gerade angedient hatte, und schon gab es eine neue Überraschung. Sie kam von Sinan, der dem Großwesir und dem neuen Rikabdar erklärte, dass er die Moschee *bereits fertig gestellt hatte* und dass er ihnen auf Verlangen des gesetzgebenden Sultans nichts hatte verraten dürfen. Danach zog er aus einem eingerollten Teppich mehrere große Papiere heraus und zeigte ihnen, nachdem er sie ausgerollt hatte, Zeichnungen von der Moschee, die in Süleymans Namen errichtet worden war.

»Das habe ich vor dem Bau gemacht. Jetzt sind die Papiere veraltet. Wenn ihr nur wüsstet, was für ein herrliches Gefühl es ist, etwas von Dauer zu sehen, das aus der Idee der Imagination entstanden ist. Jetzt könnte ich auch sterben.«

Bajica hatte richtig vermutet. Sinan war wirklich gekommen, um mit ihm die Freude über die erste – wie er sagen würde – Arbeit »in Friedenszeiten« zu teilen, aber nicht zu Beginn der Arbeit, sondern nach ihrer Fertigstellung. Auch wenn es unerwünscht kriegerisch klang – war es ein großer Erfolg. Ohne Tote. So wie Bajica sich Siege im Krieg erträumte.

Bauen, und nicht zerstören.

Kapitel XI

Im Einklang mit unserer erfolglosen Abmachung, die Toten zu verlassen, versuchte ich nachträglich Pamuks Lektüre und meine Deutung des Satzes des Chronisten, in dem es heißt: » … alles übrige wurde zerstört oder kam unter den Säbel« anders zu verstehen. Ich habe dieses *unter den Säbel kommen* in erster Linie als Töten verstanden, aber das muss es nicht heißen. Im Nachhinein fiel mir ein, dass es auch »beherrschen«, »jemanden unter seine Fittiche nehmen« heißen konnte oder vielleicht noch etwas anderes. In diesem Fall versuchte der Autor tatsächlich, originell mit der Sprache umzugehen und nicht durch Sprache noch eine Brutalität zu verbergen.

Pamuk gratulierte mir zu der guten Absicht, aber mit einem Anflug von Spott. Verständlich, denn mit Sprache versuchte ich ein wenig naiv die Aktionen zu rechtfertigen, egal, welche. Aber dennoch war der klar ersichtliche Akt überzeugender als die Worte. Worte sollte man als falsche Zeugen gebrauchen: dann sind Wahrheit und Lüge von gleichem Gewicht.

Aber, da wir beim Spott sind, habe auch ich eine Waffe in der Hand.

Pamuk geriet, gewollt oder ungewollt, ungefragt, Mitte 2006 (genauer am 3. Mai) in das beliebte amerikanische Spiel mit den Zahlen hinein, als er in eine nicht ganz alltägliche Liste der Zeitschrift *Time* aufgenommen wurde, in die der »Einhundert einflussreichsten Persönlichkeiten« der Welt, er landete irgendwo zwischen Georg W. Bush und Bono Vox. Ich glaube, er war sogar der einzige Schriftsteller auf der Liste!

»Wie wehrst du dich gegen solch laute öffentliche Zurschaustellungen, wenn du darauf keinen Einfluss hast, außer im Nachhinein und das hauptsächlich, wenn sie dich fragen, sofern sie dich überhaupt nach deiner Meinung fragen? Und wenn es für deine Position zu spät ist, vor allem, wenn sie mit der offiziellen nicht harmoniert. Allerdings vielleicht nicht unwiderruflich zu spät.«

Das habe ich ihn genau so ausführlich und ein wenig rhetorisch gefragt, weil das Ereignis frisch war; die Liste hatte man kurz vor seiner Ankunft in Serbien veröffentlicht.

»Mit Humor. Ich versuche, geistreich zu sein. Haben mich nicht gerade die Journalisten in Belgrad das gleiche gefragt: Warum ich nicht noch ein paar Tage in Amerika geblieben und zur Feierlichkeit aus diesem Anlass gegangen bin, wenn ich schon dort war? Ich antwortete ihnen, falls du dich erinnerst, dass ich eine Verabredung in Belgrad habe! Ist das etwa nicht richtig und gleichzeitig auch geistreich?«

»So, ist es. Aber es ist interessant, dass du auf der Liste zwischen zwei ›Kämpfer für die Gerechtigkeit in der Welt‹ positioniert wurdest, was auch dich dazurechnet. Allerdings könnte man über die unterschiedlichen Arten dieses Kampfes jedes einzelnen heftig diskutieren.«

»Das wird auch diskutiert. Selbst das Engagement des Frontmanns der Gruppe U2 ist häufig der Kritik ausgesetzt. Jene, die nichts Gutes über den amerikanischen Präsidenten denken, verurteilen die Begegnungen zwischen Vox und ihm. Das ist verständlich. Und der wiederum ist vielleicht nur pfiffig und weiß, dass er ohne den ersten Mann der größten Weltmacht nicht das erreichen kann, was er sich vorgestellt hat. Ich bin ein anderes Kaliber. Meine Worte werden mit besonderer Aufmerksamkeit gehört und gelesen, aber ich hege keinerlei Illusionen über den eigenen Einfluss und vor allem nicht über die Macht, die Dinge zu ändern. Vielleicht ermutige ich nur die anderen, indem ich laut einige ihrer unausgesprochenen Sätze artikuliere, die, kämen sie aus ihrem Mund, niemals die Öffentlichkeit erreichen würden.«

»Du hast keine Macht, um direkt einzuwirken, aber man sieht, dass du es mittelbar oder zeitlich versetzt tust. Du hast keinen Ansatzpunkt zurückgenommen, aber du hast einige vorgeschlagen. Das befreit dich vielleicht teilweise von der Verantwortung, was keine schlechte Position ist. Aber diese hat auch eine zweite Seite, die sich dazu anbietet, dich seitens derer zu missbrauchen, denen das passt. Davor kann man sich schwer schützen. Als hätte wirklich alles seinen Preis.«

»Das ganze Glück besteht darin, dass ich nicht so gewaltige Vorstellungen von der Veränderung der Welt habe, auch nicht den Wunsch, dass ausgerechnet ich sie in die Tat umsetze. Ohnehin zahle ich auch schon für die weniger wichtigen Haltungen. Die Rechnungen kommen von verschiedenen Seiten.«

»Ich würde sagen, dass sie dich von *allen* Seiten erreichen.«

Den Gedanken an ein offenes Gespräch über Politik hatte ich mir bereits verkniffen, dachte dabei an Pamuks vollkommene Abwehrhaltung: »Politik finde ich langweilig!« Auch wenn es arrogant klingt, wenn man bedenkt, von wem das stammt; eine solche

Bewertung von Politik ist exzellent. Damit wird sie dort platziert, wo auch ihr Platz sein sollte: unter den nützlichen und notwendigen Tätigkeiten, aber weit entfernt von essentieller Kreativität und der Quelle menschlicher Motivation.

Solange wir bei der Geschichte über Zahlen in der Literatur blieben, machte das Sinn und hatte auch tiefe Verbindungen zum Geistreichen in der Literatur. Die Mathematik *in* der Literatur und vor allem *um* sie herum war ein unerschöpfliches Thema, das dem kreativen Denken entsprach. Das waren die Gewässer, in denen wir gut schwimmen konnten.

Zum Beispiel hatten wir beide die Angewohnheit, einander zu befragen, wie viele Seiten der Roman, den wir gerade schreiben, haben wird, bis zu welcher Seite des Manuskripts jeder von uns zum gegenwärtigen Zeitpunkt gelangt ist, wann wir ihn zu Ende bringen werden … Auch wenn diese einfache Kalkulation einen bestimmten Sinn hatte, nutzten wir sie als Gelegenheit zum Scherzen, aber auch für schwerwiegendere und ernsthaftere Dinge. Aus diesem scherzhaften Phantasma entstanden kleine Geschichten über Bücher als »kräftige Babys« oder »Babys mittleren Gewichts« oder über das »häufigere und seltenere Gebären dieser Kinder« und Ähnliches.

Neben dieser scherzhaften Mathematik mochte ich auch die Geografie sehr. Ich konnte mich selbst in eine solche Situation bringen, dass ich das, was ich mir als Autor zu schreiben vorgenommen hatte, nicht mehr schreiben konnte oder vermochte … ohne die Verwendung von Atlanten und geografischen Karten. Und wenn ich erst darin versunken war, kam noch die Unwiderstehlichkeit der Fotografien, Bilder, Grafiken, Zeichnungen, alter Gravuren dazu – überhaupt all das, was in den Bereich des Visuellen fiel.

Die Beschäftigung mit interessanten Rätseln schien mich manchmal in die unteren Klassen der Grundschule zu versetzen. Ich gebe zu, dass es mich freute, weil es mich zurückversetzte in diese unwiederholbaren Aufregungen, wenn man etwas zum ersten Mal erfährt oder entdeckt! Ich weiß, dass das ein Gefühl war, das seinesgleichen suchte. Außer vielleicht der Akt des Schreibens?! Allerdings unterschied sich das Schreiben auch sonst nicht sehr von ursprünglicher Erkenntnis und Entdeckung.

Nach der üblichen vorbereitenden Recherche, aber auch des nachfolgenden Verwerfens all des Gelernten (was in diesem Fall auch im Sinne des Buches war) schrieb ich, ich erinnere mich, ein Büchlein über Fotografie vor mir haltend, das mir die ganze Zeit als Führer durch die Phantasie diente. Ist das paradox? Die Phantasie auf Fotografien fußen lassen, die, wie jemand gesagt hat, »ein in der Zeit angehaltener Akt« sind?! Mit anderen Worten, ein echtes wirkliches (visuelles) Dokument für das Hervorbringen seines Gegensatzes heranziehen – des Nichtrealen. Wie dem auch sei, ich erlebte eine unvergessliche Zeit.

Andererseits hatte ein anderer meiner Freunde, Alexander Genis, kein Problem sich mit Zahlen zu befassen, nicht mal im Scherz. Er besaß einen eigenwilligen Schreibrhythmus, hielt bleibende Textlängen (in seinem Fall besser gesagt – Kürzen) ein, aber damit belastete er sich überhaupt nicht. Er, der eine große Anzahl von Texten vor allem für das russische Radioprogramm in New York schrieb und daher die Minuten genau einhalten musste – die Anzahl der Minuten ist im Radio der unantastbare und obsessive Herrscher (der Gesetzgeber – Kanuni) –, wirkte wie jemand, der sich nicht um die in Zahlen ausgedrückte Zeit scherte! Das hat mich verzaubert. Da er aber als großer Liebhaber der uralten Wissensbestände Chinas und Japans und als noch größerer Kenner aller Künste und Kunstfertigkeiten des Fernen Ostens galt, war in diesem Paradox alles an seinem Platz; sowohl er als auch die Zeit und der Kosmos.

Der amerikanisierte Russe Genis war eigentlich mein Korrektiv. Immer wenn ich mich in ungerechtfertigter Ausführlichkeit zu verlieren drohte, erinnerte ich mich seiner Wortökonomie. Aber sie hätte keinen Sinn, würde sie nicht verdichtete Einsichten erzeugen und damit oft auch einen ausgefallenen Humor. Als ich vor kurzem von meinem ersten Chinabesuch zurückkehrte (wo Genis mehrmals war) und ihm über die zauberhaften Eindrücke schrieb, die ich mitgebracht hatte, antwortete er mir: »Ich denke, dass ich im früheren Leben ein Chinese war, allerdings habe ich nie an Wiedergeburt geglaubt.«

Dieses Widersprüchliche entstand allein aus (diesem) Leben, und nicht nur aus dem Charakter. Und sein Leben war voll davon. Als ich ihn bei einer Gelegenheit fragte, was sie, all die Russen dort, die sich seit Jahrzehnten konsequent von den anderen fernhalten, in Amerika machen, sagte er mir, dass sie ständig die Amerikaner kritisieren. Für ihn war es zum Beispiel unerlässlich, 1977 die Sowjetunion zu verlassen, um zu begreifen, dass der *kürzeste* Weg zur Verwirklichung des Traums von der Freiheit des Schreibens und des Publizierens *in russischer Sprache* – das Weggehen aus Russland ist! Und wo (besser gesagt *von wo*) verwirklicht er das? Wie der Logik zum Trotz genau am soziopolitisch ewig entgegengesetzten Pol. Dass heute die USA und die UdSSR/Russland nicht mehr das sind, was sie früher waren, hat auf der ganzen Welt die Menschen nicht davon abgehalten, sie auch weiterhin als Beispiele für Differenz zu betrachten.

Ein wörtliches Zitat ist präziser und besser und umfassender als eine Interpretation. So hat es Genis – Martin Luther King, die Heilige Schrift und den Blues gleichzeitig verwendend – exakt formuliert: »Ich hatte einen Traum. Ich träumte von der Freiheit, in russischer Sprache zu schreiben und zu publizieren. Es ist paradox, aber der kürzeste Weg zu diesem Traum war das Weggehen aus Russland.« Wenn man dem »amerikanischen Kuchen« (der schwarze Führer für Menschenrechte, Gott und die Musik) »russischen Wodka und saure Gurken« (melancholisches Pathos, Tragik und Ewigkeit) hinzufügt, dann erhält man einen wahren Mix des west-östlichen Weltbildes. Genis ist für mich der beste Mittler (Medium, Mediator) und nicht nur ein Autor dieser relativen Extreme. Wenn ich zufällig alle Länder auf dem Globus davon überzeugen könnte, ein universelles Lehrbuch über Unterschiede und Ähnlichkeiten der einflussreichsten Länder der Welt – Amerika und Russland – herauszugeben, mit einer fernöstlichen Distanz zu den Dingen, würde ich dessen Abfassung Alexander Genis (und vielleicht nur ihm) anvertrauen.

11. Kapitel

Nachdem er ein Höfling geworden war, wandelte Bajica in den folgenden zehn Jahren auf den sicheren Pfaden des Erfolgs. Es war jedoch gut zu wissen, dass sich dieser Erfolg in den meisten aller Fälle und bei den meisten Leuten nicht von selbst verstand. Auch er selbst fragte sich oft, was ihn vor gelegentlichen Abstürzen und, Gott bewahre, vor dem Ruin schützte. Obwohl die Antwort auf diese Frage weitaus später folgte, war die Bedeutung der Erkenntnis keinesfalls geringer: Er hatte Glück mit seiner *ersten Ernennung*! Ihm passierte nämlich nicht das, was anderen passierte, dass sie auf die Posten bei Hofe durch die direkten Untergebenen des Sultans gesetzt werden, wie das üblich war. Unter den bekannten Umständen wurde er persönlich und direkt eigens vom Sultan auserwählt! Natürlich war das keine Garantie für seinen künftigen sicheren Aufstieg an die Spitze, aber es ersparte ihm all die anderen, die über sein Schicksal mit zu entscheiden hätten, und derer gab es genug. Jetzt und künftig war er verfügbar, auf Gedeih und Verderb, doch nur für einen *einzigen* Mann, aber gerade für den, dessen Macht unbegrenzt war. Die gute wie auch die schlechte Seite einer solchen Position bestand darin, dass er unter fortwährender Beobachtung des obersten Herrschers stand. Das zwang ihn zu ständiger Vorsicht und trieb ihn dazu, den auferlegten Aufgaben mit mustergültiger Hingabe nachzugehen. Er konnte beinahe nicht einmal mehr blinzeln, ohne in des Sultans Gesichtskreis zu geraten. Natürlich vergeudete der die Zeit nicht damit, ständig Bajica anzusehen, aber die *Möglichkeit*, dass dieser ihn jeden Augenblick ansehen könnte, musste ihn einfach sehr wachsam sein lassen. Das half Bajica denn auch, seine Position und Situation nicht als Angst vor einem möglichen Fehler zu empfinden, sondern als Chance, die Zufriedenheit des Herrschers mit ihm sofort zu sehen. Eigentlich war er in der Situation, sich stets beweisen zu müssen. Das war im Verhältnis zu allen anderen ein enormer Vorteil. Er musste sich dafür nur etwas befreien.

Diese Befreiung ersparte ihm nicht die Vermutung, welche auf den Beispielen anderer beruhte, dass egal wie viel Beistand er auch von Seiten des obersten Machthabers hatte, dieser ihn nicht vollends vor den Versuchen der Neider, der Eifersüchtigen und Böswilligen bewahren konnte, ihn zu hintergehen, zu verletzen, von der Position oder aus dem Leben zu entfernen. Die erste Regel beim Eintritt in die Arena des Hofes war, seine Naivität beiseite zu lassen, oder falls das irgendwie möglich war, gänzlich aus seinem Leben zu verbannen. Allein dieser Gedanke war ein Zeichen dafür, dass er mit seiner Umsetzung begonnen hatte.

Große Unterstützung gewährte ihm der Sultan selbst: Jeder Rang, in den dieser ihn in der Folge erhob, war an die unmittelbare Nähe des Herrschers gebunden. Wenn ihn auch diese verordnete Nähe vor unbekannten und später vor verdeckten Konkurrenten oder Gegnern bewahrte, verstärkten sich doch bei Einzelnen Intoleranz und Hass.

Abgesehen davon, dass Bajica wegen seines jeweiligen Ranges in der Nähe des Sultans war, gab es einen weiteren Grund dafür, weshalb er viel Zeit an der Seite des Herrschers verbrachte: Der Sultan war die ganze Dekade über größtenteils in Bewegung. Und wenn er sich außerhalb des Hofes befand, war er der großen Zahl an verschiedenen protokollarischen, oft auch überflüssigen Pflichten entledigt, die ansonsten seine Aufmerksamkeit auf andere Dinge und andere Orte gelenkt hätte. Absurd, aber richtig: Außerhalb des Serails war sein Bewegungsradius, im Rahmen des Lagers oder des Außenpostens, sehr eingeengt! Damit war er weitaus mehr auf seine Begleiter und Untergebenen fixiert. Für Bajica hieß das eine Dienstzeit ohne Unterbrechungen oder sozusagen ohne aufzuatmen, denn dieses Aufeinanderangewiesensein erforderte seine ständige Präsenz zu Füßen des Sultans. Aber da deshalb der Herrscher oft Gelegenheit hatte, seine Treue und seine Befähigung zu testen, die ihm natürlich behagten, stützte er sich mehr und mehr auf seinen Pagen. Diese Abfolge von Ursache und Wirkung verwandelte sich in einen eigentümlichen Teufelskreis.

Da war noch etwas. Bajica sah, dass eine zu große Nähe zum Sultan gefährlich ist. Und das an einem Beispiel, das seinesgleichen suchte. Der beste Freund aus den Kindheitstagen des Herrschers, der Mann, der gleich nach ihm kam – der Großwesir Ibrahim Pascha –, verlor eines Tages das Vertrauen des Sultans. Und das offenbar deshalb, weil er zu sehr seine Macht spüren ließ. Der Herrscher musste ihn daran erinnern, wem welcher Platz gebührt und dass der erste Minister des Reiches auch weiterhin sein Sklave bleibt (in diesem Falle ein griechischer) und nichts weiter. Und er bestrafte ihn mit dem Tod. In einer Nacht des Jahres 1536 ereilte ihn auf seinem Lager eine Seidenschlinge.

Mit dem Sultan (und den neuen Großwesiren Ajas Pascha und später Lutfi Pascha) machte Bajica in diesen gut zehn Jahren eine Menge durch. Wegen der sechs Monate währenden Überfälle von Konstantinopel bis Valona und des Kampfes mit den Venezianern um Korfu 1537 verbrachte er die Hälfte des darauffolgenden Jahres zwischen Konstantinopel und Moldawien; in Suceava am Fluss Pruth bestrafte er einen ungehorsamen Vasallen, den Grafen Petru Rareş. Im Sommer 1541 marschierte Bajica gen Buda, nahm den größeren Teil Ungarns ein und zwei Jahre später wiederholte er diese Wallfahrt mit neuen Eroberungen. Wenn er nicht auf Feldzügen war, organisierte Süleyman, von Unruhe getrieben, häufig Jagden und gewährte seinen Begleitern keinerlei Atempause.

Mit der Zeit änderte das unverbrüchliche Vertrauen lediglich seine Formen, entsprechend dem jeweiligen Rang, den der Sultan verlieh. Eines Tages machte er Mehmed zu seinem Çohadar[33]. So blieb Bajica, der sich nun mit des Herrschers Kaftanen, Turbanen, Zobeln, Goldstickereien und hunderten weiterer Details befasste, die das Aussehen des Herrschers ausmachten, in buchstäblicher und materieller Hinsicht ganz in der Nähe des Sultans. Diese Position eröffnete die Möglichkeit, dass die anderen ihn mit Aga ansprachen. Die nächste Form dieser seltsamen Intimität und buchstäblichen Nähe wurde mit einer besonderen Stufe von Vertrauen erlangt: Der Sultan vertraute ihm neben selbstverständlichen zeremoniellen auch besondere Aufgaben diplomatischen, militärischen oder halbvertraulichen Befehlscharakters an. Dazu verlieh er ihm zwei neue Ränge: Er ernannte ihn zum Silahdar Aga[34], womit er ihn zwang, so groß und schlank, wie er war, bei öffentlichen

Auftritten, wo er zu seiner Rechten schritt und auf seiner rechten Schulter den Säbel trug, für alle noch sichtbarer, ja sogar auffällig zu sein. Danach machte er ihn zum Česnegir-baša[35]. Auch mit dieser Geste schien Süleyman allen sein noch stärkeres Vertrauen zu Mehmed zu demonstrieren und dass er ohne ihn nicht sein kann und will. Aber auch damit nicht genug: Er ernannte ihn auch noch zum Kapidži-baša.[36]

Nun hatte Bajica freien Zutritt zu den hohen Staatsdiensten. Denn diese *höchste Position bei Hofe* war von solcher Bedeutung für den Sultan, dass er sie für vertrauliche Missionen, für die Überbringung geheimer Briefe und Botschaften der Pforte zu den Administratoren in den Provinzen, zum Tragen der Seidenschlingen des Sultans und des Katil-Ferman[37] usw. nutzte. Bajica wurde also zu einer einflussreichen Persönlichkeit bei Hofe, und die neue Position eines Sandschak Beg[38], die erste außerhalb des Hofes, war bereits am Horizont.

In den Geschäften des Sultans, besonders in seinen Feldzügen, zeigte Mehmed keinen besonderen Eifer, sein soldatisches Geschick nachzuweisen. Er war sich dessen bewusst, dass ihn das nicht sonderlich anzog und er auch nicht sonderlich geschickt war; deshalb verlagerte er all seine Fähigkeiten vom Kriegerischen auf die Fertigkeiten des Planens, Organisierens, Verhandelns, Beratens und Anordnens … Das, was der Sultan attraktiv fand, war die Tatsache, dass Mehmed in der Lage war, Visionen in die Tat umzusetzen und beides, Vision und Tat, in Erfolg ummünzen konnte. Wäre Letzteres nicht der Fall, hätten seine Fertigkeiten Süleyman nicht allzu viel bedeutet. So führte Bajica allen vor Augen, dass sein Herangehen, das sich von dem aller anderen in des Sultans Nähe unterschied, klare und handfeste Ergebnisse bringt, und nicht nur ersehnte Effekte. Der Sultan stellte ihn sehr geschickt mit kleinen und beinahe unwichtigen Aufgaben auf die Probe, umsichtig, gewissermaßen unbemerkt überantwortete er ihm immer größere und verantwortungsvollere Konflikte, Probleme und Aufgaben.

In diesem Zeitraum wurde Bajica/Mehmed öffentlich und eindeutig des Sultans Favorit, und sein Freund Josif/Sinan wurde als Großwesir sein Protegé. Im selben Zeitraum wurde Sinan für seine Teilnahme an den Feldzügen gegen Korfu und Moldawien 1537/38 nach allen erhaltenen militärischen Auszeichnungen auch mit zivilen geehrt (unter anderem auch für den äußerst schnellen Bau der Brücke über den Fluss Pruth, wenngleich sie militärischen Zwecken diente und Einfluss auf den Sieg hatte). Er wurde zum Subaša ernannt, dem offiziellen Oberaufseher für alle Bauvorhaben in den einzelnen Teilen des Reiches. Kurz danach führten Tod und Wechsel in den hohen Positionen des Serails dazu, dass er unter den Architekten den höchstmöglichen Rang erhielt, den eines Oberarchitekten des Imperiums. In jenem Jahr 1538 starb Ačem Alisi Aga, der bis dahin Architekt des Reiches war, und der gerade neu ernannte Großwesir Lutfi Pascha konnte es kaum erwarten, unter der amtlichen Bezeichnung Koca Mimar[39] mit Herz und Seele Sinan zu implementieren. Es gab auch kaum einen besseren und begehrteren Kenner seines bisherigen Werks als Baumeister: Lutfi Pascha war nämlich auf den Feldzügen in Rumelien und Persien Sinans letzter Truppenkommandeur gewesen und so in der Lage, sich ständig aus erster Hand von den vielseitigen Fähigkeiten Josifs zu überzeugen. Außerdem hatte er dessen Fertigkeiten beim Errichten eines zivilen Gebäudes getestet: Zwei Jahre zuvor hatte er für sich ein echtes Bad in Auftrag gegeben. Und so baute Sinan für ihn im Viertel Yenikbahce von Konstantinopel einen Hamam.

Sowohl Mehmed als auch Sinan nutzten die Kriegszüge gegen Korfu und Moldawien, die Zeit gemeinsam zu verbringen, wann immer es möglich war. Als erste überquerten sie Sinans (später preisgekrönte) Holzbrücke über den Fluss Pruth und traten den Beweis an, dass ihr in nur dreizehn Tagen vollendeter Bau nicht hieß, dass die Brücke auch nur dreizehn Tage halten würde (im Gegenteil, sie wurde über Jahre genutzt). Aus diesem Beispiel konnte Bajica ersehen, wie Unmögliches wahr werden kann: Sultan wie Großwesir waren absolut überrascht vom Bautempo, aber was noch wichtiger war, noch überraschter zeigten sich die Gegner! Dermaßen, dass sie ihre Überraschung nicht rechtzeitig in den Griff bekamen, geschweige denn Maßnahmen zur Verteidigung trafen.

Auf diesen Feldzügen, gerade in diesem Jahrzehnt des Krieges und der ständigen Abwesenheit von der Hauptstadt, wurden Sinan und Mehmed Zeugen gewaltiger Veränderungen in ihrem Leben als auch in der Summe ihrer Jahre. Sinan hatte die Fünfzig überschritten, ein Mann in bestem Alter, gewürdigt mit höchsten Positionen, der aber wusste, dass die echten und wichtigen Werke erst noch auf ihn warteten. Mehmed, in den Dreißigern, ausgezeichnet, aber noch nicht in dem Maße, wie er sich das erst noch verdienen sollte … Weniger als sein Freund, aber genau soviel, wie der Altersunterschied ihm verwehrte, seinen Freund einzuholen. Das war die äußere Form ihres Verhältnisses. Im Prinzip hatte Sinan (sogar offen, vernehmlich) diesen Altersunterschied aus der Welt geschafft, denn Mehmed hatte eine spezifische, ganz frühe Art von Weisheit erlangt, die diesen Unterschied wettmachte. Schon jetzt war zu sehen, dass genau diese Weisheit mit Sinans praktischer Veranlagung als Architekt gleichziehen und beide in eine völlig gleichberechtigte Position bringen würde.

Das geschah in der Tat, bevor sie darüber nachzusinnen begannen.

Kapitel XII

Wir alle verbringen viel Zeit mit der Suche nach Ähnlichkeiten und/oder dem sogenannten Ausgleichen von Unterschieden (aller Art). Sozusagen auch der Unterschiede zwischen Russland und Amerika. Darin haben mir neben den selten selbstkritischen objektiven Anhängern dieser Völker in Diskussionen auch die lebenden Vermittler geholfen. Zwei von ihnen sind Kanadier. Aber sie unterscheiden sich voneinander: der eine ist Autor, David Homel, eigentlich ein Amerikaner, der nach Montreal gezogen und kanadischer Staatsbürger geworden ist und der andere ist Leonard Cohen, ein Kanadier, der nach Los Angeles gezogen ist und die kanadische Staatsangehörigkeit behalten hat. Es gibt auch einen dritten, den ich allerdings nicht persönlich kenne, Ronald Reid, ein Brite, der in Kanada lebt und über Amerika schreibt. Deshalb weiß ich auch nicht, für welche Staatsangehörigkeit er sich entschieden hat. Warum erwähne ich sie? Weil auch sie sich wie Alexander Genis mit der Qualifizierung (des heutigen) Amerikas beschäftigen. Und die Wichtigkeit und der Reichtum der unterschiedlichen Positionen gründen sich nicht nur auf ihren unterschiedlichen Charakteren, sondern auch auf den *Orten* (der Herkunft), *von denen aus sie sprechen*. Daher betrachten sie diese Welt nicht von einem gewöhnlichen Fenster aus, sondern von einem

Erker verschiedener und nicht gerade durchschnittlicher Identitäten, der ihnen die Möglichkeit gibt, zuzüglich zum Objekt ihrer zentralen Aufmerksamkeit (vordergründig) auch etwas Wichtiges, was dieses Objekt umkreist (von der Seite, links und rechts) zu sehen. Und wie weit ihr Blickfeld auch immer sein mag, das, was sie sehen, ist nicht gleich. Oder, wenn es gleich ist, dann sehen sie es nicht in gleicher Weise.

Es versteht sich, dass das, was sie zum Teil dieser Gesellschaft macht, all das ist, was sie insgesamt und vor allem zu diesem Thema schon früher gesagt oder geschrieben haben.

Ich schulde mir und den anderen eine Erklärung dafür, warum ich gerade das Beispiel Amerika wähle.

Na, weil es eine Herausforderung ist, so groß wie es ist (sowohl als Thema als auch als Land). Hier kann man besonders leicht scheitern, einen Fehltreffer landen, einen Fehler begehen. Es ist so schwer, über Amerika zu urteilen! Und es ist ein großer Erfolg, wenn man etwas Eindeutiges und Richtiges darüber sagt. Um das auch wie bei allem anderen zu erreichen, soll/muss man *kompetent* sein.

Aber kompetente Menschen sind die, von denen die breite Öffentlichkeit im Großen und Ganzen nichts weiß. Die zahlreichen Wichtigen kannten sie natürlich, für die es wiederum wichtig war, sie zu kennen. Aber solch kompetente Menschen waren zurückgezogen und still und in ihrer Zurückgezogenheit und Stille vollbrachten sie Enormes für die Kultur ihres Landes. In diesem Amerika kannte ich auch bedeutende, um nicht zu sagen berühmte, in jedem Fall aber – wichtige – Leute, die ebenfalls als wesentlich betrachtet wurden und sie waren auch kompetent; aber weil sie ständig in der Öffentlichkeit standen, verloren sie wesentlich an Kompetenz. Und warum? In den meisten Fällen, weil sie die angebotene Rolle des Unterhalters angenommen haben, wahrscheinlich übersättigt mit der eigenen Intellektualität und unfähig, dem Angebot zu widerstehen, sehr berühmt zu werden/zu bleiben. Wenn wir schon dabei sind, ich erinnere mich, wie mir Allen Ginsberg in New York, ohne dass ich ihn provoziert oder darauf bestanden hatte, eine seltsame Wahrheit offenbarte, die sehr wichtig für die Beatbewegung und ihn selbst war: dass das offiziell genannte Datum des *Beginns* der Beatbewegung, das Jahr 1956 (die Zeit des Gerichtsprozesses wegen seines *von da an* berühmten Poems »Das Geheul«), im Grunde das *Ende* der Beat Generation ist! Das war eine unerschütterliche Wahrheit, auch wenn die Beatbewegung in diesem Jahr (1984, als er mir das sagte) noch andauerte: Der Großteil der Akteure war noch am Leben und aktiv und vor allem und allen voran – Ginsberg selbst. Dazu kam noch, dass sich neue Generationen meldeten – die Nachfolger dieser Bewegung –, die sie fortführten (aus gutem Grund). Aber zur selben Zeit lag der Höhepunkt des Beats *hinter* seinem Gründer und uns allen. War diese Aussage Ginsbergs eine Vorbereitung zur Rechtfertigung seines künftigen literarischen und estradenmäßigen Auftretens, das sich, gelinde gesagt, weit von dem Gesagten entfernte? Ja. Einige Jahre später habe ich ihn daran erinnert und ihm das in Belgrad gesagt, obwohl mir ein offenes Gespräch mit ihm zu diesem Thema widerstrebte. Aber, da nahm er mich wieder für sich ein. Er gab zu, dass ich im Recht war! Er ist, nachdem er unten war, wieder auferstanden und (mit dem Geständnis) hat er bewiesen, dass er aus gutem Grund die Leitfigur mehrerer Generationen war. Er sagte, dass er dennoch, da er auf dem absteigenden Ast war, darüber nachdenken müsse, wie er in Erinnerung bleiben würde. Er war ein Symbol dieser Art *exklusiver Menschen*, welche die Geschichte in *Phänomene* verwandelt wie die Beatles und Bob Dylan! Davon abgesehen, werden seine Begegnungen mit ihnen nicht als historische Ereignisse betrachtet? Und als er starb, verlor der Tod, denn er überwand ihn, indem er in guter Erinnerung blieb, so, wie er es verdient hatte. Auch ich habe immerhin mit Pietät und Respekt dem Angebot einer Tageszeitung zugestimmt, aus diesem Anlass einen Nachruf auf ihn zu schreiben. Ich habe der Redaktion sogar ein gemeinsames Foto von Allen und mir gegeben, das ich besonders mag (das ich nach der Veröffentlichung nie zurückbekam); irgendwo war da auch Peter Orlowski. Möglicherweise habe ich mich von dem freundschaftlichen Vorwurf freigekauft.

Wegen dieses Freikaufens hat er mir wahrscheinlich auch unlängst seine Meinung über die wichtigen Ereignisse des Beats »eröffnet« (ich denke sogar, dass er danach begann, offen darüber zu sprechen, als er begriff, dass dieses Bekenntnis der Bewegung nicht schadet). Und das tat er, weil ich ihn in die Situation der Gesamtansicht *seiner selbst* brachte! Das hat Folgendes zu bedeuten: Während ich für das Fernsehen einen Dokumentarfilm über ihn drehte, nahm ich ihn mit dem Team mehrere Tage hintereinander auf und in dem kurzen Zeitabschnitt brachte ich ihn dazu, all das zu sein, was er ist. Er »musste« vor der Kamera auf meine Fragen antworten, seine Verse aus den Gedichten und Poemen rezitieren, singen, auf Instrumenten spielen, chinesische Kunststücke vollführen (auf dem Dach des Gebäudes) und einiges mehr und all das ausschließlich in der Atmosphäre des eigenen Heims. Daher brachte ich ihn ohne bewusste Absicht in den Zustand des »empfindsamen Ichs«, des »allgegenwärtigen«, in dem Maße auf sich selbst fixiert, dass er wie benommen war und sich in das vertiefte, was er im Wesentlichen war, nicht einmal Meditation benötigte er dafür (auch wenn er während des Interviews im Lotussitz saß und ab und zu durch bewusstes Atmen das Mantra AUM aussprach). Allerdings haben wir zusammen bei früheren Gelegenheiten meditiert, in meiner damaligen kleinen Wohnung in Belgrad (die ihm, ich weiß bis heute nicht warum, besonders gefiel). Aber damals war das Meditieren notwendig, damit wir uns von dem Übermaß der Welt frei machen und zu unserem Ich zurückkehren konnten.

Bezüglich seiner Wohnung in der Lower Eastside in Manhatten wagte ich zu denken, dass ich dort Ginsberg zu sich selbst zurückführte und ihn so in den Zustand versetzte, ein wenig über das Maß hinaus er selbst zu werden.

Auch das fiel unter das Thema der Wahrung und/oder Veränderung von Identität.

Aber man muss einen großen Irrtum aufklären, auch um den Preis, dass ich es vielleicht zuerst ausspreche: Auch wenn es so aussah, als würde er sich mit irgendwelchen egoistischen Fragen nach dem Selbst befassen, und er war sehr auf sich fixiert, hat sich Allen Ginsberg sein ganzes Leben über mit der Identität der USA befasst. Wegen dieser hartnäckigen Nachforschungen hatte er so viele ernsthafte Probleme mit der Regierung. Er erhob sich damit über sie und unterschied sich von ihr, weil er fähig und mutig war, abgesehen von den Wahrheiten, zu denen er gelangte, auch seine Irrtümer laut auszusprechen.

Die Frage nach der Identität meint nicht nur die Nationen und die Kollektive (so wie es oft auf dem Balkan und im »alten« Europa behandelt wird). Es geht darum, *wer wir* im Wesentlichen sind; persönlich; individuell. Obwohl auf den ersten Blick ein enger, ist das höchstwahrscheinlich der weitere Blick auf Identität.

Es existiert ein fast völlig verborgener Grund für den Teil intimer Suche nach der Identität Amerikas und nach sich selbst in Amerika, ein überaus seltsamer und vielleicht nur zufälliger: Die Mehrheit der bis jetzt erwähnten (mir bekannten) Menschen hatte oder hat auch weiterhin familiäre Beziehungen zu Russland, von ihren Großmüttern, die von dort stammten bis zu fernen komplizierten orthodox-jüdischen Wurzeln. Sollte sich diese Feststellung auch nur als mögliche Spekulation erweisen, bleibt es eine Tatsache, dass einige von ihnen die Probleme Amerikas durch das fast monolithische Prisma von Judentum und Christentum (des westlichen und des östlichen) betrachtet haben. Ob sie im Recht waren oder nicht, sie haben damit auf jeden Fall das spezifische Feld der Identitätsbetrachtung in den USA erweitert und bereichert.

Das, was das Besondere des Identitätsbegriffs ausmacht, ist bereits in seiner Grundbedeutung enthalten. Die wissenschaftliche und die linguistische Erklärung besteht nämlich in der Gemeinsamkeit der Gegensätze, denn sie besagt, dass »Identität die Summe der Zeichen ist, die eine Person oder einen Gegenstand überhaupt charakterisieren und nach denen er sich von den anderen Personen oder Gegenständen unterscheidet«. Daher bildet die Anzahl der *unterschiedlichen* Zeichen in der Summe die *Gleichheit*, die (wieder) zum *Unterschied* in Bezug auf die anderen wird! Wenn wir wissen, dass das Wort Identität seine Wurzel im Begriff »identisch« hat (Spätlatein, *identitas*), dann wird in »Gleichheit« offensichtlich, dass dieser Terminus sein Wesen erst zum Ausdruck bringt, nachdem er durch/über die Gleichheit zur Unterschiedlichkeit gelangt ist. Als hätte die Sprache schon gleich zu Beginn ihrer Arbeit diesen Begriff zum Widerspruch verpflichtet! Daher ist es nicht verwunderlich, dass sich alle so lange mit dieser Frage beschäftigen, mehr oder minder erfolgreich, aber auf jeden Fall ohne Unterbrechung. Diese Widersprüchlichkeit geriet in dem Wunsch, einen möglichst breiten Kreis derer zu schaffen, die sie verstehen konnten, oft zu leerem Populismus, machte damit die Klinge der eigenen Relevanz stumpf, um dann in Verflachung und Missbrauch zu enden.

Es lohnt sich, zu den Kompetenten, aber Stillen zurückzukehren.

12. Kapitel

Der Geburtsort tat ein Übriges. Hinsichtlich des persönlichen, intimen Gefühls für den Boden unterschieden sich Josif und Bajica. Das offenbarte sich besonders, als ihre Ausflüge in die Gebiete, die bereits zum Herrschaftsbereich des Reiches gehörten oder in solche, die neu dazu gekommen waren, häufiger wurden. Persien, Arabien und Rumelien erstreckten sich immerhin auf drei Kontinenten! Das osmanische Imperium hatte Positionen in Asien, Afrika und Europa, seine Flotte war auf vielen Meeren unterwegs, die diese verbanden oder trennten.

Aus Anatolien kommend, konnte Josif die Reisen durch den Osten leichter akzeptieren und als Erfahrung betrachten. Für Bajica war das härter. Im Gegensatz dazu brachten ihm die Besuche in seinem heimatlichen Rumelien eher das bekannte, wiedererweckte *Gefühl* für diesen Raum zurück, als dass er es tatsächlich wiedererkannte. Die heimliche Freude über den Besuch dieses Fleckchens Erde hatte ihren Preis. Unter der Oberfläche des wichtigsten und unvermeidlichen Grundes für die Reise – weil der Sultan es so befohlen hatte – verbarg sich ein ganz persönlicher. Tief in seiner Seele musste er das Bild eines mächtigen Kriegers von sich akzeptieren, der sich ohne Skrupel das nimmt, was ihm gehört. Und das nicht, weil er es erobert hatte, sondern weil er *dachte*, dass es ihm gehört, und dann beschloss, es auch zu erobern. Das war der Preis, den er dafür zahlte, in dem Raum präsent zu sein, dem er essenziell, ursprünglich ergeben war. Sogar nach so langer Zeit seiner Abwesenheit aus Bosnien und Serbien hatte er immer dann Herzklopfen (weniger spürbar, aber dafür anhaltender als das, was er spürte, wenn er vor dem Herrscher stand), wenn er dorthin einen Fuß setzte oder auch nur in die Nähe beider kam. Am Beispiel seines eigenen Namens konnte er nachvollziehen, dass sich dann Mehmed in Bajo rückverwandelt und auf dem Rückweg Bajica wieder zu Mehmed wird. Mit der Zeit wurde Zweigeteiltheit sein natürlicher Zustand, der ihn ohne Unterlass zwang, darüber nachzudenken. Sie brach ihn, quälte ihn, mitunter belohnte sie ihn, erforderte auf jeden Fall, dass er sich mit ihr auseinandersetzte. Als würde sie ihn antreiben zu bekennen, dass er selbst diese Zweigeteiltheit ist.

Jusuf wurde nur der Geographie nach ein bisschen mehr Osmane als Mehmed. Bajica konnte nicht bestreiten, dass der Raum des ursprünglichen Reiches seit frühester Kindheit Josifs natürliche Umgebung gewesen war. Er wurde ganz im Herzen des osmanischen Territoriums geboren, seine Eltern nicht. Wegen ihrer anderen Herkunftsorte und natürlich nicht nur deswegen hatten sie ihm genügend Christliches eingepflanzt, so dass er mit seiner Zweiheit zu ringen hatte. In Rumelien, das er vor den Eroberungsmärschen, an denen er teilnahm, persönlich nicht kannte, baute er militärische Objekte und zerstörte sie teilweise, in seinen Träumen aber errichtete er dafür auf dem Territorium des Osmanischen Reiches, einschließlich seines Ostens, Gotteshäuser, Schulen und Krankenhäuser. Serbien und Bosnien waren für ihn die Ränder des Reiches.

Bajica bekannte ihm gegenüber diese Differenz, doch es gab keinerlei Weg, sich damit abzufinden. Er sagte Jusuf, dass sich Ansichten ändern können und müssen und er eines Tages auch an den Rändern mit dem Bauen beginnen werde, wenn er nicht mehr von ihnen träumt.

»Sieht der Sultan Serbien, Bosnien, Slawonien... etwa nicht als gleichberechtigte Teile des Reiches? Selbst wenn er von ihnen als der *Route zum Erreichen* Ungarns spricht! Ja, dann müsste er auch für Ungarn sagen, dass es *nur die Route* nach Wien sei! Und falls er Pläne zur Eroberung von Staaten noch weiter nördlich hat, wo wäre da Schluss? Dementsprechend können wir jeden Teil des Reiches als Rand bezeichnen. Übrigens, war in einem bestimmten Moment nicht fast jedes Stück Land vom Zentrum entfernt? Neue Eroberungen haben ständig alle Grenzen verschoben, und damit nicht nur die Positionen und Formen, sondern auch die Bedeutung der Begriffe Zentrum und Peripherie.«

»Du hast sicher Recht. Du musst aber verstehen, dass ich aus einem Ort stamme, der *immer* zum Reich gehört hat. Der Ort, aus dem du kommst, ist nicht im Entferntesten wie meiner. Vielleicht wird er auf ewig ein Teil des Reiches bleiben, aber bis vor kurzem war er das nicht, nicht wahr?«

»Bleiben ja oder nein, würdest du dort auch bauen, wenn man es dir anbietet und nicht nur, wenn man es dir befiehlt?«

Sinan vermochte ihm nicht zu antworten. Beide wussten, wie stark die Moschee in Van seinen Wunsch zu bauen verstärkt hatte. Sie sprach zu ihm; mit ihrer Perfektion zeigte sie, dass das, wovon er träumte, auch tatsächlich existieren kann!

Kapitel XIII

Die Kompetenten und Stillen.
In den siebziger und achtziger Jahren des zwanzigsten Jahrhunderts wirkte Belgrad wie das Zentrum der Welt. Oder wenigstens wie eines der Zentren. Oder war die ganze Welt im Kopf so? Eine Übertreibung? Natürlich. Aber trotzdem hat die geistige Seite des Lebens seit ehedem in dieser Gegend überwogen, und das ist keine besondere Übertreibung. In diese Belgrader Welt strömten so viele interessante (so genannte öffentliche) Menschen, so dass es auch solche gab, die in sie unbemerkt ein- und wieder austraten und fortgingen, so dass man von ihrem Gastspiel erst erfuhr, wenn sie schon nicht mehr da waren.

Noch vor Ende dieser Zyklen, dieser Tendenz ... wie immer man es nannte, kam im Oktober 1989 der Dichter Kenward Elmslie aus den Vereinigten Staaten in die Stadt. Er blieb sieben bis zehn Tage in Belgrad. Als sein Gastgeber und Übersetzer seiner Lyrik und auch als Schriftstellerkollege zeigte ich ihm die Sehenswürdigkeiten der Stadt, und vor allem die Menschen. Vorgesehen war, dass ich ihn kurz vor dem Ende seines Aufenthalts dem Publikum vorstelle. Man musste nur noch überlegen wie. In der Zwischenzeit stellte sich heraus, dass das gar nicht so einfach war. Elmslie war nämlich, wie man so sagt –

ein Künstler in mehrfacher Hinsicht. Neben der Berufsbezeichnung Dichter trug er noch andere: 1. Proaschriftsteller – Autor zahlreicher Bücher, Erzählungen und Romane; einer seiner Herausgeber war die berühmte Zeitschrift *Paris Review*; 2. Theaterautor; 3. Verfasser von Opernlibrettos; 4. Songschreiber für die so genannte Populärmusik, einige seiner Songs liefen auf Jukeboxes, gesungen von King Cole, 5. Komponist, 6. Verleger und Herausgeber des Verlages Z Press. Die amerikanische Öffentlichkeit benutzte für ihn zwei nicht so sehr gebräuchliche Bezeichnungen: die eine war *singing poet* (da er in der Tat seine Gedichte oft sang), die zweite *songsmith* (das Wort song/Lied hatte den Zusatz smith, was die Bezeichnung für ein *Handwerk* war, so wie bei dem Beruf blacksmith/Schmied. Daher betrachteten sie ihn als *Gedichte-Schmied*). Kenward Elmsie gehörte im Grunde zu den echten amerikanischen, nicht populistischen Eliten. Daher auch die eine oder andere Stimme aus dem Hintergrund, die ihn unterstützte, bei gleichzeitiger Kritik an der Öffentlichkeit, so wie das einmal der bekannte Autor John Ashbery in der Zeitschrift *Parnassus* tat: »Elmslie ist ein maßlos unterschätzter Dichter«. Aber vielleicht waren die Gastauftritte an amerikanischen Universitäten, an denen er literarische »Vorführungen« vor hunderten und tausenden junger Leute hatte, eine Genugtuung für ihn. Dasselbe tat er, der das Reisen sehr mochte, an verschiedenen Orten der Welt.

Wahrscheinlich beeinflusste genau diese Art von Befriedigung seine Idee von einer gemeinsamen Performance in Belgrad. Und so studierten ein älterer New Yorker und ein jüngerer Belgrader einige Tage ihre Rollen ein, sie rezitierten, sangen, spielten, lasen; und all das zu der von Elmsie aufgenommenen

Musik, die im Hintergrund auf einer Kassette lief. Am Tag des Ereignisses (angekündigt im studentischen Kulturzentrum) hatte ich wegen einer Rippenfellentzündung heftige Schmerzattacken. Als er sah, dass ich mich kaum bewegen, geschweige denn laufen konnte, wollte Ken, dass wir absagen. Aber ich wollte nicht. Stoisch trat ich vor das Publikum. Kurz davor wollte Elmslie wieder die Sache abblasen, aber diesmal weil im Publikum viereinhalb Besucher saßen! Zwei davon von der amerikanischen Botschaft. Wahrscheinlich als Pflichterfüllung. Wieder widersprach ich. Lächelnd sagte ich, dass wir professionell sein müssen. Ich verhielt mich so, als würde ich das jeden Tag machen! Immerhin, am Ende war Applaus zu hören. Das Wesentliche war geleistet.

Als seine Abreise näher rückte, schlug ich ihm vor, noch einen Scherz für die Öffentlichkeit zu veranstalten. Ich war in der Lage, das zu realisieren, da ich (auch ich hatte verschiedene Berufe) zu der Zeit in der Wochenzeitschrift *NIN* die Rubrik »Menschen« redaktionell betreute, die die Leser kurz mit interessanten Details von Persönlichkeiten der Öffentlichkeit versorgte. Nach den biografischen Angaben über Elmslie in dieser Beilage folgte die Frage, wie er es schaffe, vom Schreiben (elitärer Literatur) und Lesen des Geschriebenen zu leben. Er antwortete mir, dass das schwer sei (und das hat er auch erklärt) und dann fügte er noch hinzu, dass ihm als finanzielle Unterstützung auch mal etwas von seinem Opa zufließe! Natürlich folgte die Frage, wer sein Opa sei, und daraufhin kam die Antwort: Joseph Pulitzer.

Wie zu erwarten war (richtiger gesagt – wie wir erwartet hatten, um nicht zu sagen, wie wir es inszeniert hatten), kam es in der Öffentlichkeit zu einem richtigen Trubel. Das Interesse der Journalisten an ihm war außerordentlich groß. Aber es war zu spät. Die Zeitschrift kam planmäßig aus dem Druck, als Elmsie bereits abgereist war.

Hier ist endlich die Lehre. Als Nachfolger qua Geburt von Joseph Pulitzer hat dieser heranwachsende Enkel mit der Zeit begriffen, dass der künstlerische Weg, auf den er sich begeben hatte, durch den Namen, den er trug, gefährdet war. Er wollte, dass sein künstlerisches Werk sich durch höchste Qualität auszeichnet, unbelastet vom Namen der berühmten Familie. Ihm war klar, dass er mit diesem Namen niemals sicher sein könnte, ob er in der Kunst als authentischer Schöpfer oder nur/hauptsächlich dank des Familienprivilegs akzeptiert wird. Was, wenn er dachte, dass er so überhupt nicht schreiben könnte? Diese Form des Respekts war natürlich ein zweischneidiges Schwert: das Leben eines Künstlers war nicht leicht, aber es war ehrlich. Im Unterschied zu ihm hat sein Bruder den Familiennamen nicht gewechselt und, was für eine Ironie, die so genannte Boulevardpresse hat ausgiebig über seine verschiedenen Affären (zu denen er neigte) geschrieben. Mit der Zeit begann Elmslie in seine biografischen Angaben auch den Großvater »aufzunehmen«, weil er selbst (Kenward) zu dieser Zeit bereits ein unerschütterliches Renommee als ernsthafter Künstler erlangt hatte. Jetzt bewahrte ihn das Weglassen des Namens Pulitzer in der Öffentlichkeit hauptsächlich bei Lesungen und Fernsehauftritten vor nervigen Leuten und billigen Geschichten. Aber wie wir gesehen haben, konnte er damit auch Scherze machen.

Allerdings gibt es in der Identität von Elmslie einen Bereich, bei dem ich nicht sicher bin, ob ich an ihm rühren darf. Was soll's, man muss daran erinnern, dass gerade Joseph Pulitzer (1847–1911), nebst etwas später William Randolph Hearst (1863–1951), der Erfinder der Yellow Press war. Beide haben als Besitzer einer großen Zahl von Zeitungen und Zeitschriften Auflagen in Millionenhöhe erreicht, in erster Linie durch die Veröffentlichung sensationslüsterner Texte. (Hearst war der Erfinder des Comics *The Yellow Kid*), nach dessen Namen diese Presse ihre Farbe bzw. ihren Namen erhalten hat). Es ist möglich, dass Großvater Pulitzer Gewissensbisse bekam und deshalb im Jahr 1903 an der Columbia Universität den Studiengang Journalistik begründete. Den persönlichen Weg zu mehr Seriosität setzte er post mortem fort, als im Jahr 1917 der Pulitzer-Preis für Journalismus, Karikatur, Literatur (Prosa, Lyrik, Drama, biografisches und historisches Werk) und von 1943 an auch für Komposition ausgelobt wurde. Man muss anerkennen, dass er sein Ziel erreicht hat, denn heute ist allgemein anerkannt, dass neben dem Pulitzer-Preis nur noch der Nobelpreis höher geschätzt wird. Oder genauer gesagt: Nach dem Nobelpreis ist der Pulitzer-Preis der *bekannteste*, wenn nicht gar der meistgeschätzte.

Es ist also offensichtlich, dass diese Angaben erwähnt werden sollen, *weil* ich begriffen habe, dass gerade sie die treibende Kraft für das Verhalten von Elmsie in der Öffentlichkeit waren. Ganz zu schweigen von seinem Verhalten außerhalb der Öffentlichkeit; als er mir viel später angeboten hat, zu ihm nach Amerika zu kommen, damit wir gemeinsam (das heißt *er selbst*) eines meiner Bücher ins Englische übersetzen! Meine Bescheidenheit hat die seine übertroffen: Ich habe abgelehnt.

Das teils »mehrheitliche« Verbergen von Elmsies Identität (wie die Flucht vor der Boulevardpresse) *ist tatsächlich* eine Geschichte über Amerika. Sein Verhalten an sich sagt viel über das moderne Amerika und gibt ihm noch dazu das Recht, explizit die eigene Kultur und das Land zu zeichnen, zu erklären oder zu qualifizieren, angefangen mit dem Beispiel seines eigenen Großvaters – des Magnaten. Nicht, »weil wir das verlangt haben«, sondern weil er (K. E.) es verdient hat.

Kenward Elmsie war still und wurde maßgebend.

Es irritiert, dass sein Großvater laut war (weltweit), am Ende aber, jenem definitiven – nach seinem Tod wurde auch er maßgebend.

Anscheinend ist auch das Demokratie.

13. Kapitel

Es war, als hätten beide zeitgleich den inneren Drang verspürt, zu bauen und nicht zu zerstören. Oder wenigstens mehr zu bauen als zu zerstören. Das geschah, nachdem sie den Segen des Erschaffens von etwas, das für andere nützlich oder von Nutzen war, erfahren hatten. Und nachdem schon genug Zerstörungen hinter ihnen lagen, an denen sie selbst beteiligt waren und die andere ins Unglück gestürzt hatten. Das stärkste Motiv war jedoch die persönliche Befriedigung, die in ihrem Falle die schwer kontrollierbare Destruktivität bezwang. Sowohl Bajica als auch Sinan wussten, wie schmal der Grat war, der das Gute vom Bösen trennt. Sie selbst waren Zeugen solcher Entscheidungen. Solange sie nur Betrachter und Ausführende Fremder waren, waren diese auch auszuhalten. Aber je mehr sie sich ihrer künftigen Verantwortung näherten, die jede neue Position mit sich brachte, waren sie gezwungen, mit den eigenen Entscheidungen zurechtzukommen und darüber nachzudenken, wie sie sich gegenüber sich selbst und ihren Entscheidungen zu verhalten haben. Kurz, es galt sich vorzubereiten. Es durfte nicht vorkommen, dass sie zu sehr überrascht wurden. Neben allem anderen auch deshalb, weil unvorbereitet zu sein mit wachsender Verantwortung auch mehr kostete. Nicht andere. Nur sie. Sie dachten, und darüber sprachen sie auch offen, allerdings unter vier Augen, dass größere Macht auch höhere Verantwortung bedeutet. Obwohl das nicht für alle dasselbe hieß. Die Regel galt, aber nicht für alle. Da waren jene, die nur größere Macht übernahmen, ohne dass sich ihre Verantwortung erhöht hätte. Einige vermochten diese, ermutigt vom Besitz größerer Macht, sogar zu reduzieren. Solche Leute gingen ein Risiko ein, geblendet von der eigenen Größe und vergessend, dass ihnen das jemand ermöglicht hatte, der noch mächtiger als sie selbst war. Solange, bis jener sie warnte, manchmal auch zu spät. Dann verloren sie Geld, Besitz und Titel, so manches Mal auch ihren Kopf. Und die, die ihren Kopf nicht gebrauchten – auch ihr Leben.

Die Notwendigkeit zu bauen (nicht nur im wörtlichen Sinn) zeigte sich als natürlicher Schutz vor Zerstörung. Aber es geschah auch in dem Moment, als Josif wie Bajica klar wurde, dass sie definitiv als Jusuf und Mehmed zu leben begonnen hatten. Das aber war ihnen durch die Gunst des Großwesirs und des Sultans ermöglicht worden, die ihnen höhere Positionen verliehen. Sie mussten der Wahrheit ins Gesicht sehen, dass eine vollkommene Rückkehr in das, was sie vor nicht allzu langer Zeit waren, nicht mehr möglich war. Nun, sie war teilweise möglich; sie hatten Zeit, über die Formen der Rückkehr nachzudenken. Das, was sich von allein aufdrängte, von dem Moment an, da offensichtlich wurde, dass sie in ihrem neuen Leben auf dem aufsteigenden Ast sein würden, war ihr Bedürfnis, sich um ihre Familien zu sorgen. Darüber berieten sich die beiden.

Als auf Befehl des Sultans die Umsiedlung der nichttürkischen Bevölkerung aus Anatolien, auch aus Sinans Geburtsort, auf Zypern begann, hatte der Mimar bereits die Freiheit, sich beim Großwesir für seine Familie einsetzen zu dürfen. Seine Bitte wurde erhört und sowohl die Mutter als auch der Vater wurden in Ruhe gelassen, sogar mit Zusatzversorgung, zu der die lokalen Behörden angewiesen wurden.

Bajicas familiäre Situation war weitaus komplizierter. Die Seinen lebten viel weiter entfernt vom Zentrum des Reiches (wenngleich in seinem *Inneren*), und sie waren auch zahlreicher. Lange Jahre wusste er nicht, ob sie am Leben, geschweige denn, ob sie gesund waren. Während der Feldzüge, das Passieren von Belgrad nutzend, schickte er den Seinen in Sokolovići auf unterschiedlichen Wegen Lebenszeichen, aber nie erfuhr er, ob diese tatsächlich ihren Bestimmungsort erreichten. Die Unterstützung der Familie begann in der Zeit, als er des Sultans Sinahdar Aga war und er um 1540 von Ahmed Beg, seinem Kameraden aus der Schule im Serail, ebenfalls ein Serbe, dazu ermutigt wurde. Dieser war als Kenner des Gebiets und der Bevölkerung abgestellt, in Bosnien die Kopfsteuer einzutreiben; er bot Bajica seine Unterstützung an, denn der Weg führte auch durch die Gegend, aus der sie beide stammten. Bajica erhielt die generelle Genehmigung, mit seiner Familie das zu tun, was er für richtig hielt und so bat er seinen Freund, die Angehörigen der Familie Sokolović nach Istanbul zu bringen, falls das möglich war. So erblickte er nach so vielen Jahren auf einmal zwei seiner Brüder sowie den Vater. Allerdings wusste er zu diesem Zeitpunkt nicht, dass sein jüngster Bruder bei der Mutter in Bosnien geblieben war und vor ihm als Ersatz ein ihm sehr ähnelnder Cousin stand. Die Mutter hatte den Jüngsten bei sich behalten, weil sie sich weigerte, sich von *allen* ihren Söhnen zu trennen. Sie hatte gesagt: »Wenn sie nicht bei mir sind, ist mir egal, ob sie tot sind oder wie Könige leben.«

Der ältere der Brüder starb leider nach nur knapp zwei Jahren im Galata Serail als Mustafa, Bajica übertrug dann dessen Namen auf den allerjüngsten Bruder, der aus Galata in den Sultanspalast umgesiedelt wurde und so in den folgenden sieben Jahren unter Mehmeds Aufsicht stand. Bajica überführte auch seinen Vater Dimitrije in den Islam und gab ihm den Namen Džemaludin Beg, und zu Ehren seines Baumeisterfreundes setzte er noch Sinan hinzu. Nachdem er ein Ziamet[40] erhalten und in Bosnien ein Vakuf[41] gegründet hatte, ernannte er den Vater zu seinem Mutevelli[42]. Bald kam auch seine Mutter zu Besuch; vom Erfolg des Sohnes war sie hingerissen. Dennoch hatte sie es eilig, nach Bosnien zurückzukehren, woraus Bajica schloss, dass sie dort jemanden zurückgelassen hatte, der ihr lieb und teuer war. Wer konnte ihr lieber und wichtiger sein als er, jemand wie er, nur schutzloser? Sie gab schließlich zu, dass Zuhause sein echter Bruder ist und entschuldigte sich für den betrügerischen Austausch der Cousins.

Mehmed hatte allerdings gar keinen Grund, sich über den an seiner Seite befindlichen Mustafa zu beklagen. Nachdem dieser seine Ausbildung zum Barbier und Masseur abgeschlossen hatte, wurde er rasch Chefbarbier[43] bei Hofe, und später bewies er im Feldzug gegen Persien außergewöhnlichen Mut. Deshalb gebührte ihm die Position des Kopfsteuereintreibers in Bosnien und im weiteren avancierte er zum bosnischen Sandschak Beg, der höchstmöglichen Position – der des militärischen und zivilen Administrators im Namen des osmanischen Sultans.

Nachdem Bajica erfahren hatte, dass sein jüngerer Bruder in Sokolovići war, sandte er sehr bald Männer nach ihm aus. Der Mutter gegenüber war das grausam, aber jetzt, wo er sicher war, dass sie sich vom guten Leben, das er führte, überzeugt hatte, meinte er, dass es für sie leichter sei, den Fortgang auch des letzten Sohnes in die Sicherheit zu verschmerzen, eher als sein zukünftiges unausweichliches, doch ungewisses Loslösen vom Zuhause, dass sie wie jede Mutter eines Tages erwartete. Früher oder später musste jedes Kind erwachsen werden. Bei seinen Überzeugungskünsten rechnete er sehr wohl auf die Unterstützung seines Vaters Dimitrije/Džemaludin Sinan Beg.

Mit seinen Brüdern kam allerdings auch das Unglück. Nachdem er ihn im Serail von Ibrahim Pascha auf dem At Meydani untergebracht hatte, erkrankte der junge Bursche plötzlich und verstarb bald.

Bajica war tief erschüttert. Er dachte, dass er an ihrem Tod mitschuldig war. Vor Sinan fragte er sich, ob der christliche Gott ihn wegen des Wechsels der Religion über die Brüder bestrafen wollte. Sinan fragte ihn spontan und unerwartet, mit großem Geschick und sehr weise:

»Und hast du ihm abgeschworen?«

Bajica erwiderte blitzartig:

»Nein.«

Darauf Sinan:

»Na, siehst du!«

Und das rettete ihn.

Kapitel XIV

1984 lernte ich in New York, fünf Jahre vor Elmsie, einen anderen sehr stillen und kompetenten Mann, einen sehr wichtigen Beschützer des geschriebenen Wortes kennen. Vom Hörensagen und von der Lektüre (fremder) Bücher, die er veröffentlichte, kannte ich ihn jedoch schon viel früher. Es geht um James Laflin, den legendären Verleger, Gründer des Verlags New Directions.

Worin besteht die Originalität seiner Identität? Ja, seine Vorfahren kamen aus Irland. Vom Großvater angefangen wurde die Familie bekannt als Inhaberin eines der vier größten Stahlwerke Amerikas. Nicht originell? Nein. Und da beginnt seine persönliche (Über-)Formung der eigenen Identität. Er dachte nicht im Geringsten daran, die Familientradition fortzusetzen. Als ebenso langweilig betrachtete der junge James sein Studium an der Harvard Universität. In hohem Maße literarisch gebildet, schreibt er dem bereits berühmten Guru des Denkens, Ezra Pound, und dieser erlaubt ihm, nach Europa, an seine inoffizielle, private Ezuversity beziehungsweise Ezuversität zu kommen. So verlässt Laflin 1935 Amerika und gelangt in den kleinen Ort Panalo in der Nähe von Genua in Italien. Begeistert von dem dreißig Jahre älteren Professor (1885–1972) bleibt er sein ganzes Leben lang dessen Verehrer, Unterstützer und Schüler. Und da sind wir bei dem Zuschnitt der Identität von Laflin angekommen. Lebenslang Schüler von jemandem zu sein! Aus eigener Entscheidung nicht der Schatten von jemandem zu sein, sondern im Schatten von jemandem zu stehen! Und das geschah folgendermaßen. Allerdings ist davon vieles schon bekannt, seitdem James Laflin nicht mehr am Leben ist (1914–1997), und die Bibliothek der Harvard Universität seit einigen Jahren eine der umfangreichsten Dokumentationen der intellektuellen Geschichte der USA besitzt, die sie Laflins Nachlass verdankt. Einiges habe ich jedoch in dem bereits erwähnten Jahr 1984 von ihm gehört und auch später aus unserem Briefwechsel erfahren.

Vor seiner Rückkehr nach Amerika wagte Laflin seinem Professor etwas von seinem literarischen Schaffen zu zeigen. Die eingebildete Angst vor der »Note«, die er möglicherweise erhalten könnte, verwandelte sich wahrlich in einen alltäglichen Alptraum und in echtes Entsetzen. Auch seine dichterische Phantasie war nicht ausreichend entfesselt, um die Worte, die Pound an ihn richtete, erraten zu können (ich benutze ein Zitat, das mir Laflin selbst mitgeteilt hatte, sogar über das Mikrofon): »Es ist hoffnungslos. Aus dir wird nie ein Dichter werden!«

Etwas so Grobes zu einem jungen Mann von Anfang zwanzig zu sagen, der alle Hoffnungen auf die Verse setzte, die er verfasste, genau wie in sein Idol – wenn nicht noch mehr –, war purer Wahnsinn. Oder Genialität? Wie es scheint, Letzteres. Denn wie schwer der Schock über die Bewertung seines Schreibens für den jungen Studenten auch war, nach einer kurzen Pause fuhr Pound mit einem (tröstenden?) Satz fort: »Aber du könntest etwas Nützliches für die Literatur tun.« Wichtiger vielleicht als dieser Satz war, dass Laflin die Kraft fand, daraufhin die (erwartete) Frage zu stellen: »Was könnte dieses Nützliche sein?« Pound antwortete ihm: »Na, du könntest versuchen, Verleger zu werden.«

Anscheinend bestand Pounds Größe auch darin, dass er einen Menschen im dem Augenblick, wo er dessen Träume zerstörte, ihn mit einem neuen und unerwarteten Vorschlag aufbaute und ihm Hoffnung für einen Ausweg aus dem Abgrund gab. Und vielleicht war da noch etwas: Er erkannte die Stärke seines Schülers, die Grobheit auszuhalten und sich über sie hinaus in andere erreichbare Gefilde zu erheben.

Hier beginnt auch die wahre Größe von James Laflin. Den Rat seines Lehrers befolgend, hat er aus dem winzigen Verlag in den darauffolgenden sechzig Jahren, sozusagen bis zu seinem Tod, wahrscheinlich das wichtigste, falls nicht gar beste (auf jeden Fall nicht das reichste) Verlagshaus der Vereinigten Staaten gemacht und dieses geleitet! Durch diese Arbeit wurde er *er selbst,* wenn auch umhüllt vom Umhang Ezra Pounds. Er sprach offen darüber, dass er auch nach dreißig Jahren Arbeit weiterhin Ratschläge von Pound erhielt! Nicht dass er sich deswegen schämte, nein, er war sogar stolz darauf!

Pound erfüllte das gegebene Versprechen: Als erster gab er ihm seine Manuskripte zur Veröffentlichung und bat dann auch seine Freunde, es ihm gleich zu tun. So wurde Laflin Verleger von William Carlos Williams, Lawrence Ferlinghetti, Gary Snyder, Henry Miller, Tennessee Williams, Kenneth Rexroth, Michael McClure, Denise Levertov, Jerome Rothenberg (die letzen drei waren Gäste Belgrads und meine Gäste) und Hunderte weiterer. Sein Verdienst ist in der Tat ein doppelter: Ergänzend zu seiner Präsentation ganzer Generationen avantgardistischer und moderner amerikanischer Autoren stellte er in den USA aus derselben Welt wichtige Schriftsteller Europas, Lateinamerikas und Asiens vor: Dylan Thomas, Joyce, Lorca, Goethe, Sartre, Camus, Queneau, Cocteau, Borges, Paz, Nabokov, Pasternak, Kafka, Montale, Mishima …

Nach langer Zeit, als er weltweit unter den Verlegern den Ton angab, wagte er öffentlich zu bekennen, dass er wieder (und immer noch) Gedichte schreibe. Und danach begann er auch, sie zu veröffentlichen. Da konnte man den unauslöschbaren Einfluss von Pound sehen. Übrigens hat Laflin das offen gezeigt: Oft ähnelten seine Verse denen des Lehrers, die Themen überschnitten sich, hinter jeder Ecke lugten die Cantos hervor, die chinesische Kalligraphie, überall tauchten die bei Pound beliebten Epigramme auf. Für diese Hingabe hat ihm die abstrakte Gerechtigkeit noch eine Würdigung zuteil werden lassen: Laflins Poesie war nicht nur keine (schlechte) Kopie der von Pound, sondern sie wurde ausgezeichnete Poesie. Eigen und originell (auch wenn Gay Devenport zur Lyrik von Laflin schrieb: »Wahre Dichter sind immer die anderen.«)

Daher hatte dieser mutige Mann sich entschieden, seine Identität zu modifizieren, umzugestalten. Er wurde zu einem guten Dichter, weil er Pounds Gelübde erfüllte. Weil er ohne einen Funken Eitelkeit, ohne Komplexe und Eifersucht jahrzehntelang die Bücher der *anderen* und nicht nur *für die anderen* veröffentlichte. Er ist kein genialer Dichter geworden, sondern »nur« ein guter Dichter. Vielleicht wegen der übertriebenen Bescheidenheit in dem Bewusstsein, seinen Lehrer nicht übertreffen zu können und zu müssen. In seinem Fall verselbständigte sich die Nachahmung und wurde zum eigenen Original. Und Pound hatte ein halbes Jahrhundert später, was das Talent seines Schülers anbelangt, nicht länger Recht.

Oder war er die ganze Zeit im Recht, auf eine andere Art und Weise? Überzeugt davon, dass James Laflin von Anfang an ein guter Dichter war, führte er ihn in die Irre, indem er ihn glauben ließ, dass er zum Verleger »bestimmt« sei. Mit dieser Lüge riskierte er etwas, aber er war auch erfolgreich. Laflin wurde und blieb ein ausgezeichneter Dichter und hervorragender Verleger. Eine unwahrscheinliche Option? Ja, aber eine mögliche. Und das Ergebnis war vor allem umfassender und gerecht. Und für die Welt viel nützlicher.

14. Kapitel

Obwohl Sinan ihn wegen des Gefühls tröstete, schuld am Tod seiner Brüder zu sein, musste Mehmed einen zusätzlichen Weg finden, wie er den Verlust seiner Lieben irgendwie ertragen und vielleicht auch verwinden konnte.

Nach seiner Rückkehr vom Eintreiben der Kopfsteuer erhörte ihn Ahmed Beg zum Glück und fertigte eine Liste all der Mitglieder aus dem Geschlecht der Sokolović an, die sich noch in der Heimat aufhielten. So war Bajica in der Lage, sie nach Konstantinopel zu holen. Neben Mustafa begannen Ferhad, Alija, Derviš und Mehmed, sein Namensvetter, schnell ein neues Leben. In die Hauptstadt gelangte auch eine seiner Cousinen. Nicht nur die jüngeren Verwandten kamen in der Ausbildung und im Dienst voran; auch die Cousine »kam voran«, und zwar durch ihre Heirat mit Džefer Beg, Sohn des bosnischen Alaj Beg[45], dem sie nach Pečuj folgte, wo sie ihm den Sohn Ibrahim[46] gebar.

Das war es, was er *äußerlich* tun konnte, was sofort als Trost sicht- und fühlbar war. Doch was musste man zwingend tun, um den Schmerz zu mildern und den Tod zu verstehen? Es kam ihm so vor, als hätte der Tod der beiden Brüder seine Auffassung von der natürlichen *Abfolge* (von allem) ins Wanken gebracht. Erstens und buchstäblich: Müssen nicht zuerst die alten und nach ihnen die jüngeren, die älter geworden sind, sterben, und erst dann die jüngsten, die genügend Zeit hatten, alt zu werden? Er wollte das Sterben im Frieden nicht mit dem im Krieg vergleichen. Dort ist der Tod eine Katastrophe. Nichts Natürliches. Zuhause stirbt man »natürlich«, aber nur, wenn es Zeit dafür ist. Für Kinder gibt es einfach keine gute Zeit zum Sterben!

Dennoch, es ist geschehen. Zweimal hintereinander. Einer nach dem anderen. Die natürliche Abfolge war gestört.

Vielleicht kann man zuerst sterben und dann leben?

Vielleicht ist ihm das gerade passiert! Zunächst starb er, als er sein Zuhause verließ, und jetzt lebt er an einem anderen Ort. Zuerst schrieb er von links nach rechts und nun von rechts nach links. Zuerst hörte er auf andere, jetzt hören die anderen auf ihn. Wie viele Bücher hatte er gelesen, bei denen er die Seiten mit der rechten Hand umgeblättert hatte und wie viele blätterte er dann mit der linken Hand nach rechts um? Wie viele in Kirchenslawisch und wie viele in Arabisch? Zuerst slawische und griechische Bücher, dann persische und osmanische. Die Feder in der einen wie in der anderen Hand zu halten und auch einen Krummsäbel, einen Dolch oder einen Säbel in die Hand zu nehmen, verwirrte ihn in derselben Weise. Am liebsten nahm er sie gleichzeitig in beide Hände. Oder er wechselte von der einen in die andere Hand. Während sie ihn im Serail das Kämpfen lehrten, dachten alle, dass das seine Art sei und hinderten ihn nicht daran, seine Gegner so zu irritieren. Dieses Waffenschieben geriet seiner Geschicklichkeit im Kampf nicht zum Nachteil. Im Gegenteil. Seine Schwäche wurde zum Vorteil. Auch diesbezüglich wurde er bekannt.

Diese Tode hatten weder mit Gott noch mit Allah etwas zu tun. Hierzu gab es keine Geschichte von einem anderen Leben im Paradies und im Himmel. Diese Tode schienen ungerecht und ungerechtfertigt zu sein.

Auch im Hinblick auf den Tod hatte er in seinem Freund Sinan einen Gesprächspartner. Auch dieser machte fast zur selben Zeit seltsame Erfahrungen mit dem Tod.

»Weißt du, dass ich von unserem Flottenadmiral Chaireddin Barbarossa das Angebot erhalten habe, ihm ein Grabmal zu errichten!? Ich wage gar nicht, ihn zu fragen, warum er das vor der Zeit verlangt. Obwohl, andererseits verstehe ich ihn auch, wenn er mir erst auf dem Sterbebett den Auftrag erteilt, ist es zu spät, um ihn sofort dort beerdigen zu können. Na, und als Toter kann er natürlich nichts mehr in Auftrag geben.«

Das stachelte Bajica an.

»Gut, was du sagst, ist korrekt, obwohl du ein bisschen witzelst, zu Recht. Aber für so etwas muss es tiefere Gründe geben als die Frage, ob der Tod schneller da sein wird als das Grabmal oder umgekehrt.«

»Na, sagen wir der Wunsch zu sehen, wo er seine letzte Ruhe finden wird.«

»Oder gerade auf diese Weise den Tod von sich abzuwehren?«

»Oder ihn herbeizurufen?«

»Doch was hat er denn dir gegenüber als Grund für den Bau des Mausoleums angeführt? Er musste dir doch etwas sagen!«

»Na, er hat mir gesagt, dass er mit den von mir gebauten Gebäuden, also Moschee, Medresse und Mekteb[47] für unsere Herrscherin Haseki Hürrem[48], Ehefrau des Sultans, sehr zufrieden ist.«

»Dann ist das eine gute Ausrede für jeglichen anderen Grund.«

In jenem Moment konnten sie keinesfalls ahnen, dass sie bald nach der Geschichte über dieses Grabmal noch über ein weiteres reden würden, dessen Anlass ein tatsächlicher Tod war. Abermals war Bajica gezwungen, über die natürliche Abfolge nachzudenken. Unerwartet und ohne jegliches Vorzeichen starb nämlich des Sultans ältester Sohn Şehzade Mehmed, Thronfolger und liebster der drei Söhne Süleymans. Er verstarb mit nur zweiundzwanzig Jahren. Der junge Mann hinterließ zudem ein kleines Kind. Die Tochter von Şehzade war dem Sultan nur ein schwacher Trost für den Verlust dieses Sohnes, den er nie verwinden konnte.

Obwohl es schwierig war, solche Geschehnisse zu vergleichen und zu werten, schien es Bajica, dass diese Abfolge, in der zuerst das Kind und dann der Vater stirbt, noch schrecklicher ist als der Schmerz, den er wegen seiner Brüder spürte. Ungeachtet der Tatsache, dass er so etwas nicht erfahren hatte, entsetzte ihn allein die Vorstellung, wie sich ein Elternteil fühlen musste, wenn das Kind vor ihm aus dem Leben geht. Damals dachte er zum ersten Mal an eigene Kinder, die er noch nicht hatte.

Sinan erhielt vom Sultan den Auftrag, eilends für dessen Sohn ein prunkvolles Grabmal zu errichten und »dem großen Schmerz entsprechend« Pläne für den späteren Bau der Şehzade-Moschee wie auch weiterer Bauten zu erstellen.

Sowohl Bajica als auch Josif begriffen, dass sie sich vor so viel Sterben irgendwie schützen mussten. Bajica kam damit gar nicht zurecht, weil er das persönliche Drama des Sultans wie sein eigenes erlebte, sehr intim, außerstande sich der Intensität zu entziehen, denn er war ständig in der Nähe des Sultans. Zu all dem kam hinzu, dass der Sultan nach dem Tod von Şehzade immer häufiger in Mehmed Aga einen Gesprächspartner suchte und ihm seine Überzeugung anvertraute, dass nach dem Fortgang des geliebten Sohnes kaum etwas noch wie früher Sinn machte. Immerhin offenbarte der Sultan diese intimen Gedanken nicht vor anderen; er blieb für jedermann ein stabiler, unerschütterlicher Herrscher.

Für Sinan war es doch etwas leichter. Er setzte die Tode in Aktionen um. Er überführte sie in eine andere materielle Gestalt. Mehmed konnte einzig nachdenken und das war nicht gerade die beste Medizin. Es galt eine andere zu finden. Gezwungenermaßen fand er auch eine, vielleicht nicht nur als vorübergehende Lösung, und schlug diese Sinan vor. Er war der Ansicht, dass sie gemeinsam darüber nachdenken sollten.

»Ich würde mich gern dem anschließen, was du machst. Du hinterlässt so klare und sichtbare Spuren. Ich beneide dich. Vielleicht werden auch meine Aktivitäten, so der Sultan sie jemals als meine ansieht, in der Zukunft dasselbe zeigen. Aber bis dahin bin ich nicht in der Lage, diese Attacken des Todes um uns herum auszuhalten...«

»Woran hast du gedacht?«

»Irgendwie in den Bau von Hamams involviert zu werden.«

Sinan sah ihn ein bisschen skeptisch an.

»Von Hamams?«

»Na, Hamams sind Orte mit so vielen Bedeutungen. In ihnen wird nicht nur der Körper gewaschen. Nicht nur seine Oberfläche. Auch aus dem Körper wird alles ausgewaschen, das nicht rein ist. Die Behaglichkeit, die uns das Bad bietet, geht weit über den gewöhnlichen Genuss hinaus. Und es ist etwas für jedermann. Du hast bereits Hamams für die großen Staatsmänner gebaut, aber es wäre gut, wenn wir (siehst du, ich spreche schon in der Mehrzahl) welche für alle Menschen bauen würden. Öffentliche Bäder! So viele wie möglich! Wenn Armenküchen gebaut werden, warum dann nicht auch Bäder? Und wir beide könnten uns so (mit dem Bauen und Baden) auch von einem schlechten Werk – so vorhanden – reinigen.«

»Die Idee ist ganz und gar nicht uninteressant. Niemand hat vom Hamam etwas anderes als Gutes. Und wie siehst du deine Mitwirkung beim Bauen?«

»Als Förderer natürlich, anders nicht. Könnte ich mauern, würde ich einen Stein in die Hand nehmen… Also, entweder könnte ein Bad nach mir benannt werden, weil ich dessen Bau finanziere oder ich werde andere Wohltäter finden, die reich genug sind und die dazu noch etwas so Reines und Schönes hinterlassen möchten. Natürlich bin ich noch nicht so reich, um selbst zahlen zu können, aber auch diese Zeit wird kommen. Und vielleicht wird auch die Zeit kommen, da wir beide Einfluss und auch die Genehmigung haben werden, um über die Anzahl, Standorte und Beschaffenheit der Bäder im Reich oder in einem seiner Gebiete bestimmen zu können. Und unsere Wünsche und Ideen werden dann vom Diwan des Imperiums finanziert. Du bist übrigens schon sehr nahe an eine solche Position herangerückt. Vielleicht werden wir beide einmal Einfluss auch auf den Großwesir und sogar auf den Sultan haben, und das Reich wird die Schatulle öffnen für sein rituelles und buchstäbliches Baden.«

»Wärst du ein römisch-katholischer Christ, würdest du Erlösung von der Sünde suchen. Bei meiner griechischen und deiner serbisch-orthodoxen Entsagung aber wird es genügen, dass wir uns lediglich reinigen.«

Kapitel XV

So wie Italien (genauer der nördliche Teil der Adria, der den Bogen von Genua bis Triest spannt) durch Briefwechsel und Begegnungen Ezra Pound, James Joyce und den serbischen Guru Dimitrije Mitrinović miteinander verband, brachte es auch mich mit zwei mir lieben und bedeutenden Schriftstellern in Verbindung. Die Geschichte des einen (über die beiden) half mir, meine Lage in ähnlichen Situationen der (Un-) Gleichheit von Persönlichkeiten zu begreifen.

Und »diese beiden« sind Juan Octavio Prens und Jorge Luis Borges.

Nach meiner Lesung im November 2006 in Triest, die von einem älteren Herrn eingeführt wurde, der sehr warmherzig war – Juan Octavio Prens, ein Argentinier mit einer Belgrader Biografie, und damals Präsident des Triester PEN (!) –, begriffen wir sofort, nachdem wir uns bekanntgemacht hatten, dass wir uns so schnell wie möglich allein treffen müssen. Und gleich am Tag darauf saßen wir in einem Fischrestaurant bei einem nach französischer Art ausgedehnten Mittagessen und genossen die gegenseitige Anwesenheit. Die verbindende Person, die wir beide kannten, brachte uns auch zu der erwähnten Geschichte. Das war Maria Kodama, die Ehefrau von Jorge Luis Borges. Prens verband mit beiden eine langjährige Freundschaft, und ich hatte das Vergnügen, auf dem

Theaterfestival BITEF gemeinsam mit Maria Kodama eine Vorstellung anzusehen und danach in ein Belgrader Künstlerrestaurant zum Abendessen zu gehen. Ich weckte ihre Aufmerksamkeit, denn ich gehörte zu den wenigen Menschen, die wussten, dass sie Schriftstellerin ist und noch dazu interessierte ich mich für ihre Erzählungen (und nicht nur für die ihres Mannes) und sie wusste zudem, dass ich einen Roman über das mittelalterliche Japan geschrieben hatte (ihr Vater war Japaner). Ihr exotisches Aussehen war auch Gegenstand des Gesprächs zwischen Juan und mir, natürlich nur aus edelsten Beweggründen. Aber Prens' Geschichte hatte im Unterschied zu ihrer momentanen Präsenz bei uns ihre Abwesenheit als Motiv.

Also, die Anekdote ereignete sich in Marokko. Dort fand ein Kongress stand, an dem Prens und Borges teilnahmen. In der freien Zeit, Maria Kodama war irgendwo unterwegs, gingen die beiden in Marrakesch spazieren, sie genossen die Unterhaltung und kehrten dann zur Konferenz zurück. Als sie den Saal betraten, applaudierten die anwesenden Experten aus aller Welt. In dem Moment wandte sich Borges an Prens: »Es sieht so aus, als hätten sie dich erkannt.«

Mein Gastgeber wollte nebenbei sagen, dass der König der Phantasie ein gelassener und geistreicher Mann war, entgegen der allgemein über ihn herrschenden Meinung, er sei steif und streng. Aber darüber hinaus versuchte er mir indirekt zu zeigen, wie es aussieht, neben einem bedeutenden Mann zu stehen und sich nicht mit Gedanken über den Rang der eigenen (Un-)Wichtigkeit oder mit sinnlosem Vergleichen zu erniedrigen. Die Botschaft war: In dieser Hierarchie hat jeder seinen Platz. So wie Prens sich in Gegenwart des großen Schriftstellers hätte bedroht fühlen können, so traf das auch auf die Ehefrau von Borges zu, auch als Autorin. Besonders nach seinem Tod hätte sie sich so fühlen können, als nicht einmal das Echo seines Namens sie noch schützte. Nun fühlte sie sich möglicherweise auch auf dem Belgrader Theaterfestival so, als sie mit mir zusammen war (allerdings nicht wegen mir)? Oder ich mich angesichts so vieler Berühmtheiten, die ich in meinem Leben kannte? Oder jemand in meiner oder in Prens' Gegenwart, der uns für bekannt, berühmt oder groß hielt? Die Rollen waren leicht austauschbar!

Oder das zweite Beispiel von Prens, das sich in unser Gespräch einschlich, als ich ihm erklärte, was mich in Verbindung mit dem Identitätswechsel in dem Buch, an dem ich gerade arbeite, interessiert. Er sagte mir, dass er gerade einen autobiografischen Roman (keine Autobiografie!) schreibe, und erörterte seine Sichtweise des Unterschiedes zwischen diesen beiden Genres an seinem eigenen Beispiel: In seinem Taufschein steht neben dem Geburtsjahr an der Stelle, wo der Geburtsmonat stehen müsste – »geboren im 25. Monat«! Hier sind die Worte von Prens (in serbischer Sprache gesprochen):

»Wenn solch eine wahrheitsgemäße Angabe am Anfang einer Autobiografie steht, ist das ausgezeichnet. Wenn man sie aber in einen Roman mit autobiografischen Zügen aufnimmt, dann ist es billige und naive Effekthascherei.«

Ich fügte hinzu: »Und niemand würde ihnen glauben, dass sie eine reale Tatsache verwendet haben, einen richtigen Fehler, den sie sich nicht ausgedacht haben, wie das ein Autor üblicherweise tun würde!«

Wie ist das alles seltsam! Eine Angabe aus dem realen Leben, ein absurder Fehler (eines Bürokraten) macht Sinn in einem realistischen Text über sich selbst, aber in einem Buch über sich selbst, das Fiktion ist, schafft sie es nicht, »aufgenommen« zu werden, weil sie (literarisch und phantasmagorisch) nicht gewitzt genug ist.

Es tat mir leid, dass ich mich von diesem angenehmen, charmanten und fröhlichen Menschen verabschieden musste. Von ihm hätte man noch das eine oder andere lernen können.

Aber da war noch James Joyce.

Ich saß im Café »Joyce« in Triest mit Ausblick auf den Ponterosso-Platz, der für die Jugoslawen in der Zeit des Sozialismus berühmt und besonders wichtig war, als Titos westlich-kommunistisches Land im Unterschied zu allen anderen Staaten des Ostblocks (für die es an und für sich das Fenster zur Welt war) seinen eigenen Zug in die Welt hatte, der in Belgrad losfuhr und auf seiner Fahrt durch Zagreb und Ljubljana nebenher das Konzept der Brüderlichkeit und Einheit verwirklichte und am Ende zur Belohnung den »verfaulten Westen« erreichte – Triest. Ponterosso stellte die sozialistische Realität dar: Das war ein richtiger Flohmarkt, geschaffen für die Jugoslawen, es war ein Markt unter freiem Himmel mit billiger und qualitativ schlechter Ware, von Kleidung bis zu verschiedenstem sinnlosen Zeug. Der durchschnittliche Besucher aus dem Osten konnte sich auch überhaupt nichts anderes leisten, er konnte nicht mal in einem normalen Geschäft einkaufen (außer in dem berühmten »Giovanni«). Für ihn blieb die Straße reserviert, aber immerhin im Westen. Diese Straße war der Inbegriff des Handels und vielleicht auch ein undeutliches Bild einer möglichen anderen Form von Freiheit. Sie bot die Möglichkeit für das Aufkommen eines kleinen Schwarzmarktes, der in der frühen und in der mittleren Phase des Sozialismus das nicht vorhandende private Unternehmertum ersetzte. Wahrscheinlich war dieser Ort auch der Beginn der künftigen Börse in Serbien und darüber hinaus. Der Platz neben der roten Brücke bot in verschiedenen historischen Augenblicken Regenmäntel an, hergestellt aus fast nicht existierenden Materialien (angezündet würden sie sich unglaublich schnell auflösen), die berühmten Raschelmäntel, Feinstrumpfhosen, Kaugummis und den wichtigsten Artikel eines befreiten Geistes – Jeans! Obwohl der Name des Platzes und der Brücke noch etwas Zusätzliches suggerieren konnte, einschließlich Ware, die im »Paket« hätten angeboten werden können, kann ich mich nicht daran erinnern, die Freundinnen der Nacht jemals an diesem Ort gesehen zu haben.

Die mit der Ankunft auf diesem Platz verbundene Aufregung verdeckte und versteckte das nächstgelegene Haus, in dem einst in der dritten Etage (mit Blick auf Ponterosso) Joyce gelebt hatte, und sogar die gut sichtbare orthodoxe Kirche der serbischen Diaspora, die eine starke Gemeinschaft und lange Händlertradition in Triest besaß. Die Käufer wussten nicht einmal, dass der berühmte amerikanische Artikel, den sie dort kauften, vor zweihundert Jahren entworfen wurde – dass die Jeans zuerst in Italien hergestellt (in dem nahe gelegenem Genua) und danach in die USA geliefert wurde, um sich vom Material her in Arbeiterhosen zu verwandeln und später in eine Legende.

Der kleine Mann traute sich auch gar nicht, seinen Blick nach oben zu richten und möglicherweise die Architektur zu bewundern oder die Stadt zu erkunden. Auch wenn ihn diese Erkundung nichts gekostet hätte. Nein, morgens war Ankunft, es wurde eingekauft, man fiel vor Müdigkeit fast um, aß auf der Straße ein aus der Heimat mitgebrachtes Sandwich (ein unerwarteter Luxus war es, zudem noch die populäre italienische Pizza zu essen) und abends musste man den Zug zurück erwischen. Eine Übernachtungsgelegenheit war die Bank im Abteil. Und davor der nächtliche Alptraum – ob die Zöllner diese Jeanshosen, T-Shirts ... oder die Schuhe der wohlhabenderen Käufer »entdecken« würden. Das Bezahlen von Zoll oder, Gott bewahre, das Beschlagnahmen der »Ware« war eine echte Tragödie. Aber am Ende kam der Reisende *aus dem Westen* zurück in die Heimat, also als – Sieger.

Ich war eine Art Sonderfall. Meine Reisen nach Triest waren irgendwie schizophren: Ich fuhr viele Male dorthin, meistens auf die bereits beschriebene Art und Weise. Vor allem in der früheren Phase des Sozialismus. Aber diese Besuche wechselten sich ab wie die Schichten von Füllung und Teig in einer Torte mit etwas völlig Gegensätzlichen, als ich – kaum volljährig – in den Luxus-Sportwagen meiner Mutter stieg (die nicht mit mir lebte und auch meinen gewöhnlichen Standard nicht teilte) und den Wagen zur Inspektion in eben diese Stadt brachte. Das war der eigentliche Anlass für meine Reise, aber unterwegs machte ich einen Abstecher in verschiedene Gegenden Sloweniens und Kroatiens (von Ljubljana bis Smarješke Toplice, von Novo Mjesto bis Koper, Opatija, Portorož und Umag) und sah ein anderes sozialistischen Leben, von dem nur wenige wussten, das es möglich ist. In Triest dann, während ich darauf wartete, dass das Auto flott gemacht wird, schaute ich irritiert den Automechanikern bei der Arbeit zu, die *weiße* Kittel trugen. Ich checkte in Luxushotels ein und betrachtete dieselbe Stadt und dieselben eigenen und fremden Menschen mit anderen Augen.

Es gab noch einen Trost für einfache Rückkehrer: Es hieß, dass »Triest von den Jugoslawen lebt« und dass es »untergehen würde, wenn es uns nicht gäbe«. Aber leider konnte man erst später, »als es uns nicht mehr gab«, das andere/wahre Gesicht der Stadt ausmachen. Immerhin ist auch diese Wahrheit zwiespältig: Mein jetziger Blick aus dem Fenster des Cafés trifft auf einen Parkplatz, der die Hälfte des mir/uns so wichtigen Platzes einnimmt, aber der Rest ist interessanter. Den zweiten Teil des Platzes (demnach halb so groß wie der Raum, den früher ihre Konkurrenten eingenommen hatten) haben die Migranten aus afrikanischen Ländern übernommen. Auf diesen Auslagen, ebenfalls unter freiem Himmel, verkaufen sie Handarbeit aus ihren Heimatländern, aber auch Klamotten wie früher die Italiener an uns. Dazwischen verirrt sich manch ein einheimischer fliegender Obsthändler. Der Unterschied besteht darin, dass diese Nachfolger von Ponterosso es nicht eilig haben, in ihr ursprüngliches Heim zu kommen. Sie bleiben hier; es warten keine Nachtzüge auf sie.

Das Einzige, was ich nicht verstanden habe, war, wem sie die Ware verkauften (wenn sie sie nicht den nicht mehr existierenden Jugoslawen verkaufen konnten): »den eigenen Leuten« oder »fremden Leuten«? Und wer war hier überhaupt fremd und wer nicht?

15. Kapitel

Bajica konnte nicht ahnen, dass er mit der Darlegung seiner Idee vom Hamam vor Sinan eigentlich Wasser herbeisehnte.

Nach der Drina bei Višegrad, der Save und Donau um Belgrad, nach den Flüssen Drau, Pruth und Marica und nach dem Van-See kamen nun die Meere an die Reihe. Und all das hatte etwas für sich. Flüsse waren schwer beherrschbar, wie Katzen, jede mit ihrem eigenen Willen und bemüht, geliebt zu werden. Seen waren unbeweglich und wirkten leblos. Meere waren im Vergleich zu Flüssen scheinbar sanfter, häufig auf Grund ihrer Breite unüberschaubar und dazu noch ohne echten Grund bedrohlich. Aber sie konnten auch treu sein wie ein Hund, neigten weniger zur Selbstsucht und waren so auch berechenbarer. Doch unterschiedlich salzig. Von Flüssen konnte man das nicht behaupten: Ihr Wasser blieb immer gleich süß.

Als er darüber nachdachte, wie das Wasser fast unmerklich in seine Haut eindrang, erinnerte er sich zum Beispiel daran, dass er in jedem Gewässer, das er durchschritten, durchritten, durchfahren hatte, auch geschwommen war. Natürlich nur, wenn die Umstände das erlaubten. Er erinnerte sich daran, wie ihm immer alle mit großer Bewunderung zusahen, sowohl als jungem Burschen als auch später auf den Feldzügen, war er doch einer der wenigen, die schwimmen konnten! Weniger in der Kindheit, sondern eher in den Kämpfen sah er viele, die genau in dem Wasser ertranken, das ihn rettete. Die Begegnung und Berührung mit der größeren Weite des Wassers rief bei den meisten Menschen Angst hervor. So bemerkte er, dass seine Gelassenheit und die nicht vorhandene Furcht vor Wasser bei all diesen Leuten Angst vor ihm heraufbeschwor.

Vielleicht war diese Geschichte über seine »Tapferkeit gegenüber Wasser« auch zum Sultan gelangt, als der ihn eines Tages einlud, vor dem Sultansrat aufzutreten. Nachdem er diese Einladung angenommen hatte, stieg in Bajica zum ersten Mal nach langer Zeit Furcht auf. Vielleicht war jetzt die Reihe an ihm, sich zu fürchten. Hand aufs Herz, wie sollte er sich auch nicht fürchten: Zum ersten Mal wurde er offiziell vor den Rat der höchsten Autoritäten des Reiches geladen! Eine natürliche Reaktion in dieser Situation, der erste und unaufhaltbare Gedanke war – ich bin geladen, weil ich etwas Schlechtes getan habe, damit man mich bestrafen kann.

Und als er vor den Padischah und den Diwan trat, loderte angesichts des ersten an ihn gerichteten Satzes des Sultans die Angst noch mehr auf:

»Mehmed Aga, es ist Zeit, dass du den Hof verlässt!«

Bajica erstarrte. Es hatte keinerlei Anzeichen über einen begangenen Fehler gegeben und so war das ein echter Schock für ihn. In schwindelerregendem Tempo schoss ihm jede noch so kleine Aktion durch den Kopf, von der er annahm, dass diese die Ursache für den Zorn des Herrschers sein könnte. Er hatte aber alle Befehle ohne Widerrede ausgeführt; wenn er konnte, hatte er dank seiner Phantasie neue Elemente hinzugefügt, wofür er jedes Mal gelobt worden war... Er nutzte alle ihm bekannten Methoden, um einen möglichen Fehler herauszufinden, aber vergeblich. Er konnte sich nur dem Schicksal überlassen, das heißt, den neuen Auftrag des Sultans befolgen.

»Der getreue Chaireddin Barbarossa ist verstorben. Sein Platz muss sofort, ohne Verzögerung, besetzt werden. Daher löse ich mich von deiner langjährigen Nähe und ernenne dich zum neuen Admiral des Osmanischen Reiches. Ich will, dass du die Meere meisterst wie du in meinem persönlichen Dienst auch dich selbst gemeistert hast.«

Aha! Er atmete erleichtert auf. Er war schon ganz betäubt. Das also bedeutete »Verlassen des Hofes«! Seine erste Stellung *außerhalb der Mauern des Serails* anzutreten. Eigentlich belohnt zu werden!

Der ersten Erleichterung und verschwundenen Angst folgte eine weitere: Er hatte sich selbst ganz und gar nicht als Person gesehen, die fähig und trainiert war, die ganze Flotte des Reiches zu führen! Erst recht nach dem legendären Piraten, dem Griechen Barbarossa, der in seinen vielen Jahren treuen Dienstes aus der unberechenbaren Piratenflotte eine würdige und starke osmanische Flotte gemacht hatte. Die größten Mächte des Mittelmeeres begannen sich ernsthaft vor Chaireddin und seinen »Piraten« zu fürchten, die sie als enorme Gefahr betrachteten.

Der Sultan las Bajicas Gedanken. Er sagte ihm:

»Unsere Vorherrschaft auf dem Mittelmeer reicht nicht aus. Ich will, dass wir in den Augen aller in Rumelien die Vorherrschaft haben!«

In jenem Jahr 1546 war es für Sokolović kein Problem, mit der neuen und anspruchsvollen Position eines Admirals und sogar mit dem Erbe von Chaireddin Barbarossa zurechtzukommen. Hinter alledem stand jedoch die ehrliche Furcht vor sich selbst und vor der eigenen Unsicherheit, als Krieger mehr als jener so selbstbewusste, tapfere und geschickte Kämpfer leisten zu können, der sein Vorgänger war. Es erschreckte ihn also nicht die Legende, die ja in der Regel zu allen bekannten, verstorbenen großen Männern gehörte, sondern die reale Angst, sich in der Kriegführung nicht wirklich mit ihnen messen zu können. Wiederum war es ihm gegeben, darüber nachzudenken, wie er *auf anderem Wege* die geforderten Resultate erreichen konnte.

Und es gab einen Weg. Barbarossa hatte eine starke Seemacht geschaffen, allerdings ohne genügende Effizienz, da sie nicht gut genug organisiert war. Gerade hier lag Bajicas Chance. Bereits den ersten Plänen zur Reorganisation fügte er sichtbare Vorbedingungen an: Mit Hilfe des Sultans erhöhte er die Steuern und begann in Pera, gegenüber der Hauptstadt des Reiches und des Serails, eine große Schiffswerft zu errichten. Dort bauten mehrere hundert Schiffsbauer und Inspektoren in einhundertdreizehn Docks zeitgleich dieselbe Anzahl von Schiffen. So entstand eine neue Flotte größeren Ausmaßes, weitaus manövrierfähiger und mit moderner Ausstattung. Sobald eine Galeere zu Wasser gelassen war, begann der Bau einer weiteren. Nach mehreren Monaten verfügte die Flottille über mehrere hundert neuer Schiffe. Parallel dazu wurden Militäreinheiten zu Besatzungen auf den Galeeren herangebildet. Das Kommandosystem wurde völlig verändert; die wichtigste Veränderung bestand darin, dass alle Reisi[49] nun einen Oberkommandierenden hatten – Mehmed Sokolović. Selbst die Kapitäne, die berühmt für ihre Unersättlichkeit und ihren Hang zur Räuberei waren, wurden auf Linie gebracht; sie begriffen auch selbst, dass sie unter einem gemeinsamen Kommando im Unterschied zu Einzelgängertum mit ungenügender Abstimmung weitaus stärker sein würden. Diese Veränderung engte nicht einmal die Chance ein, künftig Beute zu machen, wie sie befürchtet hatten. Im Gegenteil.

Mehmed musste sich nicht um die Siege auf hoher See kümmern. Unter den Kommandeuren und Kapitänen waren echte Seewölfe. Für Schlachten reichten sie völlig aus. Die Arbeit, die er zu erledigen hatte, war weitaus wichtiger: Sie *ermöglichte* ihnen Siege. Ohne seine Hartnäckigkeit, sein methodisches Vorgehen, seine kaltblütige Entschlossenheit und seine klaren Vorstellungen von dem, was jeweils zu tun ist, wäre keiner der langfristigen Erfolge möglich gewesen.

Der Tod hatte ihn in ein neues Leben versetzt. Viele Tode hatten ihn bis dahin erschaudern lassen, und hier gab es erstmalig, wenn auch nicht zum letzten Mal, einen, der ihm derart von Nutzen war, dass er für seinen Profit rein gar nichts investieren musste. Das machte der Tod für ihn.

Der erwischte ihn inmitten seines abermaligen Nachdenkens über noch einen anderen Tod, der ihn völlig deprimiert hatte, denn er verwies darauf, dass es absolut niemanden gab, der unantastbar war: Das war, als des Sultans Kamerad aus Kindheitstagen, der Großwesir Ibrahim Pascha, ausgerechnet im Auftrag des Freundes erdrosselt wurde, im Nebenzimmer seines Freundes, des Auftraggebers, der obendrein sein Herrscher war. Dieser hatte sich diese Nähe des Todesortes ganz absichtlich ausgedacht; alle sollten wissen, dass er diesen Mord in Auftrag gegeben hatte und dass er vor niemandem zurückschreckte.

Nur er allein hatte das Recht über Leben und Tod zu entscheiden.

Es stellte sich heraus, besonders nach der Ermordung dieser ihm so nahestehenden Person, dass des Sultans bester Freund der Tod ist.

Kapitel XVI

Das Café »Joyce« hat von der Tatsache profitiert, dass der geniale Autor in der dritten Etage des Gebäudes sein schweres Untermieterdasein im März 1905 begonnen hatte und in dieser Wohnung nur zwei Monate blieb (er wurde hinausgeworfen wegen Noras sichtbarer Schwangerschaft, die nicht durch eine formale Ehe gesegnet war). Aber die Symbolik, die dem Umstand entspringt, dass dies seine *erste* Adresse in Triest war von insgesamt neun Adressen aus zwei Phasen seines Lebens in dieser Stadt (1905-1915 und 1919-1920), entschuldigt diese rational durchdachte Geschäftstüchtigkeit. Darüber hinaus muss man die angebotene Möglichkeit bezahlen, heute vom gleichen Platz aus den gleichen Ausblick zu genießen wie seinerzeit Joyce (allerdings etwas weniger aus der Schräge, denn man ist im Erdgeschoss). Vielleicht hat ihn gerade dieser Blick (auf den Canal Grande und die kleine Piazza Ponterosso) im Hinblick auf das Ende von *Dubliner* oder *Ein Porträt des Künstlers als junger Mann* oder *Giacomo Joyce* oder das Drama *Verbannte* oder für den Beginn von *Ulysses* inspiriert. Das alles wurde an verschiedenen Adressen in Triest begonnen oder abgeschlossen, von dem Augenblick an, als er aus Pula gekommen war, um an der bekannten Berlitz-Schule für Fremdsprachen zu unterrichten, wenige Straßen von der Wohnung an der Piazza Ponterosso entfernt. Aus seiner Beziehung mit Nora wurden hier 1905 der Sohn Giorgio und 1907 die Tochter Lucia geboren.

Für mich ist die heutige Beziehung der Triester zu Joyce besonders wichtig und interessant sowie seine damalige Beziehung zu der Stadt, in der er auf verschiedene Weise, nicht gerade einfach, gelebt hat. Zwar hatte ihn der Druck des Arbeitsmarktes nach Triest verschlagen, aber man kann nicht sagen, dass er genötigt war, hierher zu kommen: Er bewarb sich freiwillig um diese Stelle. Nicht einmal der permanente Geldmangel hatte ihn getrieben. Allerdings war sein Bruder seine ständige Garantie und das ewige Opfer seiner Schulden. Und wiederum ist es verwunderlich, dass er, während er beharrlich in Triest blieb, gleichermaßen beharrlich von Dublin und seinem Irland besessen war, aus dem er auch freiwillig fortgegangen war. Ich will sagen, dass es möglich ist, den Lebensabschnitt in Triest aus zweierlei Perspektive zu betrachten. Die erste Vermutung ist, dass er bestimmt nicht in der Lage gewesen wäre, dort so viele hervorragende Seiten zu schreiben, wenn ihm diese Stadt eventuell nicht gut getan hätte. Und da ist noch eine zweite sichtbare Tatsache, dass er, während er in der einen Stadt lebte, ständig über die andere schrieb. Etwas beleidigend für Triest. Und andererseits hat er – das sollte man sich in Erinnerung rufen – seinen Kindern ein für alle Mal italienische Namen gegeben! War das Dankbarkeit gegenüber dem »Aufnahmeort«? In einem Brief an Nora aus der Zeit, in der sie nicht gemeinsam dort lebten, bezeichnet er Triest tatsächlich als Stadt, die sie als Beschützerin aufgenommen hat. Und nicht nur das. In mehreren Briefen bringt er offen seine Emotionen gegenüber der Stadt zum Ausdruck, sogar in italienischer

Sprache. Es ist wahrscheinlich, dass die Summe dieser zwei Feststellungen der Wahrheit über Joyce am nächsten kommt. Die Triester haben ihm posthum diese Liebe dutzendmal auf wunderbare Weise zurückgegeben. Sie haben alles Negative außen vor gelassen und ihn als einen der Ihren angenommen. Sie haben eine Büste im Park aufgestellt, eine öffentliche Treppe nach ihm benannt, auf der Brücke Ponterosso eine Bronzestatue in Originalgröße errichtet, die sich mit der Hand in der Tasche, einem Hut auf dem Kopf und einem Buch unter dem anderen Arm langsam in Richtung seines ersten hiesigen Heims zu bewegen scheint. Für Touristen haben sie einen Plan mit vierzig wichtigen Punkten gemacht, die *das Triest von Joyce* repräsentieren, haben Tafeln mit seinem Namen an jedem Gebäude angebracht, das irgendwie irgendetwas mit ihn zu tun hatte, haben Bücher und Reiseführer über ihn herausgegeben ... Das alles geschah im Rahmen des besonderen Projekts »Laboratorio Joyce«, das an der hiesigen Universität initiiert wurde. Diese Beziehung des Schriftstellers zur Stadt und der Stadt zu ihm ähnelt dem Gentlemen's Agreement von gegenseitiger Wertschätzung, Anerkennung und Respekt. Damit ist diese Identität unstrittig geworden. Selbst wenn an ihrer Stärkung nachträglich auch einige Segmente des Kulturtourismus beteiligt gewesen sind.

Von daher ist es normal, dass in Triest auch in diesem Augenblick Dichter leben und aktiv öffentlich arbeiten, die, wie mir gesagt wurde, sechzehn verschiedenen Nationalitäten angehören. Allein deswegen ist es nicht verwunderlich, dass ihr PEN-Zentrum von einem Argentinier geleitet wird (dessen zwei Töchter ungeachtet aller möglichen Orte der Welt in Belgrad geboren wurden!).

So wie Triest und Joyce einmal Magneten mit gegensätzlichen Polen waren, so sind sie heute der gemeinsame Pol des Magneten Internationalismus und ein Ort des literarischen Pilgertums, der neue Joyce-Verehrer und wahre Nachfolger anzieht.

16. Kapitel

Mehmeds neuer Posten rief lediglich oberflächliche Verwunderung hervor, und das zu Recht. Das Volk – die allgemeine Öffentlichkeit – hatte ihn schon lange genug im persönlichen Gefolge des Sultans gesehen. Für sie war eine solche Wahl verständlich: Wenn ihn der Herrscher so nah bei sich behielt, warum sollte er ihn dann nicht auf einen wichtigen Platz setzen, der – siehe da – weiter entfernt von ihm war. In ihren Augen hätte eine Entscheidung, durch die er noch mehr in die Nähe des Sultans gerückt wäre, Verwunderung hervorgerufen! So aber war alles in Ordnung. In Wirklichkeit hatten sie Distanz durch Position ersetzt.

Jene, die dem Serail näher waren und die Ereignisse auch ein wenig besser von innen kannten, spürten keinerlei Grund, sich einer solchen Entscheidung zu widersetzen: Mehmed hatte in Herrschernähe bis dahin keinen einzigen wirklich falschen Schritt getan. Aber sie sahen ebenso keinen besonderen Grund dafür, Sokolović für einen derart hohen Posten zu empfehlen. Betrachtete man das ganze Für und Wider, würde sich herausstellen, dass sie bezüglich der neuen Position von Bajica gleichgültig waren.

Die dritte Gruppe, die das Recht besaß, eine solche Entscheidung zu kommentieren, war dazu am ehesten berufen. Das waren die Kommandanten, Kapitäne und Seeleute aller Couleur. Dazu auch alle im Krieg gestählten Kommandeure. Letztere äußerten keine Einwände gegen Mehmeds Verhalten in den Feldzügen; viele hatten sich von seinem Mut, aber auch seiner Besonnenheit überzeugt, die ihm bei allem sichtlich half, auch dabei, sich nicht vorschnell in den Tod zu stürzen. Die Marineoffiziere besaßen allerdings Grund zur Eifersucht, vor allem waren sie misstrauisch gegenüber Sokollus künftigen Fähigkeiten, denn tatsächlich hatte er keine Erfahrungen in *Kriegsführung auf See*. Aber er war derjenige, welcher ihnen als erster Angst und Misstrauen nahm: Er teilte ihnen mit, sich nicht in das einmischen zu wollen, was er nicht verstand, sondern ihnen zu ermöglichen, das, was sie am besten konnten, auch so schnell wie möglich zu erreichen. Schlachten und Siege waren also für sie reserviert. Der Ruhm würde schließlich ihnen allen und natürlich auch ihm persönlich gehören. Und allen voran dem großen Sultan. Und Allah, dem Allmächtigen.

Nachdem er die versprochene Reorganisation der Kriegsflotte abgeschlossen und eine große Flottille gebaut hatte, rief er alle Kommandeure zu sich. Er unterrichtete sie vom Abschluss der großen Arbeiten und sagte ihnen:

»Jetzt ist es an euch, Siege einzufahren. Mithilfe Allahs, dem Allmächtigen, und im Auftrag des großen Sultans Süleyman Kanuni befehle ich euch, wohin ihr auslaufen und was ihr zum Ruhm unseres Reiches erobern sollt. Ich mache schon jetzt Pläne für den Tag, an dem wir auch das weit entfernte Indien erobern. Bis dahin werden wir über das Mittelmeer, das Rote und das Schwarze Meer herrschen. Und über all die kleineren Meere, auf die wir stoßen. Euer Ruhm kann euch von niemandem mehr genommen werden. Es ist an euch, ihn euch zu sichern, bevor andere es tun.«

Mit diesen Worten überzeugte er nicht nur zweifelnde Offiziere, sondern er nahm sie dermaßen für sich ein, dass sie sich auf ihn einschworen. Nunmehr konnte er sagen, dass er die Flotte kommandierte.

Sultan Süleyman beobachtete ihn mitunter aus den Augenwinkeln, meist aber offen. Er war zufrieden damit, dass seine Einschätzung im Hinblick auf Sokollu sich als richtig erwiesen hatte. Er zeigte sich als hervorragender Organisator, überzeugender Redner, auch als guter Stratege (als das, was ihm im Voraus abgesprochen worden war). Und übrigens war das, was er mit der Flotte machte, nicht auch eine besondere Form von Schlacht? Und bewies er nicht auch hier, dass er mehr als gut ist.

Ihm war warm ums Herz. Er hatte einen exzellenten Diener und perfekten Sklaven geformt.

Für das Imperium.

Und für sich.

Kapitel XVII

Und was machen wir erst mit den nicht existierenden Jugoslawen? Zum Thema dieser Identität und vor allem der Suche danach würden wahrscheinlich nicht einmal hunderte von Büchern eine klare Antwort geben können. Wie auch die bisher vorliegenden das nicht vermochten. Und erst recht nicht ich in einigen Sätzen.

Erst einmal, so lange die Geschichte sich in Zukunft nicht selbst dementiert, wie das der »Jugoslawe« immer macht, wird er nur noch ein geografischer Begriff bleiben, ein so genanntes Toponym, ein ethnografisches Stichwort, eingebettet zwischen tausenden anderen wie etwa »Südslawen« oder es wird eine Gruppierung von Völkern oder Stämmen wie die Slawen bezeichnen. Und nichts weiter. So wird es sein bis den Balkan irgendeine neue Utopie erreicht, bis irgendein bedeutendes Attentat begangen wird oder die intellektuellen Eliten irgendeinen hybriden Post-Mega-Plus-Injection-Romantizismus hervorbringen.

Oder wenn die neuen alten Jugoslawen möglicherweise anerkannt werden, nur auf dem Papier, als siebenundzwanzigste nationale Minderheit im Staat Serbien! Und solche Forderungen existieren bereits in der Öffentlichkeit und im Parlament der Wojwodina, der serbischen Provinz mit der größten Zahl an nationalen Zugehörigkeiten. Allerdings unterstützt die Rechtsauslegung eine solche Idee nicht: Das Gesetz besagt, dass eine nationale Minderheit nur jene sein kann, die über eine eigene Sprache verfügt, und nicht über einen Dialekt einer bereits existierenden Sprache. Aber offiziell existiert nicht einmal mehr die Sprache der Jugoslawen – das Serbokroatische, wie auch das Volk und der Staat nicht mehr vorhanden sind.

Die Jugoslawen befinden sich bis auf weiteres im Zustand des Winterschlafs.

Die Jugoslawen sind ein virtuelles Phänomen.

Die Jugoslawen sind Erinnerung. Nicht nur Vergangenheit. Es gibt sie noch unter den Lebenden. Genauer gesagt – vor sich hindämmernd. So etwas wie Vampire (genauso wie Politiker eine beliebte Floskel für ihre Feinde gebrauchen – »zum Vampir geworden« – und noch häufiger für abstrakte negative Phänomene – »revitalisierte Blutsauger«) …

Was, wenn es sie nach Blut verlangt …

Hat denn nicht schon das fortschrittliche Europa des 19. Jahrhunderts dem existierenden Balkanraum den Namen eines nichtexistenten Raums gegeben – Ruritanien – um ihn noch das eine oder andere Mal in den Kessel der Kannibalen zu werfen? Oder ist auch diese seine Rolle nur eine episodische und unverdient überhöhte? Vielleicht war er nicht einmal im Fall jenes politischen Festmahls die Hauptspeise, sondern nur seine Würze. Hat dieses Europa in seinem Desinteresse nicht ein bisschen von allem in das Heimatland des Grafen Dracula gemengt (begonnen bei Vampiren und Werwölfen)? Im Dschungel der Topoi (die Donau, die Karpaten, Rumänien, Rumelien, Serbien, Transsilvanien, Šumadija, Bulgarien …) hat auch ein Ruritanien leicht seinen Platz gefunden. Allerdings ist hier beinahe nur von einem Einzelfall die Rede, in dem die angelsächsische Fiktion Einfluss auf die Faktographie nahm und die imaginären, falschen, lügenhaften, literarischen Wahrheiten in die Geschichte einbrachte. Sie schaffte etwas, was als unmöglich galt und wonach sich die Schriftsteller und die Literatur so sehr sehnten und erwarb so das Recht auf Triumph. Aber, warum am Beispiel des Balkans?

Vielleicht ist die Geschichte wie ein lebender Organismus oder eine Gestalt aus einem Kunstwerk und hat aus eigener Initiative dieses sich wiederholende Vergrößern und Verkleinern des balkanischen Humus und der Steine geplant. Die Existenz eines solchen Planes scheint eine Gewissheit zu sein; er zirkuliert noch immer. Ungewiss ist die Antwort auf die Frage *warum*? Aus dialektischen Gründen? Aus Eigennutz? Weil es so sein muss? Aus Überzeugung? Wegen höherer Mächte? Aus Vergnügen?

Und die Jugoslawen erhielten die Mission, den Balkan ein wenig zu vergrößern und dann zu verkleinern. Die erste Mission ging langsam vonstatten und wurde nach Kriegen verwirklicht, die zweite schnell und mit Hilfe von Kriegen (derart schnell, dass das vielleicht vor den Kriegen geschah). Und deshalb war mir immer unklar, wie man Werkzeuge für die Herstellung von Werkzeugen herstellt. Oder Maschinen zur Verschrottung anderer Maschinen. Musste man auch eine Legierung herstellen, eine Mischung verschiedener Materialien also, die stärker als ein einziges wäre? Die vereinten Kräfte der Natur gegen eine einzige?

Eine Alchemie, die kreativ ist, um der Vernichtung zu dienen.

Wie die Menschen.

17. Kapitel

Das von Mehmed übernommene Kommando der osmanischen Flotte war der erste Zeitabschnitt, in welchem er, neben seinem verständlichen Gehorsam gegenüber dem unbesiegbaren Sultan, mit seiner Meinung und seiner Stimme an wichtigen Beschlüssen beteiligt war. Da er sich durch seine hohe Position physisch von seinem Herrn entfernt hatte, tat er einen geschickten Schachzug, um diese Umstellung zu mildern: Er beschloss direkt von Istanbul aus zu kommandieren und nicht auf Feldzüge und in Schlachten zu gehen, in denen er auch persönlich an der Spitze der Flottille wäre. So ermöglichte er den im Kampf gestählten Heerführern im Falle eines Sieges auch weiterhin den triumphalen Einzug in den Hafen; sie führten ihre Galeeren mit gesteigertem Selbstwertgefühl. Damit hielt er sich die noch wichtigere, wertvolle Möglichkeit offen, den Sultan zu sehen und sich mit ihm zu beraten, mitunter auch in einem Gespräch, das immer und ausschließlich Befehls- und Untertanencharakter hatte. Diese fünfjährige Phase war für beide wichtig, denn sie konnten sich jeweils im anderen widerspiegeln: Es war ein glücklicher Umstand, dass sie sich in der Bewertung von Ereignissen wie auch mit ähnlichen Vorschlägen für Befehle, die sie austauschten, gut ergänzten. Kanuni provozierte den Admiral, indem er zunächst dessen Entschluss abwartete, um erst danach seine Meinung oder seinen Befehl kundzutun. Diese Art Verschlagenheit rief bei Bajica erstaunlicherweise weder offen noch im Geheimen Wut, Zorn, Bangen oder ähnliches hervor. Süleyman wiederum tat Mehmeds Ausgeglichenheit gut, die er nicht mit Arroganz verwechselte und auch nicht als ungenügende Achtung oder Ungehorsam auslegte. Ganz im Gegenteil, all das führte dazu, dass ihr Verhältnis noch enger wurde.

Eigentlich waren beide von dieser Nähe überrascht. Bajica hatte weder gewagt, von einer solchen Annäherung an den Herrscher zu träumen, noch dies gekonnt, egal, wie viel Zeit er in dessen Nähe verbracht und wie viel Vertrauen ihm dieser schon entgegengebracht hatte. Der Sultan wiederum hatte nicht gewusst, dass er mit jemandem, der kein Kamerad aus der Kindheit ist, sondern eher vor allem ein Sklave, eine solche Form von Beziehung aufbauen kann, die nicht Freundschaft ist (denn das durfte und konnte nicht sein), sondern ein seltsames Vertrauen und mitunter – eine gegenseitige konspirative Ergänzung im Denken. Man konnte nicht sagen, dass ihr Verhältnis einem Spiel ähnelte, aber zumindest ähnelte es einer Art Training.

Als Auszeichnung für seine Verdienste beförderte der Sultan Mehmed vom Aga zum Pascha. So stärkte Bajica seine Position auch außerhalb der militärischen Hierarchie, in Ergänzung der staatlichen. Und diese neue Position machte es ihm möglich, seinen finanziellen Besitz und alle anderen materiellen Güter zu vergrößern. Daher konnte er mit der Zeit auch seine jüngeren Cousins aus der weiteren Familie Sokolović nach Istanbul holen. In den Schulen und in verschiedenen Diensten des Reiches gingen bereits Alija, Mustafa, Ferhad Derviš und sein Namensvetter Mehmed zuverlässig ihren Weg. Das stärkte Bajicas Selbstvertrauen, mit ihrer Präsenz kehrte auch das Gefühl der Nähe zu seiner ursprünglichen Heimat zurück und wurde stärker. Dieses hergestellte Gleichgewicht erschien ihm gerechter und sagte ihm auch mehr zu.

Ganz zu schweigen von der deutlich verstärkten, ja innigen Präsenz der Muttersprache.

Letzteres machte ihn ebenso stark wie traurig. Aus mehreren Gründen. Zum einen war da die Erinnerung daran, dass einzig seine Mutter nicht nach Istanbul umziehen und einen anderen Glauben annehmen wollte, wobei sie hartnäckig davon sprach, dass jemand von den Sokolovićs in der Heimat bleiben müsse, und das werde sie und einer der übrig gebliebenen Jungen sein. Sie verwand auch die Wandlung ihres Mannes Dimitrije in Džemaludin Beg, ihren Sohn Bajica segnete sie während eines kurzen Besuches, sprach sogar von ihrem Gefühl, dass sicherlich auch seine Schwester »einen Türken heiraten« würde, doch ihr vereinsamtes Zuhause wollte sie um keinen Preis durch ein neues ersetzen.

Der zweite Grund für Bajicas Trauer war die Selbsterkenntnis, dass er unter so vielen Frauen um sich herum nicht eine gesehen hatte, die die seine werden könnte. Jung, schlank und hochgewachsen[50] war er bei den Mädchen und Frauen inner- und außerhalb des Serails sehr begehrt. Selbst wenn er keinerlei Position bei Hofe gehabt hätte, wäre er für sie anziehend gewesen. Sogar mehr als später, da er hohes Ansehen erworben hatte. Die jungen Mädchen, aber auch verheiratete Frauen ließen ihn wissen, dass sie ihn ob seiner Jugend, Schönheit und seines sklavischen Dienstes beim Sultan nicht ernsthaft in Betracht zögen. Ideal war er für ihren physischen Genuss, ohne ernste Folgen für irgendjemanden. Noch dazu stellte er für niemanden eine Pflicht dar. Bajica wies sie nicht ab, auch konnte er nicht behaupten, dass er mit ihnen keinen Genuss empfand. Er spürte allerdings keine Zufriedenheit. Er hatte angenommen und auch gehört, dass sich in solchen Beziehungen auch »jene« Zufriedenheit einstellen würde. Damals wusste er noch nicht, dass das auch als Liebe bezeichnet werden kann.

Die Mädchen prahlten in intimen Gesprächen untereinander gern damit, wie sie den jungen Mehmed ausprobiert hatten (ihn jung nennend, als er das schon nicht mehr ganz war). Aber darauf spielten auch, sehr vorsichtig und zweideutig, zahlreiche verheiratete Frauen an. Bajica ließ keinerlei Anzeichen erkennen, gern und schnell heiraten zu wollen; seine hartnäckige Weigerung, eine künftige Lebensgefährtin zu wählen, gedieh zu einer Eigenart, die allen bekannt wurde. Er wurde zum Junggesellen erklärt!

Als derartige Stimmen auch ihm zu Ohren kamen, war Bajica zunächst wütend. Wie durfte sich überhaupt jemand erlauben, ihn so zu nennen! Als er aber etwas nachgedacht und begriffen hatte, dass er gegen die Verbreitung solcher Gerüchte ohnehin machtlos war, akzeptierte er sie als nützlich: Dadurch würden sie ihn in Frieden lassen und falls er sich irgendwann entschließen sollte, das Gegenteil zu beweisen, würde die Heirat für sich sprechen. Selbst wenn er müsste, könnte er schwerlich jemandem den besonderen Grund erklären, warum er für sich keine Ehefrau fand: Er wollte mit ihr Serbisch sprechen! Nein, das hieß nicht zwangsläufig, dass er eine Serbin zur Frau wollte, sondern eine Person, die diese Sprache wie ihre Muttersprache konnte. Er war davon überzeugt, dass die Art von Nähe, die Eheleute teilen, auch sprachliche, nicht nur körperliche und geistige Gemeinsamkeit erfordert. Würde das jemand wirklich verstehen?

Kapitel XVIII

Wenn manche Phänomene mitunter in eine Schieflage geraten (oder der Winkel ihrer Betrachtung sich ändert), bekommen sie andere Formen, neue Eigenschaften, und das eine oder andere an ihnen ist verändert. Unter diesen Umständen sind sogar Jugoslawen möglich: Allerdings wird sich wahrscheinlich mit der Zeit die Erinnerung an ihre Existenz in ein Gefühl verwandeln.

Hier ein weiteres Beispiel für etwas auf den ersten Blick Unmögliches, aber Existierendes, in erster Linie Unbeständiges …

In Syrien existiert noch heute ein griechisch-orthodoxes Kloster namens *St. Thekla*, das im vierten Jahrhundert errichtet wurde. Die Liturgie/Messe (in neuerer Zeit in der erbauten Kirche) wird in arabischer Sprache abgehalten. Die Quellen besagen, dass sich das Kloster und die Kirche in einem griechischen Dorf (aber einem katholischen!) befinden. Und der Priester/der Mönch und die Nonnen, einige nicht mit griechischem Äußeren, führen die Prozession an, in der man Gläubige aller Hautfarben und Rassen sehen kann. Dazu kommen noch die stets aktiven Jünger und die muslimischen Pilger, die auf ihrem Weg nach Mekka in das Kloster einkehren, wie auch die christlichen Pilger und Juden auf dem Weg nach Jerusalem. Ihre Gastgeber, die christlichen

Gottesdiener, die sie zu ihren Gottesdiensten mit offenen Armen empfangen, sind der Ansicht, dass sie im Dienst jeden Glaubens und jeder Religion sind. Also nicht nur dem eigenen Gott und sich selbst gegenüber. Und warum sollte so etwas unmöglich sein? Übrigens spricht der Priester in einem Teil der Liturgie das Gebet in Aramäisch, der Sprache Christi. Betrachtet man diese Sprache nicht im hohen Maße als nicht existent? Oder irgendwie halbtot? Dieses Dorf mit dem Namen Malula ist eines von drei übrig gebliebenen, in denen immer noch die Sprache Christi gesprochen wird. Ob wegen der Sprache oder wegen der Ergebenheit, allen Religionen zu dienen, weiß ich nicht, aber es ist auch egal. *St. Thekla* ist die älteste existierende Gott dienende Einheit, die weiterhin aktiv ist. Wenn nichts anderes, dann müsste solch ein Phänomen aus ethischen Gesichtspunkten eine Verpflichtung für alle anderen und jüngeren Glaubensgemeinschaften sein.

Dieses positive Durcheinander der Glaubensbekenntnisse, Rassen und die chaotische Offenheit gegenüber dem anderen und dem anders Seienden hat sogar eine verwirrende Tatsache relativiert (die ich nebenbei und unbemerkt bereits erwähnt habe), dass sich diese griechisch-*orthodoxe* Kirche und das Kloster in einem *katholischen* Dorf befinden! Es gibt zwei Erklärungen für diese Absurdität. Eine ist, dass die deutsche Redaktion (die Autoren der Informationen) einen Fehler begangen hat und die zweite, nun, es existiert auch bei den Griechen etwas, das am Rande des Unmöglichen ist: eine komplett katholische Bevölkerung mit orthodoxem Glauben!

Interessant ist, dass ein deutsches Fernsehteam den Gottesdienst im Kloster *St. Thekla* an Karfreitag aufgezeichnet hat (ausgestrahlt am 8. April 2006 in einem der serbischen Fernsehprogramme) und dass die Kamera die nicht alltägliche Ikone dieses Klosters, auf der die Heilige Maria und die kleine Gestalt eines Türken in ihrem Hintergrund abgebildet sind, aufgenommen hat. Der Sprecher erklärte, dass es sich um einen Mann handele, der zu seiner Zeit dieses Kloster/die Kirche in eine Zitadelle umwandeln wollte und dass Maria ihn von diesem Vorhaben abgehalten habe. Modern ausgedrückt: Es sieht so aus, dass sie sich geeinigt und gut zusammen gearbeitet haben.

Warum sollte man sich dann über das noch offensichtlichere Beispiel der Versöhnung zweier Glaubensbekenntnisse sogar in einem Menschen wundern; Mehmed Pascha Sokolović pilgerte, um all die eines besseren zu belehren, die im Osmanischen Reich behaupteten, er sei dem Glauben nach kein aufrichtiger und vollständiger Muslim, sogar neunmal (!) nach Mekka. Daher kann man Sokollu Mehmed Pascha mitunter auch unter Hadschi Mehmed finden. Und damals musste man sehr wohl beweisen, ob man einem Glauben anhängt, falls man irgendwie auch Anhänger eines anderen Glaubens war. Aber Glaubensbeweise müssen nicht unbedingt Treuebeweise sein. Sie sind eine formale, bestätigte Prüfung. Nur der, dessen Herz und Seele in Frage gestellt wurden, wusste, an welchen Gott (oder an welche Götter) er sich wandte. Das Beispiel von Mehmed Paschas Pilgerei unterscheidet sich im Grunde nicht von dem heutigen »zeitgemäßen« Reisen ins Un-Bekannte. Vor allem im Hinblick auf das Ziel und auch im Hinblick auf die Fragen, die sich auf einer Reise möglicherweise neben den religiösen für einen selbst auftun. Jede Reise ist etwas gewidmet (seltener jemandem), danach ist eine Last von den Schultern genommen, die eine oder andere

Antwort gefunden oder etwas für höhere Ziele geopfert worden.

Obwohl es Überraschungen geben kann. Ich könnte mein eigenes Beispiel nehmen. In den letzten Jahren, vielleicht wegen der vielen Kilometer, die ich bereits hinter mit habe, begannen sich nämlich meine Gefühle vor einer Reise zu verändern, aber auch kurz vor der Rückkehr. Wie? Die einstmals verständliche Aufregung oder das Reisefieber, gepaart mit unterdrückter Freude vor dem Aufbruch, wird von einem ziemlich sonderbaren Gefühl des Bedauerns wegen des Abreisens abgelöst. Dasselbe trat ein, wenn die Rückkehr bevorstand: Das angenehme Gefühl, dass ich nach Hause zurückkehre, wurde noch von einem Gefühl leiser und sanfter Traurigkeit (falls es so etwas gibt) begleitet, weil ich den Ort verließ, an dem ich war. Müsste ich unbedingt einen Unterschied zwischen so einer Abreise und Rückkehr machen, ich gebe zu, es wäre mir möglich. Mir scheint, dass ich das Bedauern über die Rückkehr aus dem Ort, der nur ein vorübergehender ist, besser verstehe als das Gefühl, das sich meldet, bevor ich mich von Zuhause aus auf die Reise begebe. Dieses Bedauern, das zu verlassen, was man sein eigen nennt, ist viel komplexer, es ist wie eine Unschlüssigkeit, ein Dilemma, ein heimliches Aufgeben.

Vielleicht liegt das Geheimnis im Älterwerden. Es ist bekannt, dass ältere Menschen schwerer ihr Zuhause verlassen als jüngere, selbst für kürzere Zeit. Denn im Alter meldet sich physische Unsicherheit, die auch auf die psychische wirkt und somit verständlich ist; wenn der Körper beginnt seinen Dienst zu versagen und von der Hilfe anderer abhängig wird, von vertrauten Menschen, die aber auf Reisen nicht in der Nähe sind, dann wird das Bild der begrenzten

Selbständigkeit völlig klar. Der Körper bedingt die Seele! Sogar dann, wenn der Körper gealtert ist und die Seele nicht. Da gibt es keinen Sieg der Seele über den Körper. Auf dem Gegenteil zu beharren wäre, als würde ein anspruchsvoller Raucher reinen afghanischen Öls, das dem Zigarettentabak beigemischt wurde, die Behauptung aufstellen, er sei gelähmt von dem Konzentrat, das ihn an das Bett genagelt und für die nächsten vierundzwanzig Stunden bewegungsunfähig gemacht hat, während sein Hirn mit einer Geschwindigkeit von dreihundert Stundenkilometern arbeitet/rast, dass er in Gedanken mehrere Tausend Kilometer gerannt ist. Ja, richtig, die Gedanken könnten diese Entfernung in einer einzigen Sekunde zurücklegen, aber der Körper hätte sich nicht einen einzigen Millimeter bewegt.

Aber ich bin nicht (so und auf diese Art) alt. Nur bin ich eben in den Prozess des Älterwerdens eingetreten. Oder ich bin mir das erste Mal dessen bewusst geworden, auch wenn der Körper mich noch nicht im Stich lässt. Obwohl ich nicht weiß, ob diese Grenze, an der das Älterwerden beginnt, überhaupt existiert und ich weiß erst recht nicht, wo sie sich befindet und wie man sie entdeckt. Ich beginne über diesen Prozess nachzudenken, mit Hilfe Anderer, Erfahrenerer, aber auf das eine oder andere komme ich auch selbst. Aber vielleicht ist das Nachdenken über den Beginn des Älterwerdens auch sein Anfang?

Aber um ehrlich zu sein, ich erinnere mich, wann ich zum ersten Mal jemanden in Bezug auf das Älterwerden, die Erinnerung und das Fortdauern gefragt habe; wahrscheinlich tat ich das, weil sich mir die Möglichkeit anbot, mich ernsthaft mit Literatur zu beschäftigen. Das war Anfang der Achtziger, da war ich ungefähr fünfundzwanzig Jahre alt (das ist nicht etwa der Anfang des Alterns?), nach der Lektüre des Buches *Bis zum Unmöglichen* des Surrealisten und Linguisten Đorđe Kostić, der darin seine Kindheit mit Đorđe Jovanović und Oskar Davičo beschreibt (alles bis zum Start des berühmten Almanachs *L'impossible* in den dreißiger Jahren des zwanzigsten Jahrhunderts). Als Kostić das Buch schrieb, war er schon in einem gewissen Alter und ich war, als ich es las, ziemlich jung und verblüfft über seine Erinnerungen und die Beschreibung so bizarrer Details aus der frühen Kindheit. Ich hatte Glück, dass ich über meinen Freund Bora Đoković, einen der begabtesten Schriftsteller, die ich kenne (der leider kurz danach, wenigstens öffentlich, nicht mehr seinem Talent folgte), Đorđe Kostić meine Verwunderung mitteilen konnte. Seine Antwort war ebenso verwunderlich und für mich unerwartet, vielleicht weil sie die reine Wahrheit war und zugleich sehr naheliegend. Darüber hinaus hat dieses charmante und stille Mitglied der Akademie, das auf seine alten Tage in Kalkutta (!) auf »feinem Holzpapier« Bücher junger Autoren druckte und veröffentlichte, gezeigt, was für ein authentischer surrealistischer Autor und Maler er war.

»Im Alter begreift der Mensch, wie sich die Zeit, die vor ihm liegt, verkürzt. Wegen dieses Mangels an Zukunft kehrt der Mensch, wie um die Zeit zu kompensieren, immer mehr in die Jugend und Kindheit zurück. So schafft er die Illusion von der gleichmäßigen Dauer der Zeit. Wie um die Vergangenheit auszutauschen, aber auch die Zukunft auszugleichen. Die Wahrheit über das Nichtbesitzen eines Morgens wird verschleiert und das Bild vom Gestern wird immer klarer. Oder einfacher gesagt: Je weniger Zeit der Mensch vor sich hat, desto mehr sucht er sie hinter sich.«

Das war eine einzigartige *Verstärkung* der Erinnerung. Mit Hilfe dieser waren auch neue Schlussfolgerungen möglich. War das die Geburt der Weisheit? Die Überprüfung des vorhandenen Wissens, aber durch die Nutzung der persönlichen Energie der Zukunft, die sich automatisch in die Energie der Vergangenheit umwandelt. In diesem Zustand wird der Mensch überempfindlich, aber auch fähiger, die Phänomene besser, luzider, genauer und vielleicht auch wahrhaftiger zu erkennen.

Aber man darf den wichtigsten Teil der *Reise* im Alter nicht vergessen. Das ist diese ewige Rückkehr, die Emigration, Diaspora, der Umzug in das »für immer dort«, der fast immer und verzweifelt mit dem Schrei nach der Rückkehr in das »am Ende hier« – in die Heimat, in den Geburtsort meint und die dann, wenn beides irgendwie nicht mehr da ist, in einem abstrakten Raum, der noch geografisch nachweisbar ist – endet. Das Alter führt die Menschen immer in die heimatlichen Gefilde zurück. Ganz besonders der nahende Tod. Der Wunsch »bei sich« zu sterben ist beinahe absurd. Wenn der Tod das Leben überholt, findet sich in Testamenten und Verfügungen als letzter Wille (der erfüllt werden muss), dass die Unterzeichner in die heimatliche Erde zurückkehren wollen, wenigstens in einem Sarg oder in einer Urne. Also *sogar* oder *wenigstens* – als Tote. Der Ausdruck *um jeden Preis* ist in diesem Fall vom Grundsätzlichen abgeleitet und wörtlich gmeint.

Der Tod befindet sich immer an seinem Platz. Es ist das Leben, das verstreut ist.

18. Kapitel

Wenn es ihm schon nicht gelang, mit seiner imaginären Frau Serbisch zu sprechen, so gelang ihm das ein paar Jahre später fast mit der ganzen Welt, und zwar 1551 als Kommandeur des Feldzugs gegen Ungarn.

Als Oberkommandierender der Flotte führte Mehmed Pascha, ohne sich allzu sehr von der Hauptstadt zu entfernen, sehr geschickt die osmanische Eroberungspolitik, unterstützt von ausgeprochen mutigen, geschickten und abgehärteten Seewölfen. Jene waren zufrieden mit der Respektierung ihrer Wünsche (von Ausrüstung, Galeeren bis zum Geld) durch den Admiral und befolgten seine sorgfältig geplanten Anweisungen. Über die Formen ihrer Umsetzung entschieden sie eigenständig und als Gegenleistung brachten sie Siege. Natürlich auch gewaltigen Reichtum, der ihnen auch persönlich zugute kam. Alle umliegenden Meere gehörten ihnen.

Und der Sultan war zufrieden. Aus unmittelbarer Nähe kannte er den Charakter von Mehmed Pascha bereits gut und nun erwies es sich als sehr weise, ihm so großes Vertrauen entgegenzubringen. Er war sich vorab sicher, dass der Pascha auch von so einer hohen Position aus erfolgreich kommandieren würde. Um ihm seine besondere Dankbarkeit zu zeigen, beförderte Süleyman ihn zum Beglerbeg von Rumelien.

Nunmehr konnte Bajica sicher sein, dass ihm die Türen zu den höchsten Ämtern offen standen. Obwohl es unpassend war, die Bedeutung einer staatlichen Position mit einer anderen zu vergleichen, war er sich klar darüber, welche Macht, natürlich nicht unkontrolliert, der Sultan ihm übergeben hatte. Rumelien war eine räumliche Gemeinschaft mit sehr differenzierten Kräften: mit Ungarn, Habsburgern, Deutschen, Franken, Spaniern, Italienern, Serben, den nicht so weit entfernten Briten und vielen anderen, was wie ein Gebilde wirkte, das für die Eroberungsideen des Padischah eine Gefahr darstellen könnte. Aber zugleich resultierte daraus auch seine Verwundbarkeit: Die zahlreichen Königreiche, Imperien, Fürstentümer, Stadtstaaten hatten es schwer, sich auf irgendetwas zu einigen, selbst wenn es um die eigene Verteidigung im Angesicht der offenkundigen Absichten der Osmanen ging.

Wie oft ihn das auch dazu trieb, sich ernsthaft Gedanken um die schwierige Beherrschbarkeit einer so großen Anzahl von Feinden zu machen, selbst wenn diese untereinander uneinig waren, entlockte ihm das alles ein kaum merkliches Lächeln: Die Möglichkeit, auch Serbien zu sehen, ließ die unterdrückte Freude zurückkehren und damit auch den Namen, der bisweilen nicht benutzt worden war.

Schon bald erhielt er vom Sultan den Befehl, die Vorbereitungen für den Feldzug gegen Ungarn zu beschleunigen. Dieser Teil der Arbeit ging seinen gewohnten Gang: Einmal in Bewegung, funktionierten alle Teile des Mechanismus einwandfrei. Für diese technische Seite der Aufgabe wurde er fast gar nicht gebraucht. An ihm war es, die Strategie des Kampfes festzulegen. Sein Herz sagte ihm, dass, wenn er auf sich hört, er in die Kriegsführung eine neue Strategie und auch mehr Diplomatie einbringen würde. Er wusste aber, dass er ohne persönlichen Tapferkeitsbeweis auf dem Schlachtfeld bei den Osmanen niemals genügend Achtung genießen würde. Deshalb bereitete er sich voll und ganz darauf vor, sein organisatorisches Geschick und die Unumgänglichkeit seiner Umsetzung zu verbinden. Einfach gesagt, es galt Verhandlungsgeschick mit Unerschrockenheit im Zerstören zu vereinen.

Wort und Krummsäbel, Wein und Blut.

Es war leichter in einen Krieg hinein zu geraten als aus ihm heraus zu finden. Er musste seine ganze Klugheit einsetzen. Sogar zwei Sorten: eine für Feinde, eine für Freunde. Zur rechten Zeit begriff er, dass die Erinnerung an diesen Feldzug mit seinem Namen verbunden sein würde, unabhängig vom Ausgang. Deshalb durfte er sich keinen Fehler leisten. Sorgfältig und aufmerksam suchte und fand er die mögliche Formel, vielleicht die rettende: Ohne die Serben in den Kampf – keine Chance!

Parallel zu den Vorbereitungen sandte er Kuriere und Briefe an die serbischen Edelleute, Offiziere, Heerführer (ganz gleich, welcher Flagge sie dienten); er rief sie auf, sich seinem Feldzug anzuschließen bzw. falls sie das nicht wollen, sich dann wenigstens nicht unter das gegnerische Kommando zu begeben. Als Gegenleistung versprach er allen Serben eine sehr privilegierte Stellung im Reich. Natürlich waren die verschickten Briefe alle in serbischer Sprache abgefasst. Anfänglich senkte diese Geste das Risiko, dass die Briefe verstanden wurden, wenn sie in die falschen Hände gerieten, später erwies es sich als guter politischer Schachzug. Die Mehrheit der Serben reagierte positiv. Warum auch nicht? Zum ersten Mal wandte sich ein Osmane in einer derart hohen

Position im Namen des ganzen Reiches direkt an sie, und das in Serbisch an das über Jahrzehnte getrennte Volk, das von Lüge, Betrug oder verlockenden, aber unrealisierbaren Versprechungen, die im Wechsel von den Ungarn, Österreichern, Italienern und Russen gemacht wurden, bedrängt war! Falls auch das wieder leere Versprechungen waren, nahmen sie diese leichter als die vorangegangenen, klang doch die Unwahrheit angenehmer, wenn sie in der eigenen Sprache vorgetragen wurde.

Sinan unterstützte ihn bei dieser Idee.

»Auch ich würde so vorgehen, wenn die Sprache mein wichtigstes Werkzeug wäre.«

Mehmed war ihm dankbar. Und gab das Kompliment zurück.

»Deine Sprache der Konstruktion ist umfassender. Um diese beneide ich dich. Und dem Material nach ist sie von größerer Dauer.«

»Ich bin nicht sicher. Ja, fester, härter und scheinbar schwerer zerstörbar. Aber denk nach, was das geschriebene Wort alles auszuhalten hatte! Wieviele Worte überdauerten die Katastrophen und gelangten bis zu uns?! Auch einige deiner Worte werden diese Zeit überdauern und zu jemandem gelangen, der noch nicht existiert.«

Bajica dachte nach. Diese Überzeugungskraft von Josif gefiel ihm. Als hätte er das geahnt, fuhr er genauso fort.

»Ja, und auch die ungeschriebenen, nur gesprochenen Worte haben überlebt. Genügt dir das etwa nicht?«

Als sei ihm das nicht genug.

»Deine Sprache des Bauens ist leichter verständlich: Es reicht, sie anzusehen und schon versteht man sie.«

»Ja, aber was, wenn wir sie zum Zerstören nutzen? Meinst du, das es dann reicht, ›sie zu verstehen‹?«

Mehmed schwieg. Sinan musste sich weiter ins Zeug legen. Und das tat er auch. Er unterbreitete einen Vorschlag, der weiter als jegliche Gedanken des Oberkommandierenden ging.

»Ich denke, dass du, sobald du den Rastplatz in Belgrad erreichst, während der Umgruppierung der Truppe vor dem Überfall die Zeit und das Bedürfnis, ja sogar den Drang haben wirst, dem Feind eine letzte Warnung zu übermitteln. Nun, ich denke, dass es gut wäre, auch diesen Briefwechsel mit allen, sowohl mit den Ungarn, als auch mit den Österreichern, Italienern und Dubrovnikern in serbischer Sprache vorzunehmen.«

Bajica sah ihn bestürzt an. Er wusste nicht recht, ob das ein unglaublich dreister oder ein genialer Vorschlag war.

Kapitel XIX

Das Identitätsproblem ruft in der Kollision mit Zahlen ganz verschiedene Folgen hervor. Bei dem bewussten Versuch der *Bewahrung* von Identität – eine Kollektion von Unterschieden.

Die Kosovoalbaner klären diese Frage auf dem einfachsten und schnellsten Weg: mit einer bedrohlich hohen Geburtenzahl. Mit großen Zahlen. Ihre Nachbarn, die Albaner in Albanien – mit Transition und dem Aufeinanderprallen von Politik und Kultur. Mit kleinen Zahlen und größeren Nuancen.

Ein Beispiel: der Autor Besnik Mustafaj aus Tirana setzte nach dem Ablauf seines Mandats als Botschafter Albaniens in Frankreich (davor war er Gesandter, Mitbegründer einer politischen Partei usw.) seine schriftstellerische Tätigkeit und seine öffentlichen Auftritte als Autor fort, aber mit einer Dosis politischer Überheblichkeit und Hochmütigkeit (das habe ich bei einigen öffentlichen Ausbrüchen erfahren). Ich weiß nicht, ob ihn dieses verlängerte Gefühl der Macht getragen und dazu geführt hat, dass er in der Politik Karriere macht, aber in der neuen Lebensphase ist er Außenminister seines Landes geworden. Doch nicht für lange! Wieder eine Wendung: Eine gemeinsame französische Bekannte sagte mir, dass der Schriftsteller dem *Politiker* seinen Rücktritt erklärt hat (nur und ausschließlich deshalb, damit er mit dem Schreiben fortfahren kann)!

Die wichtigste Schlussfolgerung aus diesem Beispiel ist die Annahme, dass Mustafaj ein guter Autor ist. Aber wenn ein Schriftsteller *als Politiker* etwas erklärt, dann stellt sich die Frage, ob die Literatur gewonnen hat.

Kann Literatur überhaupt gewinnen?

Zweites Beispiel: Ein Autor ebenfalls aus Tirana (dieser allerdings auch von Geburt an) namens Bashkin Shehu ist aus der Politik seines Landes sozusagen gezwungenermaßen ausgestiegen (was nicht heißt, dass er den ausdrücklichen Wunsch hatte, sich mit ihr zu befassen). Er wurde vielmehr aus der Politik ausgeschlossen, weil er einer politischen Familie angehörte und das politische Erbe mit seinem Nachnamen in Verbindung gebracht wurde. Sein Vater war nämlich Mehmet Shehu, der langjährige Premierminister Albaniens, der in dieser Position im Jahr 1954 Enver Hoxha abgelöst hatte und mit diesem Transfer der erste Generalsekretär des ZK der KPA und Staatspräsident wurde. Aber in dem heftigen Kampf um die Erhaltung der Identität des Landes (und Albanien war lange eine einzigartige Schöpfung auch innerhalb des sozialistischen Blocks) entzweiten sich die besten Freunde und engsten Mitarbeiter auf typisch balkanische Art. Wie einst eine große Zahl der Sultane und Großwesire des Osmanischen Reiches. Hoxha ließ Shehu umbringen. Seine Familie musste ebenfalls büßen: Die Ehefrau und die Söhne fanden sich im Gefängnis wieder und Bashkin erhaschte einen Augenblick der Freiheit und entschied sich, nach Spanien zu gehen. Er wurde Sekretär des Europaparlaments der Schriftsteller und widmete seinen feinen Geist weiterhin dem Schreiben.

Diese beiden Kämpfer für eine bessere Zukunft ihres Landes, jenseits ihrer politischen und zivilen Kämpfe absolut verschieden, schienen ihr Ringen um persönliche und nationale Identität durch das Weiterleben in der Literatur materialisieren zu wollen. Auch wenn Bücher manchmal aussehen können wie reine Erinnerungen an Geschehnisse (auch wenn sie sich nur mit gerade Geschehenem oder den noch bevorstehenden Geschehnissen befassen), haben sie eine eigentümliche Kraft, die Politik zu überdauern. Die guten Bücher.

Im Unterschied zu diesen Beispielen aus dem mediterranen Süden Europas weist ein Beispiel aus dem atlantischen Hohen Norden – aus Island – eine obskurere Form des Kampfes um Identität, wenn nicht gar um das nackte Überleben auf.

Mein Freund Sjón, mit dem ich leicht und schnell Freundschaft geschlossen habe, Freund und Songschreiber der Sängerin Björk, Mitglied der Band *Sugar Cubes*, ein »Mann mit hundert Beschäftigungen«, wie mir schien, hatte eine sehr interessante Antwort auf eine meiner Fragen, die ich ihm stellte, nachdem ich in Reykjavik eine Anzahl sehr kreativer Leute kennengelernt hatte. Mir war nämlich aufgefallen, dass jeder von ihnen gleichzeitig zwei bis drei Berufe hatte und dass das eine Art Regel war. Das war umso erstaunlicher, da mit bloßem Auge zu sehen war, dass Island, eine von allem abgetrennte, aus Vulkangestein erbaute Insel ohne Grün und Naturreichtum (mit Ausnahme von Meer, Geysiren und Fisch), nicht gerade üppige Möglichkeiten aufweist, womit sich ein Mensch hier beruflich befassen könnte. Sjón selbst war dieses erstaunliche Beispiel einer vielseitigen Ausrichtung. Er hat sogar den eigenen Namen vermehrt: der Künstlername entstand aus dem Familiennamen Sigurjón Siguròsson. Er ist der Verfasser des Songs für Björk in dem Film *Dancer in the Dark* von Lars von Trier und für diesen Text war er 2001 für den Oskar nominiert; mit dem englischen Komponisten Julian Nott schrieb er eine Komposition für das berühmte Brodsky Quartett, das ich gerade gestern Abend (!) angehört habe, oder besser gesagt, als Gastspiel in der Belgrader Philharmonie gesehen habe, wo das Werk *Song of a Traveller in the Night* von Isidora Zebeljan aufgeführt wurde. Außerdem ist er der Autor des Liedes *Oceania*, mit dem Björk die olympischen Spiele in Athen 2004 eröffnete. Neben der Arbeit als Textschreiber beschäftigt er sich mit der Kunst- und Theaterszene, und von der Literatur ganz zu schweigen.

Also, meine Frage war, woher es kommt, dass sich so viele Menschen mit so vielen Arten von Arbeit gleichzeitig beschäftigen und warum alle mehrere Berufe haben (von vornherein war die Antwort ausgeschlossen, dass es wegen der höheren Löhne ist: Island hat auch ohne jegliche Zusatzbeschäftigung einen höheren Lebensstandard als die Schweiz und Norwegen). Sjón hat mir geantwortet und andere haben es später bestätigt, dass das deshalb ist, weil es von ihnen insgesamt nur dreihundertundzwanzigtausend gibt, dass dies ein unterbewusster Schutz vor den Befürchtungen ist, als Nation auszusterben und so auch ein kraftvoller Versuch, die Identität zu bewahren. Wenigstens durch virtuelles Multiplizieren der Isländer.

Ein Zusammenprall von Zahlen.

19. Kapitel

Der oberste Heerführer des Feldzuges hörte auf den Oberarchitekten.

In Belgrad angekommen, nahm er im Diwan des Belgrader Paschas Platz, und sich dessen und der eigenen Schreiber bedienend, machte er sich daran, nach ganz Rumelien Briefe in serbischer Sprache zu versenden. Seltsamer noch als die offizielle Ansprache eines Eroberers in Serbisch, und das im Namen des Osmanischen Imperiums, an die Führer und Staatsmänner Italiens, Ungarns, Österreichs, Russlands u. a., war die nachdrückliche Forderung desselben Führers, man habe ihm im offiziellen Briefwechsel auch Serbisch zu *antworten*! Folglich hatte Bajica, der sich anfangs dessen gar nicht bewusst war, mit dieser Korrespondenz eine ganz neue Sprache der Diplomatie geschaffen.

Die mögliche Reaktion des Sultans auf so viel Freiheit ängstigte ihn ein wenig. Obwohl Mehmed ihm die Gründe für sein Verhalten vorab dargelegt und er in dem Moment vom Herrscher keinen Widerspruch gehört hatte, wusste er, dass es nur einer winzigen Kleinigkeit bedurfte, damit er in Wut geriet. Doch Süleyman überraschte ihn auch mit seinem nachträglichen Verständnis: Über einen Kurier ließ er ihm mitteilen, dass Mehmed mit seinem ungewöhnlichen Verhalten das Interesse zahlreicher Herrscher geweckt hatte und er bald nicht alltägliche Gäste zu erwarten habe, denen gegenüber sich der Oberkommandierende Mehmed Pascha – da war sich der Sultan sicher – sehr zuvorkommend verhalten werde. Wörtlich schrieb er: »Du hast die Serben zu Verbündeten gemacht und die Feinde irritiert! Zwei Fliegen mit einer Klappe geschlagen!«

Und tatsächlich: Bald darauf erreichten ihn von verschiedenen Seiten Meldungen, dass überall im osmanischen Teil Rumeliens und in den Grenzregionen die Abgesandten verschiedener Fürsten, Könige und Herzöge auftauchen, hauptsächlich als Reiseschreiber, die von überallher kommen – aus Frankreich, Venedig und Dubrovnik, sogar aus Deutschland. Dass sie ihren Herren auch ein wenig als Spitzel dienten, war nicht von besonderer Bedeutung: Mehmed Pascha hatte vorab und öffentlich die Ziele seines Krieges, die Übergabebedingungen, ja sogar die Daten und Routen seiner Aktion bekanntgegeben. Er konnte das tun – alle Macht war auf seiner Seite. Und die Angst war auf der anderen.

Bei ihm meldete sich auch der Großwesir Rüstem Pascha. Er hatte von dem Interesse der anderen an diesem Feldzug, aber auch von des Sultans Lob für Mehmed Pascha gehört. Er (mit serbischen Wurzeln) ließ Bajica ausrichten, dieser möge sich vor den »Ungläubigen« hüten und versuchen, nicht auf deren Provokationen hereinzufallen, sondern die Situation zu seinen Gunsten zu wenden und die Rollen zu tauschen. So könne er überprüfen, was die offiziellen und geheimen Karthographen tatsächlich denken.

Und er hörte auf ihn. Er lud einen der Reiseschreiber (den der Großwesir ihm persönlich vorgeschlagen hatte), der aus Istanbul kommend über Serbien und Belgrad auf dem Rückweg nach Frankreich war in die Gemächer des Belgrader Serails ein. Rüstem

Pascha brachte Bajica bei, wie er dem Gast während der Bewirtung für eine Nacht das große Buch stiehlt, von dem dieser sich nie entfernte und in das er seine Reiseerlebnisse notierte. Rüstem Pascha hatte das nämlich ohne sich zu genieren bereits getan, als er ihn unlängst in seinem Serail in Edirne bewirtet hatte. So hatte er sich von dem Unterschied zwischen dem, was ihm die Europäer erzählten und dem, was sie dachten, überzeugt. Er schickte Bajica die Abschrift des Teils der Reisebeschreibung dieses Franken, der die Serben betraf. Dort hieß es:

»Die serbischen Recken (delije) sind als leichte Kavallerie Abenteurer, ihr Handwerk fordert Abenteuer an den gefährlichsten Orten, wo sie Gelegenheit haben, Mut und Heldentum im Krieg zu beweisen. Deshalb folgen sie der Armee des Sultans häufig ohne jegliche Bezahlung (wie auch die Akindschi). Trotzdem ernährt und versorgt sich die Mehrzahl von ihnen auf Kosten der Paschas, Beglerbegs und Sandschak Begs, denn jeder von diesen hat in seiner Begleitung eine bestimmte Zahl der mutigsten und couragiertesten Recken. Sie halten sich in den bosnischen und serbischen Landstrichen auf, die an Griechenland sowie Ungarn und Österreich grenzen. Heute nennen sie sich Serben und Kroaten, aber das sind echte Illyrer, jene, die Herodian im *Nördlichen Traum* als sehr mutige, kräftige, gut gebaute, starke Männer mit löwenfarbenem Gesicht, doch ihrem Naturell nach boshaft, ihren Bräuchen nach mehr als barbarisch, in ihrer Schlauheit ungeschickt, so dass sie leicht einzuwickeln sind, beschreibt. Die Türken nennen sie Recken, was verrückt und kühn heißt. Sie selbst bezeichnen sich unter sich als *zatočnici*, und das bedeutet in ihrer Sprache: jene, die Menschen herausfordern. Da nämlich jeder von ihnen verpflichtet ist, es mit zehn Männern aufzunehmen (wenn er die Bezeichnung ›delija‹ oder ›zatočnik‹ erhalten will), erwarten sie ihre Feinde zu einem erbitterten Kampf Mann gegen Mann, wobei sie bestimmte Tricks und Täuschungen anwenden, die sie von ihren Vorfahren geerbt haben, und das derart geschickt und kühn, dass sie meist als Sieger hervorgehen.«

Bajica verstand die Botschaft des Wesirs vollkommen. Tatsächlich begann ihn zu reizen, was er noch Brandneues in diesem erst im Entstehen begriffenen Buch lesen würde.

Nachdem er diesen Reiseschriftsteller und Geografen namens Nicholas de Nicole aus Dauphiné, der zur Begleitung des Staatsmannes D'Aramon, Gesandter des französischen Königs, gehörte, empfangen hatte, wiederholte Bajica die Dreistigkeit von Rüstem Pascha und fertigte im Belgrader Serail auf dem Kalemegdan über Nacht eine Abschrift der Teile dieser Reisebeschreibung an, die für ihn besonders interessant waren. Ein winziger Teil über die Serben (die Fortsetzung dessen, was ihm der Großwesir geschickt hatte) berührte ihn besonders:

»Den ersten Recken habe ich in Edirne gesehen, als ich mit Messieur D'Aramon im Serail von Rüstem Pascha, dem Großwesir war, zu dem der Recke gehörte. Er begleitete uns zu unserem Quartier, weniger auf meine Bitte als in der Hoffnung, ein Trinkgeld zu bekommen, was auch so geschah. Dort habe ich, während er bei uns war, sein Aussehen und das Aussehen seiner seltsamen Kleidung skizziert... Seine Bewaffnung bestand aus einem Schwert und einem Krummsäbel, während er in seiner rechten Hand einen Knüppel hielt, oder vielmehr eine Keule mit goldenen Dornen. Wenige Tage danach brach der Recke mit der Armee, die Ahmed Pascha (der später auf des Sultans Befehl in seinem Bett erwürgt wurde) anstelle des Sultans anführte, aus Edirne nach Erdelj auf. Da sah ich ihn zu Pferde, statt mit einer Decke mit dem Fell eines großen Löwen bedeckt, dessen Vordertatzen an der Brust des Pferdes befestigt waren, während die beiden anderen hinten herunterhingen. Die Keule baumelte am vorderen Teil des Sattels. In der rechten Hand hielt er eine Lanze mit einem langen Griff und einer gut geschärften Spitze. Alles in allem hatte er schon etwas sehr Besonderes, was Sie in genauer Darstellung auf der nächsten Zeichnung sehen können. Ich war dazu noch neugierig und fragte ihn über den Dolmetscher, welchem Volk er angehört und welchen Glaubens er ist. Er gab mir darauf sehr weise zu verstehen, dass er der Nationalität nach Serbe ist, sein Großvater aber von den Parthern abstammt, einem Volk, das in alter Zeit als das kriegerischste Volk im ganzen Osten großes Ansehen und große Achtung genoss. Und was den Glauben betrifft, so sagte er, verstellt er sich nur, wenn er mit den Türken nach ihren Gesetzen lebt, denn er ist Christ von Geburt, von Herzen und nach seinem Willen. Und um das zu bekräftigen, sprach er noch in Volksgriechisch und in Slawisch das *Vaterunser*, *Ave Maria* und das *Nizänische Glaubensbekenntnis.*«

Als Geste der Dankbarkeit gegenüber Rüstem Pascha, der ihm Einblick in eine fremde Sicht auf die Serben gewährt hatte, fertigte Bajica auch für ihn eine Abschrift weiterer Teile der Reisebeschreibung und sandte sie ihm nach Edirne. Er wusste, dass auch dem Großwesir diese zusätzlichen Erkenntnisse helfen würden im Hinblick auf die Meisterung des Dilemmas der eigenen Zweigeteiltheit, die seit langem über ihnen lag, ohne Aussicht auf eine Lösung. Jedes weitere, ihnen ähnelnde Beispiel war ihnen Trost in der Einsamkeit.

Kapitel XX

Eine der subtilsten, kreativsten und kessesten Geschichten zum Thema Identität (und seiner ideenreichen Abwandlungen und Variationen) habe ich von dem Argentinier Alberto Manguel gehört, eines kanadischen Staatsbürgers, der gemäß seinem Wohnort ein französischer Bürger ist. Dieser Schriftsteller verfügt neben seiner Autorschaft bei sehr interessanten Titeln über eine der schönsten und größten Bibliotheken der Welt und dazu ist er auch noch belesen wie selten jemand. Schon wegen seiner Mehrfachzugehörigkeit ist klar, dass Manguel zu den Erforschern nicht nur des eigenen Lebens, sondern auch fremder Leben gehört. Eine der Viten, die er gewissenhaft studierte, aber auch deren Zeuge und Schüler war, ist die von Jorge Luis Borges. Aber Manguel unterschied sich von anderen Forschern durch zwei feine und subtile Kuriositäten: Er war in seiner Jugend der persönliche Vorleser von Borges (genau, er hat ihm vorgelesen) und als er reif dafür war, auch etwas über ihn zu schreiben (er wartete vier Jahrzehnte geduldig darauf!) – schrieb er ein wenig über ihn, aber auch über einige Borgesologen. Im Grunde nur über jene, die bei diesem Giganten irrten, die ihm falsche oder nicht existierende Bücher und Gedichte zuschrieben. Sie befassten sich ernsthaft damit, andere Autoren wissenschaftlich zu interpretieren, in der Überzeugung, über Borges zu sprechen; selten gaben sie ihre eigenen Fehler und ihren unglaublichen Narzissmus zu, waren aber auch nicht in der Lage, ab und zu über sich selbst zu spotten, nicht mal im Nachhinein.

Alberto Manguel war vor einigen Jahren Gast des Literaturfestivals Blue Metropolis in Montreal, wo auch ich auftrat. Die Begegnung vor unseren öffentlichen Lesungen und Gesprächen mit dem Publikum hatte unser gemeinsamer Freund David Albahari (der auch teilweise ein kanadischer Autor ist) arrangiert. Wir verstanden uns auf Anhieb gut, ungewöhnlich schnell und leicht verstrickten wir uns anhand persönlicher und fremder Beispiele in das Thema Identität, in ein Thema, das sich nach dem Muster eines Spinnennetzes entwickelt, sich in konzentrischen Kreisen ausbreitet, einen immer größeren Raum einnimmt, sich aber am Ende *entfernt* von seinem Schöpfer und ihn dabei immer mehr *abschirmt*! Aber das ist schwer sichtbar und noch schwerer zu greifen; für den ungebetenen, darin gefangen Gast ist es manchmal eher unbehaglich als stark.

Wir waren erwünscht.

Während er mir imposante Beispiele von verkannter Identität (neben der, die andere Borges zuschrieben) darbot, erzählte er von einigen, deren Schöpfer Borges selbst war. Dafür war dieser übrigens auch bekannt. Er begann mit einem Beispiel, das weit darüber hinaus ging und das er etwas später vor Publikum erzählte/vorlas (kurz darauf habe ich es als Verleger als Sonderbeilage zu seinem Buch *Con Borges* in serbischer Sprache veröffentlicht, das war sogar die Weltpremiere dieses Textes). Hier ist ein Auszug aus dieser Geschichte:

»Der zweite Shakespeare-Weltkongress wurde im April 1976 in Washington veranstaltet. Höhepunkt der Veranstaltung sollte der Vortrag von Jorge Luis Borges über Shakespeare mit dem Titel ›Shakespeares Geheimnis‹ werden und hunderte Experten kämpften wie die Groupies irgendeiner Rockband, um einen Platz im größten Saal des Hotels Hilton zu erheischen, um zu hören, wie der Meister das Geheimnis lüftet. Zwei Männer halfen Borges aufs Podium und sich vor dem Mikrophon zu platzieren. Kott beschreibt die Szene wie folgt:

›Alle im Saal erhoben sich, die Ovationen hielten lange an. Borges bewegte sich nicht. Schließlich verebbte der Applaus. Borges begann, die Lippen zu bewegen. Aus den Lautsprechern drang nur ein leises Summen. In diesem monotonen Summen konnte man nur mit größter Mühe ein einziges Wort erkennen, das wieder und wieder zu hören war, ähnlich einem sich wiederholenden Schrei von einem weit entfernten Schiff, das am Sinken war: Shakespeare, Shakespeare, Shakespeare ...

Das Mikrophon war viel zu hoch aufgebaut. Aber niemand im Saal brachte den Mut auf, die Bühne zu ersteigen und das Mikrophon vor dem alten, blinden Schriftsteller richtig einzustellen. Borges sprach eine ganze Stunde und in deren Verlauf drang nur dieses sich wiederholende Wort – Shakespeare – bis zu den Zuhörern. Während des Vortrags ging niemand und verließ den Saal. Nachdem Borges geendet hatte, standen alle auf und es schien, dass diese abschließenden Ovationen niemals enden würden‹, erinnert sich Jan Kott mit Schrecken. Zweifelsohne gab Kott ebenso wie die anderen Zuhörer dem unverständlichen Text seine eigene Lesart, so dass sie in der Wiederholung des Wortes – ›Shakespeare, Shakespeare, Shakespeare‹ – das Geheimnis lüfteten.

Vielleicht gab es nicht mehr dazu zu sagen. Mit ein bisschen Unterstützung seitens einer nicht perfekten Technologie hatte der Meister der Fälschung sein Ziel erreicht. Er hatte seinen eigenen Text in eine Schallfälschung verwandelt, die vom Publikum gemacht wurde ...«

Das Schöne an dieser Geschichte liegt in der Vieldeutigkeit; kann man sicher sein, dass man alle Bedeutungen erkannt hat? Ich bin es nicht. Ob Alberto Manguel etwa seine Kommentare absichtlich so offen gelassen hat, um den Leser zusätzlich in die Irre zu führen, indem er Borges nachahmte? Vor ihm hatte sich auch Jan Kott nicht gerade ums Verstehen bemüht. Ob das eine vereinzelte oder gemeinsame Verschwörung war? Denn am Ende und nach all dem ist man weiterhin nicht sicher, ob die Technik wirklich versagt hatte oder ob der große Meiser so unverfroren in seiner Kreativität war, dass er es wagte, auch mit dem großen Shakespeare und dessen großen und kleinen Interpreten seinen Spott zu treiben.

Und wo würde die Auseinandersetzung über Idolatrie (gegenüber dem Meister) enden, die durch die Heuchelei des Fachpublikums provoziert wurde?

Ich finde die Idee enorm, dass es möglicherweise gar keine unantastbaren Größen gibt. Diese Haltung (nicht nur meine, sondern auch die von Borges) war auch auf Borges beziehbar. Fragen sie ihn, er wird es ihnen sagen.

Ich vergaß dem Gesagten hinzuzufügen: Alberto ist der Herkunft nach Argentinier, kanadischer Staatsbürger und seinem Wohnort nach Franzose, *und er schrieb und schreibt in englischer Sprache.* Selbst wenn er versucht hätte, seine möglicherweise unvollkommenen Kenntnisse der englischen Sprache zu verstecken, er hätte es nicht gekonnt. In unserem Briefwechsel benutzte er weder Englisch noch Spanisch, sondern die Sprache der Literatur. Doch die verschiedenen Stränge sind mehrdeutig, wie bei der DNA und auch bei den sprachlichen Identitäten solcher Sprachzauberer. Ein wichtiger Vermittler zwischen Ost und West (neben Orhan Pamuk ...) ist ein Libanese aus Beirut, Amin Maalouf, der seine arabische Herkunft mit dem familiären Katholizismus und die arabische Schrift mit der lateinischen vermischte (nicht durcheinander brachte, sondern verband, besser noch verschränkte). Alle seine Bücher, die sich vorwiegend mit arabischer Kultur, Geschichte und Zivilisation beschäftigen und vor allem mit Fragen der Identität, hat er in französischer Sprache geschrieben, was nicht seine Muttersprache ist. Und ein solches Multitalent, ausgesöhnt mit der Welt, trug auf dem Weltkongress des internationalen PEN in der arktischen Stadt Tromsø in Norwegen zur besseren Verständigung seinen Vortrag in ausgezeichnetem Englisch vor und beendete diesen mit einer Entschuldigung, dass er das Englische nicht gerade besonders gut spräche! Direkt nach diesem Vortrag und noch vor dem Abendessen fragte ich ihn, warum er so bescheiden sei? Er antwortete mir: »Sind nicht etwa Menschen wie sie und ich, die auf der Suche nach sprachlicher Perfektion sind, dazu verpflichtet, wenigstens vor allen anderen Menschen die Sprachen zu kennen?« Was konnte ich von einem solch bescheidenen und echten Weltenbummler (als Journalist und Korrespondent kam er in die unglaublichsten Ecken der Welt, er war sogar Berichterstatter anlässlich des Begräbnisses von Josip Broz Tito 1980 in Belgrad) auch anderes erwarten als eine Antwort, die ich nicht voraussehen konnte?

Und wiederum ist Maalouf bekannt für seinen Satz, mit dem er seine Herkunft und sein Umfeld erklärte: »Für den, der im Libanon lebt, ist die erste Religion die Religion der Koexistenz.« Diesen Satz hätte er wörtlich auch auf Titos Jugoslawien anwenden können. Daher rührt sein Interesse für diesen nicht existierenden Staat. Leider dementierten beide Länder, so unterschiedlich sie auch waren, den Begriff von Koexistenz. Das ehemals einvernehmliche Zusammenleben der Menschen mit unterschiedlichen Religionen innerhalb gemeinsamer Grenzen wurde in beiden Ländern gegen das Allerschlimmste ausgetauscht, gegen ein weiteres wechselseitiges gemeinsames Instrument – den Bürgerkrieg.

Es stellte sich heraus, dass Tromsø, eine Stadt im hohen Norden Norwegens, eine der letzten Stationen der »zivilisierten« Welt ist; in der Vergangenheit waren von dort aus alle Expeditionen zum Nordpol gestartet; ebenso übte sie große Anziehungskraft auf Schriftsteller (des PEN) aus. Als hätten die Schöpfer des Wortes die Vorstellung, dass man die Reinheit der Erneuerung gerade an einem solch weiten, kalten Ort erreichen könne, von dem aus so viele ins Ungewisse des eigenen Lebens, doch in die Gewissheit der Suche nach dem Unbekannten aufgebrochen sind. Und tatsächlich weckten diese wenig besiedelten Weiten im Menschen das Bedürfnis nach dem persönlichen Urbeginn und nach Reinigung. Er wurde in eine Art ursprünglichen Zustand der Unschuld und Naivität zurückversetzt. Daher kamen die unterschiedlichsten Schriftsteller aus den verschiedensten Teilen der Welt hierher. Neben Maalouf waren hier auch der Gastgeber Jostein Gaarder, aber auch die Legende der lateinamerikanischen Literatur und Revolution – Ernesto Cardenal. Schade, dass Alberto Manguel nicht hier weilte, der in Maaloufs Spurensuche nach der Aussöhnung der Unterschiede involviert war, er hat seinerzeit sogar *Die Häfen der Levanten* aus dem Französischen ins Englische übersetzt. (Der Roman befasst sich mit den vielfachen Vermischungen des Osmanischen und Armenischen in der Herkunft des Einzelnen, samt Liebesbeziehung einer Jüdin und eines Moslems ...).

Übrigens, alles ist miteinander verbunden. Als Gaarder an diesem Ort eine Rede hielt, bestätigte er, dass sein Norwegen bei Schriftstellern tatsächlich utopische Überzeugungen und eine offensichtliche kindliche Fröhlichkeit hervorruft: mit Worten, Lächeln, der Mimik und Gestik des ganzen Körpers, der Stimme – unser Gastgeber ähnelte mehr Harry Potter als einem »ernsthaften Literaten«, und dass vor anderen Schriftstellern. Aber ... nur ein Jahr später griff ihn die jüdische Gemeinde in Oslo an, weil er öffentlich verlangt hatte, dass sich die israelische Armee aus dem (Maaloufs) Libanon zurückziehen solle; sie zwang ihn zum freiwilligen Rückzug aus der Öffentlichkeit. Und zur Aufgabe des Kindlichen. Beide, Maalouf wie Gaarder, haben in Tromsø miteinander gesprochen, aber sie haben keinerlei Ränke geschmiedet. Im Übrigen hat dasselbe auch der israelische Autor David Grossmann von seiner Regierung verlangt! Nur einen Tag nach seinem Besuch beim Premierminister, dem er offiziell ein Gesuch für den Rückzug der israelischen Armee aus dem Südlibanon überreichte, wurde sein Sohn in der Uniform der israelischen Armee getötet. Und ich hatte damals sein Buch veröffentlicht und ihn gerade zu diesem Zeitpunkt nach Belgrad eingeladen! Wie das Leben sich in einer einzigen Sekunde verändert!

Die Schlussfolgerung? Schriftsteller als Friedensstifter sind nicht gerade erwünscht. Politiker und jene, die sich dazu berufen fühlen, in der Politik souverän zu sein, geben den Schriftstellern oft zu verstehen, dass sich ihre Rolle seit dem Mittelalter nicht verändert hat: Sie sollen unterhalten wie ein Minstrel, und Punkt.

Aber auch drei Punkte ... Unlängst sagte der Nobelpreisträger José Saramago, dass sein Land Portugal in Zukunft zu Spanien gehören werde und er erlebte eine Kanonade politischer Angriffe, nicht mit Gegenargumenten der tatsächlichen Gegner, sondern mit politischen Disqualifikationen seitens der Politiker, die ihm sagten, er solle die Finger von der Politik lassen und sich nur mit Schreiben befassen. Das wäre auch in Ordnung, wenn sich Politiker mit Politik befassen und keine Bücher schreiben würden. Aber, oh weh!

Ein ungewöhnliches und noch dazu erfolgreiches, aber natürlich auch seltenes Beispiel einer einvernehmlichen Verbindung des einen mit dem anderen war der auch in Tromsø anwesende, bereits erwähnte Ernesto Cardenal.

Der Revolutionär, der nach seinem Kuba-Besuch 1970 eine eigene Philosophie des »christlichen Marxismus« begründete und lange *davor* Konvertit war – Katholik, Priester –, ein Linker und *danach* Kämpfer gegen die Dikatatur Somozas, Kulturminister Nicaraguas und die ganze Zeit über Dichter (der den ästhetischen Standard von Ezra Pound erreichte und seine eigenen Cantos schuf). Ein Mann, der sich von den Mitgliedern der sandinistischen Bewegung löste (deren Kaplan er einst gewesen war), aber nie aufhörte ein Linker zu sein; in seiner Seele ein Mönch, ein Kämpfer gegen unnötige Bereicherung ...

Dieser Freund meiner Freunde war für mich vor allem ein Symbol der Unnachgiebigkeit der Poesie. Er war ein Mensch, der Utopien verwirklichte: 1979 wirkte er als künftiger Minister wegen seiner Lesungen vor Soldaten und Polizisten auf viele wie ein Clown. Er legte ein staatliches Konzept vor, wonach »die Poesie den Soldaten und Polizisten technische Hilfe anbieten könnte«. Auch als Staatsbeamter gab er nicht auf: Mit dem Vortragen von Gedichten merzte er den Analphabetismus in einem Land aus, in dem Poesie danach über Jahre in Millionenauflagen verkauft wurde!

Ein Mann, der den Staat zwang, auf den Dichter zu hören.

In Tromsø stellte er mit seinen achtzig Jahren Skulpturen aus, gestaltete einen Leseabend und war bei wichtigen Themen unendlich geistreich und – der jüngste von allen Autoren. Die Nachfolger von James Laflin aus dem Verlagshaus New Directions in New York gaben bekannt, dass die Vorbereitungen zur Veröffentlichung von *Neuen und ausgewählten Gedichten (*1950–2005*)* im Jahr 2008 liefen. Als hätten sie geahnt, dass er 2007 für den Nobelpreis nominiert werden würde (so wie in diesen Jahren auch andere von den »meinen« nominiert waren, ebenso rebellisch und »alt« genug – Cohen und Dylan). Poesie ist Musik. Und umgekehrt.

Bei der öffentlichen Kandidatur von Cohen in Montreal war ich anwesend und stimmte zusammen mit anderen per Akklamation für diesen Vorschlag. Seltsam, aber etwas, das am Anfang als halb scherzhafte Idee einiger seiner Freunde (Fernsehproduzenten, Jazzsängerinnen und Schriftsteller) geboren war, erschien dem Publikum seiner Geburtstadt sehr verdienstvoll und ernsthaft. Bald konnte dieser Vorschlag nicht mehr zurückgezogen werden: Die Leser, die Öffentlichkeit und die Medien haben die Sache in allen Einzelheiten zu Ende geführt. Natürlich bedeutet die Verleihung des Nobelpreises nicht das »Ende«

für solch einen Kreativen. Es ist auch etwas naiv zu glauben, dass ein seriöser Mann an der Schnittstelle der ewigen Alternative, der älteste Rock-Pop-Musiker (älter als Bob Dylan), für Zweifler immer »halb Dichter, halb Musiker«, einer, der selbst im Alter konsequent geblieben ist, Laureat einer solchen Auszeichnung werden könnte. Obwohl ... man weiß nie. Und der Ausdruck »weder Fisch noch Fleisch« wurde oft mit einem spöttischen Lächeln gebraucht, aber für die, die Phantasie hatten, war das ein fabelhafter Impuls ...

20. Kapitel

Die diplomatische Eroberung des Schlachtfeldes durch Mehmed Pascha ersetzte mit Erfolg das, was bis dahin als das einzig Mögliche und Ausschlaggebende galt – Feuer und Schwert. Natürlich nicht komplett. Wenn auch partiell, wurde so auf allen Seiten tausendfach Leben bewahrt. Sicher, manchmal wurde der Tod nur verschoben, aber insgesamt gesehen wurden Verhandlungen als Ersatz für den Tod an jedem Ort und zu jeder Zeit möglich. Für Bajica war es wichtig, zunächst sich selbst davon zu überzeugen, dass er imstande ist, wenigstens teilweise die Kunst des Verhandelns zu beherrschen, an die er ehrlich glaubte. Er wusste, dass ohne die Brutalität der Eroberung mit Waffen ein Feldzug nicht erfolgreich zu meistern ist, doch das hinderte ihn nicht daran, es mit einer Alternative zu versuchen – mit Korrespondenz und Gespräch bei jeder passenden Gelegenheit. Der Wunsch an das Wort zu glauben war derart stark, das er selbst in Augenblicken, in denen er einsam und alleine der Verzweiflung nahe war, nicht von ihm abließ. Und Gründe zum Verzweifeln gab es. Das ewige Verhandeln mit den durchtriebenen und launenhaften, doch abgesetzten, ungekrönten oder unreifen Prätendenten und Herrschern Ungarns, Österreichs und ihren untereinander zerstrittenen Anhängern, von denen in diesem Kessel jeder sein Süppchen kochen wollte, verzögerte die Resultate der Eroberung: Dem Winter in die Falle gegangen, musste er den Vormarsch unterbrechen und die Armee ins Winterquartier zurückführen, um ihr Ruhe zu gönnen, sie zu verpflegen und für die Fortsetzung des Eroberungsfeldzuges im Frühjahr zu motivieren. Es fehlte nicht viel, und der Sultan wäre in Zorn über diese Entscheidung geraten (mehr über die Verspätung als über die Entscheidung, die die Folge der Verspätung war), doch der Großwesir Rüstem Pascha nahm seinen Landsmann in Schutz und erklärte dem Herrscher, dass es Sinn macht, die endgültigen Resultate der Handlungen seines Heerführers abzuwarten, der in diesem Feldzug seiner Meinung nach mit Recht ein anderes Verhalten als all seine Vorgänger an den Tag legte. Ja, mit der Verlagerung der Ziele ins nächste Jahr hatten sie Zeit verloren, aber nicht unwiederbringlich. Die Armee befand sich an den Grenzen des eroberten Territoriums und es waren keine Kosten für den Rückzug entstanden; sie lag in unmittelbarer Nähe des Feindes in Wartestellung. Das Gros der Truppe ließ Bajica in Belgrad, Zemun, unterhalb des Avala und in dessen Umgebung das Lager aufschlagen. Niemand zog sich in seine Ausgangsposition zurück, auch nicht nach Bosnien.

Und es geschah noch etwas Ungewöhnliches. Alle serbischen Heerführer verhielten sich gemeinsam mit ihren Soldaten so, als wären sie froh beisammen zu sein; sie waren ständig irgendwie dicht aneinandergedrängt, als hätte ihr Zusammensein die Erinnerung daran geweckt, dass es sie *gibt,* dass sie mutig, stark und einig sind und dass sie irgendwann wieder kämpfen könnten, aber dann ausschließlich für ihre eigenen Ziele. Einige der serbischen Führer verbargen solche Gedanken erst gar nicht vor Bajica, als sie sich auf Einladung des Oberkommandierenden innerhalb der Mauern Belgrads niedergelassen hatten. Dieser nahm sie natürlich gern auf und hörte ihnen auch gern zu: Alle empfanden den Klang der eigenen Sprache, derer man sich auch *vor* dem Vertreter des Großreiches und *mit* ihm laut bedienen konnte, als wohltuend. Für einen kurzen Augenblick hatten die Heerführer den Eindruck, *ihr* Oberhaupt vor sich zu haben. Und Bajica stand vor seinen *eigenen* Leuten. Aber er war nicht ihr Oberhaupt in einem eigenen Staat! Merkwürdig! Er, der Oberkommandierende, geboren und aufgewachsen auf diesem Boden, sie, seine Untergebenen, alle derselben Abstammung wie er, alle gemeinsam auf diesem gemeinsamen, ihrem Boden, doch alle miteinander im Dienst eines anderen Herrschers in einem fremden Staat.

Auch Sultan Kanuni selbst, der diesen bezeichnenden Beinamen durch sein Werk erwarb, hatte sich besonders darum verdient gemacht, dass sich die Serben tatsächlich innerhalb des Imperiums als Privilegierte fühlten. Natürlich blieben auch sie nur ein wenig mehr beschützte Personen als andere, doch sie oblagen wenigstens der Illusion, sich selbst zu regieren und ihr Schicksal nach ihrem Maß zu gestalten. In jedem Fall fühlten sie sich nicht wie Sklaven. Sie waren ein Teil von etwas. In schwierigen Zeiten *dazu zu gehören* war wichtiger als zu verzweifeln.

Bajica akzeptierte dieses stumme und freiwillige Bündnis stillschweigend, doch laut äußerte er sich nicht darüber. Er beschloss zu handeln. Und das, wann immer dazu Gelegenheit wäre und auf einem Weg, der für alle von Nutzen sein würde.

Schon jetzt um seine Rückkehr in diese Stadt wissend, ordnete Mehmed Pascha an, dass über den Winter in Belgrad alles nur Mögliche repariert, umgestaltet und unterstützt werden soll (obwohl das nicht die beste Zeit dafür war). Für größere Aktionen gab er Pläne für künftige Arbeiten in Auftrag; für kleinere stellte er Bauarbeiter und Soldaten an, die ohnehin mit soviel Freizeit nichts anzufangen wussten. Eigentlich war er der sogenannte Wächter des Feuers, derjenige, der verhindert, das es jemals erlischt. Arbeit war der Ersatz für Sinan.

Aus Gesprächen mit den serbischen Führern gewann er ein klareres Bild über den Geisteszustand der Leute, über die orthodoxe Kirche und deren fortschreitende Verarmung und gefährlichen Kräfteverfall ... Er erkannte, dass ein Volk, das so zerrissen zwischen mehreren aufgezwungenen Reichen ist, nichts Verbindendes hat. Die Erde war für die Serben das Einzige, womit sie weiterhin verbunden waren: Der Grund und Boden war immobil. Aber, absichtlich oder nicht fanden die fremden Herrscher auch für diese Verbundenheit eine handhabbare Lösung: War eine Verschiebung vonnöten, dann versetzten sie nicht die Klöster, sondern siedelten die Menschen um. Auf unterschiedliche Art und Weise, raffiniert, ohne Scham, freiwillig oder unter Zwang, siedelten sie ganze Dörfer und Regionen um, wann immer ihnen der Sinn danach stand. Sie siedelten sie um, indem sie die Menschen vertrieben oder einfach einschüchterten, damit sie aus eigenem Antrieb »freiwillig« verschwanden, mitunter auch indem sie Einzelne bestachen, häufig durch Aufstiegschancen im Dienst, am häufigsten durch Rekrutierung in die Armee. In solch verzweifelten Situationen hatten die Menschen nichts, woran sie sich festhalten konnten. Nicht einmal in ihren Gedanken, geschweige denn physisch gelang es ihnen, wenigstens den Anschein zu erwecken, dass sie sich ihrem Schickal widersetzen. Was ihnen blieb, war der Glaube, der wiederum nicht durch die Kirche unterstützt wurde, denn das Kirchliche zerfiel langsam aber sicher vor ihren Augen zu Staub.

Wenn schon die Gebäude zerfielen, mussten wenigstens die Gedanken gerettet werden. Aber wie?

Vielleicht erneuerten sich die Gedanken nicht nur *wie* Bauwerke, sondern auch *mit Hilfe* von Bauwerken!

Wieder tat es ihm leid, dass Jusuf Sinan nicht bei ihm war. Nicht Jusuf, sondern Josif. Auch der nicht, sondern alle drei in einem – Mimar Sinan. Weder Türke noch Grieche, sondern – ein Baumeister.

Kapitel XXI

Ich wartete auf meinen Gesprächspartner. Ich suchte nach einem Wissenden, der mir erklärte, warum die Osmanen ihre Eroberung Europas niemals Krieg nannten und auch nicht mit dem Begriff *Krieg* in Verbindung gebracht haben. Es war stets ein *Feldzug*. Als hätte sie schon allein der Ausdruck »Krieg« zu der Tatsache verpflichtet, in diesem Falle auf der Gegenseite, gleichberechtigt oder nicht, einen minimal geschätzter Gegner zu haben. Ich würde nicht sagen, dass eine solche Definition sie dazu gezwungen hätten, anzuerkennen, dass jemand besser oder stärker als sie sein konnte (oder, Gott bewahre, sein musste), aber alles deutete darauf hin, dass sie sich darin unreif verhielten; so wie Kinder halblaut in sich hinein murmelnd versuchen, ihre große Angst zu verscheuchen, indem sie unaufhörlich ein Schimpfwort wiederholen. Verbotene Worte, die in außergewöhnlichen Situationen Heilkraft haben!

Es scheint als hätten sie, anstatt die Erscheinungen beim richtigen Namen zu nennen, ihnen Namen gegeben, die ihnen passten, und dass diese Kämpfer einer Tradition folgten, die durch das bildhafte Attribut des großen Sultan Mehmed *dem Eroberer* begründet wurde. Es gibt Kampf, aber keine Niederlage, es gibt auch keinen Krieg, es gibt nur Eroberungen. Der unschlagbare Sieger führt keinen Krieg, sondern er besetzt und erobert nur. Man geht in einen *Eroberungsfeldzug*. Noch ein Phänomen aus dem gleichen, heute würden wir fast sagen ideologischen Korpus, der in einen halblinguistischen übergegangen ist: *die Ungläubigen*. Das war Exklusivität ohne Rechtfertigung, die Angehörigen aller anderen Religionen als Ungläubige zu bezeichnen. Drei (!) existente Religionen »nicht zu unterscheiden«, war, was wohl, zu kompliziert? Diese Verbindung ist nicht zufällig. Der *Feldzug* sowie die *Ungläubigen* sind im selben Augenblick entstanden. Damals als Mehmed *der Eroberer* das Schicksal des Jahrhunderte alten Byzantinischen Reiches besiegelte, indem er die prächtige Residenzstadt Konstantinopel einnahm.

Wer weiß, wie oft sich davor und danach die Geschichte bis zur Erschöpfung und Langeweile wiederholte: Die neu hinzugekommenen Soldaten haben die Spuren ihrer Vorgänger aus der Vergangenheit verwischt. Und sie versuchten, das gleiche mit der eigenen Zukunft zu tun, sie planten sie nicht – als ob sie sich keine Gedanken über ihre Nachkommen machten und schon gar nicht über die, die sie eines Tages bezwingen würden. Als würde alles in der Gegenwart beginnen und enden.

Die Gegenwart! Das ist ein anderes Wort für Selbstsucht!

Hochmut – ein anderes Wort für Ruin! Daran haben sich die Osmanen, das muss man ihnen lassen, am Beispiel der verlorenen Schlacht von Lepanto abgearbeitet. Damals verstanden sie für alle Zeiten ihren Fehler – über sich das Beste zu denken und alle anderen gering zu schätzen. Das war eine Situation, wie sie selbst bei einem anderen Beispiel nie zuvor gesehen ward; ausgerechnet Sultan Selim, der Sohn des größten aller Sultane, Süleyman des Prächtigen (sogar größer als Mehmed der Eroberer), geriet in eine Krise und entwickelte eine echte Paranoia, aus Angst davor, dass sein Reich zerfallen und Istanbul in wenigen Tagen eingenommen werden könnte. Und wer hat ihn mit Gesprächen und Aktionen, mit der Überzeugung, dass alles ersetzbar ist und mit der schnellen Erneuerung der zerstörten Flotte gerettet? Sein damaliger Großwesir (einst auch Admiral der Flotte) Mehmed Pascha Sokollu/Sokolović, von *Ungläubigen* abstammend, durch *Eroberung* aus Bosnien bzw. Serbien hergebracht.

Nun zurück zur Sprache und zur Frage, warum das alles nicht Krieg hieß.

Mein Gesprächspartner ist eingetroffen. Oder besser mein Zuhörer. Orhan Pamuk. Seine Anwesenheit half mir bei dem Gedanken, dass ich noch den Teil einer möglichen Antwort parat habe. Dieser Teil lag bei Bajica. Als er sich an den Eroberungen und Kämpfen beteiligte, sei es zu Beginn als gewöhnlicher Soldat oder später als Offizier, aber auch als Anführer von Feldzügen besonders auf dem Gebiet von Rumelien, hatte auch er nicht den Eindruck, Krieg zu führen. Seltsam, obwohl alles im Zeichen der Armee stand und so viele umkamen, obwohl Gefangene genommen wurden, Fremdes vereinnahmt wurde, die Grenzen und die Herrscher sich änderten, trotz allem war auch er nicht in der Lage, das alles Krieg zu nennen! Aber er hatte seine Gründe.

»Ihm half der Umstand, dass die osmanische Armee verständlicherweise aus meteorologischen Gründen immer im Frühjahr loszog und die Eroberungen im Spätherbst beendete oder unterbrach. Dadurch waren diese Eroberungen saisonbedingt. Wie Obst. Oder wie etwas Vorübergehendes, was beginnt und dann wieder aufhört, entsteht und vergeht.

Wie die Mode. Solch ein Blick auf den »Krieg« erleichterte ihm die Vorstellung, dass auch Serbien mit Bosnien nur vorübergehend (um nicht *saisonal* zu sagen) der Freiheit beraubt sei. Obwohl er bewusst den osmanischen Herrschern diente, blieb Mehmed auch Bajica. So bewahrte er seine Überzeugung, dass Serbien mit Sicherheit und vielleicht auch Bosnien, sogar auch Slawonien einmal (wieder) ein Teil der alten oder zukünftigen eigenständigen Reiche sein werden. Er fand sich nicht mit der Idee ab, dass sie ewig Sklaven oder Diener bleiben werden.«

Pamuk wollte nicht nur zuhören.

»Oder wie Politik: Die Amerikaner nannten wegen des Rhythmus den Kampf um die Präsidentschaftswahl – Kampagne. Sie hat ihre eigene Amplitude, wenn sie dem Ziel näher kommt, nimmt der Druck zu und dann geht alles in einem Sieg oder in einer Niederlage auf. Und danach verschwindet sie. Was man von Anfang an über sie weiß, ist, dass sie eine einmalige Sache ist und dass sie in einem bestimmten Moment entsteht und verschwindet. Daher haben sie dieses Wort in ihrer Sprache auch für die Bezeichnung der Feldzüge verwendet und beibehalten, die sie nicht Krieg nannten.«

Er traf genau den Punkt. Ich hatte ein persönliches Beispiel:

»Wahrscheinlich hast du vergessen, dass das Bombardement Serbiens im Jahre 1999 ebenfalls Kampagne genannt wurde. Ich meine nicht nur, weil das eine kurze Aktion war, von ›nur‹ drei Monaten (im Verhältnis zur Dauer eines richtigen Krieges), sondern wegen der unterschiedlichen Arten der begleitenden Propaganda, die für Kampagnen üblich ist. Aber vor allem, um den Konflikt (noch ein beliebtes Wort – eine Substitution) nicht zufällig Krieg zu nennen.

Krieg ist immer woanders. (Die Kriege davor auf dem Gebiet unserer ehemals größeren Heimat waren wohl für unseren damaligen Präsidenten woanders). Ich weiß nicht, ob dir bekannt ist, dass diese Kampagne aus dem Jahr 1999 exemplarisch *Barmherziger Engel* genannt wurde. *The Angel of Mercy*. Christlich, wie es sich gehört. Ein katholisches Geschenk an die orthodoxen Brüder.«

»Wenn wir schon dabei sind«, mir fiel noch etwas ein, »völlig unbeachtet blieb die absolut nicht alltägliche, aber langersehnte Erklärung des Oberhaupts der römisch-katholischen Kirche, Papst Benedikt des Sechszehnten, bei seinem Besuch des Patriarchen im Winter 2006 in Istanbul, dass die Trennung des Christentums in das östliche und westliche ein Skandal sei.«

Pamuk brachte die vergangene Zeit wieder in die Erzählung hinein:

»Auch wenn das Leben von Bajica und Jusuf nur ein winziger Zeitabschnitt war, in dem Rumelien die osmanische Macht erdulden musste, sollte man nicht übersehen, dass sich in dieser sogenannten vorübergehenden Zeit ein beachtlicher Teil desselben Europas fast ein halbes Jahrtausend unter dieser Herrschaft befunden hat!«

»So ist es«, stimmte ich zu. »Das konnte Bajica aufgrund seines eigenen Lebens, obwohl er sehr alt wurde, nicht sehen. Er war weder ein Visionär noch ein Hellseher. Wir sind es, die das jetzt sehen können.«

»Aber nicht, weil wir Hellseher oder Visionäre wären, sondern weil das für uns Vergangenheit ist«, scherzte Pamuk.

21. Kapitel

Der Sultan und der Großwesir fanden für die Fortsetzung der militärischen Operationen gegen Temeswar, Buda und Wien einen Mittelweg: Nicht ganz zufrieden mit den Erfolgen von Mehmed Pascha, setzten sie Ahmed Pascha als neuen militärischen Führer ein, den zweiten Wesir der Pforte. Eine Extremlösung kam für sie nicht in Frage: Weder zog Sultan Süleyman persönlich in den Krieg (den er symbolisch erneut von Konstantinopel aus betrieb), noch berief er damit Mehmed Pascha ab oder bestrafte ihn. Er beließ ihn unmittelbar hinter dem neuen Serasker, schlau genug, sich seiner als Heerführer zu bedienen, der immerhin Teile des Banats erfolgreich eingenommen hatte. Und das war gar nicht so viel weniger als das, was vorgesehen war, nur hatte es eben länger gedauert. Aber es war getan. Nebenbei gesagt, der Sultan hatte auch noch andere Pläne mit ihm.

Bajica hatte mit der Ablösung zu kämpfen, aber er musste auch offen für die Wahrheit sein. So, wie allen klar war, dass das sein erster großer Feldzug war, in dem er das Kommando hatte, und man von ihm nicht die Erfahrungen eines erprobten Kriegers erwarten konnte, musste auch ihm klar sein, dass sein hartnäckiges Verhandeln die Zeitspanne für einen größeren und schnelleren Erfolg verkürzt hatte. Das Verhandeln als Methode stellte er allerdings nicht in Frage.

Sowohl Süleyman, der Gesetzgeber, als auch Rüstem Pascha waren eigentlich sehr zufrieden mit ihm. Mehmed Pascha hatte ihnen ein weiteres Tor für ein subtileres Herrschen geöffnet: Er hatte List in Politik umgewandelt. Die osmanische Strategie musste nicht mehr als durchtrieben bezeichnet werden; sie hatte jetzt eine Bezeichnung – Verhandlungen. Die Gegner sprachen allmählich mit Respekt vom neuen Diplomaten des Sultans und mit ihrem Lob gaben sie ihm ihren Wunsch nach Zusammenarbeit zu verstehen. Für seinen Herrscher und den ersten Wesir hieß das, künftig auch auf mittelbarem Wege, ohne das übliche gegenseitige Blutvergießen einen Sieg über die Gegner erzielen zu können. Es gab ja Situationen, wo selbst ihnen eine übergroße Anzahl an Toten nicht recht war. Und noch etwas: Sie hatten eingesehen, wie sehr sie Bajica, der von den serbischen Untergebenen sehr geachtet wurde, brauchten, um das gute Verhältnis zu den Serben aufrechtzuerhalten, waren diese doch ihre besten und tapfersten Kämpfer.

Wegen der Öffentlichkeit und des sichtbaren teilweisen Misserfolges auf dem Schlachtfeld mussten sie ihn aber bei weiteren Operationen wenigstens vom Oberkommando entlasten.

Als Krieger war Bajica unentschlossen. Mit unpraktischer Selbstzufriedenheit hatte das nichts zu tun. Er begriff, wie wichtig es bei den Osmanen war, sich als fähiger Kämpfer zu erweisen. Das eigene Beispiel! Das prägte er sich ein. Obwohl es ihm nicht leicht fiel, aus dem Zustand teilweiser Ungnade, in die er beim Herrscher gefallen und die trotz allem eine öffentliche war im Interesse erneuter Erfolge, in einen Zustand der Gefasstheit und des guten Willens zu gelangen. Unmöglich war das nicht; letzten Endes erwartete ihn erneut die Gnade des Herrschers.

Der Sanftmut des Sultans gegenüber Bajica war es aber auch, der bei einigen Paschas, Agas und Begs in Rumelien dazu führte, diesen Pascha zu verachten. Unter ihnen herrschte noch immer das Prinzip der kriegerischen Grausamkeit, das nichts anderes als die eigene Strenge zuließ. Mehmed Pascha wurde daher als Schwächling betrachtet, der vom Hof verwöhnt wurde, dem man, wann immer sich eine Gelegenheit bot, zeigen musste, was elementarer Mut und das Säen von Angst beim Gegner sind. Deshalb konnten einzelne osmanische Machthaber in Bosnien und Ungarn es auf ihrem Terrain kaum erwarten, dass der Serasker abgelöst wurde und stürzten sich bereits im Winter 1552, ohne die Ankunft des neuen Anführers des Feldzuges abzuwarten, eigenmächtig in neue Eroberungen und Plünderungen. Und was für Bajica das Schlimmste war – sie hatten damit Erfolg und ernteten bei dem neu eingesetzten Ahmed Pascha Lob. Diese still gebilligte Umgehung des Beglerbegs war ihre Art, sich über Bajica lustig zu machen, denn unter seinem Kommando hatten sie auch nicht annähernd schalten und walten können, wie sie wollten. Natürlich übertrieben sie mit ihrer Genugtuung; sie waren nicht weise genug, die Zurückhaltung des Sultans zu erkennen und aus ihr die Möglichkeit herauszulesen, dass sie alle noch so manches Mal unter dem Kommando von Mehmed Pascha in den Krieg ziehen könnten. Falls sie überlebten. Und ganz zu schweigen von der sich noch rächenden Vergesslichkeit, dass Bajica auch weiterhin der Beglerbeg von Rumelien war und sie damit in Friedenszeiten ihm unterstellt. Freilich waren sie alle dem Sultan wichtig, aber sie dienten nur einem bestimmten Zweck, häufig nur in einem bestimmten Moment. Wie man es auch nimmt, sie waren naiv. Was nicht heißt, dass man sie bedauern sollte. Im Gegenteil. Wie grob es auch klingen mag, sie waren es, die allzu früh versuchten, über einen fremden Körper zu triumphieren, indem sie ihn so sahen, wie sie es sich wünschten – als Leiche. Und das war ihr Fehler. Denn nach jedem Krieg oder Feldzug folgte eine Zeit des Friedens. Und damit kam auch er zurück – der Beglerbeg von Rumelien Sokollu Mehmed Pascha oder Bajica Sokolović. In diesem Fall war nicht offensichtlich, welcher der beiden Namen für sie gefährlicher werden könnte.

Der Sultan und der Großwesir schämten sich nicht des Rufes, den die Osmanen damals unter den rumelischen Staaten hatten, – nämlich den kaltblütiger Eroberer und schlechter Unterhändler. Allerdings hatten sie begriffen, dass sich die Zeiten ändern. Und dass es neben der latenten Angst, die sie mit ihren Waffen verbreiteten, kein Fehler sein konnte, etwas Neues einzuführen, was nicht so offensichtlich und kalkulierbar war. Und untereinander gaben sie zu, dass ihnen das Lob, das sie von überall über Mehmed erreichte, sehr behagte. Übrigens waren sie nach Rumelien gekommen, um dort zu bleiben. Und sie waren ja schon lange genug dort, so dass sich die Frage, ob sie weiterhin dort bleiben würden, nicht mehr stellte. Im Gegenteil, ihre Pläne sahen das Eindringen in sein Herz vor. Ein Ende der Eroberungen war also noch nicht abzusehen. Große Feldzüge und langfristige Pläne erforderten jedoch Pausen und Rastplätze, differenziertere Annäherungen, Lösungen und verschiedene Strategien, die den Gegner konfus machten und zu ständiger Vorsicht gemahnten, auch dann, wenn nicht die geballte Kraft der Armee gegen ihn im Anmarsch war.

Für ein solches Herangehen an die Planungen war Mehmed der ideale Mann für sie. Er konnte diese nicht mehr ganz neue, aber gemeinhin akzeptierte und beredte Waffe sein, mit der man es schwerer aufnehmen konnte: Das gegebene Wort konnte verpflichten, musste aber nicht erfüllt werden. Ein und dieselbe Sache konnte man nicht auf vielerlei Art verstehen, richtig oder falsch zu gleichen Teilen. Der Beglerbeg von Rumelien hatte schon begonnen, die Reputation des Reiches zu erhöhen: Die Ungläubigen sahen dort eine Chance für Aufschub, Rückzug, politische Händel und auch für Betrug. Aber auch Mehmed Pascha hatte keinerlei Illusionen. Er nutzte dieses Herangehen für dieselben Ziele, rechnete aber mit der Möglichkeit, dass auch in einem solchen Kampf der Bessere siegt. Geschick vermochte also Gerissenheit zu besiegen. Für Bajica und für den Anfang war das genug. Das, woran er tief in seinem Innern glaubte, durfte er noch nicht zu offen zeigen, geschweige denn laut sagen: Im Verhältnis *Wort – Schwert* war das Wort souverän.

Wenigstens wegen dieser seiner Überzeugung musste er ruhig bleiben und jegliche Ungeduld im Griff haben. Er überlegte folgendermaßen: Falls es sich als richtig erwies, dass er tatsächlich über Fähigkeiten verfügt, für die ihn, so oder so, alle bereits gelobt hatten, würde er diese Eigenschaften auch nicht verlieren. Er müsste sich deshalb aber um die bemühen, die nach Meinung anderer nicht auf seiner Seite waren oder die schlecht waren und aus denen er sich nicht viel oder gar nichts machte. Da es um Charaktereigenschaften ging, um Verhaltensweisen, die man erlernen konnte, beschloss er, sie zu einem Teil seines Charakters zu machen. Vielleicht wäre er so in der Lage, andere mit dieser Vielfalt an Eigenschaften und Fähigkeiten zu täuschen, aber für sich würde er sehr genau wissen, welche wofür existiert, was ihr Bestimmungszweck ist und welche er unter Kontrolle halten musste. *Sich selbst* wollte er nicht ändern. Das war auch die schwierigste Übung: Wie wird man ein anderer und bleibt dabei man selbst.

Hatte ihn das Leben nicht schon vor langer Zeit in dieses grausame Spiel geworfen? Diese Übung war weitaus länger, schwerwiegender und gefährlicher; sie musste bis zum Ende seines Lebens dauern. Sein größtes Geheimnis im Hinblick auf diese Übung hatte die geringste Chance, Realität zu werden. Wie kann man zwei verschiedene Teile seiner Persönlichkeit vor sich und der Welt gleichermaßen aufrichtig vertreten und sich dabei nicht als Betrüger, Schauspieler und Lügner fühlen? Und dass er auch tatsächlich nie ein solcher werde.

Vielleicht einzig dann, wenn er es schaffen könnte nachzuweisen, dass Differenzen nicht wirklich existierten.

Kapitel XXII

Ich erinnere mich an verschiedene Recherchen und sonstige Vorbereitungen aus der Zeit, als ich mich an einen Roman über die Druiden machte.

Auf einer Reise durch die ehemals keltischen Länder wurde in der Bretagne ein Traum für mich wahr. Zunächst jedoch etwas zur Entstehung des Traums …

Er entstand aus der Verbindung von Musik und Architektur. Eigentlich zu der Zeit als der Rock'n Roll noch zur wichtigsten und progressivsten Musikrichtung auf der Welt zählte. In den sechziger und siebziger Jahren des letzten Jahrhunderts kam parallel dazu eine besondere musikalische Richtung auf, die damals noch keinen Namen hatte. Formal gehörte sie auch zur Rockmusik, aber sie war weiter oder hinreichend anders. Ihre Wurzeln hatte sie entweder in dem starken Individualismus einzelner Musiker/Komponisten oder in deren klassischer musikalischer Ausbildung (die Rede ist von Menschen, die in klassischer Musik auf gehobenen Musikschulen oder Universitäten ausgebildet wurden). Die erste der beiden Richtungen wurde verkörpert durch Namen wie Donovan, Bob Dylan … Die zweite, die mich in diesem Augenblick persönlich interessierte, basierte auf der Musik von Sonderlingen, wie Ian Anderson einer war, Frontmann der Band Jethro Tull. Sie wurden wie die Band Gentle Giants und ähnliche meistens dem Sympho-Rock zugeordnet. Das waren Leute, die beseelt und offen Einflüsse der klassischen Musik in ihre Kompositionen einbrachten. Das heißt, sie verwerteten die Klassik (im Unterschied zu jenen, die eine ähnliche musikalische Bildung genossen haben, sie aber nicht nutzten). Nur der Name dieser Richtung Sympho-Rock sagte nichts darüber aus, woran diese Musik erinnerte, sondern vielmehr, was sie in sich bündelte. Sie war daher, vorsichtig ausgedrückt, kompositorisch mehrschichtiger und musikalisch anspruchsvoller als alle anderen Tendenzen im Rock jener Zeit. Allmählich wurden auch musikalische Elemente aus verschiedenen Kulturen darin aufgenommen und nicht hauptsächlich aus dem Angelsächsischen. Im Grunde offenbarten sich die Wurzeln von etwas, das die Musikelemente hatte, die sich später zu einer besonderen Richtung mit der Bezeichnung *world music* oder *Ethnomusik* ausbildeten. Zu der Zeit hatte »das« noch keinen Namen. Zu dieser Zeit überwog im Rock'n Roll eine gemeinsame musikalische Sprache, die noch nicht angemessen die Besonderheiten der einzelnen Musikkulturen wahrnahm.

In den Nuancen solcher musikalischer Verbindungen tauchten die unterschiedlichsten kompositorischen Stimmen auf, die alle zusammen eine reiche und glückliche Schaffensepoche bildeten. Das war eine Zeit, in welcher Künstler und Zuhörer derselben Musik im »Genießen« wetteiferten. Es war nicht wichtig, wer der Sieger war. Das einzig Wichtige mochte das Erlangen eines Glücksgefühls sein.

Aber zurück zur Beziehung zwischen Musik und Architektur. In dieser Geschichte.

Belgrad hat mehrere Konzertsäle für die so genannte ernste Musik, einige sind nur dafür vorgesehen und manche werden »nach Bedarf« genutzt. Auch wenn kein spezieller Saal für das Anhören einer Oper existiert, gibt es wenigstens einen zum Anschauen – im Rahmen des Nationaltheaters. Alles ist irgendwie provisorisch. Die Stadt hat neben einer so genannten Halle im Geschäftszentrum, die auch für Musik genutzt wird, eine Philharmonie, allerdings im Gegensatz zu der anderen Halle ist diese sehr klein. Es gibt aber auch einen Saal, der, obwohl der älteste und von mittlerer Größe, zu einer Art Symbol der Stadt geworden ist. Er wurde, architektonisch wunderbar gelöst, seinerzeit als Teil einer Stiftung gebaut, wo seit Jahrzehnten verschiedene kulturelle Programme ablaufen, bis hin zu Fremdsprachenkursen. Dieser Saal wurde 1924 von dem Architekten Petar Bajalović entworfen, der im selben Jahr nach zehnjähriger Bauzeit auf dem Fundament der Karawanserei und des Bezistan von Mehmed Pascha Sokolović auch das Gebäude vollendet hat, aus dem ich auch gerade spreche (das allerdings für ein Wohnhaus zu hellhörig ist). Dieser erstaunliche Baumeister hat in einigen seiner wichtigsten Projekte die serbische und slawische Tradition mit europäischen Trends verbunden und ein wunderschönes Erbe (zum Beispiel das grandiose, aber minimalistische Gebäude der Juristischen Fakultät in Belgrad) hinterlassen. In diesem, seinem Saal des Gebäudes, das Kolarac-Volksuniversität heißt (errichtet aus Mitteln der Stiftung von Ilija Milosavljević Kolarac, 1800–1878) gastierten in den vergangenen Jahrzehnten alle, die im In- wie Ausland in der Welt der klassischen Musik Rang und Namen hatten. Warum? Nicht nur, weil es im Programm so vorgesehen war, sondern weil, falls das nicht übertrieben ist, ausnahmslos alle sagen, dass dieser schlichte Saal eine ausgezeichnete Akustik habe. Es ist zwar so, dass der Architekt Bajalović Violine spielte und in klassischer Musik ausgebildet war, aber das musste keine Garantie sein für einen Raum mit einer guten Akustik. Es wird erzählt, dass er sich damals vor Baubeginn des Gebäudes, das populär und kurz Kolarac genannt wird, von keinem einzigen Klangexperten beraten ließ.

Es ist klar, dass die Akustik über das Talent des Architekten entscheidet. Er besaß überdurchschnittliches. Darüber hinaus genügt es, im Kontrast zur visuellen Monumentalität der Juristischen Fakultät das kleine Haus von Mihailo Petrović Alas (1868–1943) am Kosančićev venac zu betrachten, das Bajalović im Jahr 1910 als Auftragsarbeit für private Zwecke errichtete. Ungeachtet des extremen Größenunterschieds ist das Haus des berühmten Mathematikers, des Vorreiters der Kybernetik, des Konstrukteurs von Rechnern … (und Anglers, wie es sein Spitzname Alas, serbisch für Fischer, verrät) bescheiden, aber es hat ein Detail – ein Wunsch des Auftraggebers, der vom Architekten erfüllt wurde, weswegen das Haus in Belgrad auch berühmt wurde. (Man könnte fast sagen, dass auch Belgrad aufgrund dieses »Details« berühmt wurde.) Die schlichte und geschmackvolle Fassade wird von einem kleinen Balkon geschmückt (die einzige ausdrückliche Bitte an den Baumeister lautete, man möge vom Balkon den Ausblick auf die Save haben, bei allem anderen hatte er freie Hand). Dieser schönste kleine Balkon der Stadt (oder wenigstens der am besten platzierte Balkon) inspirierte dieses mathematische Genie, seine Reisebeschreibungen aufzuzeichnen und sich so seinerseits mit Literatur beim Architekten dafür zu bedanken, dass dieser ihm den Ausblick geschenkt und die Musik mit Wänden und einem Dach umhüllt hatte.

Und zum Schluss hier die Verbindung von allem.

Im Jahr 1970 erschien im Rahmen des bereits existierenden Ethnosounds (der da noch keinen Namen hatte) eine LP, anders und sehr sonderbar, im Grunde dem Rock gewidmet, aber darüber hinaus ganz unverwechselbar? Ungewöhnlich auch wegen des besonderen Soloinstruments – der Harfe. Und was für eine! Die im zwanzigsten Jahrhundert wiedergeborene keltische Harfe. Im Verhältnis zu der bekannten gebräuchlichen ist diese vor allem wesentlich kleiner. Sie hat Metallsaiten, und zwar aus Bronze, auch wenn ihr Besitzer erzählte, dass der Schöpfer dieser Harfe, sein Vater, die Saiten meistens aus Pferdehaar herstellte. Aber Bronzesaiten erzeugen ein größeres und breiteres Echo. Dieser Komponist und Musiker kam aus Frankreich, um genau zu sein aus der Bretagne. Sein Name war Alan Stivell und die Schallplatte trug den Titel *Reflets*. Die Musik war himmlisch! Nachdem ich mich weitergebildet hatte, gelang es mir für mich in Worte zu fassen, was diese Musik darstellte. Natürlich war das nicht zu vergleichen mit dem, was sie an Gefühlen hervorrief, aber es war ein natürliches Verlangen meinerseits, wissen zu wollen, woher Stivells Inspiration kam (eingeschlossen auch die Herkunft der Harfe und anderer Instrumente, derer er sich bediente).

Die Jahre vergingen und Stivell (sein Künstlername auf bretonisch – alte Fontäne – hatte eine ähnliche Bedeutung wie der Nachname seines Vaters – Cochevelou) nahm weiter Platten auf, die ebenso oder ähnlich exzellent waren. Die Zeit ging dahin, er wurde immer bekannter und der Saal des Belgrader Kolarac bot weiterhin Musikern aus aller Welt eine Heimstatt ... Bis eines Tages im Jahr 1983 in eben diesen Saal Alan Stivell mit seiner keltischen Harfe und den ihn begleitenden Musikern kam. Ich war euphorisch, war fest davon überzeugt, dass jeder in Belgrad wusste, um wen es sich handelte. Aber, ach, der Saal war zwar einigermaßen gefüllt, aber nicht ganz voll. Für mich war das unfassbar. Doch das Konzert ging in ein wahres Nirwana über! Es war Teil seiner häufigen akustischen Phasen. Er hatte auch elektronische Zeiten, harte Rock- und ähnliche Phasen, und immer war er ziemlich gut. Aber in seiner akustischen Ära war er am besten. Im Instrumentellen noch besser als die Besten. Und wenn er sang, dann tat er das auf Bretonisch, Gälisch, (Alt-)Irisch, Französisch und Englisch. Also auf Keltisch – falls es das gäbe, als eine vereinigende Sprache mehrerer pankeltischer Länder, Stämme und Völker. Hinter ihm lagen schon ungefähr zehn Alben und Konzerte im Olympia in Paris und im Dubliner Stadion … Und deshalb war ich stolz darauf, dass er in einem so kleinen Raum wie dem Saal von Bajalović so einen hervorragenden Sound hatte. Man darf nicht vergessen, dass auch für diese Musik zu jener Zeit riesige Freiluftkonzerte Standard waren – von Freiluftbühnen bis zu Stadien – und ansonsten fanden Konzerte in möglichst großen geschlossenen Räumen statt. Der Rock beherrschte damals eben auch die Massen. *Good for rock. Good for masses.*

Ist das der Traum, der für mich wahr wurde? Nein.

Dieser Jugendtraum hatte schon etwas mit Stivell zu tun, aber alles, was mit ihm zu tun hatte, schien auch Pausen von jeweils einem Jahrzehnt einzuschließen …

Damals war es mein Traum, mit ihm zu sprechen. Erst Jahre später, Anfang der Neunziger, in Rennes im Herzen der Bretagne, ging mein Wunsch in Erfüllung. Der Vorspann zu diesem Ereignis besaß Elemente des Geheimnisvollen, von Verschwörung,

Verwischung von Spuren, Verstecken, Treffen an geheimen Orten ... Nicht wegen Stivell, sondern wegen der aufgeladenen politischen Atmosphäre in Frankreich (und nicht nur dort) und des Verhaltens und Handelns einiger Bretonen, die ich damals kannte.

Extremismus. Neuer Nationalismus. Separatismus. Und was sonst noch alles.

Dank einer bretonischen Freundin, die mich mit Enthusiasmus durch die unsichtbare moderne keltische Welt der Bretagne führte, fühlte ich mich privilegiert. Begegnungen dieser Art gingen dem Treffen mit Stivell voraus. Und dem gingen Besuche von Orten voraus, die mich zwangsläufig in die ferne Vergangenheit der Barden zurückversetzten. Danach wohnte ich Versammlungen bei, die nichts Öffentliches oder Halbkultisches an sich hatten, sondern private Zusammenkünfte von Freunden waren und eine Atmosphäre der Brüderlichkeit, der besonderen Zusammengehörigkeit, einer Quasiverschwörung spüren ließen. Und ich wurde, bis heute weiß ich nicht wie (abgesehen davon, dass die Anwesenheit der Freundin eine Garantie darstellte), ohne die geringste Spur von Zweifel von diesen Menschen als einer von ihnen akzeptiert! Ich erinnere mich, dass ich bei einem dieser Treffen von sehr interessanten Leuten überaus aufmerksam geprüft wurde, bevor ich überhaupt ein Wort gesprochen hatte. Und als jemand im Namen aller das Wort an mich richtete, klang das so: »Du bist ein Kelte!« Ich war von dieser (angenehmen) Qualifikation, die nicht die leiseste Frage, geschweige denn einen Einwand duldete, völlig verblüfft. Viele von ihnen hatten keine Ahnung davon, wie viel keltisches Erbe in der Tat auch heute noch auf dem Gebiet Serbiens vorhanden ist. Nur Einzelne. Übrigens sieht es so aus, als wüssten auch die bekanntesten französischen und britischen Fachleute für Keltentum nichts darüber; ihre umfangreichen Bücher beinhalten fast gar nichts über den Balkan außer Allgemeinplätze dazu, welche Rolle dieser für die keltischen Stämme auf ihrem Weg nach Delphi gespielt hat. Aber dazu, dass keltische Skordisker meine Geburtsstadt Belgrad gegründet hatten (sogar zweimal!, um diese Tatsache nicht in Frage zu stellen), gab es nicht mal einen Hinweis. Wussten sie so vieles nicht oder gab es einen Grund für das Nichtwissen?

Vielleicht war diese Frage überflüssig, wenn ich mich daran erinnere, dass eine ähnliche Sache auch in Serbien passiert ist, allerdings in abgeschwächter Form, da dort das Wissen über das keltische Erbe nicht ignoriert werden konnte, da es bereits bekannt war. Aber irgendwie wurde es vertuscht! Ich habe nicht verstanden, warum belegbare und belegte wissenschaftliche Wahrheiten einiger unverdächtiger Experten so gewissenhaft unter den Teppich gekehrt werden. Welche Kultur möchte sich denn nicht mit Wissen über *tiefere* historische Schichten brüsten, aus denen sie hervorgegangen ist? Welche Zivilisation freut es nicht, sich mit anderen zu messen und zu vergleichen? Schon am Beispiel des alten Namens von Belgrad sieht man diese unverständliche Oberflächlichkeit oder die Absicht: Die Öffentlichkeit rühmt sich immer mit seinem römischen Namen *Singidunum* und übersieht den keltischen *Sindidun*, Name (und Existenz) der Stadt vier Jahrhunderte vorher. Es ist verwunderlich, dass das einer Nation passiert, die an der Schwelle vom zwanzigsten zum einundzwanzigsten Jahrhundert in der Welt durch drastische Ereignisse bekannt wurde, unter anderem auch, weil sie beharrlich und hartnäckig auf ihrer eigenen Vorzeit sowohl der Menschen als auch des Grund und Bodens beharrte. Vielleicht deshalb, weil Kelten eben doch keine Serben sind. Aber wir müssen doch alle gelernt haben, dass ungeachtet des genetischen Erbes auch jenes existiert, das sich auf Grund und Boden sowie Raum begründet.

Dieses ungelöste Problem vor meiner Tür verringert überhaupt nicht die Verantwortung der französisch und britischen Keltologen, die in beinahe neokolonialer Manier die Existenz eines Teils ihres eigenen Erbes in einem anderen Raum ignorieren. Oder, um es gelinder zu formulieren – mit diesem Teil des Erbes befassen sie sich nicht.

Ist das Politik?

Nach dem Beispiel von Alan Stivell zu urteilen, ja.

22. Kapitel

Natürlich bedauerte er, dass Sinan nicht bei ihm war, aber er verstand, dass dies ein Wink des Schicksals ist. Die schwere Bürde einer teilweisen Niederlage als Heerführer musste er allein tragen und sich allein davon befreien. Sinan war erst einmal nur in Gedanken bei ihm.

Als im darauffolgenden Frühjahr unter dem Kommando des zweiten Wesirs der Pforte der Feldzug gegen das Banat fortgesetzt wurde, begriff er, dass man sich zeitweilig seinen Stolz verkneifen muss. Er musste seine hohe Stellung vergessen und sich wie ein einfacher Soldat verhalten. Und gerade diese Rückkehr zum unbedingten Untertanengehorsam ohne überflüssiges Nachdenken machte es möglich, dass ihn die anderen als ausgesprochen tapferen Kämpfer sahen, aber auch er selbst sah sich so. Er führte nun die Einheiten in mehrere Schlachten, riskierte oft sein Leben und wurde für die Soldaten ein großes Vorbild. Die Chronisten hinterließen sogar einen Beleg über diese Tapferkeit: »Sokolović hat bei Temeswar ein Wunder vollbracht.« Oder die Notiz, dass Mehmed Sokolović in diesem Gefecht (ein Monat Belagerung von Temeswar) den Feind derart attackierte, dass »das Pferd unter ihm erschossen wurde und er selbst nur mit Gottes Hilfe überlebte und unverletzt blieb. In den weiteren Kampf ritt er auf einem anderen Pferd«. So erwarb er das Vertrauen aller, der einfachen Soldaten, wenn sie für Momente in Panik gerieten, aber auch der Offiziere, die er ohne direkten Einfluss und Überredungskünste zu persönlichem Heldentum anspornte.

Die Nachricht von seiner Tapferkeit erreichte den Sultan und den Großwesir schneller als der Bericht von den Kämpfen im Banat. Als der letzte dienstliche Bericht des Seraskers über den erfolgreichen Feldzug anlangte, mit persönlichen und öffentlichen Lobesworten von Ahmed Pascha, die besonders den Heldentaten von Mehmed Pascha galten, waren beide erleichtert. Ihre Milde gegenüber den begangenen Fehlern hatte sich irgendwie wie von selbst als gerechtfertigt erwiesen. Das half ihnen, weiterhin leichten Herzens ihre unverhohlene Symphatie für Bajica zu zeigen. Und er konnte freier atmen, nachdem er den übermäßig kämpferisch gesonnenen Paschas, Agas und Begs die Giftpfeile aus der Hand geschlagen hatte, die sie bislang so bereitwillig in seine Richtung schossen. Sein Heldentum durfte von da an niemand mehr in Zweifel ziehen.

Aber Bajica hatte jetzt, da er den Feldzug als Kommandeur in derselben Position wie der zweite Wesir der Pforte fortsetzte, einen zusätzlichen teuflischen Plan. Ahmed Pascha hatte nämlich nach so vielen eroberten befestigten Städten viel zu leicht und zu schnell den Vorschlag des Beglerbeg von Buda, Hadum Ali Pascha, akzeptiert, alle Heerführer mögen zusammen, im Verbund aller Heere, diesen militärischen Erfolg mit einem Überfall auf die bekannte Festung Eger besiegeln, die Oberungarn dominierte. Welche Bedeutung diesem Vorschlag beigemessen wurde, dem sich Bajica vor dem Serasker unter vier Augen widersetzte, dann aber seine Hartnäckigkeit aufgab, als er begriff, dass sie ihm abermals mangelnden Mut vorwerfen würden, was aus der Anzahl und Auflistung der Schlachtteilnehmer ersichtlich war: Gegen zweitausend Verteidiger, angeführt von Herzog István Dobó (der dem serbischen Helden Petar Bakić nahestand, der gleichfalls auf österreichisch-ungarischer Seite kämpfte) traten sage und schreibe fünfzigtausend Osmanen an (darunter unter Mehmeds Kommando auch mehrere Tausend serbische Kämpfer)! An der Spitze des türkischen Heeres waren neben dem zweiten Wesir Ahmed Pascha und dem Beglerbeg von Rumelien, Sokollu Mehmed Pascha, auch der anatolische Beglerbeg, Hasan Pascha, der Beglerbeg von Buda, Hadum Ali Pascha, der Sandschak Beg von Stolni Beograd (Székesfehévár), Arslan Beg, Ulama Beg vom bosnischen Sandschak, Derviš Beg vom Sandschak Pécs, Hasan Beg vom Sandschak Smederevo, Mustafa Beg vom Sandschak Szeged sowie Veli Beg vom Sandschak Hatvan. Diese gestandenen Kämpfer hatten in dem Wunsch, eine Botschaft von der Unerbittlichkeit und Relevanz dieser Schlacht zu senden, alle Truppengattungen der osmanischen Armee in ihre Befehlsgewalt gebracht: Janitscharen und Spahi, Akindschi, Kawallerie, Infanteriemilizen, Martolosen und Artilleristen. Doch diese geballte Macht half ihnen nichts. Es geschah das, was Bajica vermutet hatte. Zahlen waren Schall und Rauch, denn diese Festung war strategisch perfekt durchdacht, glänzend konstruiert und noch besser erbaut und damit leicht zu verteidigen. Hinzu kam, dass die osmanische Armee seit langer Zeit nicht einen solchen fast irrsinnigen Mut gesehen hatte, wie ihn alle Bewohner der Festung, von den Soldaten und den Alten bis zu den Frauen und Kindern an den Tag legten. Nach mehr als einem Monat Belagerung und schweren, eisigen Regenfällen Mitte Oktober hatte es den Anschein, als würde sich der Allmächtige in das Geschehen einmischen wie um zu sagen, dass für einige Orte und Menschen eine Zeit kommt, wo man sie in Ruhe lassen sollte. Ahmed Pascha wurde klar, dass er die Armee zurückrufen musste. Über die Anzahl der umgekommenen Angreifer durfte nicht laut geredet werden.

Auch Bajica wollte niemandem etwas mitteilen. So war es eben: Auch der zweite Wesir hatte einen Misserfolg, um nicht zu sagen eine Niederlage erlitten! Sein »höllischer« Plan bestand nicht aus Tun, sondern eher aus Nichtstun. Ihm genügte es im Voraus zu wissen, dass niemand auf seine Einwände gegen die Idee, Eger zu belagern, hören würde. So gelang es ihm, allen auszurichten, dass es keine untadeligen Krieger gibt.

Dieses Ereignis schwächte den vorangegangenen Misserfolg Bajicas weiter ab. Mit einem zusätzlichen Vorteil für ihn, denn den Sultan und den Topkapi-Palast erreichte irgendwie doch die Nachricht, dass einzig Mehmed Pascha Sokolović seinerzeit diesem Plan widersprochen hatte. Man könnte sagen, er versuchte die anderen zu lehren, was er als Lektion gelernt hatte. Ohne Erfolg. Offenbar muss jeder seine eigenen Erfahrungen machen.

Die enorme Niederlage und der Zorn des Sultans konnte nicht einmal durch den Ersatz des Beglerbegs von Buda entschärft werden.

Doch auch Bajica war nicht zufrieden. Nach einem aus seiner Sicht handfesten Beweis (seines persönlichen Mutes) verspürte er den Wunsch nach subtilerer Bestätigung.

Und wieder fiel ihm Sinan ein.

Egal, wie er es drehte und wendete, er beneidete ihn ständig um seine Fähigkeit zu bauen. Seitdem er als Baumeister für militärische Zwecke von allen Feldzügen verschont worden war, erhielt er immer mehr Aufträge von den hohen Beamten des Reiches und selbst vom Sultan. Er musste nicht mehr zerstören. Auch Bajica könnte von sich sagen, dass er am Bau des Imperiums beteiligt war, doch er war nicht willens, so naiv zu sein. Ihm war klar, wie viel Blutvergießen er noch zu überstehen hatte (bis er eine derart wichtige Person sein würde), denn im Grunde genommen war er noch immer Soldat. Einer, der darauf gefasst sein muss, in jedem Moment zu töten oder getötet zu werden. Wovor ihn offenbar nichts mehr schützen konnte. Noch rechnete er mit einer besseren Option: Sollte er eines Tages Glück haben, musste er das nicht selbst tun, sondern es würde genügen, dass er anderen befiehlt, das zu tun (in seinem Namen). Bisher war ihm dieses Glück im Prinzip hold gewesen: So viele Ausbildungsjahre, von denen er mehrere auf dem Schlachtfeld zubrachte als Angehöriger der Janitscharen, die für wichtige Positionen prädestiniert waren, hatte ihn das Verbot des Padischah davor geschützt, selbst zu töten, weil das auch sein Leben in Gefahr brachte, welches schon damals hoch geschätzt wurde. Obwohl er lernen musste, auf welche Arten man tötet, sollte er dieses Wissen später benutzen, um andere das Töten zu lehren. Seine für die Zukunft geplante Arbeit hieß das Kommando zum Töten zu geben. Ein derartiger Plan bewahrte ihn vor dem persönlichen »überflüssigen« Töten. Das war ein gewisser Trost für ihn.

Er erschauderte vor sich selbst. Nichts von dem Angebotenen sah gut aus. Er dachte auch nicht, dass auch nur irgendetwas davon ein Ausdruck seiner selbst war.

Während er für den Sultan tötete und eroberte, feierte Josif als Jusuf seine Siege durch Bauvorhaben.

Bajica hingegen hatte sich als Mehmed erst noch zu beweisen. Allerdings musste man der Ehrlichkeit halber erinnern, dass sein Freund mehr als zehn Jahre älter war als er. All diesen Zahlen zufolge, die Lebensjahre eingerechnet, verdiente es Sinan, vor ihm zu sein. Bajica konnte so tun, als wäre er noch ein junger Bursche, der wie jeder junge Bursche eine strahlende und vielversprechende Zukunft vor sich hat.

Kapitel XXIII

Das Problematische am kulturellen Erbe besteht darin, dass es per Definition die Menschen stets in zwei Lager teilt: Jene, die darin die Bewahrung ihrer Identität sehen und jene, die im Erbe eine Gefahr sehen. Es gibt also immer ein *Für* und *Wider*. Damit ist auch jede rein künstlerische Beschäftigung mit Problemen innerhalb dieses Themas nicht gegen politischen Missbrauch gefeit. Genau darüber sprach auch Stivell, als wir uns in Rennes in einer Kneipe trafen. Bei ihm ist dieses Problem in Angst umgeschlagen. Auf dem Höhepunkt seiner Karriere, wie Biografen das formulieren würden, als von seinem Album, das bei dem Konzert im Olympia 1972 in Paris aufgenommen worden war, zwei Millionen Stück verkauft wurden, überfiel ihn wegen der Verantwortung, die sich ihm dadurch auferlegte, große Angst. Der größere Einfluss, den er durch seine Musik in der Bretagne, in Irland, Wales, Schottland, Cornwall, Isle of Man, aber auch in anderen Teilen Europas und auf anderen Kontinenten (Australien, Neuseeland, USA, Lateinamerika) erreichte, hat ihn tatsächlich erschrocken, denn er begriff, dass viele seinen Wunsch nach Wiederbelebung einer alten und leblosen Kultur missverstanden. Solche Leute nahmen das politisch. Gegründet wurden verschiedene Gesellschaften, Vereine und Gruppen mit extrem dubiosen Zielen, die seine

Texte, Interviews und seine gesamte Erscheinung missbrauchten. Die öffentliche Stimme derer wurde immer präsenter und auch immer aggressiver. Stivell begann ernsthaft in sich zu gehen und die Schuld bei sich zu suchen, wobei er nichts Dementsprechendes herausfand. Etwas zu lieben, zu verstehen und mit anderen zu teilen meint doch nicht automatisch, dass das in die politische Arena gehört. Als er begriffen hatte, dass *seine* Sache bei anderen, die sie zu *ihrer* machten, außer Kontrolle geraten war, entschloss er sich zum Rückzug aus der Öffentlichkeit. Im Stillen war er weiterhin schöpferisch tätig, aber für das Publikum war er nicht mehr wahrnehmbar. Er verschwand.

Während ich im Winter 1991/1992 mit Stivell in der gemütlichen (vielleicht auch virtuellen) Holzhütte der geschützten westlichen Zivilisation, im Herzen der »aufständischen« Bretagne sprach, hatte ich dieses schizoide Gefühl der eigenen Zweiheit, weil in demselben Augenblick mein Land zerfiel und die Menschen sich gegenseitig umbrachten. Mich schrecklich fühlend versuchte ich den Freunden, auch Stivell, vorsichtig meine Ängste gegenüber jeglichem Nationalismus, auch dem bretonischen, der hinter jeder Ecke des Landes der Franken hervorlugte, verständlich zu machen. Vielleicht würden die Bretonen zur Erreichung ihrer Ziele niemals zur Waffe greifen, wie das die Völker Jugoslawiens taten, aber die Gefahr lauerte in der Verbreitung der Ideen dort, wo man darauf keinen Einfluss hatte, sowie in der Vereinigung zu einer umfassenden Bewegung. Eine solche gab es bereits und das war die ideale Chance für sie, das Haupt zu erheben.

Während Stivells Zurückgezogenheit versuchten andere seinen Platz einzunehmen. Mit Mitteln der

Politik. In der Tat blickt die Idee der erneuten Vereinigung der keltischen Völker und Kulturen auf eine reichhaltige Geschichte zurück. Die Idee des Pankeltentums der Moderne nahm im 19. Jahrhundert ihren Anfang und fand verschiedene Ausprägungen in Organisationen wie dem Keltischen Kongress, der Keltischen Union, der Keltischen Liga und anderen. Einige von ihnen sahen das Gemeinsame nur in der Sprache und Kultur, andere sahen in den politischen Zielen einen gemeinsamen Staat. Bis heute.

Nach dem Höhepunkt seines Erfolgs Anfang der siebziger Jahre erreichte Stivell, aus dem freiwilligen Exil zurückgekehrt, erneut seine frühere Position. Und dann, Anfang der neunziger Jahre, als wir miteinander sprachen, gab es Leute, die ihn für ihre Zwecke benutzten. Aber die allgemeinen politischen Spannungen hatten abgenommen und so konnte er seine Standpunkte wieder gelassener auch außerhalb der Musik formulieren. Jetzt erlebte er, vielleicht schon zum zweiten Mal (davor Anfang der Achtziger), ein Revival oder eine Rückkehr zum Ruhm: Einige seiner Platten und CDs verkauften sich durchschnittlich tausendmal pro Tag! Und von Donovan sagte er, dieser sei der Vorreiter und gar der Erfinder des Keltenrocks gewesen. Dieses Syntagma akzeptierte er auch als Symbol für seine Musik und fügte den Bezeichnungen wie Ethno-Moderne, New Age und sogar Folk hinzu. Anführer (der Bewegung) der Neokelten zu sein, akzeptierte er nicht. Egal, was für eine Herausforderung solch eine Position auch sein mochte. Zum Beispiel: Die politischen Verfechter eines keltischen Staates würden, wenn sie alle Territorien in Betracht zögen, die während bestimmter Perioden von den Kelten bewohnt waren, auf die Größe eines Staates kommen, der sich, grob gesagt, mit dem im Entstehen begriffenen neuen Staat – der Europäischen Union – messen könnte. Die Tatsache, dass sie vor langer Zeit als Söldner in der Armee von Alexander dem Großen dienten und mit ihm an der Eroberung Asiens bis nach Indien beteiligt waren, also damals anteilige »Besitzer« des Mittleren Osten waren, darf nicht gezählt werden.

Wie nahe die pankeltische Bewegung während einiger Phasen an einer Explosion war, auch in der, deren Zeuge ich wurde, zeigt die Sympathie, die ihre militanteren Anhänger gegenüber der damaligen baskischen separatistischen Organisation ETA äußerten. Das war ganz verständlich. Die historischen und ethnischen Hintergründe stimmten ziemlich überein, geografisch waren sie Nachbarn, lebten sozusagen Tür an Tür, und nach der gegenseitigen Unterstützung zu urteilen kann man sagen, dass ihre politischen Programme fast deckungsgleich waren. Die Regierungen sowohl des einen als auch des anderen Staates haben gemeinsam unermüdlich an der Schwächung des Flügels der ETA gearbeitet, der sich dem Terrorismus verschrieben hatte. Die Pyrenäen waren die Grenze, aber auch der Ort des Übergangs in einen fremden Hof: Das französische Territorium nutzten spanische Flüchtlinge als logistische Basis, als Partisanenkrankenhaus, als Zwischenstation für Umgruppierungen und zur Erholung.

Eines Tages/Nachts begriff ich, wie tief diese gegenseitigen Beziehungen waren. Meine bretonische Freundin nahm mich in den Nachbarort mit, als Antwort auf meine Frage, wohin und vor allem zu wem wir unterwegs waren, lächelte sie die ganze Zeit geheimnisvoll. Denn wir fuhren so lange und auf so vielen Umwegen in Richtung einer benachbarten Siedlung, dass mir der Ernst der Sache klar wurde: Wir verwischten Spuren! Dann erwartete uns an einem Ort eine andere Freundin, wir wechselten das Auto und alles begann wieder von vorn: eine Fahrt im Kreis, um den Ort herum, nur nicht direkt zum Ziel. Mit konspirativer Unterstützung der verschwörerischen Dunkelheit erreichten wir das Haus unserer Gastgeberin, die am Steuer gesessen hatte.

Der Abend verlief in der üblichen Atmosphäre einer Dreierrunde, es war angenehm, aber nicht ganz entspannt. Nach einer gewissen Zeit wurde auch klar, warum. Zu uns gesellte sich ein markanter Mann mittleren Alters, braun gebräunt und mit schwarzen Haaren, der ein ausgezeichnetes Französisch und Englisch sprach, mit leichtem spanischen Akzent. Er wirkte offen und herzlich. Im Unterschied zu den meisten Menschen, die sich kennenlernten oder zum ersten Mal begegneten, schwatzte er nicht. Er war sehr direkt, mehr als liebenswürdig und wohlerzogen. Erst gegen Ende des Abendessens, als die Gastgeberin und Raúl T. vor uns aus dem Esszimmer ins Wohnzimmer gingen, ließ mich meine Freundin wissen, dass unser Gesprächspartner einer der vier Anführer der ETA war, dem die Aufgabe oblag, ihre Mitglieder auf die jeweils andere Seite der Grenze entlang der Pyrenäen zu bringen. Ich weiß, dass es mir eiskalt den Rücken herunter lief. Ich glaube, dass sie damals die von den Staaten, der Polizei und den Geheimdiensten Europas meistgesuchten Leute auf dem Kontinent waren.

Nachdem er begriffen hatte, dass ich nun wusste, wer er ist, wich dieser äußerst gebildete Mann von den bisherigen Themen ab und begann, mit mir offen über seine Bewegung, deren Ziele und die dafür eingesetzten Mittel zu sprechen. Er antwortete auf alle meine Fragen. Seine Hingabe war fatalistisch. Den

Tod positionierte er in der Ebene des Alltags und unterschied ihn nicht vom Leben. Und in einem Augenblick verblüffte er mich. Das konnte nicht mehr nur seine Sympathie für mich sein. Das war Wohlwollen gegenüber meiner Nation, allerdings sehr seltsam formuliert.

»Aber warum unternehmt ihr Serben keine terroristischen Aktionen gegen eure Feinde?«, fragte er.

Ich verstand ihn nicht. Zu jener Zeit tobte in meinem (ehemaligen) Land ein blutiger Bürgerkrieg! Ein Krieg, der in einem Moment dem »jeder gegen jeden« ähnelte. Das Töten war brutaler und massenhafter als jede Art von Terrorismus. Mir war nicht klar, wozu sein Vorschlag dienen sollte. Doch dann verstand ich.

»Ich habe nicht an Aktionen auf dem Gebiet von Jugoslawien gedacht. Ich denke an das Ausland, an die Länder, die gegen Serbien und die Serben sind, die die Kroaten, die bosnischen Muslime unterstützen.«

Ich konnte es nicht fassen.

»Aber ich wünsche mir, dass dieser Krieg aufhört und nicht, dass wir ihn noch exportieren!«

Raúl aber blieb hartnäckig. Er verglich die baskische mit der serbischen Position (der Gegensatz, dass die einen sich abspalten und die anderen sich vereinen wollten, störte ihn überhaupt nicht); er zog daraus unglaubliche Schlüsse und bot Hilfe bei der Ausbildung für terroristische Angriffe an. In der Zusammenarbeit sah er eine ganz normale Zukunft.

»Wenn wir euch in der zivilen Kriegsführung unterweisen, dann könnt ihr uns als echte Armee ausbilden, was uns später sicherlich von Nutzen sein wird.«

Raúl war sich sicher, dass ihnen ein Krieg bevorstand.

Wie konnte ich ihn vom Gegenteil überzeugen? Er bezog sich auf Ereignisse und Erfahrungen aus meinem Land, um zu beweisen, dass er im Recht war. Hatten wir nicht auch auf der Suche nach den eigenen Wurzeln und Identitäten am Ende begonnen, uns gegenseitig massenhaft zu töten? Und zweitens war er der Auffassung, dass in diesem Konflikt die serbische Seite im Recht sei! Wahrscheinlich deshalb, weil alle anderen die Serben für schuldig erklärt haben. Und ich gebe zu, dass ich, der ich mit Sicherheit auf keinen Fall ein Massenmörder (oder Befehlshaber einer Armee) war, in den folgenden Jahren den Fluch der Zugehörigkeit zum eigenen Volk auf der eigenen Haut gespürt habe. Vor allem außerhalb meines Landes, welches das auch immer gewesen sein mag. Leider war ich so etwas wie ein »verdammter Serbe«, auch für manche Verlage und Literaturinstitutionen.

Raúls glühendes Engagement für die »serbische Sache« war noch verwunderlicher, da wir beide wussten, dass meine Freundin in diesem Krieg für die Muslime war, sowohl in Bosnien als auch im Kosovo. Auch wenn ich das mit ihren ausdrücklich privaten und intim familiären Gründen rechtfertigen konnte, aus einem anderen Grund rechtfertigte ich das nicht: Die Franzosen hielten wegen der so großen muslimischen Gemeinde im eigenen Land, ein Erbe aus der Kolonialzeit, zu den Muslimen, um verständlicherweise im eigenen Haus den Frieden zu wahren. Dazu kam aber auch, dass zu dem Bedürfnis an Demokratie auch Frankreichs ein wenig heuchlerisches Bedürfnis hinzukam, Minderheiten laut und theatralisch zu schützen. Damit war meine Bretonin (nicht zu vergessen, der Definition nach Separatistin) Französin. Aber meine Freundin ist sie geblieben, weil Politik keine Freundschaft schafft. Noch einfacher gesagt: Freundschaft ist keine Politik.

Und ihre Verteidigung der einen Seite und Raúls Extremismus zur Verteidigung der anderen Seite waren nur noch eine Form des Kampfes, wenn nicht für die Erfindung, dann für die Rückkehr zur vorübergehend verloren gegangenen Identität. An diesem radikalen Ansatz war tröstlich, dass sie bereit waren, für ihre Auffassungen ihr eigenes Leben aufs Spiel zu setzen und nicht nur das der anderen.

Was mich betraf, ich hatte die seltene Gelegenheit, Weihnachten (sowohl das katholische als auch das orthodoxe) und den Jahreswechsel (1991/1992) nicht mit meiner Familie zu verbringen, sondern mit fremden Kindern in einer französischen Familie. Als sie bemerkten, dass ich meine Melancholie schlecht verbergen konnte, richteten es meine wundervollen Gastgeber so ein, dass ich in einem Fladen ein Goldstück fand (ich erinnere mich nicht, ob das ein christlicher oder ein heidnischer Brauch war), sie übergaben mir Geschenke und waren der Ersatz für mein virtuelles Glück.

Einen Monat später kehrte ich in mein Land ohne Eigenschaften zurück, dessen Symbol von Befreiung oder Besatzung (abhängig von der jeweiligen Konfliktseite) ein Ort namens Vukovar war. Die Stadt, die nach den existierenden Grenzen zu Kroatien gehörte, mit serbischer Mehrheitsbevölkerung, die so zerstört, wie sie war, zu einer Geisterstadt wurde und anstatt des ursprünglichen *Vukovar* den international allseits verständlichen passenderen Namen *Vukowar* erhielt.

Noch einen weiteren Monat später nach meiner Rückkehr setzte mich meine bretonische Freundin in einem eigenartig verschlüsselten Brieftext über die traurige, aber zu erwartende Nachricht in Kenntnis, dass unsere Gastgeberin von »jenem« Abend gefangen genommen wurde und Raúls Versteck aufgeflogen war und er bei einem Fluchtversuch getötet wurde.

Überall nur der Tod.

Hat auch der Tod eine Identität?

Ob der Tod sie schützt? Wie die Mumie den Körper?

23. Kapitel

Die Tatsache, dass Sinan den Höhepunkt seines beruflichen Könnens längst erreicht hatte und Chefarchitekt des Sultanats geworden war, hinderte Bajica nicht daran, sich von Zeit zu Zeit mit ihm zu vergleichen. Wenn Mehmed unter Berücksichtigung des Altersunterschieds darüber nachsann, was ihn in seiner Karriere noch erwarten könnte, wagte er nicht auch nur irgendetwas laut zu sagen. Aber die Möglichkeit des Unausgesprochenen – den Freund einzuholen, genügte, um über alle Tode hinwegzugehen, über die er nachgedacht hatte.

Ja, in seinem *Beruf* hatte es Sinan an die Spitze geschafft nicht aber in seinen *Leistungen*. Noch nicht! Und genau das gab Bajica die Kraft, an die Möglichkeit zu glauben, ihn einholen zu können. Im Beruf, und vielleicht auch in dem, was an Leistung möglich ist. Nicht so sehr wegen des Wettbewerbs oder eines Sieges als vielmehr um diese Situation des Kriegführens, von dem er sich noch nicht gelöst hatte, für sich leichter zu gestalten. Und das, was ihn erst noch erwartete, fand er wenig später heraus.

Zunächst bedauerte er, Belgrad verlassen zu müssen. Aber er war dazu gezwungen: Als Beglerbeg von Rumelien hatte er seinen Sitz in Sofia und um seine Aufgabe zu erfüllen, musste er eben von dort den europäischen Teil des Reiches leiten. Doch wie er sich vorher schon in Sofia nicht länger aufhielt, weil er häufig zu neuen Aufgaben gerufen wurde, war das auch jetzt nicht viel anders. Bereits nach wenigen Tagen rief ihn der Großwesir auf Befehl des Sultans eilig nach Istanbul, damit er sich informieren und auf den Feldzug gegen Persien vorbereiten konnte.

Er begab sich jedoch nicht sofort an die Front. Sie hielten ihn im Serail fest. Der Zufall gestattete ihm, die Intrigen bei Hofe, die sich unerwartet häuften, aus der Nähe und doch aus dem Abseits zu beobachten, zum Glück als vorübergehender, wenn auch nicht zufälliger Passant, der nicht in die Dinge involviert war. Der Sultan begann sich nämlich im vorgerückten Alter von Zeit zu Zeit seltsam zu verhalten; andererseits machte sich Roxelane, die Liebe seines Lebens, ihrer Schönheit, Jugend und einstigen Verehrung beraubt, daran, ihre Aufmerksamkeit vom Ehemann auf den eigenen Einfluss im Serail zu verlagern. Der Großwesir Rüstem Pascha begab sich mit einem Teilerfolg in den Feldzug gegen Persien. Nicht einmal die Tatsache, dass er der Schwiegersohn des Sultanspaars war, der Gatte ihrer Tochter Mihrimah, rettete ihn vor momentaner Ungnade. Durch einen irrationalen Beschluss wurde er seines Postens als erster Mann des Diwans enthobenen und der zweite Wesir Ahmed Pascha, Eroberer von Temeswar und Bajicas einstiger Mitkämpfer, wurde vom Sultan auf den Posten gesetzt. Ein wenig verwirrt von den Ereignissen rettete Bajica der Schatten, in dem er verblieben war. Andernfalls hätte er es schwer gehabt, sich zu positionieren: Rüstem Pascha war sein Landsmann, der ihn in hohem Maße schützte, während er mit Ahmed Pascha die übelsten Schlachten bestanden hatte, die ihm den Respekt der Soldaten zurückbrachten. Nach der Bekanntmachung über seinen vorgesehenen Anschluss an das gegen die Perser ziehende Heer verbrachte Bajo auf Grund eines neuen Befehls die folgenden Monate mit Aufgaben zwischen Sofia und Belgrad. Das bewahrte ihn vor so manch Unerquicklichem. Für die Sultansfamilie kam ein tragischer Zeitabschnitt heran: Durch verschiedene Intrigen wurde dem Sultan eine Lügengeschichte über den Sturz seines (nicht Roxelanes) ältesten Sohnes Mustafa kredenzt. Ein zusätzliches Problem bestand darin, dass dieser junge Mann in der Armee sehr beliebt war und so stieß Süleymans Entschluss, ihn nicht nur von allen Positionen zu entfernen, sondern auch um sein Leben zu bringen, in der Armee nicht auf Zuspruch.

Bajica war entsetzt. Obwohl er von ähnlichen Fällen aus vorangegangen Zeiträumen des Osmanischen Reiches wusste, überzeugte er sich erstmals aus der Nähe von einer Grausamkeit wie der Ermordung des eigenen Kindes. Wenn sich dieses Phänomen in früheren Zeiten häufte, wurde es obwohl gerechtfertigt einzig durch den gewichtigen Grund, den Thron schützen zu müssen, im Großen und Ganzen verdeckt oder in eine Halbwahrheit umgemünzt. Niemand, nicht einmal der Herrscher selbst, wagte es offen zu sagen oder zuzugeben, dass der Vater den eigenen Sohn umgebracht hatte. Süleyman aber gab das ohne Skrupel zu und zwar sogar übertrieben häufig. Als sei er stolz auf seine Tat! Trotz aller möglicher Erklärungen konnte Bajica solch einen Akt nicht verstehen. Dass ein Elternteil das Liebste umbringt, was es geschaffen hat! Immerhin hatte auch Bajica seine geheimen Erfahrungen mit Kindern: Zwei Sklavinnen hatten ihm bereits zwei Kinder geboren und er verbarg sie teilweise vor der Öffentlichkeit, aber weil er eben noch im Nachsinnen darüber war, ob er sie offen als seine Kinder anerkennen sollte. Das war ein positives Geheimnis: Niemand drohte ihnen mit irgendeinem üblen Beschluss.

Das einzige, was dem Sultan gelang, falls das sein Wunsch gewesen sein sollte, war allen um sich herum und dem ganzen Volk Furcht einzuflößen. Die Kunde davon drang auch bis zu seinen Feinden. Diese wiederum betrachteten ihn als ruchlosen Barbaren, fürchteten sich aber um so mehr vor ihm.

Wie um dieses Bild von sich noch zu verstärken, beging Süleyman einen weiteren öffentlichen Mord: Nach der Beendigung eines Diwans (den er durch sein kleines Fenster über der Halle der Minister im Topkapi-Palast beobachtet hatte) gab er die Anweisung, den ersten Wesir Ahmed Pascha sofort nach dem Diwan umzubringen. Unverzüglich wurde er mitten im Hof und vor dem gesamten Rat der Minister mit einer Seidenschlinge des Sultans erdrosselt. Auch für diesen Mord wurde eine Erklärung abgegegeben (der persönliche Nutzen des Wesirs, den er aus den Plünderungen Ägyptens zog, welche der von ihm selbst eingesetzte ägyptischen Wali[51] unternommen hatte). Abermals Zeuge, begann Bajica die Fäden zu verknüpfen. Überall und in jedem Bild erschien ihm immer wieder die Sultanin Roxelane. Als sofort danach Rüstem Pascha wieder in die Position des ersten Wesirs kam, wurde ihm klar, dass dieser kurzfristig abgesetzt worden war, damit die Ermordung des Sultanssohnes Mustafa nicht während seiner Zeit als Wesir erfolgt. Damit hatte ihn die Sultanin Hürrem vor jeglichem Zweifel bewahrt, eventuell in den Mord involviert gewesen zu sein. Roxelanes Schwiegersohn hatte als Garant des Erbes zu dienen; jetzt waren *ihre* Kinder die einzigen Anwärter auf den Thron.

Als er den Befehl erhielt, seine Tätigkeiten in Sofia und Belgrad fortzusetzen, dankte Mehmed Pascha dem einen wie dem anderen Gott dafür, dass er dieser Woge des Todes entrinnen konnte. Leichter nahm er die im Kampf verübten Morde, ob die Opfer anonym waren oder nicht, denn für die konnte er irgendwie trotz allem Gründe finden. Diese Morde in der Hauptstadt bedeuteten echte Exekutionen mit moralischen oder sonstigen Botschaften, die an andere gerichtet wurden. Sie waren sogar ein Ersatz für eine Drohung, für einen nicht ausgeführten Mord wie eine Ankündigung des nächsten. Und jedermann war verpflichtet, die Botschaft korrekt zu verstehen. Falls das zufällig jemandem nicht gelang, waren Strafe und Steuern vorprogrammiert. Falls nicht, gar der Tod.

Als er sich bereits in Sofia niedergelassen hatte, erreichte ihn eine weitere interessante Erklärung für die Beweggründe des letzten Mordes. Der alte/neue Wesir teilte sie ihm in einem Brief persönlich mit. Im Kern ging es darum, dass Ahmed Pascha und sein Protégé Dukacin Mehmed Pascha, Statthalter von Ägypten, der Herkunft nach Arbanassen waren und vorhatten, in der Regierung die arbanassische Vorherrschaft zu erzielen, indem sie die Wesire slawischer Herkunft verdrängten, die im kaiserlichen Diwan die Mehrheit innehatten. Der Brief endete mit dem unklaren Begriff »Gemeinschaft«, mit den Worten »wir durften das nicht zulassen«. Wer zu diesem *wir* außer Rüstem Pascha (Serbe) und Roxelane (Russin) gehörte, war nicht herauszulesen. Er wollte gar nicht erst fragen; das würde ihn in Spielchen hineinziehen, denen er bisher erfolgreich ausgewichen war. Außerdem hatte bezüglich Farbe, Länge, Machart und Zeitpunkt der Verwendung der Seidenschlinge einzig und allein der Padischah das letzte Wort. Ob auf ihn jemand *vor* seiner Entscheidung Einfluss nahm, war nicht von Belang. Wichtig war, dass *nach* ihm das niemand tun konnte.

Und dann kehrte große Freude in sein Haus ein: Mimar Sinan! Er kam auf Befehl des Sultans, um in Sofia und Umgebung mehrere Moscheen zu errichten. Die erste zu bauende Moschee hatte schon einen Namen – Banja Baschi.

Bajica sagte ihm unvermittelt in einem Anflug von Zärtlichkeit, ohne Umschweife, wie stolz er auf ihn ist.

»Sieh nur, wie weit du es gebracht hast! Der Sultan schickt dich, damit du nach seinen Ideen im ganzen Reich Spuren deines Könnens hinterlässt. Ja, also, zeig mir einen Menschen, dem es unangenehm sein dürfte, dich zu beneiden!«

»Na gut, mir sind viele Leute zu Dank verpflichtet und vielleicht können sie mir etwas zurückgeben: Für den Großwesir Rüstem Pascha Opuković habe ich in Galata eine Karawanserei und eine Medresse gebaut. Obwohl, um fair zu sein, er hat uns beide schon damals sehr unterstützt, als wir mit ihm durch Serbien ritten. Wahrscheinlich sind wir ihm noch manches schuldig. In Üsküdar habe ich für seine Frau und Lieblingstochter des Sultans Mihrimah alles gebaut, was sie sich wünschte, von einer Moschee und einem Serail bis zu Hamam und Krankenhaus. Aber da jeder Mensch sterben muss, habe ich für viele auch eine Grabstätte gebaut, zugegeben, für einige verspätet, für andere vor der Zeit.«

Bajica begann zu lachen. Letzteres hieß nicht, dass Josif übertrieben schnell war oder mit seinen Arbeiten zu spät lag, sondern dass einige der »vielen« bereits verstorben waren, als er den Auftrag für ein Grabmal erhielt, während andere, belehrt durch die

Erfahrung der Vorgänger, den Auftrag persönlich erteilten, ihre Grabstätten zu Lebzeiten und ohne das Risiko (bzw. mit verringertem Risiko) bestellten, dass es zu spät sein könnte.

Sinan wich vom Thema ab.

»Hör zu, um dich an unsere einstigen Wünsche zu erinnern, besonders an deine. Wie die Dinge stehen, wird es nicht mehr lange dauern und du wirst imstande sein, eigene Stiftungen zu errichten. Deshalb fang an darüber nachzudenken, *was* du willst und *wo*; über das *wann* werden wir gemeinsam entscheiden, wenn die Anderen dich belohnt haben.«

Mehmed war ein wenig überascht von der Sicherheit, mit der Sinan ihm etwas mitteilte, über das er noch nicht ernsthaft nachgedacht hatte. Mit demselben Selbstvertrauen fuhr er fort:

»Ich kann mir nicht verkneifen, dir aus der Ferne etwas zu verstehen zu geben. Wenngleich das von nun an nicht mehr aus der Ferne sein wird. Aber dennoch … Da ich schon so viele Orte gesehen und als Baumeister über sie nachgedacht habe, möchte ich mit dir etwas teilen, was ich bemerkt habe und was sich von allem anderen abhebt … Ich habe auf verschiedenen Karten die Lage von Belgrad und Istanbul verglichen, genauer die Teile, die unter den Bezeichnungen Kalemegdan und Goldenes Horn bekannt sind. Sieh her, was ich herausgefunden habe: Belgrad hat zur einen Seite die Donau, zur anderen die Save und Istanbul hat auf der einen Seite das Schwarze Meer und auf der anderen das Marmarameer. Genauer gesagt, der Bosporus-Kanal zweigt mit einem Arm in Richtung Haliç-Bucht ab, das Goldene Horn, während sein größerer Teil ins Marmarameer fließt. Die Haliç-Bucht ist die Istanbuler Save, das Ende der Meerenge am Bosporus ist die Donau. Belgrad hat gegenüber der

Unterstadt namens Zemun sogar sein Üsküdar und auch seine Prinzeninseln, die sich zu Flussinseln bündeln, die unter der Wasseroberfläche angeschwemmt werden… Es soll dich nicht stören, dass die eine Stadt von Flüssen und die andere von Meeren umgeben ist. Das ändert nichts an der Sachlage. Wasser ist Wasser. Bei Wasser war stets die Tiefe wichtiger als die Breite. Ansonsten, wenn du die Karten und Zeichnungen von beiden Städten etwas genauer prüfst, wirst du viele weitere Ähnlichkeiten herausfinden. Und falls du keine finden solltest, könntest du solche kreieren!«

Bajica war überrumpelt. Vielleicht war Josif zu weit gegangen. Entweder schickt er ihm aus der Nähe ausführliche Botschaften oder er macht sich über ihn lustig. Noch nie hatte er über die geografische Lage Belgrads in dieser Weise nachgedacht: Dass das eine Stadt ist, »die zur einen Seite die Donau, zur anderen die Save hat …«. Wenn es galt, die besondere Lage Belgrads zu beschreiben, wurde sie von allen, so auch von Mehmed, stets als »Stadt, die an der Mündung von Save und Donau liegt« oder als Stadt »am Delta zweier Flüsse« beschrieben. Auch das war korrekt, klang aber hässlicher, vielleicht gerade deshalb, weil es romantischer, schöner und poetischer klingen könnte. Doch es war ein bisschen weniger genau. Das sagte Bajica ihm auch. Und Sinan antwortete lakonisch:

»Aber das ist die einfachste und gleichzeitig genaueste Beschreibung Belgrads. Und ich habe sie mir nicht ausgedacht, obwohl ich es gern getan hätte, denn sie gefällt mir, sondern in einer Schrift von Marten Fumée[52] gefunden, einem Höfling des Herzogs von Anjou. Der Herzog übermittelte unserem Sultan die Schrift als Geschenk, und dieser gab sie an mich weiter. Und nun höre genau zu!«

Er machte eine Pause, sah Bajica dabei in die Augen. Und fuhr fort:

»Unser Padischah Süleyman, der Gesetzgeber hat gesagt, dass ich sie Sokollu Mehmed Pascha geben soll! Warum, hat er nicht gesagt! Olala! Was nun?«

Sinan weidete sich an der Ungewissheit.

Jetzt auch das noch! In Mehmeds Kopf hatte noch nicht einmal der Hinweis auf die Ähnlichkeiten von Istanbul und Belgrad Platz gefunden und schon sollte er sich über die Botschaft des Sultans den Kopf zerbrechen.

Aber es kam ihm so vor, als könnte er sich vor der (geheimen?) Botschaft des Sultans retten:

»Ist doch normal, dass er mir das geschickt hat. Ich bin der Beglerbeg von Rumelien. Alle wissen, dass Belgrad dessen inoffizielles Zentrum ist.«

Obwohl das weder der wichtigste, noch der unwichtigste Grund für die Übermittlung der Botschaft gewesen sein musste, aber durchaus im Bereich des Möglichen lag, hatte das nicht wirklich etwas mit Bajica zu tun. Viel mehr machte ihm Josifs so nebenbei und zufällig ausgesprochener geschickter Hinweis auf die Ähnlichkeiten zwischen dem Belgrader Kalemegdan (mit einem Horn) und dem Istanbuler Goldenen Horn zu schaffen.

Kapitel XXIV

Vielleicht habe ich mich mit der Frage der Identität und ihrer Variabilität, ihren Wandlungen und ihres Ersatzes am meisten (in diesem Fall wäre es angemessener zu sagen – am profundesten) während meines langjährigen Interesses für den Buddhismus und insbesondere den Zen-Buddhismus befasst. Am meisten und am allerwenigsten. Am wenigsten, weil diese östliche Philosophie in vereinfachter (aber nicht falscher) Auslegung das Beschäftigen mit einem Phänomen begreift als etwas, das sich, wenn man am meisten darauf konzentriert ist, gerade nicht mit diesem Phänomen befasst. Das Objekt unserer Aufmerksamkeit, dem wir keine Aufmerksamkeit schenken. Für das rationale (europäische, nordamerikanische) Denken ist das buddhistische (Indien) unabsichtliche Widersprechen der Logik, das scheinbar pragmatische »Logizieren« im Chan-Buddhismus (China) und das absurd vereinfachte Negieren der Phänomene im Zen-Buddhismus (Japan) nicht leicht zu verstehen. Geschweige denn akzeptabel. Aber das Verstehen liegt nicht im Bereich des Unmöglichen. Auch die fernöstlichen Philosophien werden gelehrt und gelernt. Viele anonyme und viele sehr bekannte Personen aus dem Westen haben Zugang zur asiatischen Philosophie gefunden. Viele von ihnen waren nicht nur die Jünger neuer Lehren, sondern wurden ihre Interpreten und Propagandisten. Natürlich reden wir hier über Philosophie, philosophische Überzeugungen – oder besser gesagt, über Lebensweise und die Sicht auf das Leben – und nicht über Religion. Auch nicht über Kulturtourismus.

Zufälligerweise war ich an der »Rettung« vor den Gefahren des Kulturtourismus eines solchen besonders wertvollen Lebens und Geistes beteiligt. (Die Anführungszeichen sind hier unerlässlich, weil man im Buddhismus, mehr als woanders, auf die eigene Bescheidenheit und Unwichtigkeit achten muss.) Hier nun, wie es zur »Rettung« kam.

Es geht um den Zagreber (und vor allem Insulaner) Čedomil Veljačić, seiner Ausbildung nach Philosoph im Range eines Universitätsprofessors, seiner Tätigkeit nach ein ehemaliger Diplomat, einer der besten Kenner der asiatischen Philosophie auf der Welt und seiner Orientierung nach Buddhist. Und ein wunderbarer Mensch.

Weit gefehlt, dass solch ein Experte die Hilfe von jemandem wie mir benötigte. Der Buddhismus im Allgemeinen (und Professor Veljačić als Persönlichkeit) unterscheidet sich von der Mehrzahl anderer allgemeiner theoretischer und intellektueller Lehren (und Lehrer) darin, dass er Antworten für die Praxis bereithält. So bestand der Lebensweg von Čedomil Veljačić aus der Überprüfung der eigenen philosophischen Grundsätze. Er ging bis an die äußersten Grenzen der Selbsterfahrung, indem er verstärkt auf einige Dinge verzichtete, um neue zu finden, um an deren Stelle wiederum völlig neue zu setzen. Er schien am Verlieren zu sein, war aber eigentlich am Gewinnen. Dort wo es keinen »Ersatz« gab, blieb Leere, die natürlich keine war. Daher ist klar, dass meine Hilfe für ihn nicht entscheidend war, doch unser Gedankenaustausch und mitunter auch die schriftlichen und mündlichen Ratschläge, unsere Pläne und Vereinbarungen waren ein Teil seiner früheren Welt, mit der er in Kontakt blieb. Ich spreche über die Zeit nach 1965, als er zuerst die Professur an der Universität in Zagreb und dann auch an indischen Hochschulen aufgab und auf Sri Lanka in der asketischsten buddhistischen Sekte Bhikhu (Bettler) Priester wurde. Von da an lebte er die folgenden dreizehn Jahre in der isolierten Gemeinde dieser Geistlichen, fernab von der Welt und dem zivilisierten Leben. Selbst unter dem neuen Namen Bhikku Ñanajivako hörte er nicht auf, seinen Rückzug zu hinterfragen und auch diese Gemeinde verließ er, um die folgenden achtzehn Jahre bis zu seinem Tod 1997 in völliger Einsamkeit zu verbringen (*Reales Leben mit Hütte und Höhle* würde ich ein Bild von ihm betiteln). Essen bekam er von den dort Ansässigen, die dies aus Überzeugung und mit Respekt taten und sein Tun bestand darin, zu meditieren und Texte und Bücher zu schreiben. Worin unterschied er sich in diesem Handeln von anderen Mönchen?

Die Antwort auf diese Frage befindet sich im Vorwort zur dreibändigen Ausgabe des kapitalen Werks *Essays in Zen Buddhism*, geschrieben vor fast einem halben Jahrhundert von Daisetz Tentaro Suzuki, dem größten Kenner und verdienstvollsten Brückenbauer zwischen Ost und West. In einem Moment völliger Demut und Bescheidenheit (dem Zen entsprechend) beklagte er sich – wobei er sich selbst (!) rechtfertigte, warum er es überhaupt gewagt hatte, diese Bücher und sogar Dutzende weiterer zu diesem Thema zu schreiben – über die größten Meister in den Klöstern, die es hartnäckig ablehnten, überhaupt etwas über ihr riesiges und einzigartiges Wissen zu schreiben und denen so etwas überhaupt nicht in den Sinn kam. Sie gingen niemals über das eventuelle Aufzeichnen der *Koana* hinaus. Auch wenn er tief an der Berechtigung für das, was er tat, zweifelte, hat Suzuki sich, Gott sei Dank, dieser Arbeit angenommen und die Menschheit zu Dank verpflichtet. Nunmehr, aus einer solch großen Distanz, sehen wir, dass die Erleuchtung, die er offensichtlich mehrmals erfuhr, ihn nicht gestört hat. Im Gegenteil.

So geschah es, dass einer der wenigen Mönche, die Papier und Stift in die Hand nahmen und das Wissen der Welt bereicherten, ein oder zwei Dekaden später Bhikku Ñanajivako war. Genauer gesagt, unter diesem Namen *fuhr er fort* zu schreiben und zu veröffentlichen. Unter seinem europäischen Namen hatte er zuvor ein zweibändiges »Wunder« geschrieben und publiziert: *Die Philosophie der Völker des Ostens* und *Die Grenzen der asiatischen Philosophie* sowie eine große Anzahl weiterer Bücher. Wahrscheinlich gab in seinem Fall das schriftstellerische Opus den Ausschlag dafür, dass er auch mit neuer Identität seine theoretischen und wissenschaftlichen Arbeiten, aber auch die ebenso geschätzten Beschreibungen seiner *persönlichen* Erfahrungen mit der Einsamkeit weiterführen konnte. Seine Reife half ihm dabei, die Fallen und Irrtümer des Hippie-Utopismus (Anderer) zu umgehen, und die einstige Professur, sich nicht in einen reisenden Lehrer (Instant-Guru?) zu verwandeln, dessen ernsthafte Absichten man im Verlaufe der Zeit bezweifeln würde.

Vielleicht hatte er es auch deshalb leichter, weil der Buddhismus an sich auch Buddha nicht als Gott akzeptiert hat und so kann der Mensch sich sowohl ihm als auch sich selbst mit einer gewissen leisen Gelassenheit zuwenden. Jede innere Suche war von

Anfang an befreit von der Furcht vor Gott und der Angst vor dem Jenseits. Deshalb konnte sich Bhikhu unbelasteter mit Sartres Existenzialismus (er hatte eben Veljačić als Quelle!) oder mit Nietzsches prickelnden Themen (der Übermensch existierte bereits im Buddhismus) beschäftigen.

Mit Professor Veljačić (ich konnte nicht aufhören, ihn so zu nennen) war ich in Kontakt, seit ihm auch Colombo, die Hauptstadt von Sri Lanka, und die nächstgelegene Stadt Kendi zu nah geworden waren und er die buddhistische Gemeinschaft verlassen und sich in die absolute Einsamkeit einer Hütte und Höhle zurückgezogen hatte, meist ohne jemanden zu sehen, aber Briefe empfangend und verschickend und so den Briefwechsel beibehaltend. Ich fühlte mich privilegiert, weil ich zu den wenigen zählte, mit denen er kommunizierte. Etwas von dieser persönlichen Erfahrung machte Veljačić in einigen später veröffentlichten Büchern (wie *Von Nepal nach Ceylon* oder *Briefe von der Wüsteninsel*) publik. *Das* war der Veljačić – Ñanajivako, der mich interessierte. Um Missverständnisse zu vermeiden, seine gesamte Rezeption und sein Verständnis des Buddhismus waren persönlicher Art. Diese Bücher und weitere Texte hatten keinen wissenschaftlich programmatischen Charakter, sondern erzählten eine intime persönliche Geschichte über *seinen* Rückzug aus der Welt, über *seinen besonderen* Blick auf die berühmte buddhistische Abscheu gegenüber der Welt, die der indischen, völlig asozialen, aber nicht antisozialen Ethik entsprang. Darüber schreibt vortrefflich Veljačićs Schülerin Rada Iveković, und zwar im Nachwort zum asketischen *Lesebuch* des Professors *Gedichte der Bettler und Bettlerinnen*. Diese wie ein Manifest wirkende Sammlung – eines Zeugen des buddhistischen Rückzugs aus der Welt, der Einsiedelei, der Askese und der Selbstnegation – eröffnet ein Gedicht mit dem Titel »Nashorn«, das vor mehr als zweieinhalbtausend Jahren verfasst wurde. Die sich wiederholende Zeile am Ende jeder Strophe ist die komprimierte Wahrheit dieser Philosophie, aber auch das angeeignete Lebens- wie philosophische Motto von Bhikku Ñanajivako: »Einsam bewege dich wie ein Nashorn.«

Wie er selbst bekannte, erlebte Veljačić seine Transformation stufenweise, fundamental und sein ganzes Leben lang, beginnend mit vierzehn Jahren und endend (falls das möglich ist) mit dem Tod. Das ist also nicht eine Veränderung wie der Übergang vom Sozialismus in die Klassengesellschaft, von Jugoslawien nach Indien, vom Christentum zum Buddhismus. Das ist der Übergang aus einem Zustand des Seins in einen anderen, eine integrale Veränderung *ein und derselben* Person innerhalb ihrer selbst, die Transposition von Abscheu in gleichgültiges Erbarmen. Das ist der Übergang in den Zustand und Rang eines Bettlers (Bhikku), der – gibt.

24. Kapitel

Als er daran dachte, dass Sinan ihn auf ein drittes Terrain des Nachdenkens geführt hatte, sah er ein, wie sehr ihm dieser Mann tatsächlich fehlte.

Außer über das vom Sultan erhaltene Schriftstück und die Karten zu Istanbul und Belgrad dachte er nunmehr auch über den Tod nach. Josif hatte ihm gesagt, dass »jeder Mensch sterben muss«, er aber wunderte sich über die eigene Verwunderung angesichts dieser banalen und geläufigen Wahrheit. Doch dann ließ er davon ab: Das Thema war ja gestellt worden (wie auch die beiden anderen), damit sich daraus etwas entwickeln konnte …

Er fragte bei Sinan nach: »Was hast du damit gemeint, dass *jeder Mensch sterben muss*?«

»Was meinst du mit ›was‹? Nun, jeder muss geboren werden und jeder muss sterben. Das ist doch eine allseits bekannte Lebensregel, eine der unverrückbaren Wahrheiten.«

Mehmed maß ihn mit einem verächtlichen Blick. Und beschloss, »klüger« als er zu sein:

»Nein, genauer oder besser präziser als diese Regel ist folgendes: Nicht jeder muss geboren werden, doch jeder, der geboren wird, muss auch sterben.«

Sinan hatte offenbar genau solch eine Reaktion erwartet.

»Siehe da, nun begreifst du, wie du all das Gute verdienst, was dir künftig widerfahren wird. Die Leute müssen auf dich hören, weniger du auf sie. Obwohl du solche Dinge gerade deshalb sagst, weil du anderen aufmerksam zuhörst. Ich will sagen, was uns beide betrifft, sieht es so aus, als ob wir ohne einander nicht können. Oder es sollte, mit Gottes Segen, wenigstens so ein.«

Bajica sah ihn lange an und erkundigte sich dann:

»Brauchen wir eine Genehmigung des Sultans, um nach Belgrad zu reisen?«

Wichtiger als die unvermittelt gestellte Frage war ein Teil der Antwort – ob Josif damit einverstanden ist, dass sie sich auf den Weg machen.

Mehmed Pascha hinterließ im Serail von Sofia für alle Fälle eine Botschaft an den Sultan: Er sei zu einem Besuch Belgrads und Serbistans aufgebrochen und habe auch seinen Gast mitgenommen, um gemeinsam passende Örtlichkeiten für künftige Stiftungen des Sultans in Augenschein zu nehmen.

Nachdem sie an Bord eines der Begleitschiffe der persönlichen Flotte des Padischah gegangen waren, fuhren sie die Donau flussaufwärts. Alle Schiffe, eingeschlossen das, was sie bestiegen hatten, harrten ohnehin in diskreter Entfernung voneinander flussabwärts ihres Herrn und Meisters, um wann immer es nötig war, ihrem Herrscher zu dienen. Sie wurden selten gebraucht. Die Flussfahrt weckte in Bajica Erinnerungen an seine Zeit als Kommandeur der gesamten osmanischen Flotte. Sicher, jetzt sah er nur wie ein Flusskapitän eines einzigen Schiffes und vorübergehender »Herr« über einen Fluss aus. Er genoss diesen halbironischen Scherz auf eigene Kosten: Er trieb ihn dazu, weder die Tage des Ruhmes noch die des Elends zu vergessen. Weder die vergangenen noch die zukünftigen.

Nach einer gemächlichen und trägen Reise stromaufwärts erspähten sie nach zwei Tagen Fahrt am linken Ufer Belgrad und oberhalb, auf einer Erhebung auch die Rückseite seiner Festung. Noch ein Stück weiter in der Ferne – die Kleinstadt Zemun. Sie gingen im Hafen Dorćol vor Anker, der in konstanten Zeitabständen von osmanischen und Belgrader Meistern ausgebaut wurde. Nach all den Schlachten, Ankerungen und Zerstörungen war er es wert, ernsthaft in Ordnung gebracht zu werden. Hier hatte die Kurve hinter dem Zusammenfluss von Save und Donau einen natürlichen Windschutz für die Schiffe geschaffen. Das war auch ein idealer Ort sich zu verstecken. Und den beiden kam es so vor, als würden sie sich heimlich in die Stadt schleichen, weil sie zum ersten Mal von der Wasserseite nach Belgrad kamen, von der Donau aus, von der Rückseite des Bildes von Belgrad, wie sie es kannten. Das, was sie hier und von hier aus sahen, und besonders das, was sie voraussahen, mochten sie wirklich sehr.

Josif hatte recht: Dorćol erinnerte in Aussehen und Atmosphäre, aber am meisten durch seine bunte Mischung von Menschen, die hier lebten und arbeiteten, an das Goldene Horn. Und der Blick von Dorćol auf die Oberstadt und auf die Anhöhe des Kalemegdan erinnerte sie gänzlich an den sozusagen identischen Blick von Kadirga auf den Topkapi-Palast und das Areal vor ihm. Bajica verband diese mehr als offensichtliche Ähnlichkeit mit seiner Schwäche für die eigene Herkunft. Zum Glück hatte er neben sich den besten Kenner von Raum und Architektur, so dass er diesen wegen seiner eigenartigen Obsession befragen konnte. Josif tröstete ihn. Und mehr als das.

»Als erstes sei gesagt, dass du diese Ähnlichkeiten unter meinem Einfluss betrachtest. Ich war es, der dich darauf aufmerksam gemacht hat! Meine vorangegangenen Belgradbesuche überzeugten mich davon, dass ich recht habe. Und mich selbst habe ich mehrfach befragt, bevor ich dir überhaupt die Idee von der Ähnlichkeit anvertraut habe. Jetzt, da ich deinem Verhalten entnehme, wie sehr ich recht hatte, bin ich erleichtert. Für einen winzigen Augenblick dachte ich nämlich, dass ich nicht existierende Ähnlichkeiten imaginiere.«

»Und zweitens …?«

»Nun, das gibt es nicht mehr. Ich dachte, dass auch ich mich, wie das ja sein kann, irgendwie von einer mir angenehmen Wahrheit überzeugen könnte, die eigentlich nur Schein ist. Ich meinte, dass wir uns manchmal für etwas derart ins Zeug legen, dass wir am Ende selbst davon überzeugt sind, den Sieg davon getragen zu haben. Aber das war gar nicht der Fall. Und wir merken es nicht. Nach Abwägung und Abmessung aller Optionen bin ich auf den festen Boden der Beweisbarkeit zurückgekehrt. Da blieb mir nur noch, mich über die zufälligen oder beabsichtigten Ähnlichkeiten zu freuen. Und die teile ich mit dir, denn sie betreffen dich am meisten.«

Bajica hatte für die Übernachtung das Haus von Ferhad Pascha, dem Sohn des einstigen Statthalters des Sandschaks von Smederevo, der denselben Namen wie sein Vater trug, in der Unterstadt vorgesehen. Belgrad war von 1523 bis 1524 Sitz des Sandschaks. Wenn ihn auch Beine und Gedanken nach Dorćol zogen, blieb er ab dem Moment, wo er bemerkte, wie Sinan sich mit ihrem Gastgeber unterhielt, folgsam gegenüber Sinan. Er begriff, dass Sinan in Belgrad einen Auftrag hatte (den nicht der Sultan ihm gab) und dass dieser nicht uninteressant war. Und vor allem zeigte sich, dass er seine Lektionen für ihn gut gelernt hatte.

Hier ein Auszug aus dem Gespräch.

»Ferhad Pascha, erinnerst du dich, wann dein Vater den Padischah um Erlaubnis dafür gebeten hat, seinen Namen der Moschee in der Nähe deines Hauses zu geben. Wahrscheinlich wagte er das, weil er wusste, wie sehr der Sultan seinen Beitrag zur Eroberung Belgrads schätzte. Er war trotzdem verblüfft, dass ihm das gestattet wurde. Und wiederum wusste er, dass ein Abweichen von der Regel, dass die erste Moschee in eroberten Orten den Namen des großen Sultans zu erhalten hat, möglich war. ›Seine‹ Moschee schuf dein Vater durch Umbau der Kirche eines Franziskanerklosters. Übrigens erhielten weitere Moscheen ihren Namen nach Statthaltern, wie Zeynüddin Aga und Ahmed Aga. Das waren sämtlich umgebaute Kirchen und es wäre nicht gut gewesen, sie mit dem Namen des Sultans zu schmücken.«

Sinan ging über das nachfolgende Jahr im Leben dieses Paschas weise hinweg, als dieser unverhofft nach Konstantinopel beordert und dort wegen verschiedener Vergehen sofort umgebracht wurde. Der Sultan enthielt ihm damit seine Dankbarkeit vor, entzog aber der Moschee nicht den Namen.

»Und heißt das, ehrenwerter Sinan, dass du in diese Weiße Stadt gekommen bist, um endgültig ein richtiges Haus für den Gottesdienst zu bauen?«

»Nicht eines, sondern zwei!«

»Ist denn der Bedarf so groß?«, Ferhad Pascha biss sich auf die Zunge, bevor er seine törichte, dreiste und für ihn gefährliche Frage zu Ende ausgesprochen hatte. Wer war er denn, um nach der Anzahl zu fragen, was nur dem Meister zustand?

Sinan nahm ihm die Frage nicht übel. Wichtiger war ihm, ihn daran zu erinnern, seit wann das Problem existiert.

»Du kannst dich nicht erinnern, müsstest aber wissen: Zu Lebzeiten deines Vaters, als Süleyman 1521 diese Weiße Stadt eroberte, musste er für sein Gebet eine der christlichen Kirchen in der Unterstadt wählen, um sich dort, stell dir vor – an einem Ort der Ungläubigen – vor Allah, dem Allmächtigen zu verneigen! Wieviele solcher gottlosen Kirchen mussten für die Armee noch in kleinere Mescide[53] umgewandelt werden? Auch die Soldaten mussten beten! Es war schon viel zu viel Zeit vergangen. Vielleicht war es dehalb wichtig, den schrecklichen Fehler mit dem Bau einer neuen und echten Moschee wettzumachen.«

Bajica hatte dieses Gespräch praktisch belauscht. Über Josifs Spiel mit den Zahlen amüsierte er sich. Und dann mischte auch er sich ein.

»Zeuge dieses ersten Betens des Sultans war Koca Sinan. Nicht ich. Als einstige orthodoxe Gläubige war es für uns beide gleichermaßen seltsam, dass ein osmanischer Herrscher in einer christlichen Kirche zu Allah betet, in dem er sie als Moschee *deklariert*! Selbst volle fünf Jahre später, als wir beide auf dem Feldzug gegen Ungarn durch Belgrad zogen, bot sich dasselbe Bild: Zu Allah wurde in umgebauten orthodoxen und katholischen Kirchen gebetet. Nirgends gab es eine echte Moschee.«

Ferhad Pascha, der Jüngere, hatte vergessen, dass seine beiden Gäste mehrmals in Belgrad gewesen waren. Er war sichtlich überrascht.

»Na, dann wisst ihr ja viele Details um … diese Sache!«

Er sagte »um diese Sache«, denn er hatte Angst, sich überhaupt noch zu Glaubensfragen zu äußern, erst recht zur Frage des Vermischens des einen Glauben mit dem anderen.

Die Antwort kam von Mehmed Pascha.

»Natürlich! Das ist doch mein Land. Hier bin ich für viele noch Bajo Sokolović. Und auch Mimar Sinan ist nicht weit: Seine Vorfahren haben denselben Glauben und kommen mehr aus dem Süden. Sie nennen ihn noch immer Josif.«

Da meldete sich auch Josif. Er konnte es sich nicht verkneifen den Freund anzustacheln.

»Los, Mehmed, zeig dein im Kloster Mileševo erworbenes Wissen! Bringe unserem Gastgeber etwas bei. Es ist gut für ihn, etwas über die große Moschee des Sultans Süleyman zu erfahren, in die Ferhad Pascha so häufig geht. Wohl vielleicht nicht so oft wie in die, die den Namen seines Vaters trägt.«

Bajica lachte diesmal laut auf. Ferhad Pascha musste als einer der führenden Köpfe des Belgrader Kadibezirks das Gebetshaus des Sultans besuchen!

Er war aber bereit zu sagen, was er vorhatte.

»Die Hauptmoschee in der Unterstadt ist durch den Umbau der serbischen Metropolitenkirche *Mariä Verkündigung* entstanden. Als die Unterstadt eingenommen war, nach Übergabe der Oberstadt am 29. August 1521, hat Süleyman tags darauf sofort das Djuma Namaz [54] gebetet.«

»Aber weißt du, wer sie eigentlich gebaut hat?«, hakte Sinan nach.

»Natürlich weiß ich das. Was haben wir bei den Mönchen anderes gelernt als etwas über Stiftungen und Herrscher. Also, sie wurde vom serbischen König Dragutin gebaut, am Ende des 13. Jahrhunderts. Ihr Stifter und Erneuerer war der spätere serbische

Herrscher Stefan Lazarević. Als er im Jahr 1402 Belgrad zur Hauptstadt des serbischen Staates erklärte, erneuerte er die Ober- und Unterstadt, die Stadtmauern, die Türme und alle Befestigungen. Er errichtete eine Burg, fügte Doppelwälle mit separaten Gräben hinzu, baute zur Festlandseite der Stadt einen Wassergraben, errichtete Zugbrücken, Herrenhäuser, eine Bibliothek, eine Kapelle, eine Schatzkammer … Das alles hat wenig später Konstantin, der Philosoph und Biograf des Despoten, beschrieben.«

Sinan strahlte vor Genugtuung. Abwechselnd sah er Mehmed Pascha und Ferid Pascha an, wie um letzterem zu sagen: »Siehst du, mein Schüler hat seine Lektion gut gelernt.«

Und er wollte sagen, dass all das Moderne auf etwas beruht, das schon früher da war.

Kapitel XXV

Veljačić sehnte sich nicht danach, ein idealer Mensch zu werden. Er verfolgte nur seinen Weg, der ihn zu bestimmten Stationen führte, an denen er verweilte. Dort verschnaufte er, fand heraus, wo er sich befand und ging dann weiter. Das Bindeglied seines Weges war Ghandis utopistische und in der Praxis angewandte Philosophie der Gewaltfreiheit. Auch darin ähnelte Veljačić einem anderen Mann, der mir nahe stand, dem Amerikaner Gary Snyder. Und das nicht zufällig. Dieser (unter anderem) Anthropologe war außergewöhnlich gebildet. Obwohl einer der größten Experten für die Kultur der nordamerikanischen Ureinwohner und für den tibetischen Zen-Buddhismus, war er der Welt in erster Linie als Anhänger der Beat Generation bekannt, nämlich als ausgezeichneter Dichter. Zu Recht. Für seine Lyrik erhielt er auch den Pulitzer-Preis.

Snyder bereitete sich ein ganzes Jahrzehnt auf seine Transformation vor, in Japan, in einem zenbuddhistischen Kloster. Nachdem er die tägliche rigide Disziplin der Askese durchlaufen hatte, war er in der Lage, sich zusätzlich zu seinen offiziellen Diplomen einem Leben zu widmen, das Theorie in Praxis überführt. In seine Heimat zurückgekehrt, ging er in das unerschlossene Gebiet der Sierra Nevada, erkundete von dort Amerika und behielt sein abgeschiedenes familiäres Privatleben bei. Von diesem Ort aus erforschte er Mythen, das alte China und Indien, schrieb Vorträge und ethnologische Essays. Und bearbeitete den Boden. Die Natur.

Ich weiß nicht, wie es dazu kam, aber im Briefwechsel mit Čedomil Veljačić (genauer mit bhikku Ñanajivako) kamen wir beide auf die Idee, gemeinsam ein Buch über Gary Snyder zu schreiben. Wahrscheinlich hielten wir es zur selben Zeit für notwendig, diesen Multilinguisten von uns aus zu beleuchten. Jemand von Snyders und meinen Freunden (Ginsberg, Orlovsky oder Michel McClure, ich erinnere mich nicht mehr) gab mir sogar eine von Hand gemalte Karte, wie ich zu seinem (Kikidza) Schlupfwinkel gelangen konnte: Die Karte erinnerte an solche, mit denen man auf Schatzsuche ging. Schade, dass ich diesen Schatz nicht gefunden habe …

Das ist auch kein Wunder. Die Siebziger waren sehr turbulent und boten eine große Anzahl an Ideen und Wünschen, die ihrer Verwirklichung harrten. Aber für deren mehrheitliche Verwirklichung wären drei Leben nötig gewesen. Was wiederum nicht heißt, dass man von allem Abstand nehmen sollte.

Auch bescheidenere Ziele akzeptierend, riefen einige von uns, die für ihre Hartnäckigkeit bekannt waren (D. Albahari, M. Ristović, B. Đoković u.a.), Ende der siebziger Jahre die Edition *Hefte* (nicht Bücher – zum Beweis des fehlenden Anspruchs) ins Leben, mit der wir, von jeher kompatibel, den Fernen Osten mit dem Westen verbanden. Und wir genossen es. Der wichtigste Teil unserer Arbeit, nicht so sichtbar, waren die Kontakte eines jeden von uns mit verschiedenen und unterschiedlichen kreativen und neugierigen Menschen aus aller Welt. Was konnte es Schöneres geben, als seinen Horizont zu erweitern und dieses Erlebnis mit anderen zu teilen? So nutzte ich den bereits vorhandenen Briefwechsel mit Professor Veljačić (auch im Zuge der Herausgabe der in Jugoslawien erscheinenden exklusiven avantgardistischen Zeitschrift *Haiku*), und erhielt von ihm 1978 den Text *Rala-hamiyeva aranya*, *Der heilige Wald unter den schwarzen Felsen*, den wir bald darauf publizierten. Wir waren der Ansicht, dass es für das herkömmliche Publikum, und für Liebhaber sowieso, sehr wichtig wäre, aus erster Hand etwas über das ganz persönliche Wüstenleben von Menschen zu erfahren, die die Verbindung zur Zivilisation komplett abgebrochen hatten. Njanadjivako ist tatsächlich von allen Asketen des ehemaligen Ceylon der größte geworden, da er in vielen Einzelheiten und Extremen am weitesten gegangen ist. Aber es ist interessant, dass auch an ihm der »Schmerz« des Alterns und des nahen endgültigen Endes menschlichen Lebens nicht vorbeiging. Er begann über den *Ort* nachzudenken, an dem seine leiblichen Überreste ruhen sollten. Nach jahrzehntelanger Abwesenheit von seinem Land schien es ihm, dass auch dieses in die engere Wahl kommen könnte. In Übereinstimmung mit seinen Überzeugungen suchte er nach einem Ort zum Sterben, nicht nach einem Ort für sein Grab. Der Tod war ein Teil der Stille, des endgültigen Erlöschens, des Nirwana. Er fragte mich nach meiner Meinung und ich habe aus großem Respekt nicht sofort geantwortet. Er verstand das und erwähnte als Beispiele für den Ort einige Inseln in der Adria. Das hatte ich auch erwartet, tief in seiner Seele war er tatsächlich ein Insulaner (er verbrachte fast die ganzen Kriegsjahre in den Vierzigern auf der Insel Vis). Er dachte, dass Mljet oder Korčula eine Art Fortführung seines Lebens auf Sri Lanka sein könnten. Wie sehr er von den Inseln und vom Meer abhängig geworden war, zeigt auch die Tatsache, dass es ihm gelang, sogar im Landesinneren der Insel Ceylon eine (richtige) kleine Insel für sich zu finden! Nicht symbolisch, sondern buchstäblich. Eine Insel, wenn auch von Flüssen umgeben! Als könnte er sich gar nicht genug isolieren. Genau deshalb fasste ich mir ein Herz und sagte ihm, was ich von der Idee halte. Ich tat es ziemlich direkt: Ich drückte mein Verständnis für seine Auswahl der schönsten, abgelegensten, am besten erhaltenen, am wenigsten besiedelten Inseln und den dort befindlichen, von allem abgeschiedenen Orten aus, erinnerte ihn allerdings auch daran, dass das adriatische Archipel ein Teil Europas und ein Mekka für Touristen ist. Welche Höhle er auch ausfindig mache, er werde seinen Aufenthaltsort nicht verbergen können. Mit oder ohne seinen Willen und seiner Erlaubnis werde er früher oder später eine Attraktion für Touristengruppen werden, die ihn in ihren Routenplan (Destination, wie man im Tourismus zu sagen pflegt) der seltenen und interessanten Attraktionen aufnehmen werden. Und wenn er zu einer »Destination« werde, selbst falls nur für einen Tagesausflug gedacht, werde er sich nicht allzu sehr von den zur Schau gestellten Tieren im Zoo unterscheiden.

Er folgte meinem Rat. Als die Zeit für seinen endgültigen Abschied herangerückt war, ging er 1997 von uns, so wie es sein sollte – von dem Ort aus, an dem er gelebt hatte. Das heißt, von zu Hause. Aus seinem Heim.

25. Kapitel

Bajica verstand später, dass Josifs hartnäckiges Bestehen darauf, dass gerade er etwas zur Hauptmoschee und ihrer Vorvergangenheit sagte, die Einführung in einen Plan war, den sein Freund der Baumeister bereits besaß, ihn vielleicht schon früher nicht nur nach Belgrad, sondern auch nach Sofia mitgebracht hatte.

Der Stadtkommandant verpflichtete einige Bekannte aus der Umgebung, sie bei der Besichtigung unauffällig zu begleiten (nicht zu führen). Wenngleich Mehmed Pascha und Mimar Sinan ohne jeglichen Pomp und ohne besondere Begleitung nach Belgrad gekommen waren, sozusagen heimlich, und so die Gastgeber von großen Verpflichtungen entlastet hatten, bereiteten sie im Grunde dem Dizdar Aga noch größere Probleme. Erstens erinnerte sich niemand, dass solche hohen Beamten der Pforte jemals irgendwem in solcher Stille einen Besuch abgestattet hatten und zweitens war ihr Benehmen unvergleichlich. Wie sie behüten ohne sie zu verletzen? Zu viel und zu wenig Achtung könnten sie gleichermaßen als störend empfinden. Wenn sie nicht offiziell unterwegs waren, mochte ihnen eine übertrieben große Begleitung nicht genehm sein, aber das machte sie dann auch nicht sicher! Bajica und Josif wussten nicht einmal, dass der Diwan der Stadt in der vorangegangenen Nacht stundenlang zu einem einzigen Thema Rat gehalten hatte – was tun in der nie dagewesenen Situation des sonderbaren Besuches des Beglerbeg von Rumelien und des Oberarchitekten des Imperiums. Die Belgrader Agas und die Begs dachten sogar darüber nach, ob die Gäste sie mit ihrem unerwarteten Besuch vielleicht auf die Probe stellen wollten? Wenngleich sie zu keinem schlauen Ergebnis kamen, denn selbst das halbschlaue fiel ins Wasser: beide Gäste lehnten aus nur ihnen bekannten Gründen alles ab, was den Anschein des Offiziellen hatte. So machten sie sich früh am Morgen fast allein (mit wenigen unauffälligen Begleitern in gebührlichem Abstand) zur Besichtigung Belgrads auf.

Sinan sagte plötzlich zu Bajica, dass er ihm jetzt gestehen müsse, dass er vom Sultan den Auftrag hat, einen Ort zum Bau einer Moschee zu Ehren des Padischah auszuwählen. Dass er deshalb über Sofia nach Serbien unterwegs war; und dass ihm Mehmed eine gemeinsame Reise vorgeschlagen hatte, noch bevor er dazu gekommen war, ihm seine Pläne mitzuteilen. Und er ließ ihn einen Brief an den Herrscher aufsetzen, um die Reise nach Belgrad zum eigenen Vergnügen zu rechtfertigen! Und er sprach weiter:

»Für die Errichtung der wichtigsten Moschee hat man keine große Auswahl: Die Orte, die in Frage kommen, sind bekannt, man weiß auch, dass sie die wichtigste, in sehr dominanter Position und nach Möglichkeit auch die größte und teuerste Moschee sein muss. Sie ist und wird hier ohne Konkurrenz sein. Also werde ich schnell und leicht zu einer Lösung kommen. Etwas anderes ist, was für ein Projekt ich für sie entwerfe. Das werde ich nicht in Angriff nehmen, solange ich hier bin.«

Bajica überging die Pause schweigend. Klar war, dass Josif nur in einen weiteren Plan einführte. Durfte er noch bedeutender sein?

»Ich bin der Ansicht, dass das eine wunderbare Gelegenheit ist, diesen Ort, den wir schon mehrmals, doch offensichtlich nicht in genügendem Maße besucht haben, noch besser und unbelastet kennenzulernen. Gleichzeitig gibt es eine Rechtfertigung dafür, dass wir auf höchsten Befehl des Sultans hierher gekommen sind; und so können wir auch unsere eigenen Pläne machen ...«

Hier lauerte Sinan auf Mehmeds Reaktion.

»Was sind denn unsere Pläne?«, fragte Bajica. »Ich habe Pläne, die du mir mitteilen kannst?«

»Eigentlich ja. Ich denke, dass es deine sind, doch du selbst hast sie für dich noch nicht laut und vernehmlich ausgesprochen. Du sehnst sie herbei, bist aber nicht sicher, ob es Zeit ist, darüber nachzudenken. Vorsichtig bist du, so kennen dich viele bereits. Vielleicht auch zu vorsichtig. Deshalb ist es leichter, wenn ich sie ausspreche.«

Und er tat es.

»Du bist mehrfach mit Belgrad und Serbien verbunden. Nicht nur allein mit Bosnien. Du willst etwas für diese Stadt und ihre Menschen tun. Du möchtest vielerlei für die Serben tun, aber dazu später. Und das hat nichts mit mir zu tun. Mit mir hat das hier zu tun – Spaziergänge über mehrere Tage durch Belgrad und seine Umgebung. Damit wir alles sehen, uns einprägen, notieren, skizzieren, und du sinnst darüber nach, was die Stadt noch besser und schöner machen könnte. Ich biete dir an, die Vorhaben aus deinen Wünschen in die Realität zu überführen. Natürlich die, die ich zu überführen vermag. Das wär's!«

Bajica blieb die Luft weg. Josif hatte ihm seine Träume geschenkt! Konnte es in einer Freundschaft mehr geben? Was er anbot, hieß aufopferungsvolle Arbeit und Jahre der Mühe! Und das in einem

Moment, als nach der Errichtung unzähliger Moscheen, Brücken, Krankenhäuser, Medressen, Herbergen, Ställe, Minarette, Grabstätten, Karawansereien, Basare ... derselbe Sinan für seinen Herscher die bis dahin allergrößte Moschee in Istanbul errichtet hatte (nicht eingerechnet die Hagia Sophia) und dazu noch Dutzende Bauten um sie herum. Einen ganzen Komplex.

Als würde er noch weiter in seinen Gedanken lesen, fuhr Sinan an seiner statt fort.

»Es stimmt, dass der Sultan mir noch so manches aufgetragen hat, und ich sehe, dass er noch mehr vorhat ... Schon erkundigt er sich nach der Wasserversorgung der Hauptstadt, nach den römischen Aquädukten, nach dem Topkapi-Palast und sonstigen Dingen. Aber obwohl ich dir gegenüber nicht viel von dem erwähnt habe, was ich tue, heißt das nicht, dass ich bei jedem Bau persönlich anwesend sein muss, noch dazu die ganze Zeit. Man weiß, wo man sein muss. Und übrigens, es wird noch dauern, bis du zu Reichtum gelangst. Erst dann wirst du, so vorsichtig, wie du bist, mich bitten können, deine Träume umzusetzen. Ich schenke dir nur die Zeit, über sie nachzudenken.«

Schließlich fand Bajica seine Sprache wieder.

»Na, selbst meine Bestürzung hast du vorausgesehen! Du lässt mich weiterhin schweigen, und du redest (an meiner statt?), um mir die Chance zu geben, meine Aufregung zu verbergen. Damit ich das Unangenehme abmildere. Es gibt beinahe keinen Weg dir zu danken! Das einzige, womit ich mich revanchieren kann, ist Aufrichtigkeit. Und ich kann dir vielleicht etwas von dieser Stadt und ihren Menschen zeigen. Immerhin kenne ich einige ihrer Geheimnisse; viele von hier sind mir dankbar für die guten Dinge, die ich für die Stadt getan habe, indem ich von den Eroberungen alle möglichen Waren, Neuheiten, Handwerke, Veränderungen mitgebracht habe …«

»Na, siehst du, du hast ja etwas, das du mir zurückgeben kannst. Und letztlich gibst auch du zu, dass du etwas Gutes getan hast. Auf diese Wahrheit hast du kein Recht, sondern du hast ihr gegenüber eine Verpflichtung. Vielleicht resultiert auch mein Vorschlag aus dieser neuen Art Freiheit – da ich weiß, dass mir wegen meiner Arbeit schon viele etwas verdanken, so kann ich mir die kleine Unbescheidenheit herausnehmen, wiederum etwas für andere zu tun, aber nach meinem Gutdünken.«

Das war richtig. Mit der Errichtung der Moschee für den Sultan, deren Bau nach dessen Auftragserteilung am Goldenen Horn schon weit vorangeschritten war, hatte Mimar Sinan Süleymans absolutes Vertrauen erworben und erhielt damit höchstes Lob für alles, was er bis dahin gemacht hatte. Daher auch die Freiheit, eine *seiner* Ideen jemandem anzudienen, der ihm so nahe stand. Auf diesem Weg befriedigte er auch ein wenig sein Bedürfnis, eine Entscheidung allein für sich zu treffen, die nicht mit seinem handwerklichen Wissen und Können zu tun hatte.

Aus beiderseitigem Pflichtgefühl heraus besichtigten sie zuerst die Oberstadt. Die Anhöhe, auf der sie ruhte, war außerordentlich groß und bot sich für die Moschee des Padischah als exzellenter Standort an. Die natürliche Lage dieser Erhebung über dem Mündungsdelta der Save in die Donau war derart günstig, dass jedes hier errichtete Gebäude bei gutem Wetter und klarem Himmel von allen vier Seiten aus tausende Meter weit zu sehen wäre. Einen ähnlichen Ort, den Sinan früher schon einmal gesehen haben könnte, gab es nicht. Egal, was man dort baute, es würde stets ... ein Denkmal werden. Er hatte recht, er brauchte sich keine Sorgen zu machen.

Mehmed ertappte sich dabei, wie er eben diesen Ort mit den Augen eines Soldaten betrachtete. Die Festungsanlage in der Oberstadt konnte für jeden uneinnehmbar wirken (wenngleich sie von vielen erobert wurde). Mit einigen Verbesserungen können sie tatsächlich unbezwingbar werden. Die selten günstige Lage wirkte auf jeden Heerführer wie eine Herausforderung. Genau deshalb wurden die Festungsanlagen auch so häufig attackiert: man konnte ihr nicht widerstehen. Als sei die Eroberung eine Frage der Ehre geworden. Die Vergangenheit Belgrads selbst lieferte den Beweis für die paradoxe Ambition, dass Dinge, je weniger sie realisierbar erschienen, die Leute um so mehr ermutigten, einen Versuch zu wagen.

Er wollte mit Josif prüfen, ob sich für ihn solche Herausforderungen boten, wenn er sich auf ein Projekt vorbereitet.

»Ich weiß um die großen Pläne, die du für eine recht kleine Stadt rund um die zukünftige Sultansmoschee in Istanbul gemacht hast. Von den geplanten Dingen hast du bereits zwei Schulen für Heilberufe fertig gestellt. Du hast mit dem Bau eines Krankenhauses begonnen. Die Moschee wirst du mit zwei weiteren Schulen und einer Karawanserei umgeben. Wahrscheinlich auch mit Mausoleen. Sparst du dir den Bau der Moschee bis zuletzt auf, damit die Herausforderung für dich noch größer wird oder weil du Angst davor hast?«

Sinan war überrascht.

»Nun, das ist eine schwierige Frage. In allem, was du gesagt hast, steckt Wahrheit. Aber in der Antwort steckt auch etwas Praktisches: Das ist die größte und schwierigste Arbeit, die ich bisher in Angriff genommen habe. Bis jetzt hat niemand im Osmanischen Reich ein solch gewaltiges Risiko und eine solche Herausforderung angenommen. Sollte etwas nicht in Ordnung sein, steht für mich fest: Ich werde umgehend meinen Kopf einbüßen! Doch meine Angst ist nichts gegen den Wunsch, das Projekt zu realisieren. Das Bauen des Drumherum um die Moschee gibt mir Zeit und verschiedene Gelegenheiten, die in den Plänen enthaltenen fachlichen Fehler zu korrigieren, die Arbeit besser zu organisieren, all die benötigten Meister und Materialien herbeizuschaffen. Weißt du, was das für Arbeit macht, über fünftausend Männer am Bau zu koordinieren, auch den letzten einzubeziehen, so dass jeder Arbeitsschritt ohne Störung in den nächsten der geplanten übergeht und nicht in einen zufällig vor Ort improvisierten. Alles muss ohne Unterbrechung, Fehler, Ungeduld oder Geldmangel funktionieren. Harmonisch und geordnet.

Es gibt keine Chance für mich zu lernen, wie man Fehler vermeidet, außer an dem, was ich bisher zuwege gebracht habe. Ja, die Hagia Sophia bleibt für mich das Modell, aber ich habe neben mir nicht ihren Erbauer, um ihn jederzeit fragen zu können, wie er etwas gelöst hat, was ich nicht kann. Der Wunsch von der Erschaffung eines besseren Bauwerks als die Hagia Sophia wird damit noch unbarmherziger. Unverschämt. Fast unzulässig.

Das einzige, was mir bleibt, ist zu glauben. Eine ganze Reihe von Details im Bauwesen ist aber mit praktischen Dingen verbunden. Du musst Phantasie und Kunst mit Kalkulationen, Zahlen und Präzision kombinieren. Das bewahrt dich davor, nicht schon im Voraus in panische Angst vor einem Misserfolg zu geraten. Für die Arbeiten an der ›*Süleymaniye*‹ (wie wir die Moschee untereinander nennen), habe ich dreieinhalbtausend Christen und eineinhalbtausend Muslime in Dienst genommen. Ersteren vertraue ich mehr. Dem Sultan sage ich, dass sie Halbsklaven sind und weniger kosten. Und sie machen diese Arbeit einfach besser. Die meisten von ihnen sind Serben, die zweite Generation derer, die nach dem Fall Belgrads zum Bau von Wasserleitungen nach Istanbul gebracht wurden. Da sie seinerzeit ihre Arbeit gut gemacht haben, erhielten sie vom Sultan die Erlaubnis, das Areal ihres Wohnbezirks *Belgrader Wald* zu nennen. Und ich habe ihre Söhne gedungen, denn sie haben diese Arbeiten besser als jeder andere fortgesetzt.«

Bajica fiel ein, was er ihm noch erzählen, ihn fragen wollte, im Haus ihres Gastgebers.

»Die Hagia Sophia ist für alle Baumeister das Modell. Du hast sie jetzt auch erwähnt, und ich habe mich daran erinnert, wie wir mit Ferid Pascha über Orte zum Gebet gesprochen haben, die nicht als Moscheen entstanden sind. Und ist denn nicht auch diese Moschee aller Moscheen, dieses Vorbild aller Vorbilder eine umgebaute byzantinische Kirche? Über fünfhundert Jahre wurde dort zu Christus gebetet, die letzten einhundert zu Allah. Alle wissen das, aber alle finden es normal, dass demnach ein christliches Werk (das durch seine Größe, Schönheit und Bedeutung besticht) nach der Eroberung von Konstantinopel zum Modell für die islamische Architektur wird!«

Josif hatte eine kluge Antwort parat.

»Vielleicht weil das Modell noch immer unerreicht ist!? Warum verhalten sich die Sultane, wie es ihnen gefällt? Warum kann niemand sie einholen oder überholen, ihnen überlegen sein, sie belehren?«

Kapitel XXVI

Die Neigung zum Anfeuern (nicht im sportlichen Sinne) nenne ich Übereinstimmung. Ich muss feststellen, dass sich bei mir mit der Zeit diese Neigung verstärkt. Was will ich damit sagen? Mich ziehen Ähnlichkeiten unheimlich an, die in verschiedenen Situationen in Deckungsgleichheit übergehen, die zueinander keinerlei sichtbare und vielleicht auch gar keine reale Beziehung haben. Aber ich kann nicht widerstehen, sie zu verbinden, wenn sich eine Gelegenheit bietet. Die ganze Zeit bin ich mir bewusst, dass es vielleicht nur ein *Anfeuern* (wie beim Architekten Sinan) dessen ist, was mir zusagt, aber ich führe auch darüber hinaus dieses Spiel fort, das manchmal allerdings vielleicht nur für mich zu faszinierenden Endeckungen führt.

Zum Glück bin ich nicht der Einzige.

Ein Beispiel?

In den ersten Tagen des Januars 2008 fuhr ich nach Österreich und hatte einen Berg Bücher und Papiere dabei, mit deren Hilfe ich versuchen wollte, etwas zu beenden, das ein Roman werden sollte. Warum hatte ich mich darauf eingelassen? Es war so wie damals, als ich dabei war, mich zu entscheiden, welches Buch von den dreien, die ich geplant hatte, ich in Angriff nehmen sollte (und ich entschied mich, als ich erfuhr, dass ich gleichsam auf dem Fundament der Karawanserei von Mehmed Pascha saß!); die Bilder und

Details verbanden sich von allein. Manchmal tun die Fakten das ihre und manchmal denke ich, dass ich sie mit meiner Einbildungskraft zu dem, was sie sind, gemacht habe. Das war ein halbes Jahr vor meiner Abreise, nachdem ich mehrere weitaus attraktivere Stipendien ausgeschlagen hatte und dieses annahm, denn ich hatte Folgendes erfahren: Dass sich der Ort mit Namen Krems, in den ich eingeladen war, 86 km nordwestlich von Wien am Ufer der Donau befindet. Wie auch Novi Sad, eine Stadt, mit der ich in vielerlei Hinsicht verbunden bin, sich 86 km nordwestlich von Belgrad am Ufer der Donau befindet. (Genauso deckungsgleich wie das Goldene Horn und das Belgrader Delta, der Topkapi-Palast und die Festung Kalemegdan). Da geht es nicht nur um die Übereinstimmung der geografischen Lage und der Entfernung in Kilometern. Die Gründe für diese Entscheidung könnte ich verschieden benennen, aber ich entscheide mich für: Irrationalität. Und um was sonst kann es gehen, wenn ein Schriftsteller alle anderen eindeutig besseren Bedingungen und Umstände verwirft, um etwas anzunehmen, was der gesunde Menschenverstand nicht nachvollziehen kann?

Kurz vor meiner Abreise erhielt ich eine Schweizer Zeitschrift, die in drei verschiedenen Sprachversionen gedruckt war, getrennt, um zu verbinden (deutsch, französisch und englisch), mit einem meiner Texte, aber auch mit dem Text des bulgarischen Autors Alek Popov, der durch genau den Ort inspiriert worden war, in den ich zu fahren beabsichtigte – Krems!

Und dann setzte ich mich ins Auto und machte zufälligerweise in Novi Sad Halt. Nein, ich war nicht so verrückt, dort zu bleiben und mir einzureden, dass dies Krems sei. Ich folgte dem Weg meiner Helden aus dem Buch, über die serbisch-ungarische Pannonische Tiefebene, über Buda und Pest bis nach Wien. Auch ich eroberte Wien dieses Mal nicht. Ich umfuhr die imaginären Stadtmauern und der Donau folgend erreichte ich Krems. Vom Fenster der Wohnung aus, in der ich untergebracht war, ging mein Blick auf die Donau. Ein Ausblick – wie zu Hause.

Alles wirkte wie die Wiederholung derselben Matrix.

War nicht auch das osmanische Vordringen nach Europa eine hartnäckige Wiederholung des eigenen Vorgehens gewesen: der Beginn des Feldzugs im Frühling auf den Tag genau wie das Mal zuvor, das erneute Zurücklegen desselben sehr langen Weges, die Besetzung der befestigten Städte im Frühjahr und im Sommer, stets von derselben Dauer, der Kampf gegen den herannahenden Winter und der erfolgreiche oder erfolglose Rückzug an den Ausgangsort … Oder bestenfalls nach Belgrad, um dort zu überwintern. Und dann alles wieder von vorn.

Waren nicht auch diese osmanischen Aktivitäten eine Verbindung von Unvereinbarem? Welcher normale Mensch würde jemals auf die Idee kommen, Istanbul und Wien zu einem Reich verbinden zu wollen? Man sieht, dass es solche gab, und zwar sehr hartnäckige, die innerhalb dieser Idee an etwas glaubten. Und ich bin nicht der Ansicht, dass sie diesen Versuch der Verbindung durch Krieg nur deshalb unternahmen, um etwas zu erobern, um zu plündern und zu zerstören. Was hätten sie mit Wien anfangen können, falls sie es zerstörten? Auch Belgrad haben sie zerstört und danach auch wieder aufgebaut. Übrigens wie auch die Österreicher und die Ungarn. Und wie all die anderen.

Auch ich »rechtfertige« das Verbinden von Unvereinbarem, das Meinige und das Türkische, und Beispiele gibt es zuhauf. Nur fallen viele nicht ins Auge. Wenn die Menschen noch dazu bescheiden sind …

Ich erinnere mich an das seltsame Beispiel eines außergewöhnlichen Menschen mit dem Namen Vladimir Devide. Er war Professor der Mathematik an der Universität in Zagreb, und ein berühmter und anerkannter Experte; aber auch sein Schicksal war es, mit etwas völlig anderem, sozusagen mit etwas Gegenteiligem weltbekannt zu werden, und zwar durch seine Beschäftigung mit der traditionellen japanischen Haiku-Lyrik. Um es klar zu sagen, er beschäftigte sich damit nicht zum Nachteil der Mathematik (sozusagen zum Nachteil des »Hauptberufes«). Als Amateur-Japanologe fand er einen wesentlichen Teil von sich selbst in dieser mittelalterlichen Kunst und nachdem er sie in sich selbst erkannt hatte, wollte er sich nicht mehr davon trennen. In solch einem Fall fragt man sich natürlich: Gibt es denn eine Beziehung zwischen Mathematik und Poesie? Und die Antwort lautet sofort, es gibt keine. Allerdings beinhaltet Haiku ein kleines Spiel mit Zahlen: Es setzt sich aus *drei* Versen zusammen, die insgesamt aus *siebzehn* Silben bestehen. Der erste Vers hat *fünf*, der zweite *sieben* und der dritte *fünf* Silben. In der japanischen Sprache werden die Worte sehr leicht und klar in Silben unterteilt. Auch das Serbische und manche andere Sprache können das. Bei einigen Sprachen geht es sehr schwer oder gar nicht. Für das Japanische ist das wichtig, denn daraus sind auch diese Poesie und deren unantastbare Regel hervorgegangen, dass für das Erzielen von Höchstleistungen im Schreiben solcher Gedichte Anzahl und Reihenfolge der Silben widerspruchslos respektiert werden müssen. Aber das alles reicht sicherlich nicht aus, um dort die ernste Mathematik einzuflechten. Man könnte das an dieser Stelle eher als Rechnen (so wie in den unteren Klassen der Grundschule) bezeichnen.

Professor Devides Umgang mit Haiku-Lyrik war amateurhaft – d.h. er besaß, mein Gott, kein Diplom dafür. Er selbst scheute diese Bezeichnung nicht – umso weniger, da er sich selbst auch als Amateur sah. Das war absurd, denn in dem größeren Land Jugoslawien Mitte der siebziger Jahre des 20. Jahrhunderts gab es niemanden, der ihm mit seinem theoretischen Wissen und selbst im Verfassen dieser Lyrik das Wasser hätte reichen können. Später werden wir sehen, dass es auf der ganzen Welt nur wenige gab. Ich hatte Glück, dass ich zu jener Zeit viel mit ihm zusammenarbeitete und so war ich ein intimer Zeuge dieses absurden Pendelns zwischen erzwungener Selbstbestätigung und der Bestätigung gegenüber anderen. Um jenen, die nicht daran glaubten, zu beweisen, dass er diesem dichterischen Hobby nicht ohne Grund nachging, begann er Texte über den Zusammenhang zwischen Haiku-Lyrik und Linearmathematik zu veröffentlichen. Und was passierte? Da die Texte »todernst« waren (darüber hinaus konnte die Idee aus einem zum Zen passenden niveauvollen Scherz entstanden sein), nörgelten die ungläubigen Thomase jetzt an dem *Bestehen* eines Zusammenhangs zwischen Poesie und Mathematik herum! Sie befassten sich nicht mit der Frage, ob in den Texten *bewiesen* wird, dass es einen Zusammenhang gibt – die Beweise lagen auf der Hand – aber es durfte eben kein Zusammenhang bestehen. Ich will damit sagen, es gab Beweise dafür, dass ein Zusammenhang existierte, aber diesen Zusammenhang gab es nicht. Vladimir Devide ließ sich auf keinerlei Polemik ein, sondern schrieb mehrere Bücher über diese Poesie, über Japan, über Kultur, über Mathematik ... In Japan erhielt er bei einigen weltweiten Wettbewerben für Haiku-Lyrik, – die größten für jedes Genre, an die zwanzigtausend Dichter mit fünfzigtausend Gedichten – die höchsten Auszeichnungen. Ganz zu schweigen von den japanischen Staatspreisen und Orden.

Die Zeitschrift *Haiku*, die ich unter seiner Zen-Fuchtel oder seinem Zauberstab mit Hingabe redaktionell betreute, ohne ausreichende finanzielle Mittel, auf schlechtem Papier, auf Schreibmaschine vorbereitet und mit einer mittelalterlichen Technik gedruckt (also amateurhaft), war der erste alle verbindende Stolz Jugoslawiens; sie wurde weltweit eine der besten. Das war eine berühmte Floskel: Schließlich und endlich hat die Welt unser Land als große Macht in einer Sache anerkannt! Jugoslawien – eine Haiku-Macht. Klingt gut.

Anscheinend wegen des Zusammenhangs zwischen Poesie und Mathematik. Wegen des Verbindens von Unvereinbarem.

Leider ist ein Land nicht dasselbe wie ein Staat. *Diesen* Zusammenhang würden die ungläubigen Thomase sicher gern akzeptieren. Und falls nötig, dafür kämpfen.

26. Kapitel

Erst aus Josifs Antworten wurde Bajica klar, wie und auf welche Art und Weise dieser Mann, vom Talent einmal abgesehen, der erfolgreiche Mimar Sinan geworden war! Klar, er hatte diese Tätigkeiten wie ein Soldat erledigt! Was war hier von entscheidender Bedeutung? Die wichtigste Eigenschaft – neben Talent – war die Fähigkeit, alles gut zu organisieren. Aber wo sollte Josif das gelernt haben wenn nicht als Offizier der osmanischen Armee, auf den Feldzügen, gemeinsam mit Bajica. So war Josif zu Sinan geworden, nicht nur durch den Wechsel des Glaubens!

Er hatte gelernt zu planen, das Risiko zu minimieren, ein Risiko einzugehen wenn es unumgänglich war, auf der Grundlage der Vorhersehbarkeit bestimmter Ausgänge eine Strategie zu entwickeln, andere zu unterweisen, durch das persönliche Beispiel zu ermutigen, Vertrauen aufzubauen, um dann zu fordern, zu befehlen, die Ausführung zu beobachten, zu kontrollieren, zu bestrafen und zu belohnen. Im Voraus zu wissen, was welche Folgen hat und warum. Zu wissen, was ein Sieg ist und was eine Niederlage. Wenn ein Heerführer mit all seinen praktischen Kenntnissen einen Stand erreicht, wo es für ihn keinerlei Überraschungen gibt, kann man von ihm sagen, dass ihm die Unterstellten aus der Hand fressen. Falls nötig, werden sie gar für ihn sterben (und nicht nur für das Ziel).

Sinan kommandierte nunmehr eine Armee, in der alles so war wie in einer richtigen Armee, nur nicht – das Sterben. Wenn in seinen Truppen gestorben wurde, wanderten die Seelen nach einer Krankheit, manchmal auch wegen eines Unglücks zu ihrem Schöpfer, aber unter den Fortgehenden waren keine – Ermordeten.

Von diesen letzten Gedanken getröstet, konnte sich Bajica auf den weiteren Spaziergang durch die Unterstadt konzentrieren. Und diese Besichtigung war ein Teil ihrer Pflicht. Eigentlich kannten sie alles Wichtige über die zwei Teile Belgrads schon aus den vorangegangenen Besuchen. Bajica (und auch Josif) faszinierte besonders das Unterstadtviertel Dorćol, das ausschließlich zum Donauteil der Stadt gehörte. Bajica fühlte sich berufen, hier für Josif den Führer und Gastgeber zu übernehmen. Er fühlte Dorćol als zu ihm gehörig.

Geräusche waren das erste, was die Aufmerksamkeit fesselte. Den Lärm und das Rauschen von Dorćol konnten sie sogar in anderen Stadtteilen hören. Ergo konnte an einem solchen Ort bei den Menschen keine Langeweile aufkommen. Dann folgte der Abstieg ins Obere und Untere Dorćol, oder sogar in das Haupt- oder Untere Viertel (dessen Bewohner mit dieser Einteilung zum Ausdruck bringen wollten, dass das sozusagen eine gesonderte Stadt mit ihren Teilen ist; ein Wertungskriterium war das nicht). Diese »separierten Teile« einer größeren Einheit wurden durch die Lange Straße getrennt oder verbunden. Ihr Name sagte alles: Sie war dreitausend Schritte lang. Sie führte am Fischmarkt an der Mündung in der Unterstadt vorbei und endete tief im Geschäftsviertel, von dem aus man auf der Straße von Konstantinopel bis zur Hauptstadt des Osmanischen Reiches gelangen konnte. Da an der einen Seite die Donau floss, drängte sich der gesamten Gegend zusätzlich der Name Donauviertel auf. Das Viertel war voller Werkstätten, Marktstände, verschiedenster Läden, Cafés, Brunnen und Wasserstellen, Läden für Süßigkeiten, Teestuben, voller winziger Hamams …

Aber erst, als sie in dieses offensichtliche Chaos von Menschen, Tieren, kleinen Straßen, von Licht und Dunkelheit eingetaucht waren, spürten sie, was die Seele eines Ortes ausmacht: vor allem seine Menschen. Hier gingen alle auf sie zu, nicht so aufdringlich wie die arabischen Händler und nicht nur um eine Ware anzupreisen. Sie wurden mit nachbarlichem Respekt begrüßt, einige erkannten den Beglerbeg wieder, bezeichneten ihn aber in diesem Fall gegenüber den Nachbarn als »Abtrünnigen« und als »den Mann, der den Serben hilft«. Als er das mehrmals im Vorübergehen hörte, war Sokolović zuerst bass erstaunt. Dann blieb er stehen und sagte sich: »Ja, das bin ich doch. Beides. Und was habe ich zu sein gemeint?«

Es schien so, dass hinsichtlich der Verschiedenheit der Völker, die hier lebten, diese Stadt nicht im geringsten hinter Istanbul oder einem beliebigen anderen Ort in der Welt zurückblieb. Nach ihrer Kleidung, Sprache, Ware, Sprechweise und ihrem Verhalten konnte man hier neben den Belgrader Serben auch die aus anderen Gegenden Serbiens ausmachen: Serben aus Bosnien – Katholiken, Orthodoxe und Muslime, und dann auch Dubrovniker, Türken, Griechen, Juden, Armenier, Bulgaren, Ungarn, Roma … Sie alle waren ständige Bewohner Belgrads. Hinter gesonderten, ausgeliehenen Ladentische und in kleinen Läden konnte man die Händler hören und sehen – neu angelangte Araber, Perser, Tataren, Menschen aller Schattierungen und Sprachen des muslimischen Ostens. Die Mehrheit kam mit einer bestimmten Absicht und einem bestimmten Ziel hierher, einige handelten nur im Vorübergehen, auf der Durchreise. Wie ein Händler ihnen zurief, war das »das echte Misir Rumeliens«.[55]

Nachdem sie hinter den Läden abgebogen waren, konnten sie unverhofft noch eine besondere Schönheit dieser Gegend entdecken: Fast alle Häuser hatten ihre eigenen Gärten oder Weinberge. Sie lagen eingetaucht in das wilde und üppige Grün ihrer Gärten. Das beruhigte den Hintergrund – als würde die Kraft der Natur, nur wenige Schritte vom Markttreiben entfernt, die ganze Unruhe der Geräusche und Bewegungen dämpfen.

Man musste allerdings zugeben, dass es jetzt – im Vergleich zu ihren vorangegangenen gemeinsamen Belgradbesuchen – unvergleichlich mehr Geräusche und Bewegung gab. Diese Stadt war in der Zwischenzeit, teils auch dank Mehmed Pascha Sokolović, ganz offensichtlich Zentrum und Kreuzung vieler Wege geworden: von Politik und Geld, Feldzügen und Wissen.

Selbst gut betuchte Osmanen fanden gewichtige Gründe, hier eine Spur zu hinterlassen, wie etwa Mehmed Pascha Jahjapašić, der Sandschak Beg von Smederevo, und sein Bruder Bali Beg, der erste Aga von Belgrad 1521 (beide waren der Herkunft nach Serben). Der erste hatte bereits für Moscheen, Medressen und Brunnen[56] gesorgt … Er hatte sogar eine Karawanserei gebaut, die zu einer Armenherberge umfunktioniert wurde. Sie wurde als »Stiftung Gottes« betrachtet, denn dort konnte jeder einen ganzen Monat bleiben, ganz ohne Bezahlung, er musste lediglich »für die Seele des Wohltäters beten«.

Und das war nicht alles. Da waren noch die Karawansereien von Süleyman dem Prächtigen (in der Unterstadt, an der Save) und dessen fürstlicher Hamam (am Ufer der Donau), sowie Serail und Hamam von Piri Mehmed Pascha, Großwesir aus der Zeit der Eroberung Belgrads durch den Sultan, in der Nähe der Ferhad-Pascha-Moschee.

Wegen des Gewühls, Getümmels und des Lärms schien Dorćol der am dichtesten besiedelte Stadtteil. Von Neugier getrieben, versuchte Bajica ihn sich ohne all die Leute auf den Straßen vorzustellen. Und dann gab es einen Vorschlag, durch den sie Dorćol schließlich so erlebten. Ein junger Geselle, der sich als ein Arbeiter des Fürsten Radiša Dimitrijević vorstellte, überreichte ihnen für diesen Abend eine Einladung seines Herrn zu einem Besuch an der beigefügten Adresse. Bajica nahm sie freundlich entgegen und schickte mit dem jungen Mann die Nachricht, dass sie die Einladung annähmen.

Josif unterbrach, wie aus einem Traum aufgewacht, sein Zeichnen einzelner Teile des Viertels und fragte sichtlich überrascht:

»Wie kommst du dazu, so offen und ohne Zögern die Einladung eines Serben anzunehmen?«

»Er ist kein gewöhnlicher Städter. Er ist ein serbischer Fürst. Doch du weißt offenbar nicht, dass ich als Beglerbeg und im Auftrag des Sultans die lokalen Fürsten ermächtigt habe, in den serbischen Ortschaften einen Teil der Pflichten, um nicht zu sagen der Macht, mit den örtlichen Agas zu teilen. Dieser Fürst ist einer von denen! Und noch etwas: Ich verstehe deine Sorge, aber auch wenn das nicht der Fall gewesen wäre, würde ich mir nicht solche Sorgen darüber machen, dass ich mich mit einem Serben treffe. Solange ich das in der Öffentlichkeit tue, weiß auch der Großwesir, dass er keine Befürchtungen haben muss.«

Zur verabredeten Zeit fanden sich beide an der ihnen mitgeteilten Adresse ein. Dorćol schlief nicht, war aber still. Jedes seiner Segmente erholte sich, außer einige Kaffeestuben, die nachts klammheimlich zu Wirtshäusern wurden und aus denen gedämpfte Stimmen drangen, die denen am Tage nicht sonderlich ähnelten.

Der Gastgeber bewirtete sie spartanisch, benahm sich dafür aber irgendwie feierlich. Er bat sie, ihm nicht zu verübeln, dass er sie auf serbische Art bewirtet, sie könnten das natürlich abschlagen. Er rechne aber damit, dass sie hier nicht so ganz offiziell und öffentlich sind, vor allem, weil er ihnen etwas zeigen möchte, über dessen Öffentlichkeitsgrad er sich später mit ihnen beraten wolle.

Nun war Bajica an der Reihe, Josif etwas von einem seiner früheren Pläne zu erzählen. Als Fürst Dmitrović mit der Ausrede den Raum verlassen hatte, er wolle sie mit jemandem bekanntmachen und gehe diesen jetzt aus dem anderen Teil des Hauses holen, bekannte Bajica:

»Ich stehe dienstlich und weniger dienstlich in brieflichem Kontakt mit dem Fürsten. Dieses Treffen ist seit längerer Zeit vorbereitet worden, doch wir haben auf einen Anlass gewartet, der nicht nur von uns abhing.«

Josif sah ihn mit hochgezogenen Augenbrauen an und schwieg. Jetzt waren sie quitt.

Der Fürst kam mit zwei Männern zurück. Der erste war jung, trug die Kleidung der Dubrovniker Patrizier, der zweite war ein wenig älter, trug einen langen Bart und die Kleider eines orthodoxen Mönchs. Den jungen Mann stellte der Gastgeber ihnen als den Dubrovniker Trojan Gundulić aus der berühmten Familie Gondol aus Luka vor, den anderen als Hieromonachos Mardarije aus der Mrkšina-Kirche bei Kosjerić.

»Nun, weshalb haben wir uns gerade hier versammelt?«, begann Dmitrović. »Der junge Gundulić hat von mir die Druckerei übernommen, die ich seinerzeit gekauft aber nie richtig genutzt habe. Er ist zwar kein Experte, brachte aber seine Fähigkeiten als Kaufmann geschickt auch in dieses Geschäft ein. Und das könnte ein gutes Geschäft sein, was niemand für möglich gehalten hat. Schon mehrere Jahre hintereinander führte er mit seinem Landsmann Luka Dimitrović (sein Nachname hat einen Buchstaben mehr als meiner, er ist nicht mit mir verwandt) in Leder gebundene liturgische Bücher aus Ancona ein. Die letzte Bestellung von zweihundert Stück, alle in Leder, in serbischer Sprache und mit serbischen Lettern in einem fremden Land gedruckt – haben sie bis auf ein einziges Exemplar verkauft!«

Der Fürst hielt ein, sah den Pascha an, als wolle er um die Erlaubnis bitten fortzufahren. Josif hatte das registriert und er begann zu grinsen.

»Und dann hat mich eines Tages Mehmed Pascha, der von unserem Tun wusste, gefragt bzw. vorgeschlagen: Warum drucken wir nicht unsere eigenen serbischen Bücher? Zur selben Zeit wie der junge Gundulić! Und so baten wir Hieromonachos Mardarije, solch ein Buch für uns vorzubereiten. Und nach einer Menge Arbeit stellte er für uns nach dem Vorbild des kirchenslawischen Evangeliums des Makarije aus dem Jahr 1512 das Tetraevangelium fertig. Die Transkription stammt von ihm, auch die Holzschnittformen und die Lettern und die gesamte Kalligrafie. Und die zweihundertzwanzig Seiten hat er persönlich gedruckt! Ihr seid also an diesem

15. August 1552 hier, damit wir gemeinsam das erste Belgrader Buch feiern, genauer, das erste, das aus einer Belgrader Druckerei stammt.«

Dann brachte der Fürst gemeinsam mit dem Hieromonachos mehrere Exemplare des großen, schön gebundenen Buches mit den kalligraphisch gestalteten Evangelien herein.

Mardarije bedankte sich für die Glückwünsche.

»Ich danke euch, Brüder. Erlaubt mir, dass ich euch Gäste unter uns so nenne. Nehmt mir das nicht übel. Ich bin zufrieden, denn es ist uns gelungen, den Menschen die Relevanz der in Kirchenslawisch verfassten Schrift nun in der serbischen Redaktion des Altslawischen vorzustellen. Seit Gutenberg vor einhundert Jahren ein Wunder vollbrachte, sind da nicht so viele, die sich einer großen Anzahl an gedruckten Büchern rühmen könnten. Nach Venedig und Cetinje und dann Teodosije im serbischen Kloster Rujno bei Užice vor fünfzehn Jahren sind das nun wir hier in Belgrad! Wir hatten keine in Blei gegossenen Buchstaben wie die, die reicher als wir sind, doch die aus Holz haben es auch getan.«

Bajica war von diesen Worten gerührt. Das war ein wichtiger Moment für die Schriftkunde und das Wissen, und nicht für die Einteilung in Sprachen und Religionen. Und so zögerte er nicht, die Anwesenden daran zu erinnern, dass er mit diesem Alphabet aufgewachsen war, dass er ein Sokolović ist und er deshalb vorgeschlagen hatte, etwas zu unternehmen. Wenn Belgrad zum Verkehrsknotenpunkt und Handelszentrum geworden war, sollte es auch seine eigenen Bücher haben.

»Belgrad war einfach zu lange auch ein Zentrum für Kriege. Ich denke, dass die Wasser von Save und Donau weiterhin friedlich fließen werden, wie in den letzten dreißig Jahren. Es ist wahr, dass in dieser Zeit starke Heere in und um die Stadt Belgrad waren, aber sie wurde von keinem einzigen mehr gestört. Und es wird auch weiterhin so sein, dass sie von hier aus starten und hierher zurückkommen, sich ausruhen oder für die nächsten Feldzüge rüsten, aber kämpfen werden sie hier nicht mehr. Wenigstens die kommenden einhundert Jahre nicht. Ich sage das hier alles wie ein Derwisch, um diesem Evangelium mit einem Gefühl des Friedens und des Wohlstands den Titel *Belgrader Tetraevangelium* zu verleihen!«

Frieden und Wohlstand haben in den Menschen immer zusätzliche Anstrengungen im Sinne von Eintracht und Gelassenheit geweckt. So konnte es geschehen, dass in Belgrad, in dieser seiner friedlichen Phase, ein Dubrovniker die Tradition des serbischen Buchdrucks begründet. Mehr noch, dass eine ganze Kolonie von Dubrovniker Kaufleuten in serbischer Sprache und kyrillisch schreibt! Der christliche (oder lateinische) Teil war, stimuliert durch einen guten Verdienst, der Initiator eines besseren Lebens aller anderen Teile. Selbst auf dem einfachen Fischmarkt wurden größere Mengen und mehrere Sorten Fisch angeboten: von den großen und schweren Hausen, Stören über Hechte, Quappen, Sterletts bis zu Welsen, Karpfen und Flussbarschen. Als hätten Donau und Save beim Vorbeifließen an Salzminen unterirdisch mehr als früher Grundstoffe aufgenommen, die für das Laichen vorteilhaft sind.

Da sie sich noch mehrere Tage in Belgrad aufhielten, nahmen beide von ihrer Position aus osmanische und serbische Männer in Dienst, um den Bau des Hafens, des Zollamtes, einer Schule, von Herbergen und Karawansereien möglichst schnell voranzutreiben, wegen der steigenden Anzahl von Gästen – gläubiger und ungläubiger – um sich ein Bespiel an der Republik Dubrovnik zu nehmen, die ihren Kaufleuten für den Handel in Belgrad und Serbien immer höhere Kredite gewährte, und um über Möglichkeiten zur Unterstützung von Geschäftsleuten nachzudenken. Bajica wollte sich persönlich beim Sultan dafür einsetzen, dass in Belgrad eine Werft für Binnenschiffe wie in Konstantinopel gebaut wird. Das könnte viele Menschen in Lohn und Brot bringen. Die Kaufleute sollten ernsthaft mit der Ausfuhr von Waren nach ganz Europa und Asien beginnen und nicht nur abwarten, dass sich etwas von allein tat und einfach so auf den Markt gelangte. Und wie man sieht, ist es sogar möglich, dass ein Flohmarkt zivilisierter aussehen kann!

Bajica veranstaltete ein Treffen mit mehreren hohen Geistlichen der orthodoxen Kirche, zu denen Mardarije die Verbindung hergestellt hatte. Sie erklärten ihm, dass sich die serbische Kirche in doppelter Gefahr befände: Zum einen sei das Volk wegen des nicht vorhandenen serbischen Staates auf die Kirche orientiert, weil es darin einen Ersatz für diesen sieht, zum anderen habe die Kirche nicht einmal Geld zum Erhalt ihrer halbzerstörten Gebäude, geschweige denn für den Bau neuer. Auch das Patriarchat sei am Verschwinden. Sie fürchteten um den Bestand des Glaubens. Denn wie könne man Glauben praktizieren, wenn man nicht wisse, an welchem Ort. Der Glaube an Gott könne nicht immer nur in der Seele sein. Besonders, wenn man ihn mit anderen teilt.

Mehmed antwortete ihnen: Die Kirche möge fortfahren, sich mit dem Glauben zu befassen und sich nicht in Reichs- und Staatsangelegenheiten einmischen, und die orthodoxe Bevölkerung könne auf eine baldige Besserung der Lage hoffen. Was in seinen Händen liege, werde er tun.

Kapitel XXVII

Vielleicht habe ich mich mit etwas Berechtigung manchmal selbst gelobt, wenn es mir gelungen war, schlau und kunstvoll die Dinge zu verbinden, die zu verbinden ansonsten kaum jemandem in den Sinn gekommen wäre. Aber ebenso berechtigt habe ich scharfe Selbstkritik geübt, wenn ich selbstverständliche und ganz offensichtliche Zusammenhänge übersehen hatte.

Unannehmlichkeiten erlebte ich zuletzt ob meines Unwissens oder meiner Unbeholfenheit in Bezug auf das Thema meines Buches zum Problem der Identität im Osmanischen Reich des 16. Jahrhunderts im Gespräch mit dem ägyptischen Autor Gamal al-Ghitani. Wir trafen uns im Herbst 2007 in seinem Haus in Kairo, als das Ende der Arbeit an diesem Buch bereits abzusehen war. Aber es hätte heute für mich nicht dieselbe Bedeutung, wenn wir im Gespräch nicht einen Teil dieses wichtigen Themas berührt hätten – wie die anderen muslimischen Völker die Übernahme (meine Formulierung) oder Konfiszierung (seine Formulierung) von Teilen ihrer nationalen, kulturellen Identität sahen, nachdem sie von den Osmanen unterworfen worden waren.

Für das Gespräch gerade mit Ghitani zu diesem Thema gab es mehrere Gründe. Er war der anerkannte Topexperte in Fragen der Vergangenheit der ägyptischen Zivilisation und vor allem Kairos. Er hat zahlreiche Bücher aus unterschiedlicher Perspektive verfasst, von historischen, präzise faktografischen bis hin zu belletristischen, die auf einer künstlerischen Vergangenheitssicht beruhen.[57] Zu der Zeit wurde er – den Nobelpreisträger Nagib Mahfuz einmal ausgenommen – der meistgeschätzte lebende Autor Ägyptens und vielleicht der gesamten arabischen Welt.[58] In den letzten Jahren erreichte er auch unter den Analphabeten (!) große Popularität, denn diese hatten bis vor kurzem die Möglichkeit, die Fernsehserie über Kairo und Ägypten zu verfolgen, die Ghitani über längere Zeit gedreht hatte und in der er als Kommentator auftrat. Während unserer Spaziergänge durch Kairo war ich Zeuge dieser breiten (schriftlichen und mündlichen) Anerkennung; die Menschen gingen ununterbrochen auf ihn zu, küssten seine Hand und dankten ihm dafür, dass er ihnen die Geschichte ihrer Stadt und ihres Landes geschenkt hatte. Solch einen öffentlichen Respekt habe ich nirgendwo gesehen – vielleicht mit Ausnahme von Orhan Pamuk in seinem Land, aber ich weiß, dass jeder bei der Erwähnung dieses Beispiels an die Drohungen denkt, die Pamuk von Andersdenkenden erhält. Natürlich kann man diesen finsteren Aspekt gegnerischen Denkens nicht umgehen. Im Gegenteil, ich werde ihn am Beispiel von Ghitani verdeutlichen. Bei all seinem zweifelsfreien Patriotismus, ein verstärker um nicht zu sagen auch etwas überzogener, mit dem er sich für eine klare, reine und gesunde Haltung gegenüber dem Islam ausspricht, ist auch er wie sein türkischer Kollege das Objekt von Drohungen. Ghitanis Haus wird sogar rund um die Uhr von Polizisten bewacht. Wenigstens die Hälfte dieser Zeit war ich Zeuge ihrer Wachablösungen. Das Auto nebst Chauffeur/Bodyguard steht ihm nicht aus purem Luxus Tag und Nacht zur Verfügung: Der Staat hat beschlossen, den religiösen Extremisten zu demonstrieren, dass er hinter Ghitani steht! Grund dazu hat er genug, denn durch Ghitanis Kommunikation mit der Welt, und sei es nur durch die Übersetzung seiner Bücher in die Weltsprachen, tut er etwas Gutes für seine Kultur und für seinen Glauben, von dem er sich weder abwendet noch ihn in Zweifel zieht. Nicht einmal die endlose Liebe, mit der er mir die Details der islamischen Architektur erklärte, während er mich als absolut perfekter Reiseführer durch das nächtliche Kairo begleitete, hat die Fanatiker bewogen, ihn zu respektieren. Für diesen abendlichen Ausflug und auch für jeden weiteren musste er eine Erklärung zum Verzicht auf die sogenannte Leibwache unterschreiben, auf eigene Verantwortung.

Doch nun zurück zu unserem Gespräch. Anlass war mein Satz über indirekte Übereinstimmungen eines Teils der Vergangenheit von Serbien und Ägypten, die uns beide interessierte. Belgrad fiel 1521 unter die Herrschaft des Osmanischen Reiches und Kairo nur vier Jahre früher, 1517! Sein Roman *Seini Barakat* handelt vom Ersatz der mamlukischen Herrscher durch die Osmanen und von ihrer ersten Herrschaftsphase in Kairo und somit auch in Ägypten. Mein im Entstehen begriffener Roman handelt teilweise über Belgrad und Serbien in jenem Zeitraum osmanischer Herrschaft. In diesem Gespräch erfuhr ich viel Nützliches, aber was mich überraschte – und damit kehre ich zur Frage vom Anfang dieses Kapitels zurück – war seine sehr scharfe und negative Reaktion auf die Folgen dieser Okkupation. Die Geschichten von Morden und Unterdrückung verstanden sich von selbst, aber das, was den größten Effekt zeitigte, war Folgendes: Um ein bildhaftes Beispiel zu geben, ergänzte er im *realen Kontext* einen Fakt, der bereits in einem seiner Bücher existierte: Dass die Türken fünfunddreißig Gewerke übernahmen und in ihr Umfeld überführten; und nicht nur das Wissen darüber, sondern sie brachten *alle* Handwerker in die Türkei, die sich mit diesen Gewerken befassten. Bis auf einen! Von den Meistern bis hin zu den Helfern, den Gesellen und den Schülern. So haben sie die Spur eines ganzen Wissensgebiets und dessen Geschichte ausgelöscht! Sie löschten seine Existenz aus! (Die Ausrufungszeichen sind mein Versuch, Ghitanis Zorn, mit dem er dies aussprach, teilweise darzustellen). Ich versuchte ihn zu trösten, indem ich ihm erzählte, dass es Angaben darüber gibt, dass die Osmanen bei der Eroberung von Belgrad ein Drittel bis nahezu die gesamte Bevölkerung der Stadt in die Sklaverei nach Istanbul verschleppten (die Angaben differieren – in Abhängigkeit von der jeweiligen Quelle)! Ein Beweis dafür ist die existierende Wasserleitung in der türkischen Hauptstadt, die eine Armee von Zivilen aus Belgrad gebaut hat, die zur Belohnung das Stadtviertel, in dem sie sich ansiedelten, *Beogradsko* nennen durften. Damit klar ist, worum es sich handelt.

Als er meine offenkundige Überraschung über seinen Unwillen sah, gab er mir eine nachvollziehbare Erklärung.

»Ich habe das Recht zorniger auf sie zu sein, denn wir gehören demselben Glauben an. Umso schlimmer, wenn dir jemand deines Glaubens Böses zufügt. Haben etwa nur die Christen diese Art von Beispiel aus der Vergangenheit, um nicht zu sagen von Privileg, sich gegenseitig Gewalt anzutun?«

Ich bejahte diese rhetorische Frage: »Es gibt sogar Beispiele aus der Gegenwart.«

27. Kapitel

Gemeinsam kehrten sie nach Sofia zurück. Sinan fertigte hier Skizzen an und legte die Orte fest, an denen in dieser Stadt zwei Moscheen entstehen sollten. Dann kehrte er nach Istanbul zurück, wo die Fortsetzung der Oberaufsicht über den Bau der Moschee auf ihn wartete, d.h. über das, was dem vorauszugehen hatte. Zur selben Zeit wurde unter seiner zeitweiligen Aufsicht in Tekirdag an einem ähnlichen baulichen Komplex für den Großwesir Rüstem Pascha (Moschee, Karawanserei, Medresse u.ä.) gearbeitet.

Mehmed Pascha erreichte eine Depesche mit dem Befehl des Sultans, schleunigst im Topkapi-Palast zu erscheinen und alle Arbeiten für längere Zeit seinen Untergebenen zu übertragen. Er verstand. Es ging um Vorbereitungen für einen neuen Feldzug.

Bei Hofe erfuhr er vom Großwesir Rüstem Pascha, den der Sultan zum Oberkommandierenden der Armee ernannt hatte, alle Details. Während die osmanische Armee sich mit Rumelien und der Annäherung an Wien befasste, eroberte in Kleinasien der persische Schah Tahmasp die früher an die Osmanen verlorenen Städte zurück. Er tat das brutal, brachte ganze Mannschaften um, aber auch die Bevölkerung. Hinzu kam noch, dass Ismail Mirza, der Sohn des Schahs, seine Schläue nutzend Skender, den Pascha von Erzerum, besiegte und mehr als eintausend Soldaten ermordete. Der Sultan war wütend und fest entschlossen, die Konflikte mit diesen Ungläubigen desselben Glaubens ein für allemal zu beenden. Die Bewachung der Grenze übertrug er dem zweiten Wesir Ahmed Pascha, und Mehmed Pascha erwies er mit dem Befehl die Ehre, sofort nach Tokat zu ziehen, dort zu überwintern und im Frühjahr gut ausgerüstet schleunigst mit den militärischen Operationen gegen die Perser zu beginnen.

Der osmanische Hof musste Veränderungen hinnehmen, die auch die staatlichen Planungen ins Stocken brachten, und das wegen des schlechten Verhältnisses des einst so ineinander verliebten Sultanspaares. Erschreckende Dinge nahmen ihren Lauf. Sultan Süleyman unternahm immer häufiger Ausflüge in die Gefilde der Uneinsichtigkeit eines alten Mannes, der er noch nicht einmal in vollem Maße war, seine Frau Roxelane, häufiger vor sich hin kränkelnd, fing an, sich aus mütterlichem Egoismus über alle Maßen um die Thronfolger zu kümmern. Da Roxelane zwei Söhne mit dem Sultan hatte, Selim und Bajazid, empfand sie den dritten, den in der Armee beliebten Mustafa aus der Beziehung des Sultans mit einer anderen Frau, ernstlich als störend. Hinsichtlich ihrer Pläne bestand das Problem darin, dass er der älteste von allen war, womit ihm von vornherein das Erbe des Osmanischen Reiches zustand. Aber die Sultanin gab nicht auf: Sich auch sonst immer mehr in die Dinge des Staates einmischend, ersann sie auch in diesem Fall eine Intrige über die angebliche Revolte von Mustafas Armee gegen den Sultan und hartnäckig diese Idee verfolgend, gelang es ihr über Mittelsmänner, sich selbst dabei nie in den Vordergrund spielend, den Sultan vom Wahrheitsgehalt dieser Nachricht zu überzeugen. Für das Reich bedeutete solche Revolte den Versuch, den aktuellen Herrscher vom Thron zu stürzen und so dem Reich direkt zu drohen. Daher stoppte der Sultan alle weiteren Pläne und überlegte, was zu tun wäre. Und er fasste den allerschlimmsten Entschluss. Unerwartet änderte er seine bisherige Meinung von seinem Verbleib außerhalb des Schlachtfeldes und erschien auf dem persischen Kriegsschauplatz, um sich selbst an die Spitze seiner Armee zu stellen. Dann rief er Mustafa mit allen Wesiren ins Armeelager. Auf den Sohn, der zu helfen bereit und ahnungslos war, lauerten anstelle seines Vaters in dessen Zelt sieben Stumme, die ihn exekutieren sollten. Obwohl ungerechterweise beschuldigt, wurde der Prinz erdrosselt, während sein Vater hinter dem Zelt auf die Ausführung der Strafe wartete. Gleich danach wurden mehrere Mustafa treu ergebene Heerführer ermordet, und zur selben Zeit erwürgte in Bursa ein Eunuch auch Mustafas kleinen Sohn; durch dessen Tod starb das Geschlecht aus und stellte künftig keine Bedrohung mehr für den Thron des Sultans dar.

Kurz nach diesem Vorfall starb, zermürbt von der Trauer um seinen geliebten Bruder, ein weiterer, fast unbekannter Sultanssohn, Prinz Djihangir, der ständig kränkelte und daher von Geburt an außerhalb der Öffentlichkeit blieb. Melancholisch und depressiv wegen der Ermordung des Bruders, lehnte er einfach ab, seine Medizin zu nehmen die ihn neben dem Bruder am Leben erhalten hatten.

Obwohl Bajica diese Tragödie auch weiterhin von außen betrachtete, ließ sie ihm keine Ruhe. Aber so von außen konnte er leichter und besser die Rollen, Einflüsse und Fähigkeiten der Menschen im Serail einschätzen. Er verstand, dass das nicht das Ende des Wahnsinns in der Herrscherfamilie war. Und wie hätte es das auch sein können, wenn eine Mutter fähig war, die Ermordung des Sohnes des eigenen Ehemannes zu planen und dieser wiederum in der Lage war, seinen Sohn und seinen Enkel zu ermorden? Es ging sofort weiter. Er sah, dass die Öffentlichkeit geschickt beschwichtigt wurde. Um die Aufmerksamkeit um- und von der Schuldfrage an diesem Vorfall abzulenken und eine Revolte der Janitscharen zu verhindern, die den Prinzen wegen seiner Ritterlichkeit als Soldaten ungemein geschätzt hatten, entzog Süleyman seinem Schwiegersohn, dem Großwesir Rüstem Pascha, plötzlich das Siegel. Dieser verstand gar nichts (so sah es zumindest aus), außer dass er an etwas schuld war. Das Siegel übergab er dem zweiten Wesir Ahmed Pascha, der eilig aus Rumelien zurückkehren musste.

Allerdings gab Rüstem Pascha in seinem Brief an Bajica eine ganz andere Erklärung und führte andere Gründe für seine Ablösung an. Bald darauf erhielt er seine Position als erster Wesir zurück. Ahmed Pascha, sein kurzzeitiger Ersatz, war, wie sich herausstellte, nur ein vorübergehendes Spielzeug in den Händen sehr raffinierter Besitzer.

Dieser Mord stieß sogar in den Ländern der türkischen Gegner in Europa auf Unverständnis. Prinz Mustafa galt als Verkörperung von Güte, Ergebenheit, Ehrbarkeit und Gelehrtheit. Er unterstützte Wissenschaft und Kunst, setzte sich für Dichter und Wissenschaftler ein und schrieb unter dem Namen Muhlisi selbst Poesie. Er befasste sich ernsthaft mit Philologie und Dichtung, erstellte persönlich ein persisches Wörterbuch und schrieb Interpretationen zu den Werken von Rumi, Saadi, Jahja, Hāfez und vielen anderen. Gelehrte Menschen trauerten besonders um ihn, solche, die offen sowohl den Sultan, als auch den Großwesir kritisierten und dabei ihr Leben riskierten.

Mehmed Pascha versuchte daraus etwas über Eltern und Kinder zu lernen. Obwohl er offiziell noch nicht geheiratet hatte, nahm er sich vor, sich noch besser um seine beiden Söhne Hasan und Kurd zu kümmern, die ihm Sklavinnen geboren hatten. Obwohl es ihm wegen seiner Verpflichtungen nicht gelang, sie häufig genug zu sehen, dankte er Gott, dass er sie nicht verstecken musste, schon gar nicht aus Gründen wie sein Herr. Aber dessen ungeachtet wusste auch er in jenem Moment nicht, was ihm diesbezüglich noch alles passieren würde!

Die Macht konnte manchmal tatsächlich auch furchterregende Formen annehmen.

Das, was dem Reich sein normales Leben zurückbrachte, war die gängige Option eines weiteren Krieges. Jetzt erhielt Mehmed Pascha unter neuem Kommando, dem des Sultans persönlich, ein weiteres Zeichen der Anerkennung und des tiefen Vertrauens: Sich ganz nach Osten begebend, in Richtung Kars, zum Anfang vom Ende des persischen Widerstands, führte er den linken Flügel der osmanischen Armee, und Prinz Selim, der jüngere Sohn des Padischah Süleyman und der Sultanin Roxelane, den rechten. Allergings ging diesem Feldzug etwas Interessantes voraus, dass von vielen Chronisten aufgezeichnet worden ist. Es passierte nämlich, dass während der feierlichen Parade anlässlich des Auszuges der Armee in die Schlacht die anatolischen und karamanischen Truppen von Prinz Selim vom Aussehen der Soldaten seines militärischen Stellvertreters vollkommen fasziniert waren. »Am längsten ruhten alle Blicke auf der schmucken rumelischen Armee, die von Beglerbeg Mehmed Sokolić angeführt wurde. Von ihren

Schultern hing Leopardenfell herab, an den Speeren baumelten Wolfsschwänze, an ihren Stiefeln hatten sie lange Sporne, ihre Schutzschilde waren riesig, die Schutzhandschuhe dunkelblau und himmelbau, die Fahnen rot und weiß, die Pferde alle mit Henna gefärbt ...«

Sicher, das war tatsächlich ein äußerliches Kennzeichen, aber es hatte etwas zu bedeuten – dass es Mehmed Pascha gelungen war, einem Teil des Reiches unter seiner Kontrolle sehr schnell zu mehr Reichtum und Glanz zu verhelfen. Der Sultan pries mit dieser demonstrativen Effekthascherei seinen Kommandanten, wollte aber gleichzeitig sein gutes Einschätzungsvermögen unter Beweis stellen.

Alle folgenden Siege über die Perser, von Syrien über Armenien bis zum Kaukasus, waren Routine. Und Bajica erfüllte auch seine Pflichten so. Er wandte alles an, was er über den Krieg und im Krieg gelernt hatte. Aber er wusste sehr genau, wo Heldentum aufhört und Befehlswillkür beginnt. Er achtete sehr darauf, dass jeder seinen Platz kennt und respektiert.

Der zufriedene Sultan wartete nicht auf die Rückkehr nach Istanbul, um seine Leute zu belohnen. In Amasya hielt er einen Diwan ab und führte dort Mehmed Pascha in den Hohen Rat ein: Er ernannte ihn sofort zum dritten Wesir der Pforte. Auf Bajicas Position des Beglerbeg von Rumelien berief der Sultan einen weiteren Mann mit serbischen Wurzeln, den bisherigen Aga der Janitscharen Pertev Mehmed Pascha.

Nach seiner Rückkehr nach Istanbul galt es, aus mehreren Standorten einen für das eigene Serail auszuwählen. Als Angehöriger des Rates der Wesire musste er nun dem Sultan und dem Staat stets zur Hand und zu Diensten sein. Er wählte ein einfaches

Haus weitestmöglich entfernt vom Topkapi-Palast, an den Ufern der Sutlija unterhalb des Hafens und in der Nähe der Eyüp-Sultan-Moschee. Und er bereute es nicht. Sein unmittelbarer Nachbar war ein alter Bekannter, Effendi Ebusuud el Amadi. Er war ein sehr gebildeter Mann, der besonders den europäischen Teil des Osmanischen Reiches mochte, wo er ab 1537 viele Jahre als Heeresrichter von Rumelien zugebracht hatte. Seit 1545 war er Scheich ul-Islam[59]. Er war wahrscheinlich der einzige Mann, auf den der Sultan hörte. Selbst seine neue Auslegung des Korans und der gesamten islamischen Tradition erkannte er öffentlich an.[60] Er akzeptierte dessen neu geschaffene Gesetze und bewunderte dessen Gelehrtheit. Er respektierte dessen Bemühungen um Konsistenz und Beständigkeit der Gesetze im Staat jenseits der Befriedigung von Bedürfnissen des Augenblicks. Der Padischah nannte ihn entzückt Amadi[61].

Amadi wie Bajica verhehlten keineswegs ihre Freude darüber, künftig eine gewisse Zeit gemeinsam zu verbringen.

Der erste Besucher im neuen Zuhause, noch vor dem unmittelbaren Nachbarn, dem Großmufti, war Josif. Er kam kurz vorbei, um ihm zu zeigen, was er erfahren hatte und ihm mitteilen wollte, nämlich dass er sich sehr schnell der imperialen Familie annähern werde. Zugleich erwies er Bajica eine zusätzliche Ehre, denn er hatte seine Töchter und Söhne mitgebracht. Um die Kürze des Besuchs zu rechtfertigen, erzählte er ihm, dass er in der Zwischenzeit die Sultansmoschee in Damaskus fertiggestellt hatte mit einem, wie er stolz kundtat, wunderbaren syrischen Garten. Er hatte den Bau des Krankenhauses neben der künftigen ›*Süleymaniye*‹ beendet und erfuhr jetzt Druck seitens des Sultans, weil sich die Arbeiten in die Länge gezogen hatten. Es verlief alles nach Plan, aber die Pläne waren einfach zu umfangreich. Vor seinem raschen Aufbruch nach Damaskus, um der Öffnung der Moschee für die Gläubigen beiwohnen zu können, gelang es ihm, Bajicas Söhne zu sehen, die dieser endlich zu sich in das Serail genommen hatte. Er stellte auch einen neuen Sekretär an, den gelehrten und ihm treuen Feridun, und zwar auf Empfehlung des unmittelbaren Nachbarn. Jetzt waren hier alle versammelt, die er bei sich haben wollte.

Beim Fortgehen flüsterte ihm Josif an der Tür ins Ohr:

»Du siehst aus, als sei dein Herz auf dem rechten Fleck.«

Er hatte sofort eine Antwort parat:

»Das Herz ja, aber die Seele noch nicht.«

Kapitel XXVIII

Als Pamuk und ich das einstige Zuhause von Ivo Andrić besuchten, das jetzt ein Museum ist, war es ein glücklicher Umstand, dass dort Tanja K., meine Freundin aus der Studienzeit, unsere Gastgeberin war. Als Fachfrau einer Institution namens Stadtmuseum kennt sie sich in der Vergangenheit sehr gut aus (etwa in Leben und Werk des Despoten Stefan Lazarević, besonders in seiner Belgrader Bibliothek vom Ende des 13., Anfang des 14. Jahrhunderts). Sie verstand es auch über unseren Nobelpreisträger mancherlei Ungewöhnliches zu erzählen und auf einige wichtige Details hinzuweisen. Bei all ihrem Charme und sicher auch wegen diesem zeigte sich Pamuk sehr interessiert: Während er zuhörte, fotografierte er nebenbei alle möglichen Gegenstände und Papiere in den Vitrinen und an den Wänden. Diese Konzentration auf das Leben eines seiner Lieblingsschriftsteller (und wie sollte das auch nicht so sein, wo doch ein solches Talent aus Serbien/Jugoslawien so meisterhaft auch über seine Kultur geschrieben hatte!) brachte mich dazu, ihm am Ende des Besuches die Urkunde zum Nobelpreis zu zeigen, den Andrić 1961 erhalten hatte. Ich fand dazu Worte, über die er, unter Beachtung des damaligen Datums (Mai 2006), in lautes Gelächter ausbrach:

»Jetzt muss ich gestehen, warum ich dich hierher geführt habe.«

Alles mit einer dramatischen Pause. Und er wartete einigermaßen gespannt.

»Weil das für dich eine einmalige Gelegenheit ist, jemals einen Nobelpreis für Literatur in Augenschein zu nehmen.«

Der Scherz gelang, aber auch Pamuk gelang etwas. Die folgende Urkunde trug seinen Namen. Schon wenige Monate später hielt er sie in den Händen.

Zwischen diesen beiden Preisen schlenderten wir durch Belgrad, machten Buchläden unsicher, liefen durch die Festung Kalemegdan; ließen von deren Terrasse (in Gesellschaft der beherzten, subtilen, gestrengen und geistreichen Vida Ognjenović, der Vorsitzenden des Serbischen PEN) unsere Blicke in Richtung Ušće, Zemun und über das wojwodinische Flachland schweifen, genauso wie einst Bajica/Mehmed und Josif/Sinan. Hier und da erwähnten wir sie.

Das war ein passender topographischer Punkt, an dem ich mich an die Beschreibung jenes *Ortes, an dem wir uns gerade befinden*, erinnerte. Autor der Beschreibung war Konstantin, der Philosoph. Sein Werk ist die berühmte *Lebensbeschreibung des Despoten Stefan Lazarević*, der Belgrad modernisierte und der Stadt zum offiziellen Status einer Hauptstadt verhalf. Für ihn hatte das von drei Seiten von Wasser umgebene Belgrad *etwas von jener herrschaftlichen Lage Konstantinopels am Goldenen Horn und am Bosporus*.

Unserer Phantasie freien Lauf lassend, uns dabei aber an einzelne Fakten haltend, banden wir unbelegte Situationen der Vergangenheit ein.

Pamuk sprach von Jalaluddin Akbar, einem kaum bekannten Herrscher des Mogulenreiches aus der zweiten Hälfte des 16. Jahrhunderts, einem jüngeren Zeitgenossen meiner Helden, der Herkunft nach Türke. Sein Volk eroberte 1526 Indien (das ist ungefähr der Zeitraum des Falls von Kairo und Belgrad) und erklärte Delhi zur Hauptstadt. Auf all die Verbrechen, von denen sicherlich auch jener Krieg begleitet war, folgte eine Zeit des Friedens und des Aufschwungs. Als der junge Akbar den Thron übernahm, gelang es ihm, seinen Traum zu verwirklichen: Er vereinte Christen, Buddhisten und Moslems.

Warum sprach Pamuk davon? Weil er sich sicher war, dass sich Sokollu Mehmed und Jalaluddin Akbar gekannt haben mussten. Vielleicht hatten sie sich bei einem von Süleymans Kriegszügen durch Persien getroffen, als Mehmed Pascha mit seinen Truppen sozusagen auf den Spuren von Alexander dem Großen vorstieß. Es kam ihm so vor, als wären die beiden jene Kämpfer gewesen, die in einen Kampf eintraten um sich zu vereinen und nicht um sich zu entzweien. Wie Männer, die davon überzeugt waren, dass unterschiedliche Völker in einer Person leben können. Genauso wie ein (und dasselbe) Volk in mehreren (verschiedenen) Menschen.

»Akbar veröffentlichte 1579, dem Todesjahr von Mehmed – du würdest sagen, von Bajica – ein Manifest, in dem er den Islam – den *göttlichen Glauben* – sehr tolerant beschrieb. Es trug allerdings den sehr intoleranten Titel »Dekret über die Unfehlbarkeit«! Und dieses Beispiel wirkt tatsächlich wie eine irrationale Verbindung zwischen einem filigranen Denker und einem beschränkten Soldaten! Aber es erweckt auch den Eindruck, als hätte er vor der Verkündung mehrmals mit Mehmed Pascha darüber gesprochen. Gut, ich will nicht sagen, dass sie es gemeinsam geschrieben haben. Doch sie unterhielten sich über religiöse Freiheiten und das Recht auf identitäre Differenz.«

Ich hatte mein eigenes Beispiel.

»Ort und Hafen Caesarea, südlich von Haifa im heutigen Israel, wurden am Ende des ersten Jahrhunderts vor unserer Zeit von Herod, dem Großen erobert. Das Römische Reich erklärte es zum Sitz der römischen Provinz Judäa. Kämpfend und mordend eroberte Herod im 37. Jahr vor unserer Zeit Jerusalem und wurde König von Judäa. Doch dann brachte er aus unerfindlichen Gründen seine Frau und die beiden Söhne um. Und lebte weiter: erneuerte den Tempel von Jerusalem, errichtete ein Theater, ein Amphietheater, eine Festung, aber auch neue Städte. Seine bleibende Bekanntheit verdankte er ungewöhnlich verschiedenen Aktivitäten: von dem architektonisch außergewöhnlichen Unterfangen des Hafenbaus in Caesarea bis zum Widerstand der Juden gegen die gewaltsame Hellenisierung; vom Abschlachten der Kinder in Bethlehem (im Kontext der Geburt Christi) bis zur erfolgreichen Vereinigung der Römer, Juden, Griechen und Araber!

»Natürlich machen die fünfzehn Jahrhunderte Abstand zu Bajicas Zeit ihre Begegnung unmöglich, aber das heißt ja nicht, dass der Großmufti Ebusuud-el Amadi nichts von ihm gelesen hatte, als er darüber nachsann, seinem Freund Mehmed zu helfen, das Serbische Patriarchat vor dem Zerfall zu bewahren.«

»Das ist nicht nur wahrscheinlich, sondern er hatte mit Sicherheit etwas gelesen. Jegliches Wissen baut auf Vorwissen auf. Du willst einen besseren Beweis für die Weitergabe von Wissen aus derselben Zeit? Agrippa, der erste Erbauer der römischen Thermen aus dem Jahr 33 vor unserer Zeit, errichtete diese in

Rom und in allen größeren Städten des Reiches. Und all die anderen Bäder, von Karthago bis zum osmanischen Hamam, entstanden nach deren Vorbild! Sicher, auch er hatte sie nicht ersonnen. Er hatte sie von den alten Griechen übernommen. Und jene?«

»Mit einem derartigen Abstand zu so wichtigen Ereignissen«, philosophierte ich, »bin ich zunehmend sicher, dass all jene Leute ein Herz hatten, das zur einen Hälfte aus Eis und zur anderen aus Honig bestand. In dieser anderen Hälfte steckte ihr größtes Geheimnis. Also wenn ich all jene Agas, Paschas und Wesire betrachte, die hier an dieser Mündung herrschten und so große Gründungen hinterließen (freilich, die meisten sind zerstört), ahne ich, was der Anstoß für solche Taten war. Das war nicht bloß um eine Spur zu hinterlassen, um sich von dem Reichtum zu trennen, der, wäre er nicht zu wohltätigen Zwecken verwendet worden, nach dem Tod dem Hof des Sultans übereignet worden wäre. Sie taten das weder aus Übermut, noch aus Unkenntnis.«

»Na gut. Weshalb dann? Wegen der anderen Herzkammer?«, scherzte Pamuk und gab eine präzise Antwort.

»Ja, genau so. Wegen der, deren Eis schmolz. Aus Liebe also, verborgen hinter sieben Türen, denn sie fürchteten sich vor Liebe, öffentlich und offen anderen zu zeigen, was sie verwundbar machen konnte. Und all die, von denen ich jetzt spreche, schlossen diese Stadt in ihr Herz und als hätten sie Schulden bei ihr gemacht, zahlten sie diese in Form von Gründungen zurück.«

»Deine These ist interessant. Belgrad als Bank. Na gut. Ich denke ohnehin, dass nach der Sonne und dem Rad die Bank vielleicht die drittwichtigste Erfindung auf der Welt ist, abhängig davon, wem sie gehört.«

»Ja. Eine solche Triade würde ein christlicher Yuppie wahrscheinlich in eine neue Heilige Dreifaltigkeit umwandeln. Die Bank ist für dich klar, aber warum solltest du die anderen zwei Drittel akzeptieren, fragst du.« Ich tat wichtig. »Na, die Sonne, um die Ökologie nicht außen vor zu lassen, und das Rad, weil es, so primitiv seine Erfindung auch scheinen mag, Technologie darstellt.«

Aber dann kehrte ich zum Ort des Geschehens zurück.

»Bis zu einem gewissen Grad verstehe ich all jene kaiserlichen Effendis, die ihrer Herkunft nach Serben waren. Sie müssen, zwar differenziert, ein verstärktes Gefühl der Bindung an Land, Sprache, Boden, Verwandte gehabt haben... Aber auch für sie war das nicht das Maß der Dinge. Nehmen wir die berühmte Familie Jahjapašić! Außerordentlich bekannt waren sie für ihre hohe Kriegstugend: Sie waren mutig, entschlossen, siegesbewusst, unerschrocken im neuen Glauben, aber auch irgendwie untadelig. Sie hatten dem Christentum entsagt und zogen den neuen Glauben keinen einzigen Augenblick in Zweifel. Weder der Vater noch ein einziger der drei Söhne. Bali Beg war der erste osmanische ›Gouverneur‹ Belgrads nach Eroberung der Stadt 1521. Sultan Süleyman hatte ihn auf jenen Posten gesetzt, wobei er ein erneutes Konvertitentum ›zurück‹ nicht fürchtete, denn die Jahjapašićs waren strengere Moslems als alle anderen. Aber dennoch setzte er sie nicht zufällig in den Gegenden ein, aus denen sie stammten! Gazi Mehmed Pascha war gleich zweimal Sandschak Beg von Smederevo (1527–1533 und 1536–1541), 1543 wurde er Beglerbeg von Buda und ein Jahr später eroberte er Višegrad. Er hinterließ in Belgrad derart viele Gründungen, dass deren genaue Anzahl nicht bekannt ist (wie ein Volksdichter das übertrieben sagen würde), doch warum? Und du weißt es ja selbst, denn du hast dich im Hamam seines Namensvetters im Višegrader Bad körperlich von dem gereinigt, womit andere dich beschmutzen wollten. Ich wusch damals dieselben Dinge von meiner Seele. Eine solch gute Tat wie den Hamam hinterlässt man anderen einzig aus Liebe!«

»Ich wünsche mir, dass du recht hast. Weil über die heutige Zeit so viele Irrtümer und damit auch Unwissen an der Tagesordnung sind, geschweige denn über eine solche Vergangenheit.« Und dann brachte er ein weiteres Beispiel ins Spiel.

»Obwohl das heutige Vokabular für unsere Geschichten aus der Geschichte nicht angemessen ist, waren Istanbul und Belgrad in jener Zeit viel offenere – heute würde man sagen, kosmopolitische – Städte, mehr als man sich das vorstellt oder zugeben möchte. Für Konstantinopel lässt sich das auch noch sagen, trotz weiterhin vorhandener Vorurteile. Für Belgrad jedoch wirst du nicht so leicht hören, dass im Zeitalter deines Mehmed/Bajica 1557 ›seine‹ Werft jährlich fünfundachtzig Schiffe zu bauen vermochte, noch dazu Galeeren mit drei Ruderreihen, sogenannte Trireme! Heute würden wir sie ihrer Größe nach als Zerstörer bezeichnen! Eine solche Zahl vermochte einzig noch das Istanbuler Arsenal zu erbringen! Wohl wurde eine solche Zahl nur auf Grund der immensen Erfahrung erreicht, die Mehmed Sokolović als Kaptan Pascha der osmanischen Marine erworben hatte. Beide Städte lehrte er, wie man schnell Hochsee- und Binnenflotten aufbaut oder bei Bedarf erneuert.«

Ich freute mich, dass Pamuk davon wusste. Ich ergänzte ihn.

»Weißt du, dass sich in den Protokollregistern von Venedig, unter den Wappen der wichtigen Häfen, auch ein Wappen von Belgrad vom Ende des 15. Jahrhunderts befand? Das bedeutet, dass der Belgrader Hafen damals noch das Renomee eines Hafens von Weltruf hatte!«

Als hätten wir uns in einen Wettstreit um verborgene Kuriositäten eingelassen, zog Pamuk weitere Trümpfe hervor. Wie Kinder, die sich unbewusst gegenseitig überbieten, ohne abwarten zu können, begann wir unsere Geschichten mit »Aber weißt du das ...«

»Weißt du, dass erst in den siebziger Jahren des zwanzigsten Jahrhunderts die Notiz über ein *sechssprachiges* Wörterbuch an die Öffentlichkeit gelangte, das im 14. Jahrhundert gemacht worden war, genauer zwischen 1363 und 1377!? Sein Autor war ein jeminitischer Herrscher, al-Afdal al-Abas aus der Rasulid-Dynastie. Im Wörterbuch sind parallel eintausendzweihundert Begriffe aus dem Persischen, Türkischen, dem (spätbyzantinischen) Griechischen, dem Armenischen, Mongolischen und Silisischen (einer Form des Armenischen, das im Südosten der heutigen Türkei gesprochen wurde, in der Küstenregion von Adana) enthalten. Heute wird es in Sanaa im Jemen aufbewahrt. Stell dir erst die damaligen Handelswege, Kulturen und die komplexen Zivilisationen jener Zeit vor. Wenn es also jemand als zweckmäßig empfand, diese Sprachen zu verbinden, tat er das sicherlich nicht aus Überdruss oder Übermut, sondern weil sich das als unumgänglich erwies!«

Er fuhr fort mich zu testen.

»Mit welchem Wort beginnt wohl das Wörterbuch?«

Den Entstehungszeitraum berücksichtigend, fiel mir die Antwort nicht schwer.

»Sehr wahrscheinlich mit dem allen gemeinsamen und für alle wichtigsten Wort *Gott*!?«

»Eine clevere Antwort. Es sind wirklich alle Götter aufgeführt: vom arabischen Allah, persischen Khuday, türkischen Tengri, griechischen θεός, armenischen Astuats bis zum mongolischen Tengri (wie im Türkischen, so dass dieses Wort nicht aufgeführt ist). Für einzelne Wörter sind interessante Schlüsse vorhanden. Nehmen wir den Begriff Regenmantel. Hier gibt es adäquate Wörter im Mongolischen – *daqu*, im Persischen – *barani*, im Türkischen – *yagmurlug* ..., während im Arabischen ein solches Wort nicht existiert!«

»Du meinst, das ist deshalb so, weil sie es nicht brauchten; weil wegen der großen Hitze und der geringen Niederschläge der Gegenstand gar nicht existierte, und damit auch das Wort nicht?«

Trotzdem, so sehr er mich mit diesen Fakten auch fesselte und erfreute, machte er mich auch traurig:

»Und ich suche schon seit Jahren nach einem derartigen fünfsprachigen vergleichenden Wörterbuch aus annähernd jener Zeit, das für mich außerordentlich wichtig ist, falls die Information stimmt, dass darin, neben dem (osmanischen) Türkischen, Persischen, Arabischen und Latein auch das Altserbische enthalten ist! Bisher hatte ich jedoch kein Glück. Entweder stimmt die Geschichte von seiner Existenz nicht oder ich war nicht gerade sonderlich geschickt beim Suchen und Finden, so dass es mir stets vorenthalten blieb.«

Derartige Fakten – das muss man zugeben – waren von außerordentlicher Relevanz. Sie übertrafen bei weitem das Bedürfnis nach Ermunterung oder Hervorhebung einer einzelnen Kultur. Im Gegenteil, sie sprachen von jenen anderen Kulturen, die aus verschiedenen Gründen jene »vergessenen« vergaßen.

28. Kapitel

»Wann habe ich mich denn als Schöpfer gefühlt?«, fragte sich Bajica, während er an die Zeit dachte, als er Mehmed wurde. Das Nachdenken über Sinan brachte ihm keinen Frieden, weil es ihm ständig seine unversöhnliche Haltung zur Zerstörung in Erinnerung brachte. Er war nicht imstande, sich ohne Boshaftigkeit von dem Gefühl des Neids zu befreien, das er gegenüber Sinans Baukunst auch weiterhin hegte. Beinahe verzweifelt suchte er beim Durchforsten der hinter ihm liegenden Jahre einen Strohhalm der Kreativität, an dem er sich festhalten konnte. Warum begann er gerade jetzt, da er doch eine sehr hohe Position erreicht hatte, sich abermals mit dieser meist erfolgreich unterdrückten Frage zu quälen? Nun, gerade deshalb, weil er Teil des Rates geworden war, der über das Wichtigste im Leben des Einzelnen entschied und der direkt das ganze Reich leitete! Da er eigene Verantwortung nie abgelehnt hatte, konnte sie ihm auch in dieser neuen Situation nicht abhanden kommen. Sie drängte ihn zur Sondierung seiner momentanen Lage. Und die bisher aus sicherer Entfernung erfolgte Betrachtung der gesamten Organisation der Leitung des Staates sagte ihm, dass er an Bord eines Schiffes ging, das man nicht aus freien Stücken verlassen konnte, bevor der Admiral aller Admirale nicht gesagt haben würde, dass das Ufer erreicht ist.

Die Reise schien lange zu dauern und das Abspringen vom Schiff war nicht empfehlenswert. Passagiere, egal wie wichtig sie waren, konnten nur von Bord geworfen werden. Mit dem Votum einer einzigen Stimme.

Wieder half ihm das Wasser! Er erinnerte sich, wann er sich als Schöpfer gefühlt hatte! Ja, damals, als er von Kriegsführung zu Wasser nicht viel wissen konnte und gerade die Position eines Flottenkommandeurs geerbt hatte, als er nach dem Tod des legendären Griechen Chaireddin Barbarossa, des Piraten und späteren Oberkommandierenden der osmanischen Seestreitkräfte. Als er die Verantwortung bekam, etwas zu unternehmen. Damals hatte er viel für das Reich und den Sultan persönlich getan: Er *baute* eine neue Werft, in der in nur wenigen Monaten eine komplette neue Flotte *geschaffen* wurde! Er zeigte seine Fähigkeit, für wichtige Momente der Eroberung und Verteidigung alles vorzubereiten, von den Schiffen bis zur Reorganisation der gesamten Armee. Das Kriegführen selbst überließ er denen, die mehr Erfahrung besaßen und besser waren als er. Wahrscheinlich hatte damals der Padischah gesehen, was für eine Person er neben sich holte – die selbst dann nicht die Besonnenheit verlor, wenn ihr die Angst in den Augen stand. Aber der Sultan erkannte in jenen Augen auch eine Eigenschaft, die stärker als Angst war: Verantwortung gegenüber erwiesenem Vertrauen! Selbst gegenüber erzwungenem!

Jetzt erinnerte er sich endlich mit größerer Lockerheit und weniger Eifersucht an Sinans Auflistung der Namen von Baumeistern, Meistern und Helfern, die mit ihm gemeinsam bauten oder ohne ihn das komplettierten und zu Ende führten, was er begonnen hatte, einen Plan, eine Skizze oder nur eine Idee. Sein oberster Assistent war Hidayet, der als einziger Sondervollmachten hatte, wozu in Sinans Abwesenheit die Kontrolle aller Arbeiten gehörte, von professionellen bis hin zu solchen, die man künstlerische nennen könnte. Seine Baumeister waren Mehmed Čavuš und Mehmed Mustafa. Sein Obermeister für die Marmorarbeiten war Kassim Mermeri (was auch sein Familienname sagte). Ihm zur Seite stand Mustafa Nebi. Haci Mustafa war für das Glas verantwortlich. Sefer, Ahmed und Ali führten die Meisterwerkstätten, Baki war der für den Transport zuständige Reiterspahi, Hussein als der zweite Spahi war für die einfachen Arbeiter zuständig. Weiterhin waren da noch der Händler Tačir, der das gesamte Material besorgte, und der Grieche Jorgi und der Serbe Simo, deren Tätigkeiten aus ... vertraulichen Aufgaben bestanden. Von Zeit zu Zeit, wenn die Arbeiten ausuferten, war noch Emre als zusätzlicher Helfer für Sinan da.

Bajica hatte sich diese Namen nicht nur deshalb eingeprägt, weil Josif sie in den Gesprächen recht häufig erwähnte, sondern aus einem ganz besonderen Grund: Es war sein Wunsch, um sich auch solche besonderen Kenner zu haben, die ein gemeinsames Ziel verband, das wiederum ihre guten Eigenschaften bewahrte. Das war übrigens die sicherste Art und Weise, sich mit Leuten zu umgeben, zu denen er Vertrauen haben konnte. Auf seinem Weg galten aber einige andere Regeln. Da das Fortkommen im Dienst mit kriegerischen Eroberungen zusammenhing (womit der Raub von Dingen bei Lebenden und Toten gemeint war), war das Eroberungskonzept den Teilnehmern eingeimpft worden. Diese sahen häufig auch ihre Leute als potentielle Feinde an und benahmen sich dementsprechend. In Verbindung mit dem unglaublich bestechenden Gefühl der Macht über

Andere und mit einer krassen Vorstellung von Reichtum, sahen Staats- und Militärdienst wie ein geschickt verschleiertes Schlachtfeld aus. Und dort wurde mit anderen Methoden genauso Unrecht zugefügt und Böses getan wie während der Feldzüge. Der einzige Unterschied bestand darin, dass dieses Böse hier und unter den eigenen Leuten geschah und dass einer schlechten Tat nicht Morde, sondern Intrigen, Unterstellungen und schamlose Lügen vorausgingen: Mitunter endete allerdings alles mit dem Tod. In all diesen Fragen hatten die in ihrer Karriere besonders emsigen Offiziere und hohen Beamten in letzter Zeit wohl auch in der Sultansfamilie selbst ein Vorbild.

Neben Ferudin, dem Sekretär, hatte Bajica jetzt auch seine Söhne bei sich. Vielleicht konnte Nachbar Amadi ihm eine echte Stütze werden, so wie Josif eine solche Stütze im immer häufigeren Zusammensein mit dem alten Dichter Sai Mustafa Çelebi, dem ehemaligen Lehrer von Bajazid II in der Schule von Enderun, gefunden hatte. Gegen ihn war nicht einmal der gegenwärtige Sultan Süleyman gefeit, der wie auch Bajazid Dichter und Künstler unterstützte. Unter dem Namen Muhibi schrieb er sogar selbst Gedichte und beriet sich darüber mit Çelebi. Sowohl Amadi als auch Çelebi waren wesentlich älter als der oberste Baumeister und der dritte Wesir, und es sah so aus, dass gerade ihre gewaltige Erfahrung sowohl Mehmed als auch Sinan bei ihren Versuchen, einfallsreich und praktisch zu bleiben, viel bedeutete. Andererseits sahen die beiden Weisen in Bajica und Josif die für sie am besten geeigneten Gesprächspartner, denn sie stachen von den anderen durch ihren Wunsch ab, noch etwas lernen zu wollen!

Dennoch konnte Mehmed all jene einzelnen Personen, denen er nah sein wollte, nicht wie Sinan ständig um sich haben. Die Menschen, die er schätzte, und das waren so viele nicht, hatten unterschiedliche Positionen, die nicht miteinander verbunden waren. Er begriff, dass man an einer derartigen Annäherung ernsthaft und langfristig arbeiten musste. Und er ließ sich darauf ein, alles noch sorgfältiger zu beobachten, wie er das eigentlich ein Leben lang tat. Darin war er übrigens ein großer Meister. Indem er Wissen, Verhalten, Erfahrung, Versuchungen, Ziele derer bewertete, die aus seiner Sicht Aufmerksamkeit verdienten, begann er allmählich zu planen, wie er sie an sich binden könnte. Und das hieß wiederum, dass er von da an sich selbst und das, was es zu tun galt, weitaus praktischer sehen musste. Also, auf die Ereignisse einwirken, nichts dem Zufall überlassen und nicht so zu tun, als sei man unbeteiligt an den Ereignissen. Das erforderte nicht besondere neue Sehnsüchte oder die Änderung der eigenen Charakterzüge. Das hieß mit neuer Konzentration zu beobachten und zu handeln; was ihn hier und dort daran erinnern könnte, dass seine Handlungen Auswirkungen auf sein Schicksal haben würden. Dabei halfen ihm zwei Fakten. Erstens war er der mächtigste Mann von allen, der auf der Grundlage von Bajicas Handlungen – das war klar – bis dahin sehr gut Bajicas Qualitäten beurteilt hatte. Das ließen auch dessen neue Positionen erkennen. Des Sultans guter Wille und Zuneigung waren offensichtlich. Es war zu sehen, mit welcher Konsequenz und Hartnäckigkeit – in den fast dreißig Jahren seines Dienstes in Herrschernähe – er Bajica mit neuen Ämtern ausgestattet hatte. Und das ausgesprochen gezielt, langsam, aber ohne Unterbrechungen, Bestrafungen und Umkehr. Bajicas Karriereweg war lang, Honorierungen erfolgten Schritt für Schritt, nicht ein einziger Schritt war groß und nicht ein einziger wurde übersprungen, besonders bei den niedrigeren Rängen. Jede neue Anerkennung wurde mit gewaltiger Anstrengung verdient. Der Sultan ließ sich dabei seltsam viel Zeit, als sei er sicher, dass beide hundert Jahre leben würden!

In all dem, was er in der Stille seines neuen Zuhauses als bisher Geleistetes auflistete, sah er eine lange, jedoch gerade Linie. Nun lohnte es sich über etwas nachzudenken, was auch die Vergangenheit und besonders die Zukunft mit höherer Wahrscheinlichkeit und Sicherheit einbeziehen könnte.

Und er kam zu mehreren Schlüssen. Das Bindeglied war seine Familie im weitesten Sinn. Die Sokolovićs. Besonders die jungen. Jene dort! Die hier sein sollten! Und wenn sie hier wären, dann wären das alles unsere Leute! Und wenn das alles unsere Leute sind, dann sind sie stark! Solche Überlegungen stellte er an.

Nun, da er die Position des dritten Wesirs im Imperium erreicht hatte, hatte hoffentlich diese Zahl vor dem Titel einen Sinn. Die Zahlen, die er übersprang, hatte er nicht vergessen. Aber er musste sich auch an die erinnern, die noch vor ihm lagen. Vielleicht würden einige auch für ihn bestimmt sein.

Der Plan, mit dessen Realisierung er durch das Heranholen der Neffen und aller männlichen Verwandten, sowohl der jüngeren als auch der älteren, aus Bosnien und Serbien nach Istanbul und Edirne begann, erwies sich nicht nur als klug, sondern er war auch ganz praktisch. Als sich die Nachricht von der Ankunft neuer Christen für Allah aus der Familie Sokolović in Konstantinopel verbreitete, registrierte Bajica am Hof Irritationen und danach ein gesteigertes Angstgefühl ihm gegenüber. Obwohl er davon nicht begeistert war, akzeptierte er die neue Situation, denn sie brachte ihm viel Ruhe: Die Leute näherten sich ihm nicht mehr einfach so und hielten ihn nicht grundlos von der Arbeit ab. Dass er sich mit den Seinen umgab, erweckte bei allen anderen den Eindruck, dass Mehmed eine neue Mauer zog, hinter der er die neuen Fundamente künftiger Macht legte. Bald sollte sich zeigen, dass jene ihm in den folgenden, sehr stürmischen Jahren seines Lebens halfen.

Seine ganze Freizeit verbrachte er mit Spaziergängen am Ufer und in Diskussionen mit Mufti Amadi über den Staatsaufbau, über Gesetze, die Zukunft, die Beziehungen zu Europa und zu Persien. Sie genossen auch Gespräche über Illustratoren und Dichter, und besonders über Sinans gewaltigen Anteil am Aufbau des Imperiums. Mitunter machten sie sich auf, das massive Plateau zu besuchen, auf dem sich zu Ehren des Sultans eine öffentliche Küche, ein Krankenhaus (mit eigener Apotheke, mit einem Hamam und einer Bäckerei), eine Karawanserei, ein öffentliches Bad, vier Schulen und ein Derwischkloster aneinanderreihten. Im Zentrum reckte sich eine Moschee in die Höhe, deren bauliche Vollendung bereits abzusehen war. Einzig die vier Minarette überragten das riesige Gebäude. Vom Plateau aus fiel der Blick auf den Hafen von Istanbul und auf Üsküdar am anderen Ufer.

Der bevorstehende Abschluss des Bauvorhabens der »Süleymaniye« machte den Sultan langsam nervös. Neue Vorkommnisse in der Herrscherfamilie störten noch erheblicher sein normales Verhalten. Seine Frau Roxelane, schwer krank und das nahe Ende spürend, forcierte ihre neue Obsession: Sie wollte ihren jüngeren Sohn Bajazid, der in ihren Augen fähiger war als sein Bruder Selim, auf dem Thron des Osmanischen Imperiums sehen. Das Gesetz war allerdings auf der Seite des Älteren. Das unanfechtbare Recht zu erben hatte der älteste Sohn, und das war Selim. Die Mutter gab sich jedoch damit nicht zufrieden und entzweite die beiden sehr, indem sie den jüngeren Sohn lobte und ihn bei seinen Anstrengungen, den Thron zu besteigen, unterstützte. Ihr Schwiegersohn Rüstem Pascha, Ehemann ihrer Tochter Mihrimah, zog sich diesmal sofort aus der familiären Intrige zurück, denn er hatte aus der Erfahrung gelernt. Aber das gab Anderen Raum, sich in eigenem Interesse in die Geschichte einzumischen. Der ambitionierte Lala Mustafa Pascha, der jüngere Bruder von Deli Husrev Pascha, ein Verwandter von Mehmed Pascha Sokolović, jener, den Bajica in Edirne die Kampfeskunst gelehrt und den er beschützt hatte, sah in all dem seine Chance. Ob aus Zorn darüber, dass der Sultan seinerzeit seinem leiblichen Bruder das Staatssiegel abgenommen hatte, während er Großwesir war, zum Vorteil eben von Rüstem Pascha, was zum Tod von Deli Husrev führte, oder aus anderen Gründen, wurde er zur Hauptfigur in den Intrigen der Sultanin. Rüstem Pascha wandte sich an Bajica mit der Bitte ihm zu helfen, damit es nicht nach Rache am Bruder des einstigen Ersten Ministers aussah. Er ersuchte Mehmed Pascha darum, sich als Verwandter an ihn zu wenden und ihn zu ermahnen. Bajica willigte ein, ging aber mit Amadi zum Sultan und zu zweit unterrichteten sie ihn von den Spielchen hinter seinem Rücken. Dieser nahm das gefasst zur Kenntnis, wollte offensichtlich nicht die letzten Spuren von Rücksicht gegenüber seiner einstigen Liebe Roxelane beseitigen. Deshalb ließ er seine Wut an seinem Liebling Mimar Sinan aus! Auch dieser kam nun zu denselben zwei Nachbarn, um sich über die Unvernunft des Herrschers zu beklagen. Er sagte ihnen, dass der Sultan ihm mit dem Tod gedroht hatte, und dass er dem Sultan die Schlüssel zur »*Süleymaniye*« innerhalb der folgenden zwei Monate versprechen musste. Zuzüglich befahl (!) der Herrscher ihm, geschwind die Türbe für seine Frau Haseki Hürrem und ihn selbst zu vollenden. Und dann sagte er ihm friedlicher, aber ohne die Drohung zurückzunehmen, dass er auch ihm gestatte, für sich selbst im Hof der Moschee eine Türbe zu errichten, denn er war sich schon jetzt darüber klar, dass Sinan das verdiente: Das wird die schönste Moschee sein, die das Imperium jemals gesehen hat. Sinan ließ sich nicht täuschen. Als Bajica ihm sagte: »Na, du siehst ja, welche Ehre dir der Herrscher erweist, du sollst im Tod in seiner Nähe sein, wenigstens zu seinen Füßen, und da hegst du Furcht, dass er dich umbringen könnte!«, antwortete Sinan ihm: »Das heißt gar nichts. Ich kann mir ein Grab an einem Ehrenplatz errichten und er bringt mich um und bestattet mich dort mit allen Ehren! Ich weiß nicht, wie ein Ehrenmord aussehen könnte, aber er wäre imstande, falls nötig, sich auch so etwas auszudenken.«

Obwohl als Scherz gemeint, offenbarten diese Worte, dass – ungeachtet seines seltsamen Verhaltens – Süleyman noch immer der mächtigste Herrscher Asiens und Europas war.

Und tatsächlich informierte Sinan ihn genau am zugesicherten Tag über den Abschluss der Arbeiten. Und dann folgte eine neue Überraschung des großen Herrschers. Auf einer Feierlichkeit, wie sie Konstantinopel bisher nicht erlebt hatte, legte der Sultan vor dem Hof und all den anderen Leuten die Schlüssel der Moschee in die Hände von Koca Mimar Sinan und wies ihn an, die Tore zu öffnen! Und für alle hörbar fragte er ihn:

»Aber wieso hast du nicht deinen Namen auf die Moschee gesetzt?«

Süleyman war ernst. Er wollte ihn vor allen auf jede nur mögliche Weise loben, vielleicht auch übertrieben, was die Ehrerweisung anging.

Sinan ließ sich nicht aus der Fassung bringen:

»Wer bin ich denn, dass ich meinen Namen auf Allahs Haus setze?«

Der Sultan schmolz vor lauter Zufriedenheit über seinen Untertanen nur so dahin.

Kapitel XXIX

Ich weiß nicht mehr, wie oft ich in die Türkei gereist bin, um Material für dieses Buch zu sammeln. Selbst dann, wenn ich mit meiner Familie dort Urlaub machte, knapste ich von dem gemeinsamen Vergnügen, das uns dieses außergewöhnliche und erstaunliche Land stets bereitete, fast immer etwas Zeit ab für den Versuch, noch mehr Material aufzustöbern. Die Schlussfolgerungen, zu denen ich im Verlauf meiner langjährigen Recherchen kam, waren manchmal schon überraschend. Wie damals, als ich in einer Phase meines Lebens den Glauben an die Literatur verloren hatte, weil ich mich eher in der Musik, die mir damals verlockender als Literatur schien, zu finden vermochte. Bei dieser Recherche für meine Helden war ich häufiger von dem fasziniert, was ich *sah* als von dem, was ich *las.* Es war ein glücklicher Umstand, dass schon damals neben dem Architekten Koca Mimar Sinan meine Hauptfigur ziemlich feststand, ein – wir würden heute sagen – Politiker, und zwar Mehmed Pascha Sokolović, und nicht ein Schriftsteller. Im letzteren Fall befände sich jener Literat im Buch heute im Verhältnis zum Baumeister in einer sehr ungünstigen Position. So beharrlich, wie er hier vor mir steht, ist das ein Sieg der geballten Kraft der errichteten Bauten, die ich wie jeder andere im Nachhinein zu beschreiben versuche. Auch auf die

Gefahr hin, dass es nicht gelingt. Weil Worte ihnen nichts anhaben können. Diese lebendigen Bilder vor meinen Augen waren im Verhältnis zu allem anderen so großartig, welche Ausmaße und vor allem Details sie auch besaßen. Vielleicht hatte sich hier das Visuelle mit dem Erlebten zu einer neuen Kunst verbunden, die mir nicht bekannt war. Die es nicht gab. Die man nicht erschaffen konnte, da sie sich aus verschiedenen Medien speiste. Wie kann man aus dem Hamam etwas Neues kreieren, das weder sein Abbild noch seine Beschreibung ist? Und Kunst sein soll.

Die Musik, die mich damals von der Literatur abbrachte, hatte nicht dieses Problem, denn sie wurde zwar neu geschaffen, aber innerhalb der eigenen Kunstrichtung. Selbst wenn auch sie aus Worten bestand, allerdings aus ungeschriebenen. Aus welchen dann? Aus nicht existierenden! Der walisische Komponist Karl Jenkins brachte Ende der achtziger Jahre des zwanzigsten Jahrhunderts, basierend auf der Tradition der klassischen Musik, in der er ausgebildet war, völlig neue Elemente in das ein, was damals in der modernen Musik als Ethnostil bekannt war. Da er wie jeder gewandte und ein wenig versponnene Schöpfer von Noten wusste, dass es ein Instrument gibt, das sehr subtil die Seele berührt und der menschlichen Stimme am Nächsten kommt – das Cello –, setzte er es reichlich ein, doch dazu auch noch – die Stimme! Er machte sich die Tradition des weiblichen a capella Chorgesangs Afrikas zunutze, den Stammesgesang, übertrug ihn mit den Soloparts in den Rahmen, den er geschaffen hatte. Der Stimme billigte er nur das Singen zu, nicht das Verstehen. Die gesungene Sprache oder der Text waren nichtexistent, erfunden. Er ging das Risiko ein, etwas in der Komposition nicht gut herausgearbeitet zu haben und führte die Konzentriertheit des Hörens und Interpretierens völlig im Bereich des Hörens zusammen; er legte keinen Wert auf das klassische Auseinanderhalten von Hören und Verstehen eines Textes.

Vielleicht weil er die Komposition, wie ich es verstanden habe, in Wirklichkeit Gott gewidmet hat: egal welchem, einem gemeinsamen oder jedem Gott einzeln. Das Wort »Adiemus« ist lateinischen Ursprungs, vielleicht damit man die Tradition, in der der Komponist steht, wiedererkennt. Na gut, wenigstens darauf hat er ein Recht, wenn er alles andere unter einen gemeinsamen Nenner gebracht hat. Denn wie der Untertitel des Ganzen verrät, sind es *Songs from Sanctuary*. Diese Musik (das treffende Wort dafür ist *Projekt*) entwickelte er über mehrere Jahre und in einigen Musikalben. Durch sie wurde die Welt besser. Und falls nicht die Welt, ich schon.

Ebenso wie Jenkins von seinem Bild irgendeines Gottes verzaubert war, blieb ich wie verzaubert vor einigen von Sinans Bauten stehen. Mein kindliches Staunen ließ auch mit dem erworbenen detaillierten Wissen über das, was ich betrachtete, nicht nach. Wahrscheinlich hatte ich allein wegen der Recherche einen höheren Puls, sie artete manchmal zu einem richtigen Abenteuer aus. Vor allem verschlugen mir die Bauten die Sprache, auf die ich im offenen Raum zufällig stieß oder die sich zwischen anderen versteckten und sich nur für einen winzigen Moment aus einem bestimmten Blickwinkel zeigten. Und besonders jene, die ich jahrelang ohne Erfolg suchte. Und wenn ich das eine oder andere fand … Aber das Glück der Entdeckung verwandelte sich oft in touristische Oberflächlichkeit: Ich musste das »Objekt« fotografieren, an Ort und Stelle etwas notieren, so viele Details anschauen, wie Zeit und Regeln es erlaubten, und das meiste davon unbewusst in mich aufsaugen, um irgendwann in der Lage sein, etwas Zusammenhängendes dazu zu formulieren. Mit der Zeit wurde ich zu einem riesigen Archivschrank, der sich wegen des gewaltigen Gewichts kaum noch bewegen ließ. Der Größenwahn des Sammelns einer unbändigen Menge von Fakten ist an und für sich nicht besorgniserregend. Bei der Befreiung von diesem Schrank wird stets nur ein sehr kleiner Teil verwendet. Darin habe ich Erfahrung. Hunderte Fakten, jemand könnte sagen überflüssige, haben dieselbe Aufgabe wie Airbags im Auto; sie sollen uns vor den Blessuren des Misserfolgs oder Unvermögens schützen. Glücklicherweise ist der Schriftsteller ein widerspenstiges Wesen, das sich weder dem Misserfolg noch dem Unvermögen so leicht ergibt. Wenigstens bemüht er sich.

Mit der Zeit lernte ich, die Gebäude wie Musik zu betrachten. Ich ließ die Realität beiseite und sah die Musik. Wenn sich die Geiger einstellten (ganz zu schweigen vom Cello), bekamen die Töne eine immer größere Breite, die Komplexität wuchs zum Schluss in pure Einfachheit hinüber und – die Gebäude erhielten ihren natürlichen Platz im Regal. Der Schrank verschwand. Das Schreiben konnte sich erneut unbelastet entfalten.

Ob er es gewollt hatte oder nicht, Sinan wurde durch das am berühmtesten, was zu seinen größten Bauwerken zählte. Das ist verständlich: Die Moscheen sind der Ort, an dem man sich an Gott wendet, ihre größten Wohltäter waren Sultane und Großwesire, die nur zu jener Zeit voller Reue alles, was sie hatten, jemandem anboten, der größer als sie selbst war. Die Monumentalität der Selimiye-Moschee in Edirne und der »*Süleymaniye*« in Istanbul ist unumstritten. Wissen, Reichtum, Glaube und das Geschick des ganzen Reiches wurden darin investiert. Denn sie sind das Denkmal für alles und jeden. Das Geschenk einer Ära an die andere.

Wie Gotteshäuser die Zeiten, so verbanden Sinans Brücken die Ufer und die Menschen. In einem Zeitabschnitt von ungefähr zehn Jahren baute er zwei völlig unterschiedliche, aber gleichermaßen großartige Brücken: die in Büyükçekmece und die in Višegrad. Die eine entstand aus einer Notwendigkeit heraus, da Sultan Süleyman einmal bei der Rückkehr in den Topkapi-Palast von einer Jagd fast ums Leben gekommen wäre, als er mit den Pferden in die Lagunen dieser Vorstadt von Istanbul stürzte, dort wo sie ins Marmarameer münden. Das war der Anlass für den Bau, der Grund aber war: Hier verlief die Trasse, die von der osmanischen Armee Jahrzehnte zuvor auf ihren Feldzügen gegen Europa überquert worden war. Und der nächste war schon für das darauffolgende Jahr geplant. Auch der Rückzug. So baute Sinan wegen des dringenden Bedarfs und als Stiftung des Sultans einen »Berg von einer Brücke«, deren Name bereits verrät, inwiefern sie sich von anderen unterscheidet: vier Eselsrücken! Aus vier Bögen zusammengesetzt, eigentlich aus vier einzelnen aber verbundenen Brücken, eine jede mit einer Oberfläche, auf der man sich bewegt, die in Richtung ihrer Mitte sanft ansteigt und dann in Richtung Ende abfällt – und das viermal. Die sechshundertsechzig Meter Länge, die von sechsundzwanzig Bogensäulen dieser erstaunlichen Brücke getragen werden, etwas, das man sonst kaum zu sehen bekommt, machen aus ihr nur auf den ersten Blick ein vergleichsweise wenig attraktives Bauwerk. (Wahrscheinlich weil sie an vier gebeugte Rücken erinnern). Abgesehen davon, dass es sich um ein architektonisches Wunder des sechzehnten Jahrhunderts handelt, ist sie eine wahre und echte Schönheit von einzigartiger Eleganz und Stabilität.

Die Višegrader Brücke in Bosnien ist ein Werk der Liebe des Großwesirs Mehmed Pascha Sokolović zu seiner Heimat, in die er offensichtlich seinen Freund, den ursprünglich orthodoxen Mirmar Sinan, einbezogen hat. Die Brücke war und ist auch weiterhin von außergewöhnlicher Bedeutung für die Verbindung nicht nur der beiden Ufer der Drina, sondern auch von zwei Teilen der Welt. Von strategischer Bedeutung war sie für das Osmanische Reich in keinem einzigen Moment. Diese Brücke wirkt solider, härter und riesiger, hat aber eine spezielle Eleganz, die, wenn man sie als Ganzes betrachtet, die weniger sanft ist. Wie im Übrigen auch die Drina.

Beide Brücken tragen auf unterschiedliche Weise die Handschrift ihrer Schöpfer. Das einzige Werk von allen nahezu vierhundert Bauten (nach einigen Quellen über vierhundertundsiebzig!) über drei Kontinente verteilt, auf das Sinan seinen Namen setzte – ist die Brücke in Çekmece. Sogar sein Satz über diese Brücke ist überliefert: »Das ist unter allen meinen Bauten das Meisterstück.«

An der Višegrader Brücke hat sich an seiner statt Bajica Sokolović eingeschrieben. Josif überließ ihm nach dem Bau das kommende Echo und den Ruhm dieser Brücke und stellte sich in den Hintergrund.

Alles andere, was die beiden zusammen schufen (der eine als Wohltäter und Stifter und der andere als Ausführender und Baumeister) ist Zeitgenossen und Nachgeborenen bekannt. Daher ist es sehr interessant zu erfahren, wo sie ihre persönliche Spur hinterlassen wollten. Es existiert noch ein Ort, allerdings ist es strittig und nicht ausreichend bewiesen, an dem Sinans persönliche Meinung über eines seiner Bauwerke zitiert wird. Es steht nicht, wie einige denken mögen, in seinem bekenntnishaften Text *Das Buch vom Bauen (Erinnerungen des Architekten Sinan)*, das nach Sinans Diktat sein Freund, der Dichter Sai Mustafa Çelebi, aufgeschrieben hat. Es blieb Jahrhunderte unbekannt war und wurde erst vor kurzem der Öffentlichkeit vorgestellt. An und für sich ist es nach Text und Aussehen ein echtes Kunstwerk. Aber das Zitat, das ich meine, stammt von einem anderen Namensvetter von Sai Mustafa, von Evliya Çelebi, einem berühmten Reisenden des 17. Jahrhunderts. Seine Reisebeschreibung durch alle Länder des Osmanischen Reiches während der Herrschaft von Murad IV trägt den Titel *Seyahatname* und ist hauptsächlich das Ergebnis seines im Prinzip permanenten Unterwegseins über vierzig Jahre hinweg! Daher ist es nicht verwunderlich, dass sie aus zehn Heften (Bänden) besteht. Problematisch ist mitunter Çelebis Wunsch, die Dinge zu »verstärken« und daher kann es vorkommen, dass eine Zahl übertrieben ist oder Namen verwechselt wurden. Aber das ist nicht verwunderlich, wenn man nur versucht sich vorzustellen, geschweige denn auszurechnen, wie groß die Zahl der zurückgelegten Kilometer ist und die der Toponyme und Personennamen, die er aufgezeichnet hat. Deshalb mindert diese Art von Fehlern nicht die Bedeutung dessen, was er für die Geschichte geleistet hat.

Allein wegen dieser Eigenschaft, den einen oder anderen Fakt ein wenig zu verschieben, und infolge des Fehlens anderer schriftlicher Quellen wird Sinans in diesem Reisebericht zitierter Satz, in dem er über sein Werk – die Süleyman-Chan-Moschee in der Oberstadt der Festung Kalemegdan – spricht, mit Zurückhaltung aufgenommen: »Mit diesem Minarett in einem alemanischen[62] Land, in Belgrad, der Hauptstadt von Unuđurovina[63], habe ich das Höchstmaß meiner Kunstfertigkeit bewiesen. Das ist großes Können. Sollen andere Baumeister doch, falls sie es vermögen, wenigstens aus Holz solch ein kunstvoll gearbeitetes Minarett fertigbringen.« (Nach der Übersetzung von Hazim Šabanović). Ein weiterer Grund, daran zu zweifeln: Alles spricht dafür, dass Sinan sehr wohl wusste, zu welchem Land Belgrad gehörte und auch wessen Hauptstadt es nicht sein konnte.

Çelebi selbst lobt dieses Minarett ebenfalls, sogar außergewöhnlich originell: »Das ist eine sehr helle Moschee mit einem eleganten hohen und symmetrischen Minarett, das wundervoll und magisch wirkt.« Auch sonst ist sein Text reich an Lob für Belgrad, das ihm offensichtlich sehr gefiel, so dass er mehrmals dorthin zurückkehrte. Beispielsweise sagt er über alle fünf Türme, welche die Belgrader Zitadelle umrahmen (Nebojša-Turm, Roter Turm, Blutiger Turm, Zindan-Turm und Šahin-Turm), dass sie »in die Wolken ragen« und dass sie »so hoch sind wie der Galataturm in Konstantinopel«. Der Vergleich dieser zwei Beschreibungen zeigt seine »dichterische Freiheit«, die offensichtlich keine absichtliche Leugnung der Realität darstellt. Belgrad ist für ihn »eine Stadt, die dem Himmel auf Erden« ähnelt. Klar ist, auch wenn er übertreibt, tut er es nicht, weil ihn jemand oder etwas dazu zwingt. Die Übertreibung beruht bei ihm, gelinde gesagt, auf großer Sympathie.

Çelebi macht im Grunde an die hundert Jahre später dasselbe, was auch unsere beiden Vorgänger Mehmed und Sinan taten: Er hinterlässt seine Spur, die ich, da haben wir's, am häufigsten mit dem Begriff Identität verbinde. Denn was wird mit dieser Spur erreicht oder wenigstens zu erreichen versucht? Die Antwort drängt sich von selbst auf: Die eigene Identität wird geschützt oder sogar bewahrt.

Aus eben diesen Gründen bauten beide Männer Karawansereien. Sie waren so gebaut, dass Reisende sich dort nach dem Zurücklegen ihrer Wege und dem Passieren der Brücken ausruhen konnten. Beide haben sich vor allem mit ihnen hervorgetan: Viele der einunddreißig bekannten Karawansereien tragen Sinans Handschrift als Architekt und Sokolovićs als Stifter; errichtet wurden sie entlang der Route der osmanischen Feldzüge von Stambol in Richtung Balkan (die meisten auf der Strecke bis Belgrad) und dadurch wurden die städtischen Zentren miteinander verbunden. Eine ähnliche Handelsroute (Seidenstraße) wird in Asien vom Kaspischen Meer über Aleppo, Bursa, Istanbul bis hin zum nördlichen Mittelmeer von Karawansereien flankiert.

Mehmed Pascha Sokolović fand es passend (wiederum mit Sinans Unterstützung als Baumeister), neben der Sultan-Süleyman-Brücke in Çekmece eine in mehrerlei Hinsicht wichtige Karawanserei (gleich neben der Moschee) zu errichten. Dasselbe tat er auch neben seiner Stiftung, der Višegrader Brücke. Ohne Moschee. Obwohl er seinen osmanischen Namen Sokollu Mehmed Pascha trug, bezeichnete er sich, wenn er in Bosnien und Serbien baute, als Bajica Sokolović und verhielt sich klug: Als Stifter ließ er dort keine Moscheen bauen.

Aber dafür haben ausnahmslos alle errichteten Karawansereien und Herbergen dazu beigetragen, dass das Reisen, Handeln, Kommunizieren, das diplomatische Verhandeln, aber auch das Kriegführen bequemer wurde. Nach dieser Spezialisierung im Bauwesen zu urteilen, wäre wahrscheinlich das Sinan-Sokollu Zweiergespann (es ist klar, mit wem als Steuermann) heute Schöpfer der weltweit größten Hotelkette. Und der Besitzer? Auf jeden Fall deren Steuermann.

29. Kapitel

Die Zeit änderte ihre Geschwindigkeit.

Gleich einem unaufhaltsamen Strudel reihten sich die Ereignisse aneinander. Wie es schien, sogar noch schneller, denn es gab ihrer mehrere und es gab sie häufiger, es waren große Ereignisse ... Dann begannen sie, sich einzuholen, zu überholen und ob ihrer Wucht gegenseitig auszuschalten. Viele kamen in diesem Sog nicht zurecht, wurden von ihm verschlungen, beiseite gedrückt, mit Verletzungen und offenen Narben aus seinem Zentrum gespuckt. Manche gab er nie wieder her.

Bajica hatte den Sturm beizeiten heraufziehen sehen. Er traf seine Vorbereitungen in dem Maße, wie es ihm Wissen und Gesinnung erlaubten. In dieser Situation konnte er auf keine Erfahrungen bauen. Wie übrigens niemand, weil für Fälle dieser Art keine Erfahrungswerte vorhanden waren.

Sinan hatte nicht umsonst noch nachträglich in großer Eile die Grabstätte für die Sultansgattin Roxelane errichtet. Sie starb, ohne die Folgen ihrer Unersättlichkeit noch miterlebt zu haben: den Kampf ihrer zwei Söhne, zweier leiblicher Brüder, und mit ihnen des ganzen Reiches. Ganz zu schweigen von den Nachwirkungen des Prinzenkriegs! Doch erlebte sie es noch, ihr Grab zu sehen, nur einen Steinwurf entfernt vom fertiggestellten größten frommen Werk des Herrschers – der prächtigen Süleyman-Moschee.

Wie sehr auch die weisen Wesire versuchten, sich nicht in den Konflikt der Herrscherfamilie hineinziehen zu lassen: Der Zeitpunkt kam, an dem man sich entscheiden musste, auf wessen Seite man stand. Mutter Haseki Hürrem hatte zu Recht ihren jüngeren Sohn Bajazid als fähiger eingeschätzt, das Sultanat zu führen. Im Stillen glaubten das auch ihr Schwiegersohn, Großwesir Rüstem Pascha, und Sokolović. Doch im Reich mussten Recht und Ordnung gelten. Daher schlug sich Bajica als einer von denjenigen, die diese Ordnung auch umzusetzen hatten, auf die Seite des Herrschersohns Selim. Das oberste Thronfolgegesetz befürwortete ausschließlich das Prinzip, den ältesten Sohn als Thronfolger einzusetzen. Eigentlich hätte die Einhaltung des Gesetzes die einfachste Lösung sein müssen. Gleichwohl erwies sie sich leider oft als die schwierigste.

Sultan Süleyman gab seinen Söhnen die Gelegenheit zur Versöhnung. Als Vermittler wählte er seine zu diesem Zeitpunkt rechtschaffensten direkten Untergebenen, jene, an deren Redlichkeit und Ergebenheit er keine Zweifel hegte und die sich, noch unverdorben, als ausgeglichen und entschlossen genug erwiesen hatten. Er ließ den dritten Wesir Mehmed Pascha Sokolović und den umgehend zum vierten Wesir beförderten Pertev Mehmed Pascha zu sich kommen. Sie erhielten den Auftrag, entweder die Kinder miteinander zu versöhnen oder sie in die Knie zu zwingen und notfalls auch eines von ihnen zu töten. So lag das Schicksal des ganzen Osmanischen Reiches unversehens in den Händen zweier Wesire, die beide serbischer Herkunft waren.

Bevor er den offenkundig nicht auf die Schnelle zu erledigenden Auftrag in Angriff nahm, erledigte Sokolović zwei Dinge: Es gelang ihm, seine ersten drei Neffen aus Bosnien und Serbien holen zu lassen und zum Islam zu bekehren. Er beließ sie in der Schule des Topkapi-Palastes, wo sie bei seinen Söhnen Hasan und Kurd Aufnahme fanden, die dort bereits mitten in der Ausbildung standen.

Die zweite wichtige Angelegenheit ging er gemeinsam mit Großmufti Amadi an. Von ihm bekam er uneingeschränkte Unterstützung für die Idee, die sie schon mehrfach bei Spaziergängen erörtert und gut entwickelt hatten: Mit Erlaubnis des Sultans der serbisch-orthodoxen Kirche die organisierte Wiederaufnahme der Arbeit zu ermöglichen und eine besondere Form von Eigenständigkeit zu gewähren, innerhalb derer sie selbstverständlich ihre Subordination unter Konstantinopel anzuerkennen hätte, aber im serbischen Volk eine Art Ersatz für den nicht vorhandenen selbständigen Staat werden könnte. Natürlich setzten weder Sokolović noch Amadi einzig und allein, vor allem und ausschließlich auf den Großmut des Padischahs. Das wäre naiv gewesen. In der Tat war ein Höchstmaß an dessen gutem Willen erforderlich. Doch nun schien der rechte Augenblick gekommen, sich dieses Willens zu bedienen, denn der Herrscher erhoffte sich von seinem dritten Wesir (und mit Hilfe des vierten) tatkräftigen Beistand im sehr heiklen Fall der eigenen Kinder. Außerdem hatte er bereits Mehmed Paschas Vorschlag zugestimmt, Lala Mustafa Pascha wegen seiner Teilhabe an der Verschwörung ohne großes Aufsehen an den Rand des Reiches zu verbannen. Aus Bajicas Bericht darüber, wie er den Pascha zu überreden versucht hatte, von solch unlauteren und falschen Machenschaften abzulassen, hatte sich Süleyman der Satz eingeprägt: »Sehen Sie, mein Herr, auch unter uns Sokolovićs gibt es unehrenhafte Menschen. Ich war sein Lehrer und Helfer, er aber scheint mich genau deswegen nicht zu mögen!« Dem Sultan gefiel hierbei nicht nur die Aufrichtigkeit des Wesirs, sondern auch die Fügung, dass diese Wahrheit in einem Moment ausgesprochen worden war, an dem Süleyman dasselbe über seinen leiblichen Sohn hätte sagen können!

Dem Padischah war bewusst, dass er die besten und meisten Soldaten von allen unterworfenen Völkern unter den Serben hatte. Sie beteiligten sich an allen Feldzügen der Osmanen und kämpften in ihnen mit großem Mut. Selbst wenn man sich auf verschiedenen Seiten als Feind gegenüberstand, gebührte ihnen als Kämpfer alle Achtung. Und ab dem Zeitpunkt, an dem Sokollu Mehmed Pascha den Beglerbegluk Rumelien übernommen hatte, war jedes Lob mehrfach verdient gewesen. Mehmed war bei allen Serben hoch angesehen und man nahm ihm seine Konversion nicht allzu übel. Der Sultan billigte stillschweigend seine Zugeständnisse an die Serben und – was noch wichtiger war – begegnete Sokolovićs Freimütigkeit mit Respekt: Nichts unternahm dieser im Verborgenen. Alle ihm zustehenden Entscheidungen traf und realisierte er in aller Offenheit und bei denen, die er als zu umfassend empfand, bat er um Billigung durch den Großwesir oder den Sultan persönlich.

Er stand im Briefwechsel mit seinem Vetter Makarije, der als Archimandrit im Kloster Hilandar auf dem Berg Athos diente, beriet sich mit ihm über die Idee der Wiedereinsetzung aller serbischen Kirchen und Klöster und bereitete ihn auf neue Aufgaben vor. All diese Vorbereitungen, wie auch einige persönliche Begegnungen der beiden Verwandten in Konstantinopel und Belgrad, waren der Pforte bekannt.

Süleyman beriet sich mit dem Großmufti ohnehin schon über die schrittweise Legalisierung der Vorrechte, die er den Serben einräumte. Deshalb trugen Mehmed Pascha und Amadi dem Sultan die Idee, der serbischen Kirche Eigenständigkeit zu verleihen, gemeinsam vor.

Der Scheich ul-Islam erklärte den Gedanken aus dem Blickwinkel von Recht und Gesetz, aber auch vor dem Hintergrund des islamischen Glaubens. Auf keinem Gebiet sah er Hindernisgründe, weshalb der große Herrscher seinen Untergebenen nicht seinen Dank erweisen und ihnen den so wichtigen Trost in ihrem Gott und ihrem Glauben spenden sollte. Vielmehr würden die Serben über ihre Kirche in jeglicher Hinsicht besser organisiert sein und so auch reibungsloser mit dem türkischen Diwan zusammenarbeiten. Als Angehörige des zahlenstärksten christlichen Volkes im Osmanischen Reich konvertierten die Serben auch in ihrer Mehrheit zum Islam. Gleichwohl wurde auch der Wunsch derer respektiert, die der Orthodoxie verhaftet blieben. Toleriert wurden auch Fälle verschiedenen Glaubens innerhalb einer Familie, und man sah darüber hinweg, wenn Riten der einen wie der anderen Religion – manche freilich insgeheim – in einer Glaubensrichtung ausgeübt wurden. Zur Beherrschung seiner riesigen Gebiete benötigte das Reich die Serben beider Glaubensbekenntnisse in vielerlei Hinsicht, denn man konnte sie als Staatsdiener in ihrem lokalen Umfeld anstellen und so die Zahl der vor Ort präsenten Osmanen, was gewöhnlich Probleme bereitete, erheblich verringern. So herrschten die Serben real, ob nun bis ins Letzte oder nicht, über Teile des eigenen Landes und bekamen zudem das tröstliche, ja so entscheidende Gefühl, eigener Herr auf eigenem Boden zu sein.

Der dritte Wesir garantierte kraft seiner Autorität die Umsetzung von Vereinbarungen und Gesetzen.

Und tatsächlich: Der Sultan beauftragte Amadi unverzüglich von den Sekretären alle Recht, Gesetz und Glauben betreffenden Papiere und Auslegungen vorbereiten zu lassen, um einen Ferman mit Tughra erlassen zu können. Zum Patriarchen der Serbisch-Orthodoxen Kirche bestimmt und eingesetzt wurde Bajicas Vetter Makarije[64]. Mit einem gesonderten Akt bewilligte man eine beträchtliche Geldsumme für die Wiederaufnahme der Arbeit der Priesterschaft, mit der Auflage, dass die serbische Kirche und ihre Anhänger künftig selbst Vorkehrungen zu treffen hätten, um die für ihre Arbeit notwendigen Geldmittel sicherzustellen.

Der Sultan war überzeugt, dass diese Nachricht außerordentlich positiven Widerhall in ganz Rumelien, insbesondere aber in den christlichen Kaiser- und Königreichen Europas finden würde. Es war auch ein politisch nutzbringender Schritt.

Wie befohlen, machte sich Mehmed Pascha mit dem Großteil des Heeres auf den Weg nach Kütayia zu Prinz Selim. Pertev Mehmed Pascha brach nach Konya zum Herrschersohn Bajazid auf. Er wollte noch einmal versuchen, diesen dazu zu bringen, die Einheiten von Kurden, Turkmenen und Syrern, die er um sich geschart hatte, aufzulösen und sich dem Gesetz zu unterwerfen. Da der Prinz den Vorschlag des Paschas ablehnte, begab sich der Sultan zornerfüllt nach Kleinasien, um den Ernst seines Vorhabens zu unterstreichen, und befahl Sokolović mit Heer und Artillerie gegen seinen Sohn Bajazid zu ziehen. Der Prinz schlug auch das letzte Angebot aus, die

Waffen niederzulegen und sich zu ergeben, und der Wesir zog gegen ihn in die Schlacht. Nach zwei Tagen waren die Aufständischen besiegt, Bajazid jedoch gelang die Flucht. Sokolović verfolgte ihn in Richtung der Grenze zu Persien und trug kurz vor ihr einen erneuten Kampf mit ihm und seinen vier Söhnen aus. Nachdem der Prinz auch diese Schlacht verloren hatte, setzte er sich mit Hilfe von Ajas Pascha, der für Sokolović und Prinz Selim nichts übrig hatte, auf das Gebiet des persischen Schahs Tahmasp ab. Er war einstweilen gerettet, doch Ajas Pascha, der Beglerbeg von Erzerum, wurde sofort ergriffen und zur Strafe erdrosselt.

Ein weiterer, vielleicht sogar gewichtigerer Gegenspieler von Bajica, Lala Mustafa Pascha, fuhr mit der Feindschaft gegenüber seinem Verwandten fort. Er mischte weiterhin auf jede erdenkliche Weise im Ränkespiel um die Herrschersöhne mit, wobei er sich die ihm von Prinz Selim entgegengebrachte Sympathie zunutze machte. Dieser beförderte ihn sogar zum Beglerbeg von Temeswar und holte ihn dann nach Asien zurück, wo er ihn als Statthalter von Van einsetzte.

Der Handel mit dem Schah von Persien zog sich lange hin, war letztendlich aber erfolgreich: Nachdem man eilends mehr als tausend der ergebensten Gefolgsleute des Herrschersohns umgebracht hatte, verkaufte sein Beschützer den Prinzen und dessen Kinder für vierhunderttausend Goldmünzen. Bajazid wurde zusammen mit seinen vier Söhnen hingerichtet. Sogar seinen fünften Sohn ließ man im Alter von nur drei Jahren auf Befehl des Großvaters in Bursa erdrosseln. Niemand stellte das grausame Vorgehen von Diwan und Palast in Frage: Das Schicksal des Reichs hatte klar und abgesichert zu sein.

Mehmed Pascha Sokolović hatte den Großteil der Arbeit auf seine Schultern genommen, Pertev Pascha besiegelte das Finale, indem er dem Feind im Bunde das Geld übergab. Bei beiden, besonders jedoch beim ersten, stand Thronfolger Selim für immer in der Schuld.

Unter Ausnutzung seiner Verdienste um den Erhalt des Throns fuhr Bajica nach der Rückkehr in seinen Palast in Konstantinopel fort, seine große Familie in die Hauptstadt umzusiedeln. Er hatte bereits Mustafa, den als ersten herbeigeholten und in der Palastschule ausgebildeten ältesten Vetter väterlicherseits, in der Verwaltung des Sandschaks Bosnien untergebracht und so eine beständige und solide Brücke zwischen alter und neuer Heimat geschlagen. Er nutzte diese Zeit auch, um seine Angelegenheiten zu ordnen, erste Stiftungen zu planen, seine Leute auf möglichst viele einflussreiche Posten zu bringen und ein Netzwerk zu knüpfen, das Sicherheit fürs Herrschen versprach. Indes erlag der langjährige Mentor von Sinan und ihm, Großwesir Rüstem Pascha, in seiner zweiten Amtszeit einer Krankheit. Sinan hatte ihm bereits eine Grabstätte gebaut, zudem noch eine Karawanserei in Edirne. Gerade war er dabei, ihm nach der so filigranen Moschee in Tekirdag auch noch eine in Konstantinopel zu errichten. Seine Dankesschuld hatte er ehrenvoll abgetragen.

Josif nutzte die Gelegenheit, ihm auch die Pläne für eine Moschee zu zeigen, die seine Meister bereits begonnen hatten, im Auftrag von Mehmed Pascha Karađoz im bosnischen Mostar zu errichten. Er sagte zu ihm:

»Wann auch immer es sein mag, der nächste Stifter in Bosnien wirst du sein. Siehst du, wie auch deine Stufen der Spitze des Turms immer näher kommen?«

Wie wahr. Sofort nach dem Ableben des ersten Ministers wurde an dessen Stelle der bisherige zweite Wesir Semiz Ali Pascha, ein Slawe, eingesetzt. Bajica übernahm den Posten des zweiten Wesirs. Pertev Mehmed Pascha wurde in den Rang des dritten Wesirs befördert. Der vierte Wesir war Ferhad Pascha (verheiratet mit Rumaja, der Enkelin des Sultans, Tochter von dessen zu früh verstorbenem Lieblingssohn Mehmed), und fünfter Wesir wurde ein Mann von ebenfalls serbischer Herkunft, der bisherige Beglerbeg von Rumelien, Mustafa Pascha Kizil Ahmedović.

In das weitere Schicksal von Bajica griff Mihrimah ein, die Witwe des verstorbenen Großwesirs und Tochter der Sultansgattin Roxelane. Sie besaß weniger hochtrabende Ambitionen als ihre Mutter, denn sie hatte sich mit der partiellen Beteiligung an manchen ihrer einstigen Fehleinschätzungen die Finger verbrannt und wählte nun ihre Schritte mit Bedacht. Stattdessen befasste sie sich mit ebenso wichtigen Plänen für das Reich, nur weniger direkten. Sie wog ab, wer zu wem aus Staatssicht am besten passen könnte, und es gelang ihr, für ihre Überlegungen die Erlaubnis von Vater Süleyman und die Zustimmung von Bruder Selim zu erhalten: Sie wollte ein großes Fest ausrichten. Und was für eins! Unter Einsatz ihres eigenen Geldes brachte sie die wichtigsten Leute der Pforte zusammen und setzte für ein und denselben Tag drei Vermählungen an! Thronfolger Selim verheiratete zwei Töchter: Ismihan (Esma) erhielt Mehmed Pascha Sokolović zum Mann, die zweite Tochter Gevher wurde die Frau von Pijale Mehmed Pascha. Außerdem wurde noch der Janitscharenaga Abdulkerim mit der Tochter des hingerichteten Prinzen Mustafa vermählt.

Auch die Hochzeit war Teil der Geschwindigkeit, in der Bajicas Leben weiterlief. Ein solches Angebot schlug man nicht aus, auch wenn die junge Prinzessin mit ihren erst sechzehn Jahren seine Tochter, vielleicht auch seine Enkelin hätte sein können, vom Alter her sogar eher die Ehefrau seiner Söhne Hasan und Kurd, die wie die anderen Höflinge der Vermählung beiwohnten. Esmas Mutter war Nurbanu, eine Venezianerin aus der berühmten Familie Baffo und Gattin des künftigen Herrschers. Zugleich war Esma die Enkelin von Sultansgattin Roxelane und Sultan Süleyman. Mit dieser Verbindung war Bajicas weiterer Lebensweg klar vorgezeichnet. Er selbst würde auf ihn kaum noch Einfluss nehmen können. Doch er hatte auch keinen Grund zur Klage, denn er hatte sich auf diesen Kurs lange zuvor eingelassen. Damals wäre er auch noch imstande gewesen, etwas an ihm zu ändern. Jetzt konnte er sich nur noch bemühen, bei dem, was er tat, so gut wie möglich zu sein.

Als Schwiegersohn des künftigen Sultans hatte Bajica für sich ein Höchstmaß an Sicherheit in jeglicher Hinsicht erlangt. Ihrer beraubt werden konnte er nur durch das Wort oder die Entscheidung *eines einzigen Mannes im Reich*! Wie sehr auch das Wort eben dieses Mannes das Schicksal jedes Einzelnen mit unglaublicher Leichtigkeit und Schwere zugleich bestimmte: Er musste zugeben, dass es nie zuvor jemandem vergönnt gewesen war, mehr zu erreichen als er. Dafür machte er aber auch neue Gefahren aus: Bei einzelnen hochrangigen Höflingen begann – sei es aus Neid oder wegen eigener großer Ambitionen, aufgrund ihres kranken Verstandes oder aus den niederträchtigsten Gründen ihres schlechten Charakters – das Sokolović ursprünglich entgegengebrachte Schaudern in Unduldsamkeit und Hass umzuschlagen. Sie hatten natürlich begriffen, wie sehr er das größtmögliche Hindernis für ihre unlauteren Machenschaften darstellte und dass er nun als Mitglied der Herrscherfamilie auch noch ihrem Einflussbereich entglitt. Daher betrieben sie ihre mehr oder weniger offene Feindschaft unter einem neuen Schleier – dem der Hinterlist. Um Mehmed herum entstand ein Kreis von Schmeichlern, von Leuten voller leerer Ideen und Pläne, Anbietern hehrer Dienste, von nicht vorhandenen Verwandten und wem sonst noch immer. Er begriff, dass auch er sich mit einer Eigenschaft verteidigen musste, die er nicht hatte: mit Gerissenheit. Es fiel ihm jedoch sehr schwer, seinem Charakter diese Eigenschaft einzuverleiben. Als er sah, dass seine Neider mittels Intrigen gar versuchten, in sein Ehebett zu gelangen, gab er die Mühe auf, sich ändern zu wollen. Er sagte sich, dass es ihn so, wie er war, genau so lange geben würde, wie er es als solcher verdiente und konnte. Er erklärte seiner um so vieles jüngeren Frau, er wolle sie nicht zwingen ihn zu lieben, nur weil die Familie ihre Verbindung beschlossen hatte. Er werde sie achten und ihr keine öffentlichen Skandale mit anderen Frauen bereiten. Esma verstand dies als Ausdruck seiner Güte und Anständigkeit. Sie brachte ihm bereits bedingungslose Wertschätzung entgegen und war nicht weit davon entfernt, ihn auch zu lieben. Als Bajica davon erfuhr, bestätigte es ihn in seinem Entschluss, sich selbst treu zu bleiben.

Nun konnte sich Mehmed Pascha ruhig und ohne übereiltes Vorgehen den Gegnern im Reich widmen. Es galt bereits im Vorfeld das Terrain für das Unausbleibliche abzustecken – die Zeit, da man ihm zum ersten Wesir ausrufen würde. Wartete er bis dahin planlos, dann könnte es zu spät sein. Zuerst wandte er sich den eigenen Gegnern zu. Er rief Lala Mustafa

Pascha als den leidenschaftlichsten von ihnen zu sich und fragte ihn rundheraus, weshalb er ohne jeden ersichtlichen Grund gegen ihn arbeite. Die Antwort, die er für ehrlich hielt, entwaffnete ihn ein wenig, was er sich jedoch nicht anmerken ließ.

»Weil ich in dir, Mehmed Pascha, fortwährend den Bajica sehe. Ich fürchte mich nicht vor deiner Zweiheit oder vor einem Verrat des Islam, kann jedoch die Mühelosigkeit nicht ertragen, mit der du es mit den Serben wie den Osmanen, mit den Christen wie den Muslimen hältst. Dass du unverhohlen der orthodoxen Kirche hilfst und gleichzeitig nach Mekka pilgerst. Alle, sogar der große Sultan, denken, dies sei kein Doppelglaube, es sieht aber für alle danach aus. Gerade weil ich der Herkunft nach ein Serbe bin, verstehe ich nicht, wie man Allahs Christ sein kann! Man ist entweder das eine oder das andere!«

»Ich will aber nicht das eine oder das andere sein. Ich will ich sein. Und weil ich mich nie anders dargestellt habe als ich bin, habe ich auch riskiert, bestraft zu werden. Die Größten nach Allah, der Padischah und der Scheich ul-Islam, die die Gesetze von Himmel und Erde deuten, haben nicht einen Augenblick lang gedacht, was du denkst. Ich stehe ihnen stets zur Verfügung: sowohl mit den Taten, die ich ihnen anbiete, als auch mit meinem Kopf, um enthauptet zu werden.«

»Aber ich will mich von dieser Zweigeteiltheit befreien! Ich will nicht länger das sein, was ich war. Ich will vergessen, was ich war. Du aber, der du zu den Herausragenden gehörst, zu dem jetzt alle schauen, weil sie in dir sowohl deine als auch ihre Zukunft sehen, erinnerst mich ständig an die Vergangenheit!«

»Ich bin sicher, dass du, auch wenn es mich nicht gäbe, nicht vergessen könntest, wer du bist. Weißt du warum? Weil das unmöglich ist! So ist das nun mal.

Allerdings könntest du dir selbst helfen, wenn du die Dinge nähmest, wie sie sind. Dafür braucht man jedoch außerordentlich viel Kraft. Sieh selbst, ob du sie hast.«

Das Gespräch war beendet. Bajica rechnete Lala Mustafa seine Aufrichtigkeit hoch an, begriff jedoch, dass er in ihm nie einen Freund gewinnen könnte, ja dass es ihm vielleicht noch nicht einmal gelingen würde, ihn davon abzubringen, was er war: ein Feind. Wenigstens aber würde Lala Mustafa aus Angst vor Bajicas wachsendem Einfluss die anderen weniger offen oder weniger lautstark aufstacheln. Obwohl Lala später mit niemandem über den Inhalt des Gesprächs reden durfte, schon gar nicht mit jemandem anderer Herkunft, reichte es schon, dass in Zukunft alle wissen, dass es stattgefunden hatte.

Wichtiger als all das war jedoch, worin Bajica den wahren Kern des Problems, das Lala Mustafa Pascha in sich trug, vermutete: Er konnte nicht vergessen, mit wie viel Liebe, Aufmerksamkeit und Weisheit er, jung wie er war, in der Schule in Edirne von Bajica Sokolović in allen Dingen unterwiesen worden war – vom Kampf gegen den Verlust seiner selbst bis hin zum physischen Schutz des eigenen Lebens. Bajica war für ihn ein zu herausragender und sichtbarer, zugleich aber auch unangenehmer Zeuge dessen, was er im Grunde seines Wesens war. Dies brachte ihn vermutlich in die unangenehme Lage, sich als jemand zu fühlen, der jederzeit einer Tat bezichtigt werden kann, von der nur er – der Schuldige – wusste, dass sie überhaupt begangen worden war.

Bajica machte zum Beispiel niemandem einen Vorwurf, weil er seinen Glauben geändert hatte oder nicht. Er konnte jemandem die unlauteren Gründe vorhalten, aus denen heraus er etwas getan hatte, nicht jedoch die Handlung als solche. Wenn er einmal von der Zwangsbekehrung absah, die auch sein Schicksal bestimmt hatte, gab es immer noch eine ganze Reihe unterschiedlicher Gründe, Beispiele und Methoden, die sich die Osmanen sehr geschickt bei der Islamisierung der Serben zunutze machten. Das war seltsam, da gerade der serbische Widerstand am stärksten und hartnäckigsten war. Allerdings hatten die Eroberer begriffen, dass es leichter und billiger für sie war, statt durch Krieg im Frieden möglichst viele Anhänger für sich zu gewinnen. Und in der Tat erwies es sich für sie als einfacher, den Kampf gegen die Serben mit Hilfe der Türkisierung statt mit Waffen und Schlachten zu führen. Mit Ausnahme von Mord wurde in diesem Krieg alles eingesetzt: Erpressungen jeglicher Art – von materiellen bis zu moralischen, Bestechung – von Schmiergeldern bis zu Steuerbefreiungen, vom Anbieten kleiner Privilegien bis zur Vergabe mächtiger Posten. Einmal zum anderen Glauben übergetreten, brachten viele Serben auch ihre Verwandten und Freunde zum Islam. Die Türken wussten, dass gerade diese Leute andere einfacher, schneller und in größerer Zahl mit sich ziehen würden, weil sie unter ihresgleichen die Übriggebliebenen geschickter entzweien oder einen konnten. Den Osmanen kam dies gerade recht: Die Serben nahmen ihnen die Arbeit ab, es gab sichtbare Ergebnisse, und unter Schonung der eigenen Ressourcen konnte man die Serben mit gerade mal so vielen Türken in ihrer Mitte zurücklassen, wie es unbedingt notwendig war. Den Serben kam dies gelegen, weil sie im eigenen Land blieben – wie sehr auch ihr eigener Herr, sei dahingestellt. Viele der Menschen, die nicht aus ihrer Heimat in die Türkei übergesiedelt waren, sahen sich im Grunde als dieselben, die sie vor dem Übertritt zum Islam gewesen waren. Von jenen hingegen, die sich nicht darauf eingelassen hatten und auch weiterhin ihre Nachbarn waren, wurden sie immer noch leichter ertragen als echte Osmanen. Wenn schon nichts anderes, so hatten sie sie zumindest als ihresgleichen in Erinnerung. Es gab allerdings auch viele unbeirrbare Serben, die – zuweilen vereinzelt, manchmal auch in großer Zahl – dem Wechsel des Glaubens mit kleinen oder großen Auswanderungswellen zu entgehen suchten: Nomadentum als Widerstand gegen die Türken. Doch auch wenn all dieser vielgestaltige Widerstand bei den Serben am längsten andauerte: Die Hartnäckigkeit, die auch die andere Seite zeigte, tat ihr Übriges. Von allen Völkern unter osmanischer Herrschaft wurden die Serben am gründlichsten islamisiert, wo auch immer sie lebten. Was auch nachvollziehbar ist, wenn man weiß, dass sie das zahlenstärkste unterjochte Christenvolk in Europa waren.

Kapitel XXX

Ich machte mir Gedanken darüber, ob ich wenigstens mit der Entdeckung jenes multilingualen Wörterbuchs entschädigt würde, von dem ich eines Tages dachte, es sei nur ein Produkt meiner Einbildung. Mir war es vor allem wichtig zu sehen, wie es ist, sein eigener Zeuge von etwas zu sein, was wie ein totales Hirngespinst, doch großartig und hochkarätig, sogar wissenschaftlich erscheinen konnte, wie eine Entdeckung. Diese Dichotomie war mir nicht fremd: solche Erfahrungen hatte ich auch früher gemacht. Ich habe selbst zu spüren bekommen, dass man Dilettantismus nicht unterschätzen sollte.

Hier ein Beispiel.

Als ich mich seinerzeit für die damals offizielle existierende Studienrichtung Jugoslawische Literaturen und Weltliteratur einschrieb, war das der Beginn einer ungewöhnlichen und in diesem Ausmaß für mich unerwarteten Liebe zur serbischen Literatur des Mittelalters. Durch ein versehentliches Missgeschick im Bereich Bildung, nicht durch persönliche Wahl, zählte ich zu den englischsprachigen Studenten und am Lehrstuhl für serbische Literatur des Mittelalters hatte ich ein echtes Problem, denn für die Interpretation der Originaltexte reichten meine sprachlichen Vorkenntnisse nicht aus: Um die in Kirchenslawisch oder einer anderen Variante des Altserbischen

(Russischkirchenslawisch...) verfassten Texte genau zu verstehen, musste man Altslawisch lernen. Dafür wiederum waren Russischkenntnisse wünschenswert. Ich hatte also schlechte Karten. Doch meine dilettantische Liebe zur Lektüre dieser alten Texte (aus dem zwölften Jahrhundert und danach), übersetzt in ein modernes Serbisch, ließ nicht nach. Mit Unterstützung von Professor Đorđe Trifunović fuhr ich fort, mich in diesem Bereich zu bilden. Ich las, forschte und schrieb Texte und eines Tages war ich total überrascht! Professor Trifunović rief mich zu einem Gespräch in sein Büro; zuvor hatte ich bei ihm meine Seminararbeit zum Thema »Dialogformen in *Das Leben des Heiligen Sava* des Autors Teodisije von Hilandar (Ende 13. Jh.)« abgegeben. Ich war mir sicher, dass er als gestrenger Professor in diesem Gespräch ernste Einwände gegen meine Arbeit vorbringen und sie mir bestenfalls zur Überarbeitung zurückgeben würde. Aber nein! Er hatte die Arbeit nicht mal vor sich liegen! Er hatte mich gerufen, um mir mitzuteilen, dass die Arbeit in der Redaktion der Zeitschrift »Sprache und Literatur« der Serbischen Akademie der Wissenschaften und Künste sei und dort sofort veröffentlicht werde! Und nicht, weil sie gut war, sondern weil sie revolutionär war! Wie das? Weil ich darin beim Schreiben über die Dialogformen die Wurzeln des Dramas in der serbischen Literatur entdeckt hatte! Das glaubte ich nicht. Auch wenn ich ein Studienanfänger war, so naiv wollte ich denn auch nicht sein. Von den vielen Fragen, die ich ihm damals stellte, erinnere ich mich noch an eine, auf die ich keine Antwort bekam: »Aber wie ist das möglich bei Dutzenden unumstrittenen Experten für alte serbische Literatur und angesichts einer Jahrhunderte währenden Forschung?« Wie dem auch sei, als die Zeitschrift erschien, noch dazu mit meinem Text, musste ich daran glauben. Als viele begannen, mir auf meine neunzehnjährige Schulter zu klopfen. Als mir angeboten wurde, nach Beendigung meines Studiums als Assistent am Lehrstuhl zu bleiben. Ich blieb nicht. Aber ich behielt das Recht auf die Liebe zu dem Thema und auf das Zitieren der Arbeiten meines wunderbaren Professors bei. Und auf das Lesen alter Literatur. Und auf meine dilettantische Intuition.

Das ist eine retroaktive Vergewisserung. Aber sie hat die Funktion zu beweisen, dass dilettantische Annahmen manchmal akzeptabel sind. So auch meine. Vielleicht dann, wenn Liebe und kindliche Naivität ihre authentischen Eigenschaften bewahren. Mein Doppelgänger aus dem Mittelalter würde sagen, das ist so, wenn aus der Dunkelheit Gesang dringt.

Hier die Fortsetzung.

Während ich im Januar 2008 in der Wohnung bzw. dem Studio saß, das mir als Stipendiat einer österreichischen Stiftung zur Verfügung gestellt worden war, und an den letzten Kapiteln meines Romans über die Zeit der gemeinsamen serbisch-türkischen Geschichte arbeitete, nahm die Geschichte über die Suche nach »meinem« Wörterbuch ihren Lauf. Das einzige davon existierende Exemplar war bereits unauffällig aus der Bibliothek der Hagia Sophia in die Bibliothek der »Süleymaniye« gewandert. Als wollte Istanbul nicht sofort das Geheimnis für mich preisgeben. Davon abgesehen hat auch Pamuk auf meine Frage zu diesem Wörterbuch (weiß er etwas darüber?), die ich ihm zur selben Zeit stellte, vom anderen Ende der Welt keine Antwort gegeben. Einzig darauf antwortete er nicht! Auf alles andere schon.

Danach folgten einige Telefonanrufe aus Belgrad. Am Apparat war Herr Sava Anđelković, der sich um diese Entdeckung besonders verdient gemacht hatte, zwar Experte auf einem anderen Gebiet, doch verliebt in Istanbul und in die *Erzählung*. Er informierte mich über jede Etappe der Reise der Sendung, die mich bereits hätte erreichen müssen: die Kopie des seit einiger Zeit in Sarajevo vermissten und abermals »an der Quelle« auf CD gebrachten Manuskripts war von Istanbul bis nach Niš gelangt ... und jetzt im Fahrerhaus eines Lastwagens auf dem Weg nach Belgrad (er war besorgt, »dass es der LKW-Fahrer nicht in die Nähe der Heizung packt und die CD deformiert wird!?«) ... soll es mir nach Krems in Österreich weitergeschickt werden? Nein, wir werden uns verpassen. Ich komme in Kürze nach Belgrad.

Und schließlich ... trafen wir uns auf dem Terazije-Platz, im Café des Hotels »Moskau« (in dessen Garten ich Pamuk allein zurückließ, der in seinem grünen Heft Skizzen von der Stadt anfertigte und Gesichter zeichnete). Am Tisch schaltete ich meinen Laptop ein, weil ich nicht aushielt, bis zu Hause zu warten, um zu sehen, was uns das Schicksal beschert: und meine erste Enttäuschung! Dieses multilinguale Wörterbuch hätte auch die serbische Sprache beinhalten sollen! Dem war aber nicht so. Ich erkannte das Arabische (als dominant), das Persische, Griechische und wieder das Arabische ..., aber das Serbische fehlte. Der CD war kein Begleittext beigefügt, nicht einmal elementare Angaben zu seiner Archivierung. Ich war fassungslos wie selten zuvor. Niedergeschlagen. Mutlos. Mein lieber Fürsprecher enttäuscht. Aber andererseits ... vor mir befand sich sicherlich ein seltenes Beispiel kosmopolitischer Linguistik, entstanden wahrscheinlich irgendwann zwischen dem vierzehnten und sechzehnten Jahrhundert, das zu keiner Zeit etwas Alltägliches sein konnte, damals genauso wenig wie heute. Denn da sind mehrere Sprachen, mit denen parallel *dieselbe* Welt erklärt wird! Ein Glossarium sprachlicher Brüderlichkeit! Ein Beweis dafür, dass auch die damalige Welt offen war, dass sie versuchte zu verbinden und nicht zu trennen. Oder die wenigstens versuchte *auch* zu verbinden und *nicht nur* zu trennen.

Und dann ließ mich eine hartnäckige Intuition nicht mehr los. In einem der vier Bücher, in dem das Ganze auf hundertachtundsechzig Seiten zusammengestellt war, sah ich, dass zu den griechischen Begriffen (hier mit griechischen Alphabet geschrieben) im Nachhinein arabische hinzugefügt worden waren, wie *Gesang aus der Dunkelheit*, wie Marginalien der Aufzeichnenden oder der Schüler. Jemand hatte an *diesem* (dafür nicht vorgesehenen) *Ort* die Übersetzung eines griechischen Begriffs ins Arabische notiert! Außerhalb der dafür vorgesehenen Stellen und außerhalb der konsequent vergleichenden sprachlichen Struktur, nach der das Glossarium aufgebaut ist. Das brachte mich auf den Gedanken, dass das, was ich sehen wollte, gar nicht sehen konnte, weil es von einem anderen Alphabet verdeckt wird!

So war es auch. Die Orientalistin Mirjana Marinković versuchte unverzüglich mir das Siegel und die Unterschrift des Sultans zu erläutern (die einzige Stelle, an der die türkische Sprache auftauchte!), doch beides war nicht zu entziffern, sehr klein und kaum zu erkennen. Die Farben der unterschiedlichen Sprachen kamen auf der Kopie nicht zum Tragen, daher hatten die Sprachen – sonst im Original jede in einer anderen Farbe – in dieser Schwarz-Weiß-Variante nur unterschiedliche Graustufen. Die letzte in der Reihe, die vierte, war am blassesten und am schlechtesten sichtbar. Aber man konnte ahnen, dass es (wieder) das Arabische war. Die Freundin nahm die Kopie, die ich für sie angefertigt hatte, mit nach Hause, um sie in Ruhe zu studieren. Am nächsten Tag rief sie mich aufgeregt an und kam sofort zu mir. Unter den anderen Sprachen hatte sie »lugat servi« oder »lugat serfi« entdeckt – *die serbische Sprache*! Sie war in arabischen Schriftzeichen geschrieben! Und so eben versteckt auf den (blassesten) einhundertsechzehn Seiten. Das größte Ganze der vier existierenden Bücher.

Der Inhalt war noch interessanter als die Struktur: Er bestand aus Begriffen (im weiteren Sinne), Syntagmen, Aussprüchen, Halbsätzen, Dialogfragmenten ... es war eher eine Art vergleichendes Glossarium, ein Sprachratgeber, denn ein Beispiel für ein Wörterbuch im herkömmlichen Sinne. Und noch dazu in vier Sprachen! Und erst die Auswahl: »Ich schaue dich an, denn ich sah dich«, »Wie lange sind Sie schon bei uns? Mehrere Tage«, »Er sitzt stundenlang«, »Was machst du«, »Ich sprach und sagte nichts«, »Ich liebe dich von Herzen«, »Ich schlage viel«, »Weine nicht, weine nicht, nur zu, weine« ... und ähnliche Kuriositäten.

An wen war das gerichtet? Nun gut, an die Zöglinge, dachte ich; sie konnten das in den Schulen lernen, an denen Janitscharen und Hofangestellte ausgebildet wurden. An wen noch? Wahrscheinlich an jeden, der weinte, liebte, bestraft wurde und auf andere angewiesen war. Mann wie Frau. Eroberer und Eroberter. Jung und alt. Herr und Sklave. Egal wer es war, mit Hilfe eines solchen Wörterbuchs konnte man gebildeter und wohlhabender werden. Und sich selbst und anderen mehr nutzen.

Das alles galt auch für die heutige Zeit.

Das war noch so ein dilettantischer Beitrag von mir zur Wissenschaft. Offensichtlich wussten unsere

Experten (und höchstwahrscheinlich auch viele in der Welt) nichts von der Existenz eines solchen Wörterbuches. Jetzt können sie es wissenschaftlich bearbeiten und ans Licht der Öffentlichkeit bringen. Das könnte für uns alle eine Bereicherung der Vergangenheit und der Gegenwart bedeuten.

Damit näherte sich *diese* meine dilettantische Episode aus dem fünfzehnten Jahrhundert eigentlich langsam ihrem Abschluss, doch zum Glück gab es noch andere. Schon ließ sich mit der neu erhaltenen Mitteilung (die erst bewiesen werden musste), dass sich vielleicht in der Hagia Sophia zwei Manuskripte aus ähnlicher Zeit befinden, die *ausschließlich* in serbischer Sprache verfasst und mit arabischen Schriftzeichen geschrieben sind, ohne Beimischung weiterer Sprachen, eine neue Herausforderung am Horizont ausmachen. Sozusagen serbische Bücher.

Was stand mir jetzt erst an Recherche bevor!

Hier ist die mitunter absurde Mischung von Sprache und Schrift nicht zu Ende. Ein drastisches Beispiel eines solchen Verbindens zu unmöglichen Kombinationen befindet sich in einem Gebetbuch, das im Jahr 1567 in Belgrad erstellt wurde. Das Mitglied der damaligen Dubrovniker Kolonie, der Händler Mato Bora Božidarović, bekam als Geschenk ein mit lateinischem Alphabet geschriebenes Gebetbuch, aber da der Händler in der serbischen Kultur sehr heimisch geworden war und sich auch mit dem kyrillischen Alphabet vertraut gemacht hatte, bat er seinen Freund Marin Nikolić, ihm dieses Gebetbuch ins kyrillische Schriftsystem zu übertragen. All das wäre verständlich, sogar ein derartiger Patriotismus bei einem Lateiner, wenn der Schreiber in den nicht existenten Regeln der verschiedenen Varianten nicht den Faden verloren hätte. Er passte das gesamte Gebetbuch an die serbische Kyrilliza an, schrieb auch alle lateinischen Teile des Textes in Kyrilliza um, ohne sie ins Serbische zu übersetzen! Daher sind in dem Text so viele in Kyrillisch geschriebene lateinische Sätze enthalten wie etwa dieser: »Ано салутис новстере 1567 …«

Ich kann mir vorstellen, worauf vortreffliche Experten gefasst sein müssen.

In der Zwischenzeit schlug ich eine andere Richtung ein. An und für sich waren alle Richtungen offen. Gerade diese Freiheit war eine wahre Herausforderung für meine Nachforschungen. Vielleicht war all das Marginale aus der Sicht der Ziele, die ich mir gesetzt habe, was von den »Hauptereignissen« übergeschwappt war, der Kern des Geschehens. So wie bei mir die einfachen Nacht- und Tagwächter der grandiosen (kleinen wie großen) Denkmäler eine wichtige Rolle beim Begreifen neuer Wahrheiten gespielt haben.

Ich erinnere mich an meine erste Begegnung mit der schönen »Selimiye« in Edirne. Mit jedem Meter, den ich mich ihr aus Belgrad näherte, wuchs mein Lampenfieber unaufhaltsam an. Wie bei einem Liebesrendezvous während der Pubertät. Es war schon spät am Abend, als ich das erste Mal vor sie hin trat; sie war so riesig und elegant. Meine verspätete Ankunft konnte ich mir nicht verzeihen; mit dem Auto hatte ich tausend Kilometer am Stück zurückgelegt, die Grenzen von drei Staaten passiert, aber an einer ungeplant lange, wer weiß warum, gestanden. Und dann kam ich ans Ziel und konnte nicht eintreten! Ich schlich um das Gotteshaus herum wie die Katze um den heißen Brei, ruckelte an allen Türen, um eine offene zu finden … Und dann sah ich von der Ostseite der Wand durch das eiserne Tor im Hof einen

Wächter. Ich sagte nichts, stand nur da und sah ihn an. Auch er sah mich an und kam auf mich zu. Er stand auf der anderen Seite der Kette, die so dick war wie eine Ankerkette, die uns in zwei Welten teilte, er starrte mir schweigend in die Augen. Mein Blick sagte ihm offensichtlich alles, dann löste er die Kette, schloss das Tor auf und bedeutete mir einzutreten. Er brachte mich zur hinteren Seite der Moschee und öffnete mir die Tür.

Wenn ich vorher, wer weiß wie und mit wessen Hilfe versucht hätte, ein solches Privileg zu erwirken, wäre ich gescheitert.

Es war mir erlaubt, oder besser gesagt – ermöglicht, alleine und als einziger diese Schönheit zu betreten!

Ein anderes ähnliches Erlebnis widerfuhr mir einige Jahre später in Istanbul. Die langwierige Suche nach den mir wichtigen Einzelheiten hatte meinen Enthusiasmus nicht gedämpft. Im Gegenteil. So war ich nach langer Zeit auf die Spur der kleinen Moschee gekommen, die Sinan »für sich« erbaut hatte; ein Gebetshaus, das er in hohem Alter für sich selbst in Auftrag gab. Aufgrund der Verkettung verschiedener Umstände gelang es mir jahrelang einfach nicht, es zu finden. Ich dachte sogar, dass es von den Mächten absichtlich versteckt gehalten wurde. Ich hatte schon begonnen, wie ein paranoider Mensch zu denken. Doch die Moschee war in Wirklichkeit einfach klein, ohne Kuppel und Minarett. Sie war zwischen andere Gebäude gezwängt, in einer Straße mit dem Namen Koca Mimar Sinan. Vielleicht erachtete man sie, objektiv gesehen, als unwichtig, obwohl sie für mich von unschätzbarem Wert war.

Und auch dort kam ich zu unpassender Zeit an. Sie war geschlossen, niemand war drinnen und auch niemand in der Nähe. Es war ein gebetsfreier Tag. Das Einzige, was ich tun konnte, war wie ein Bengel durch alle Fenster zu lugen, um irgendetwas zu sehen und mich vergewissern zu können, dass ich nicht umsonst gekommen war. Aber eigentlich war ich verzweifelt. Ich sah aus tiefster Überzeugung diesen bescheidenen Bau als Sinans Testament (dazu etwas später), als etwas besonders Wichtiges in seinem Leben und Schaffen an. Um nochmals die Symbolik mit der Katze zu gebrauchen, nun konnte ich den Topf nur von außen ablecken.

Als mich jemand auf Türkisch ansprach, begriff ich, dass mich der Wächter von irgendwoher, wahrscheinlich aus dem winzigen Haus nebenan, das vielleicht sein Zuhause war, die ganze Zeit beobachtet hatte. Sicherlich dachte er, dass er so einen hartnäckigen und lästigen Touristen schon lange nicht mehr gesehen hatte und bekam Mitleid. Er sprach die ganze Zeit, obwohl ihm klar war, dass ich ihn überhaupt nicht verstehe, er schloss alle Teile der kleinen Moschee auf und wartete geduldig, damit ich mich in jedem Raum aufhalten konnte, so lange ich wollte.

Die Güte der einfachen Leute, die mit ihrem unkomplizierten Verständnis von der Welt das unwiderstehliche und sehnliche Bedürfnis von jemandem zu erkennen vermochten, machte die Welt zu einem besseren Ort. Das war der Beweis, dass nicht jedes *Warum* auch sein *Weil* haben musste. Es genügt ein *Dies* zu haben.

30. Kapitel

Großmufti Amadi und Bajica ahnten beide, in welche Richtung sich die Probleme des Osmanischen Reiches im Hinblick auf Europa und in den Beziehungen zu Europa entwickeln würden. Nicht die militärischen, sondern die weiter gefassten, die Fortschritt, Stagnation oder Niedergang der gesamten Kultur und Zivilisation des Sultanats betrafen. Im Staat selbst stand ein unausweichlicher Kampf zwischen dem alten und neuen Weltverständnis bevor. Zwischen Stagnation und Veränderung. Zwischen Blindheit und Weitsichtigkeit, zwischen Verfall und Fortschritt.

Das Resultat des beendeten Kampfes der Prinzen – die Zuneigung des Thronfolgers Selim wie auch des jetzigen Herrschers Süleyman, also beider Männer, für Mehmed Pascha – bot ihm Sicherheit, über die Wege des Reiches gründlich nachzudenken und langfristig zu planen. Diese Vorbereitung auf sein Amt als Großwesir gab ihm die Chance, die Mehrheit der möglichen Opponenten sofort und zumindest vorübergehend von aktiver Feindschaft abzubringen. Denn auch solchen Menschen war klar, dass jemand, auf den die Position des höchsten Ministers im Staat wartete, bei Erreichen der Position auch lange auf dieser verbleiben würde: Schon lange hatten sich zwei Herrscher – der aktuelle und der künftige – nicht mehr so einmütig und zeitgleich für die Unterstützung einer Person ausgesprochen. Allerdings betrachtete der weise Bajica nichts als endgültig und perfekt, bevor es nicht umgesetzt war. Häufig genug war er Zeuge von unverhofften und äußerst unerwarteten Planänderungen gewesen, sei es bei Einzelnen oder im Reich. Er blieb vorsichtig und maßvoll bescheiden.

Mithilfe des Großmuftis und der stillschweigenden Unterstützung des Sultans beteiligte er sich an der Schaffung neuer Gesetze und besonders an deren korrekter Auslegung. Er nutzte alle Orte und Gelegenheiten, von der Medresse bis zu verschiedenen öffentlichen Auftritten, um je nach dem, wo er sich befand und in Abhängigkeit vom Publikum die Gefahr zu erklären, in die das Reich nicht geraten dürfe, wofür es aber bereits erste Anzeichen für dieses Hineinschlittern gab: Es ging um den Versuch (absichtlichen oder nicht), Bildung falsch zu verstehen. Einzelne rückschrittliche Höflinge, Wesire, Ulemas und weitere Angestellte mit öffentlichem Einfluss begannen nämlich dezidiert, übertrieben und völlig falsch Bildung mit Glaubenslehre gleichzusetzen, nicht aber auch mit dem Studium der Wissenschaften. Das war ein Anlehnen an die Flanke, die alle bisherigen Erfolge des gesamten Imperiums direkt in eine Katastrophe führen konnte. Die allgemeine Wissenschaft wurde durch die Wissenschaft vom Glauben ersetzt, was das Osmanische Reich um neue wissenschaftliche Errungenschaften brachte, und das genau in dem Moment, da Europa vehement für Wissen eintrat und es als Haupttriebkraft des Fortschritts hervorhob. Aus diesem schon sichtbaren Konflikt ging ein weiterer hervor: Verschiedene religiöse Fanatiker begannen sich in Sekten zusammenzufinden und die Gläubigen wie auch die

Armee zu beeinflussen, indem sie sie gegen die sogenannten Ungläubigen in den eigenen Reihen aufwiegelten, besonders gegen die in hohen Positionen. Sie waren alle ziemlich konfus und undeutlich in ihren Erklärungen, aber auch so richteten sie Schaden an. Bajica und den gesamten Diwan störte besonders die Hamzevi-Sekte, gegründet von Hamza Bali Orlović. Dieser aus Bosnien stammende Derwisch verlangte von seinen Anhängern mal die unmögliche Verbindung von Christus und Allah in einem Glauben, im nächsten Moment forderte er von ihnen extreme islamische Rechtgläubigkeit. Manchmal hatte er mehr Handwerker (eine Zeit lang nur Handtuchproduzenten) unter seinen Anhängern, manchmal überwiegend Janitscharen. Mal stellte er sich als Mohammed und dessen Familie treu ergebener Schiite dar, mal mit bosnischen Wurzeln. Gerade wegen dieser religiösen und ideologischen Konfusion, aber auch wegen der schnellen Erweiterung des Einflusses in allen Gegenden des Reiches wurde er ausgesprochen gefährlich. Als es der islamischen Priesterschaft in Bosnien zu bunt geworden war, wurde er gefangen genommen und nach Konstantinopel verbracht. Obwohl er 1561 heimlich ermordet wurde, um lauten Widerspruch und eventuelle Aufstände zu vermeiden, hatte dieser Vorfall etwas vielleicht noch Schlimmeres als Aufruhr zur Folge, was keineswegs gewollt war: Sein Tod machte ihn zum Märtyrer und er hatte dadurch einen noch größeren Zulauf an Anhängern.

Die Sektenmitglieder wandten sich über die Jahre mehrmals an Bajica und Mehmed Pascha; sie benutzten seinen Namen alternierend, in Abhängigkeit davon, auf welcher Stufe von religiösem Fanatismus sie sich gerade befanden. Abwechselnd lobten sie ihn oder ersuchten ihn um Hilfe (finanziell, zur Unterstützung – öffentlich und privat) oder verteufelten ihn als Abtrünnigen und verkaufte Seele und verlangten, sich vor ihm wie vor der Pest zu hüten. Bajica nahm das alles nicht persönlich, denn er hatte verstanden, dass es um eine Sekte mit inkonsequenten und unklaren Ideen ging; aber deren Anhänger nahm er schon sehr ernst.

Die Umsicht, mit der er alles in Angriff nahm, wurde sein Wiedererkennungsmerkmal. Er bewahrte sie als eine der wertvollsten erworbenen Dispositionen, die ihn in der Zukunft, wie bisher, so viele Male vor dem Untergang rettete. Und damit rettete er auch Andere. In den folgenden Jahren führte er die Armee des Sultans in mehrere Unternehmungen, nun bereits in Gesellschaft eines oder beider Söhne wie auch zahlreicher weiterer Miglieder der Familie Sokolović, die mit Billigung des Padischah auf hohe und verantwortliche Positionen gelangt waren. Parallel zu den Schlachten förderte Bajica alle Lebensbereiche, von Handel, Schiffbau und Gesetzgebung bis hin zur Dichtung, der sich auch der oberste Herrscher selbst widmete.

Seine jahrelange Treue führte 1566 zu seiner Einsetzung als Großwesir des Osmanischen Reiches. Süleyman, der Prächtige Kanuni hatte ihm den Staat nur ein Jahr vor dem dreizehnten und größten Feldzug gegen die Österreicher anvertraut. Beim Durchzug durch Belgrad und Zemun am 27. Juni 1566 wurde der Sultan zum letzten Mal hoch zu Ross in der Öffentlichkeit gesehen, danach war er eher ein alter Mann auf dem Sterbebett, der auf einer Trage transportiert und im Zelt gepflegt wurde, als ein furchterregender Herrscher. Dank Bajica ging die Belagerung von Sziget in die Geschichte ein, aber auch Bajicas unglaubliches Geschick, als der Sultan während dieser Belagerung in der Nacht vom fünften zum sechsten September verstarb, nur einen Tag nach dem Fall des unter dem Kommando von Nikola Zrinski tapfer sich verteidigenden Sziget. Mehmed Pascha setzte seinen Dienst *unter dem Kommando des toten Sultans* fort, wobei er nicht einmal die Armee und die Wesire in nächster Nähe vom Tod des Herrschers unterrichtete. So gelang es ihm, die Moral der Truppe zu erhalten und ohne Rücksicht auf den nicht erfüllten Traum des Padischah – die Eroberung von Wien – den Feldzug erfolgreich zu Ende zu führen. Das Geheimnis vom Tod des schon einbalsamierten Körpers seines Gebieters bewahrte er mehr als anderthalb Monate (!) vor der Armee, genauer bis zum 24. Oktober 1566, als die Armee schon den vierten Tag auf dem Weg zurück nach Istanbul und vier Nächte vor Belgrad war. Den Tod gab er in dem Moment bekannt, als er sicher war, dass des Sultans Sohn Selim, der zuvor benachrichtigt und herbeigerufen worden war, aus Asien in Richtung Belgrad eilte. (Der Prinz brauchte nur zehn Tage bis zum *Hügel zum Nachdenken*, wie die Belgrader Festung von den Osmanen genannt wurde). Hier im Haus von Bajram Beg wartete Selim auf ihn. Die Proklamierung des neuen Sultans für das Imperium erfolgte unterhalb der Festungsmauern von Belgrad. Der neue Herrscher ernannte unverzüglich Mehmad Pascha Sokolović zu seinem neuen Großwesir. Dadurch wurde Bajicas Titel zum zweiten Mal in nur zwei Jahren bestätigt.

Der Folgezeitraum offenbarte, dass alle Vorbereitungen Mehmeds auf die Position des Trägers des großen Siegels in Ordnung waren: Er musste nichts sonderlich Neues und Anderes in seinem Verhalten anpassen als das, was er schon vorbereitet und genutzt hatte. Bevor er übrigens in Belgrad dem Thronfolger begegnete, gelang es ihm auf dem Rückweg aus Sziget seine zwei Verwandten auf die strategisch wichtigsten Plätze in Rumelien zu setzen; Mustafa Pascha Sokolović bestimmte er zum Statthalter von Buda, seinen jüngeren Bruder Mehmed Sokolović zum Sandschak Beg von Bosnien. Er bewältigte alle Geschäfte des Reiches mit Erfolg, und der neue Sultan, der keine große Lust verspürte, sich mit dem Staat zu befassen, überließ alles Bajicas Geschick.

Bajica herrschte die ganzen acht Jahre, da Selim Sultan war, unangefochten. Wie sollte es auch anders sein, verfügte er doch im Dienst für das Reich über mehr als ein halbes Jahrhundert Erfahrung! Wenigstens die Hälfte dieser Zeit hatte er auch Entscheidungen zu treffen. Diese Erfahrung übertrug er 1574 vom Dienst bei Selim II auf dessen Sohn und neuen Sultan Murad III. Wenngleich Mehmed Pascha damals fast siebzig Jahre alt war, war er im Führen eines Staates noch unübertroffen. Selbst Murad, der ihn vom ersten Tag an nicht mochte, wollte sich nicht freiwillig von ihm lossagen. Wenigstens jetzt nicht. Sowohl der Sohn als auch der Enkel von Süleyman Kanuni fochten die Erfahrung von Mehmed Pascha und dessen Ergebenheit gegenüber dem höchsten osmanischen Herrscher nicht in diesem einen Jahr, in dem Mehmed dessen rechte Hand war. Sie ermaßen seine Fähigkeiten in den gesamten fünfzig Jahren, die er in unmittelbarer Nähe des Sultans verbracht hatte und verstanden, dass die meisten Titel, die ihm der Herrscher verliehen hatte, bedeuteten, dass er dem Herrscher *sehr nahe, so nahe wie möglich* zu sein hatte. Es war klar, dass ihn der Sultan neben sich haben wollte und deshalb Titel wählte, die Mehmeds Nähe garantierten. Als er Großwesir geworden war, musste er auf Anordnung des Sultans, um ihm noch näher zu sein, in das Serail At Mejdan umziehen, unterhalb des Topkapi-Palastes. Bajica fiel es schwer, seinen guten Nachbarn Scheich ul-Islam Amadi allein zu lassen und auf die gemeinsamen beruhigenden Spaziergänge zu verzichten.

Ein solch treuer und ergebener Beamter eines Staates suchte seinesgleichen. Hatte also ein Staat – der ihn für *drei Sultane* hintereinander als Großwesir (re-)installierte, was bis dahin keinem ersten Mann des Diwans als Ehre und Vertrauen widerfuhr – nicht klar genug gesagt, was er wünscht?

Und was wollte er denn noch?

Eine Spur im Stein hinterlassen.

Wo?

An *seinen* Orten.

Nach dem Ende (Wasser)

Mit der Zeit erhielt das Verhältnis zwischen Sinan und Mehmed eine neue, etwas seltsame Dimension. In dem Maße, wie sich ihre Pflichten wegen ihrer hohen Stellung vervielfachten, konnten sie immer weniger Zeit miteinander verbringen. Andererseits verstanden sie sich gut und die Freundschaft ließ im Wesentlichen nicht nach, und so mussten sie sich mit dem Unvermeidlichen abfinden. Aber sie lieferten sich dem nicht aus; sie fanden einen Weg, öfter zusammensein zu können, auch wenn sie es nicht waren. Wie? Indem jeder im Rahmen ihrer Pläne und Vereinbarungen seine Arbeit machte: Bajica als Stifter und Josif als Baumeister. Schließlich konnte es sich Mehmed leisten, die Umsetzung seiner Ideen zu bezahlen, wie es Sinan vorausgesehen hatte. Irgendwie wurde ihnen klar, dass in den meisten Fällen das Wasser sie miteinander verbinden würde. Wasser war nicht nur die Quelle des Lebens und erhielt dieses Leben, sondern Wasser verfügte zudem über die großartige Fähigkeit, die körperliche und seelische Reinigung des Menschen zu bewirken. Daher schien es ihnen als perfektes Bindeglied (Sinan würde sagen »verbindendes Material«) für ihr wechselseitiges Leben, aber auch für das Leben, das sie irgendwann einzeln gelebt hatten wie für jenes, das sie nun führten.

Als Mehmed Pascha mit Sinans Unterstützung im Zentrum von Belgrad eine Herberge errichtete, wurde auch der neue Hamam von Bajica (neben dem bereits bestehenden) fertig; sie gaben ihm den Namen Yeni Hamam[65]. 1658, also nicht ganz hundert Jahre später, lobte der französische Reiseschriftsteller A. Poule auf interessante Weise das Wasser und auch die Bewohner Belgrads, indem er versuchte, den tieferen Sinn der öffentlichen Bäder am Beispiel von Belgrad zu erklären: »Die Bäder in der Levante, die eigentlich Dampfbäder sind, weil der Mensch sich dort nicht badet, sondern wäscht, zeigen, dass alle *Menschen in den Dingen erfolgreich sind, für die sie am meisten übrig haben* und dass der Geist dieser Menschen … im Hinblick auf die Bäder so feinsinnig ist, dass es uns schwer fiele, es ihnen gleichzutun.« (kursiv V. B.)

Diese Definition von Poulet vergegenwärtigt in ihrer philosophischen Intonation eine gemeinsame Linie der Serben und Osmanen jener (und nicht nur jener) Zeit: Solches Wasser und sein Gebrauch spielte eine Rolle für das Vergnügen. Es war Teil des überaus wichtigen Hangs des Balkans zum Hedonismus, der aus ausgesprochen subtilen Variationen zum Thema (Selbst-)Zufriedenheit bis hin zur masochistischen Erfüllung eigener Wünsche (Essen usw.) bestand. Wie hatte Evliya Çelebi um 1660 gesagt: »Das sind alles Menschen, die gern genießen und feiern und Freunde der Fremden sind. Die Tische sind gastfreundlich gedeckt und die Türen stehen offen.«

Auch Sinan und Mehmed hatten ein langes und reiches Leben.[66] Aber zu der Zeit als sie annahmen, dass sich ihr Leben *noch* lang und reich gestalteten würde, konnte sie das nicht von der Idee abbringen, so stark wie möglich miteinander verbunden zu sein. So wie sie sich an ihre früheren Leben gebunden fühlten. Die Beziehung zwischen ihnen konnte die Möglichkeiten des häufigeren »Aneinanderbindens« nur noch verstärken.

Meine Hypothesen und die potentiellen Entdeckungen musste ich mit Orhan Pamuk überprüfen. Er war für mich ein gutes Maß für Objektivität; hinreichend kannte er sowohl den Osten als auch den Westen und machte nicht den Fehler, in die Extreme der einen wie der anderen »Seite« zu verfallen.

Als wir beim Thema Wasser waren, erinnerte Pamuk mich daran, dass Sinan von Sultan Süleyman engagiert worden war, die Wasserleitung in Istanbul in Ordnung zu bringen. So pragmatisch es klingen mag, keine große Stadt konnte ohne eine endgültige Lösung des Problems der Wasserversorgung leben, und die Einstellung des Sultans zum Wasser war keine gewöhnliche. In einem Aufruf teilte er Sinan und dem Volk mit: »Ich wünsche, dass es in jedem Stadtteil Wasser gibt. Lasst uns Fontänen bauen, wo immer es passend ist. Lasst uns Brunnen ausheben, wo immer es passend ist. Frisches Wasser möge überall fließen. Alle meine Untergebenen sollen es nutzen und für das Fortbestehen meines Staates beten.« Die Hauptstadt hatte es auf jeden Fall den beiden zu verdanken, dass sie die Aquädukte Kağithane (1557) und Kırkçeşme (1564), Mağlova und Uzun erhielt. Freilich auch Dank der Bewohner des serbischen Belgrad, die nach dessen Fall damals nach Stambol umgesiedelt wurden, um Wasserleitungen und diese Aquädukte zu bauen, und die bereits nach der ersten Umsiedlungswelle inmitten von Istanbul ihr eigenes Belgrad gründeten. Die Einheimischen ergänzten die lokale Umgebung, anscheinend ihnen zu Ehren, durch weitere ähnliche Bezeichnungen: Belgrader Tor, Belgrader Wald …

»Das Wasser hat sich auch in die Arbeit an der Hagia Sophia eingemischt«, setzte Pamuk meine Geschichte fort. »Abgesehen davon, dass Sinan die Stützpfeiler des Bauwerks, das der Traum eines jeden Architekten jener Zeit war, verstärkte und es so schaffte, seine Handschrift auf diesem christlichen, danach islamischen Gotteshaus, das heute als Institution der Aussöhnung – als Museum –, dient zu hinterlassen, hat er in die Gesamtheit der komplexen Anlage auch etwas Neues eingebracht. Süleymans große Liebe und Ehefrau Haseki Hürrem hatte lange vorher, im Jahr 1557, Sinan darum gebeten, ihr ausgerechnet neben der Hagia Sophia einen Hamam zu bauen, mit getrennten Bereichen für Männer und für Frauen. Und sie hat es geschafft! Was meinst du wohl, warum?«

»Ich glaube es zu wissen. Sie nutzte die Gelegenheit, dass dies ein (ehemaliger) Christ für sie tat: Auch Roxelane, die Tochter eines russischen Geistlichen, war ›in ihrem vorangegangenen Leben‹ Christin. Die Nähe der ehemaligen byzantinischen Kirche half ihr, eine Art Balance zu ihrem neuen Leben zu halten. Apropos, denkst du etwa, es war Zufall, dass 1573/74 ausgerechnet Sinan/Jusuf/Josif beauftragt wurde, besser gesagt die Genehmigung erhielt, umfassende Restaurierungen an der Hagia Sophia vorzunehmen? Abgesehen von der Verstärkung der Säulen errichtete er noch zwei Minarette, sogar ein Grab für Sultan Selim baute er hier. All das nur, weil er der Beste war?«

»Er baute ja Hamams im ganzen Reich. Obgleich mir der aus dem Jahr 1565 für Süleymans Tochter Mihrimar neben der Medresse am Edirne-Tor besonders gefällt.«

»Weißt du«, fügte ich hinzu, »mir gefällt bei ihm dieses unermüdliche Bauen. Nicht so sehr wegen der Energie, die man an den Gebäuden ganz leicht erkennt, sondern wegen seiner legeren Haltung in der Frage, wo er baut – in der Hauptstadt oder in der Provinz. Der Komplex, den ich in Lüleburgaz auf halbem Weg zwischen Edirne und Istanbul besucht habe, wirkt so bezaubernd und schlicht und fügt sich perfekt in das Ambiente der dicht besiedelten Provinzstadt. Sinans Geheimnis lag meiner Meinung nach darin, dass er wusste, dass Baukunst nicht nur darin besteht, einzelne Gebäude zu errichten, sondern den Raum, den sie beansprucht, bestmöglich auszufüllen, und damit zu einem authentischen Ganzen zu formen. Ich hatte früher nicht diesen Blick auf die Baukunst, doch von ihm habe ich gelernt, sie überhaupt zu sehen. Genauso habe ich vor langer Zeit begriffen, dass die Bildhauerei nicht die Erschaffung eines Werkes durch *Hinzufügen* von Material heißen muss, sondern im Grunde durch sein *Entfernen*!«

»Es hat schon damit zu tun, dass Sinan fast hundert Jahre alt geworden ist. Es ist genau zu sehen, wie Zeit ihm erlaubte, das, was ihm gefiel, in aller Ruhe zu studieren, solange er wollte. Ich meine, dass er das Problem der Nutzung der Zeit schon damals begriffen hatte, als er auf den Feldzügen in Ungarn sich und den anderen seine Fähigkeit bewies, Zerstörtes wieder aufzubauen. Als er als Bauoffizier erfolgreich und schnell eine Festung im Banat erneuerte (eine wohlbekannte Methode auf Feldzügen: Zerstöre um zu besetzen, und wenn die Besatzung vollzogen ist – baue sofort wieder auf), wollte ihn der Kommandant vor dem Rückzug der Armee als Kommandeur des Außenpostens zurücklassen; dem widersetzte er sich vehement und riskierte wegen Befehlsverweigerung sein Leben. Aber er sah derart entschlossen seine Zukunft vor sich, dass er es auf dem Schlachtfeld irgendwie schaffte, zum Großwesir vorzudringen und von ihm die Rücknahme des Befehls zu erwirken. Viele Jahrzehnte später gelang es ihm, ebenso durch Beobachtung und Hartnäckigkeit, mit vierzehntausend Arbeitern in ganzen sechs Jahren seine schönste Moschee, die Selimiye (eleganter selbst als die Süleymaniye-Moschee) zu errichten. Das Bauen war nur die Ausführung seiner Beobachtungen.«

Ich hatte noch etwas hinzuzufügen.

»Sie ist meiner Meinung nach die schönste Moschee der Welt. Und erst ihre Minarette! Die Idee, in jedem drei Treppenaufgänge zu bauen, so dass drei Personen hochsteigen können, ohne sich dabei zu treffen! Aber bevor ich in Verbindung mit dieser Schönheit noch an etwas erinnere, will ich dir sagen, dass Sinan, wenn es um die Hagia Sophia geht, einen gewissen Wettkampfgeist entwickelte. Lange hielt er seine Obsession geheim, auf eine seiner Moscheen eine Kuppel zu setzen, die größere Ausmaße als bei allen anderen seiner Moscheen hatte. Als ihm das 1575 bei der Selimiye endlich gelang, bedeutete ihm dieser ›Sieg‹, der aus einigen Dutzend Zentimetern bestand, mehr als die Tatsache, dass das Osmanische Reich und wahrscheinlich auch die ganze islamische Welt bis dahin kein schöneres Haus Allahs gesehen hatte.«

Und Pamuk hatte seine eigene Ergänzung.

»Ich denke, er hat das Menschenmögliche erreicht. Die Hagia Sophia war eine zu schwere Bürde sowohl für die christlichen wie auch für die nachfolgenden islamischen Architekten, es ist schwer überhaupt etwas zu bauen, das sie übertreffen könnte. Die Geschichte konnte Sinan kein größeres Kompliment machen als diesen in der Türkei allgemein akzeptierten Satz, der im Grunde nicht den Anspruch erhebt, vergleichen zu wollen: *Hagia Sophia ist die Sonne und Selimiye ist der Mond*.«

»Aber etwas wolltest du mir noch sagen im Zusammenhang mit dieser Schönheit?«, hakte Pamuk nach.

»Ach, ja. Manche vergleichen die Selimiye mit dem Taj Mahal in Agra. Aber ich erwähne das jetzt nicht wegen unserer Vergleiche, sondern weil mir eingefallen ist, dass auch diese Perle persischer Architektur in Indien eigentlich das Erbe von Mimar Sinan ist! Unter den wichtigsten Schöpfern dieses einen Wunders der *sieben Weltwunder*, Taj Mahal (1632-1648), finden sich osmanische und persische Namen: Mehmet Isajeri, Isa Muhamed Effendi, Ustad Isa – sie waren Josifs/Sinans Schüler!«

Jetzt wetteiferten Pamuk und ich. Er holte zum letzten Schlag aus.

»Also, auch der Erbauer der berühmten Sultan-Ahmed-Moschee, noch bekannter als Blaue Moschee am At Meydan, ganz in der Nähe der Hagia Sophia, war Mehmed Aga, Sinans letzter Schüler!«

Gerade als er dachte, er habe mich besiegt, setzte ich mit noch einem Hinweis zum Endspurt an.

»Es gäbe sie gar nicht, zumindest nicht an diesem Ort, am Hippodrom (und man weiß, dass der Sultan verlangte, *ausschließlich* an diesem Ort zu bauen), hätte dabei nicht der Name Sokolović eine Rolle gespielt!«

Pamuk war verblüfft. Das wusste er nicht.

»Wie das?«

»Weil eben an dem Ort das Serail der Familie Sokolović stand, den Mehmed Pascha Sokolović seinerzeit vom Süleyman persönlich erhielt, als er Großwesir wurde. Das Verhältnis seines Vorgängers, des größten aller Sultane, zu einem der größten Großwesire aller Zeiten respektierend, musste Sultan Ahmed mit Mehmed Paschas Sohn den Verkaufspreis dieses Palastes aushandeln. Als er ihn endlich abgekauft hatte (zu einem enormen Preis und ohne jegliches Privileg) – riss er ihn sofort ab, damit auf seinem Fundament die Sultan-Ahmed-Moschee gebaut werden konnte mit seiner und Mehmed Agas Billigung – nach dem Vorbild von Sinans ›Süleymaniye‹.«

»Lass uns zum Wasser zurückkehren«, schlug ich vor. »Weißt du noch, wie sich ›im Wasser‹ unsere beiden Freunde trafen? Bajica, der sich so oft von den überhitzten und argwöhnischen Moslems freikaufte indem er auf den Hadsch ging, ließ Josif ausrichten, er solle ihm in der heiligen Stadt Medina einen Hamam bauen! Keine Moschee, sondern einen Hamam! Dasselbe bestellte er auch in Konja und in Karapinar.«

Wir verabschiedeten uns. Pamuk ging auf die Prinzeninseln und ich blieb, um in der Istanbuler Hitze meine Recherche über Sinans *Testament* abzuschließen. Er wollte in Wassernähe sein und ich wollte, falls ich das fand, was ich suchte, nur das Testament als Belohnung.

Auf diesem Weg überquerte ich zum wer weiß wievielten Mal die Galatabrücke (auf ihrer Ostseite, wo die Genueser immer ihr befestigtes Viertel hatten, kaufte ich von einem fliegenden Händler immer einen frisch gepressten Orangensaft mit einem Geschmack, wie es keinen besseren gab). Diesmal erinnerte ich mich daran, wie leicht diese Brücke hätte von Leonardo da Vinci gebaut werden können, als der Sultan Bajazid II sein Vorhaben verkündete, am Goldenen Horn eine Brücke bauen zu lassen. Die Venezianer empfahlen damals da Vinci, der ihm 1502 einen Entwurf für die größte Brücke der Welt machte – mit einer Länge zwischen 240 und 350 Metern und einer Breite von 24 Metern. Der Sultan lehnte den

Entwurf ab und unterbreitete sein Angebot einem anderen Künstler – Michelangelo. Dieser lehnte desinteressiert ab. So hat diese Kette von Absagen den Bau dieser Brücke um ganze drei Jahrhunderte verzögert.

Als den letzten Willen »meines« Baumeisters bezeichnete ich die kleine Moschee, die der Auftrageber Sinan beim Architekten Sinan bestellt hatte. Oder, wie noch zu sehen sein wird, ist es vielleicht besser zu sagen, der Klient Josif vom Baumeister Sinan. Oder der Auftraggeber vom heimlichen Architekten Josif. Einerlei.

Als ich sie zu guter Letzt zwischen den Wohnhäusern der dicht besiedelten Randlage des Zentrums fand, begriff ich, warum es nicht leicht war, sie zu entdecken: Sie war mehr als schlicht und klein. Eines der beiden am besten zu sehenden Symbole jeder Moschee war hier nicht vorhanden, das andere gerade so. Das heißt, es gab kein Kuppeldach, stattdessen ein Walmdach mit vier geneigten Dachflächen, wie bei einem gewöhnlichen Haus. Eine Moschee ohne Kuppel! Wenn es auch eine kleine war, es kam mir seltsam vor. Und das Minarett! Kaum auszumachen. Es war so niedrig, dass ich im ersten Augenblick nicht erkannte, was das war. Ich war gar nicht erpicht auf große Dimensionen. Ich war nur überrascht. Im Hofteil eine lange Reihe Wasserhähne für die Reinigung und ein zusätzlicher kleiner Hof im angenehmen Schatten der Bäume. An der Wand am Eingang die Inschrift *Mimar Sinan Mescidi Serifi* 1573. Neben dem Eingang ein Schuhregal aus Holz. Drinnen alles nach menschlichem Maß. Im Grunde so, wie es sein sollte. Monumentalität dient anderen Zielen. Hier hatte ein Mensch anderen Menschen eine Botschaft gesandt, und nicht der Sultan der ganzen

Welt.[68] »Meiner« hatte eine Form der Interpretation gewählt. Erst als ich das Bauwerk fotografierte, bevor ich es verließ, merkte ich, dass es mit zweifarbigen Ziegeln gemauert war, die horizontal alternierend angeordnet waren. Wie in Byzanz!

Ob das Signale der Zweigeteiltheit waren, von der man sich nicht lossagen konnte? Vom einen – ja, vom anderen – ja. Aber von beidem – nein.

Etwas später sah ich einen Dokumentarfilm an, der in Anatolien gedreht worden war, in Sinans, genauer Josifs Dorf Agirnas, das damals von griechischer Bevölkerung besiedelt war. Der Film wurde in Wirklichkeit nicht *im* Dorf, sondern *unter* dem Dorf gedreht! Die Bilder zeigten unendliche Tunnel und zahlreiche unterirdische Räumlichkeiten mit einer Gesamtfläche von viertausend Quadratmeter (!), die während der Renovierung eines einfachen, aber geschichtsrelevanten Hauses im Laufe der Jahre 2003 und 2004 entdeckt wurden. Dieses kleine Gebäude, unter dem eine ganze Parallelsiedlung gefunden wurde, war Josifs Geburtshaus. Das Haus, das er verließ, um Jusuf Mimar Sinan zu werden!

Mir kommt es ganz so vor, als habe diese unterirdische Welt unter seinen Füßen (deren Zweck nicht enthüllt wurde) Josifs Schicksal und Beruf bestimmt.

Wie die Fundamente von Bajicas/Mehmed Paschas Karawanserei unter dem Fundament meines eigenen Hauses in Dorćol, sozusagen unter meinen Füßen, das Thema meines Buches bestimmt haben.

Das Ende vom Ende

Als Sinan sich anschickte, seiner einstigen Heimat durch Bauten seine Referenz zu erweisen, durch die Errichtung von Brunnen in Kayseri und in den Regionen Haslar und Vize (Brunnen hatten ja im Alltag einen hohen Gebrauchswert für die einfachen Leute), wurde auch Mehmed von einem ähnlich nostalgischen Gefühl übermannt. Er begann bescheiden und baute in der Belgrader Oberstadt als Wohltäter einen Brunnen, gleich neben der Süleyman-Moschee. Einen weiteren im Dorf Sokolovići, aus dem er stammte. Über umfangreichere Planungen für Belgrad, um die seine Gedanken schon länger kreisten, beriet er sich mit Sinan. Beide hatten ja ohnehin so viele Male Belgrad besucht und gemeinsam durchstreift.

Er trug ihm seine Idee vor.

»Ich habe viel über eine Geschichte nachgedacht, die du mir vor langer Zeit erzählt hast: über die erstaunliche Ähnlichkeit von Aussehen und Lage des Goldenen Horns in Istanbul und des Belgrader Kalemegdan mit seinem Umfeld. Um noch genauer zu werden: Der Istanbuler Topkapi-Palast mit den ihn umgebenden Wällen gleicht völlig der Belgrader Oberstadt mit ihren Wällen! Und so habe ich eine Idee, die dieser Ähnlichkeit einen Sinn gibt und mir

– mit deinem Einverständnis und deiner Verschwiegenheit – die Möglichkeit, eine eher persönliche und intime Botschaft zu hinterlassen.«

Sinan war erfreut.

»Es ist gut, dass du darüber nachgedacht hast. Einige der von uns hinterlassen Spuren müssen einen tieferen Sinn oder eine ernstere Botschaft als die meisten anderen in sich tragen. Ich war es ja, der dich seinerzeit herausgefordert hat. Lass mich hören.«

Und er hörte ihm zu und staunte nicht schlecht.

»Ich habe für den Bau meiner Moschee einen nicht sehr großen freien Platz auf dem Kadirga Plateau gefunden. Da es dort bergig ist, wirst du Probleme mit dem Gefälle haben, doch ich setze darauf, dass gerade das eine Herausforderung für dich darstellt. Egal ob man das Terrain einebnet, ein ziemlich abschüssiger Teil bleibt, den man in Kauf nehmen muss. Wenn du aber erst den Ausblick von dort auf das Marmarameer siehst, wirst du nicht nein sagen. Obwohl die Fläche nicht übermäßig groß ist, hätte ich es gern, dass du mir neben die Moschee auch eine Schule baust. Und im Hof natürlich einen Brunnen. Ich überlasse dir alle Ideen, denn ich weiß, dass du mich nicht als Verschwender und selbstverliebten großen Mann siehst, im Einklang damit wirst du sowohl deine als auch meine Haltung zeigen. Mein einziger Wunsch besteht darin, die Mosaiken in Blau zu gestalten – in einer Zwischen-Nuance zwischen Marmarameer und Donau und Save.

Sinan lachte.

»Na dann. Du hast sicher noch mehr parat. Los, lass es raus.«

»Erinnerst du dich an das Belgrader Untere Dorćol, jenen Teil in der Nähe des Lateinischen Viertels? Nun, hier, in dem Teil, der in die Lange Straße führt, möchte ich eine Karawanserei und einen überdachten Basar bauen. Ich habe gesehen, dass so viele Reisende und Händler dorthin kommen, und es werden noch mehr werden, denn Belgrad entwickelt sich zu einer wichtigen Stadt …«

Sinan unterbrach ihn mit einer Frage.

»Und warum baust du hier und jetzt kein Haus Allahs?«

Bajica sah ihn ein bisschen verächtlich an.

»Machst du Witze? Reicht es denn nicht, dass ich zum Islam konvertiert bin, soll ich jetzt auch noch andere offen dazu aufrufen? Nein, die Serben werden dort auch weiterhin leben und an ihren Gott glauben. Ich will nicht der sein, der daran etwas ändert. Ich würde ja all meine Anstrengungen, der serbischen Kirche zu helfen, ad absurdum führen! Und noch etwas: Meinst du nicht, dass das für die Serben und alle anderen Christen hieße, dass ich ihnen etwas aufs Auge drücke? Nein, sie sollten schon einen sichtbaren Nutzen von allem haben.«

»Aber ich habe das gesagt, weil ich bemerkt habe, dass die Plätze, die du für den Bau vorschlägst, in Stambol wie Belgrad ähnlich sind!«

»Nicht *ähnlich*, sondern *gleich*! *Identisch*! Deshalb mache ich das ja. Ich habe alle Entfernungen präzise ausgemesen und darin einen Sinn gesehen: In beiden Städten sollen meine Stiftungen *entsprechend ihrer Platzierung* wie exakte Kopien voneinander aussehen. Die Südseiten haben einen identischen Abstand vom Marmarameer bzw. von der Donau. An der Ostseite hat die eine die Bucht, die andere die Save … und so weiter. Alle Abstände sind identisch. Aber ich habe in diesem Sinne noch eine Forderung!«

Sinan bewunderte ihn. Was für eine Idee!

»An mich? Welche?«

Dass du die Projekte und alle weiteren Vorbereitungen so ausführst, dass du beide Bauwerke *zur selben Zeit* in Angriff nimmst!«

Sinan war sprachlos. Also hatte Bajica seine anfängliche Idee tatsächlich in ein Meisterwerk verwandelt!

»Fantastisch! Selbst wenn ich nicht könnte, würde ich zusagen. Was für eine Botschaft!«

Der Architekt stürzte sich hoch motiviert in die Arbeit, bereitete mit großer Schnelligkeit alles vor und stellte in nur zwei Jahren gleichzeitig zwei Bauwerke fertig. Das eine war die wunderschöne kleinere, doch nicht zu kleine Moschee.[69] Sie hatte einen steilen, bogenförmigen Eingang nach oben in den Hof, über eine Treppe, *über* der die Schule lag. Die Lösung des komplizierten Problems des großen Gefälles schien jetzt ganz einfach! Die blaue Farbe der Fliesenpaneele übertraf alles! Die Unterrichtsräume, der Hof, die sieben kleineren Kuppeln auf dem Dach der Moschee, die Ausstattung des Gebetsraums – alles wirkte bescheiden, aber mit Liebe gemacht, und nicht nur mit Material.

Zur selben Zeit stellten Sinans Architekten nach seinem Entwurf die Karawanserei und den Basar auf dem Belgrader *Hügel zum Nachdenken* fertig. Obwohl weniger feierlich, zeigten sich die Gebäude in der Stadt wie zwei neue Schönheiten, an denen sich niemand satt sehen konnte. Viele gingen noch weiter. Die Einwohner Belgrads machten sich zurecht, wenn sie den Neuheiten einen Besuch abstatteten. Sie legten die alte Gewohnheit ab, sich im Haus besser zu kleiden als draußen. Mithilfe zweier architektonischer Schönheiten besiegten sie ihren Stolz, den Osmanen ihre eigene Schönheit nicht zu zeigen. Nunmehr wollten auch sie sich zeigen. Die Gebäude wurden begeistert angenommen und in ganz Europa bekannt: Es gab keinen Reisenden, der sie in seinen Aufzeichnungen, Berichten oder Reisebeschreibungen nicht erwähnt hätte (in Abhängigkeit davon, was für ein Reisender es war und in wessen Diensten er stand).

Sinan brachte Mehmed als Geschenk eine Fliese, die genauso gefertigt war wie die über dem Eingang der Belgrader Karawanserei und deren Text sein Freund und Dichter Mustafa Sai Çelebi ersonnen hatte. Dort stand geschrieben: »Jeder, der in dieser Karawanserei eine Nacht verbracht hat, ist fortgegangen.«

Damals begann Bajica für Belgrad das Wort «Stadt« zu benutzen, was Sinan reizte, der mit ihm gern über die Unterschiede beispielsweise zwischen Weiler, Dorf, Kleinstadt, Viertel diskutierte. Und nun brachte er auch noch das Wort »Stadt« an!

Nach Beendigung seiner Arbeiten fragte Sinan ihn: »Und was meinst du, mit dieser Deckungsgleichheit der *zwei Städte* erreicht zu haben?«

Bajica hatte eine Antwort parat.

»Jetzt kann ich in jedem beliebigen Moment mit einem Blick auf dein Werk *hier* denken, dass ich *dort* bin. Und umgekehrt. Ist das nicht großartig?«

»Da hast du recht. Es wäre nicht gut, wenn es nur trostbringend wäre.«

Fünf Jahre später wiederholten sie ihr Gespräch.

Bajica ersuchte Sinan darum, noch eine Moschee zu bauen, etwas größer als die erste, im Istanbuler Stadtteil Azapkapi. Und gleichzeitig in Bosnien, bei Višegrad, eine fabelhafte Steinbrücke über den Fluss Drina.

Die Vorbereitungen und Arbeiten benötigten ausreichend Zeit; schließlich konnten die Leute zwei weitere wunderschöne Bauwerke in Augenschein nehmen, die aus Ideen, Emotionen und durch die harte Arbeit zweier Freunde entstanden waren.[70]

Sinan, der ihn nie zuvor so zufrieden gesehen hatte, fragte, ob er recht habe mit seiner Vermutung, dass Bajica aussieht wie jemand, dessen innigste Wünsche sich erfüllt haben.

Mehmed bejahte das, wobei er noch eine Frage hatte.

»Neben meinen Kindern bist du derjenige, der mir im Leben größtes Glück beschert hat. Deshalb bist du schuld daran, dass ich dir noch ein Geheimnis anvertrauen werde; deine Pflicht wird es sein, es zu wahren.«

»Hast du irgendeine Vorahnung, wenn du mir das mitteilst?«

»Genau. Ich habe schon nicht das Glück, früher geboren worden zu sein, zum selben Zeitpunkt wie du, und so werde ich dich auch nicht überleben. Obwohl, ich müsste zufrieden sein mit meinem Alter, wenn ich es mit deinem vergleiche, du wirst uns alle überleben. Du bist heute bereits neunzig, mit der Chance ewig zu leben! Deshalb bist du mir für mein Geheimnis die sicherste Bank. Also, du kennst ja meine junge Ehefrau Ismahan, ich nenne sie Esma, Tochter von Sultan Selim, Enkelin von Sultan Süleyman, dem Prächtigen, ich nenne ihn Herrscher des Jahrhunderts, und der Sultanin Haseki Hürrem, ich nenne sie Roxelane. Nun, sie wird bald allein bleiben und abgesehen davon, dass sie nach meinem Tod von allen meinen Frauen am besten abgesichert sein wird, hätte ich es gern, dass von Zeit zu Zeit jemand, der mein Freund ist, ein Auge auf sie hat. Sie darf auch weiterhin keine männlichen Nachkommen haben, denn sie ist eine Sultanstochter, hätte sie welche, wäre das eine Gefahr für den Thron. Doch konnte ich sie, so jung wie sie ist, nicht ihrer Mutterschaft berauben, als sie uns heimlich einen Sohn gebar. Ja, er ist schon lange gesund und munter! Ich beließ ihn bei uns, er spielt unseren Diener. Sein Name ist Ibrahim, ich nenne ihn Jovan. Ich wollte nur, dass du das weißt. Niemand wird ihn anrühren, selbst wenn ruchbar würde, zu wem er gehört, aber für alle Fälle sieh du von Zeit zu Zeit nach ihm. Dir wird das nicht schwer fallen. Darin bist du ja bei einer solchen Kinderschar, bei fünf Töchtern und zwei Söhnen mit zwei Frauen ganz geübt. Kurd und Hasan sind bereits erwachsen und um sie ist mir nicht bange. Ach ja, auch sie rufe ich mit anderen Namen.«

Sinan tat nur überrascht, war es aber nicht.

»Du hast dich, wie es aussschaut, rechtzeitig bemüht, denn noch bist du, wie ich sehe, lebendig genug, um dein Erbe zu sichern – an Kindern, Bauwerken, Siegen, Wohltätigkeit ... Nach all dem erwarte ich von dir auch eine Art Vermächtnis. Obwohl ich zugeben muss, es ist irgendwie seltsam, dass all das ich nicht dir hinterlasse.«

»Du willst scherzen. Ja, ich habe dir einige Worte hinterlassen, die du lesen sollst, wenn ich nicht mehr da bin. Ich weiß, dass du mit Sai Çelebi ein Buch mit einem Nachlassverzeichnis vorbereitest, und vielleicht auch ein Vermächtnis. Auch hier hast du das Glück, dass dein Freund ein Mann der Feder ist, und so wird er die eine oder andere deiner schlechten Seiten schönen. Ich werde mich den Interpreten überlassen.«

»Gut. Ich habe verstanden. Auch du treibst Spott mit meinen schlechten Seiten. Aber warum sparen wir nicht Zeit und du erzählst mir jetzt, was in diesem Brief steht? Auf dem Sterbebett wirst du sicher keine Zeit dafür haben oder ich werde nicht in der

Nähe sein. Und ich lese nicht gern Nachrichten meiner toten Freunde.«

Bajica sann darüber nach und traf eine Entscheidung.

»In Ordnung. Aber nur, wenn du diese Sätze als Teil eines weiteren Gesprächs zwischen uns beiden auffasst. Ich werde alle emotionsgeladenen Worte vermeiden, ich möchte, dass es weise klingt. Ich werde dir von einigen meiner Gedanken erzählen, die mich entweder lange Jahre gequält haben oder die Quintessenz solchen Nachdenkens waren:

Ich habe mich zum Beispiel bemüht, übermäßigen Ruhm als Krieger zu vermeiden, denn mit dem gewaltsamen Tod habe ich mich niemals abfinden können.

Ich mag es mehr, mich als weise Person zu sehen, die darauf achtet, was sie sagt, denn als hohen Staatsmann, der darauf achtet, was er nicht sagen will.

Ich weiß, dass ich in mir ständig eine Art Existenzkampf gespürt habe. Ich glaube, das ist wegen des gewaltsamen Verlassens meines Zuhauses. Aber diese Seite hat mir das Geschick vermittelt, mich selbst und andere zu steuern. Ich war ständig auf der Hut und spürte in mir zwei Wege, mich selbst zu steuern: jenen inneren und einen verschleierten, den ich nicht verstand.

Die Erfahrung, welche ich aus nächster Nähe mit der Regentschaft aller Sultane und vieler Befehlshaber machte, mich selbst inbegriffen, ließ mich erkennen, dass es zwei Arten von Herrschern gibt; die, die mit dem Schwert herrschen und das Gros bilden, und die wenigen, die mit dem Schutzschild herrschen. Ein solcher Herrscher – ein Schildträger – war der serbische König Uroš Nemanjić.[71] Er ist mir so etwas wie ein Vorbild. Vielleicht war er aus einem solchen

Holz geschnitzt, vielleicht waren die Umstände für ihn günstig, vielleicht war auch noch etwas anderes im Spiel ... Wobei ich dazu neige, daran zu glauben, dass das etwas mit seiner Ehefrau, der Königin Hélène d'Anjou zu tun hat. Jener Frau, die freiwillig vom Katholizismus zur Orthodoxie übertrat. Aus Liebe zum Glauben und zu ihrem Mann. Denn mir scheint, dass vor allen anderen Gründen für seine Wahl des Schutzschildes die Liebe rangierte.«

Und was hast du, kurz und knapp in einem Satz gesagt, als Quintessenz derer verstanden, die ausschließlich mit dem Schwert herrschen?« Sinan ließ nicht ab von seiner Forderung, eine genaue Antwort zu bekommen.

Die Antwort war bissig.

»Fast alle würden ihre Herrschaft, häufig auch ihr Leben gern mit einem unausgesprochenen, an die Untertanen gerichteten Satz beenden, der ein Zeichen elementarer Schwäche eines solchen Herrschens ist, vielleicht auch ein Zeichen von Ohnmacht: ›Ich befehle euch, mich zu lieben!‹«

Post mortem: Statistik

Koca Mimar Sinan Aga

Die endgültige Liste der Bauwerke Sinans und damit auch deren Anzahl lässt sich schwerlich präzise bestimmen. Die Gründe dafür liegen vor allem in der historischen Distanz von der Zeit, in der er lebte und wirkte, im Fehlen vieler einst vorhandener, aber inzwischen verschwundener Objekte, in der großen Zahl verstreuter Archivquellen und schließlich im Grad ihrer (Un)zuverlässigkeit. Am genauesten und glaubwürdigsten erscheinen drei Verzeichnisse in folgenden Quellen:

1. Tezkiretü'l-Bünyan (ein Text, der dem Großwesir Sijavuš Pascha 1582-1584 gewidmet ist) und

2. Tezkiretü'l-Ebnye (ein Text, der Mustafa Sai Çelebi, dem Autor beider Texte gewidmet ist, er starb 1595).

3. Tuhfetü'l-Mi'marin. (anonymer Autor; der Text entstand sehr wahrscheinlich in den neunziger Jahren des sechzehnten Jahrhunderts).

Die ersten beiden Schriften werden inoffiziell als Sinans Autobiografie betrachtet, denn Mimar Sinan diktierte sie angeblich seinem Freund Sai Çelebi. Einzelne Teile sind in einer unleserlichen Handschrift geschrieben, so dass angenommen wird, dass sie von Sinan persönlich verfasst wurden. Beide Texte erschienen erst kürzlich außerhalb der Bibliothek der Süleymaniye in der Öffentlichkeit; sie wurden als

Buch vom Bauen (Erinnerungen des Architekten Sinan) publiziert.

Leider bieten alle drei Verzeichnisse differente Angaben zur Gesamtanzahl der Bauwerke Sinans. Wenn man alle drei hochrechnet, erhält man als Resultat 477 Projekte. 344 davon tauchen in allen drei Verzeichnissen auf, 40 in zwei, 123 allerdings nur in einem. Hier ist das Beispiel eines vierten Verzeichnisses von Bauwerken nach Typen (Gesamtanzahl 370), von denen behauptet wird, dass sie von Sinan projektiert und gebaut wurden:

- 94 große Moscheen (cami)
- 57 Hochschulen/Fakultäten
- 52 kleinere Moscheen (mescit)
- 41 Bäder (hamam)
- 35 Paläste (saray)
- 22 Grabstätten/Mausoleen (türbe)
- 20 Herbergen (karavansaray; han)
- 17 öffentlicheKüchen (imaret)
- 8 Brücken
- 8 Magazine
- 7 Schulen (medrese)
- 6 Aquädukte
- 3 Krankenhäuser (darüşşifa).

Geplante, aber nicht realisierte Projekte:

- die Eröffnung des Suez-Kanals
- die Verbindung von Don und Wolga durch einen Kanal

Hadschi Mehmed Pascha Sokolović der Grosse

Den Höhepunkt des Osmanischen Reiches bildet zweifellos die Zeit der Herrschaft von Süleyman dem Prächtigen Kanuni (1520–1566). Mit der für die Größe des bereits geschaffenen Imperiums notwendigen Beharrlichkeit setzten seine Nachfolger, sein Sohn Selim II (1566–1574) und sein Enkelsohn Murad III (1574–1595) dieses Vermächtnis fort.

Die sechsundvierzig Jahre währende Regentschaft von Sultan Süleyman wurde von insgesamt zehn Großwesiren (genauer neun, denn einer wurde zweimal auf diese Position berufen) markiert. Im Durchschnitt blieb jeder viereinhalb Jahre (genauer 4,6 Jahre) auf dieser Position. Süleyman übernahm im Zeitraum von 1520 bis 1523 zwei Großwesire als Erbe seines Vaters Selim I. Sie waren die einzigen nichtslawischer Herkunft. Alle folgenden acht (das heißt sieben) ersten Minister seiner Wahl bis zu seinem Tod waren Slawen.

1. Hadim Süleyman Pascha (ein Spross der weißen Eunuchen aus dem Herrschaftspalast)
2. Piri Mehmed (Angehöriger der Ulema) bis 1523
3. Ibrahim Pascha (1523–1536)
4. Ajas Pascha (1536–1538)
5. Lutfi Pascha (1538–1544)
6. Rüstem Pascha Opiković (1544–1553)

7. Kara Ahmed (1553–1555)
8. Rüstem Pascha Opiković (1555–1561)
9. Semiz Ali Pascha (1561–1565)
10. Mehmed Pascha Sokolović (1565–1579)

Am längsten verblieb Rüstem Pascha Opiković auf der Position des Großwesirs (mit einer Unterbrechung von insgesamt fünfzehn Jahren) und danach Mehmed Pascha Sokolović (vierzehn Jahre). Ihnen folgte Ibrahim Pascha (dreizehn Jahre). Alle anderen hatten eine weitaus kürzere Amtszeit.

Der Zeitraum vom Tod Süleymans des Prächtigen Kanuni über den Tod von Selim II bis zur Herrschaft von Murad III (1565–1579), insgesamt vierzehn Jahre, gehörte Mehmed Pascha Sokolović. Er ist der einzige Großwesir, dem während der Regentschaft von drei Sultanen das Staatssiegel anvertraut wurde (er wurde mit Gewalt um seine Stellung und um sein Leben gebracht).

Nach Sokolovićs Ermordung 1579 (nach vierzehnjähriger kontinuierlicher Führung des Staates), über den Tod von Murad III 1595 bis hin zu Herrschaft und Tod seines Sohnes Mehmed III (1603), das heißt, in einem Zeitraum von dreiundzwanzig Jahren, gab es insgesamt dreiundzwanzig Großwesire – d.h. im Durchschnitt einen pro Jahr.

Im Zeitraum von der Eroberung Konstantinopels 1453 bis zum Ende der Herrschaft von Mustafa I (Sohn von Mehmed III) 1623 (das sind die einhundertsiebzig wichtigsten Jahre des Osmanischen Reiches) gab es siebenundvierzig Großwesire. Im Durchschnitt herrschte jeder etwa dreiundeinhalb Jahre (genauer 3,6 Jahre). Mehmed Pascha Sokolović lag mit seinen vierzehn Jahren als Großwesir fast viermal höher als der Durchschnitt.

Anmerkungen

1 Aus eroberten Gebieten wurden Knaben nichttürkischer Abstammung durch das *devşirme* (Knabenlese; Knabenaushebung, Blutzoll, Blutsteuer) in die osmanischen Serails verbracht, wo sie intensiv geschult und für die Eliteeinheiten des osmanischen Heeres – die Janitscharen – oder auch für den Dienst bei Hofe ausgebildet wurden.

2 Im Serbischen hat dieser Begriff, vor allem seit Beginn der neunziger Jahre des 20. Jahrhunderts, eher pejorative Bedeutung, er bezieht sich auf jene damals vorherrschenden Richtungen musikalischer und anderer Inszenierungen, die niederste ästhetische und sonstige Instinkte ansprachen und so das Publikum unterwanderten. Diese Neukompositionen wurden fälschlicherweise als Folklore präsentiert, wozu die Tatsache, dass ihre fernen Wurzeln aus dem nationalen Ethnos herrühren, ausgebeutet wurde. Deren Missbrauch entsprach den kurzsichtigen, populistischen Zielen der nationalistischen Politik. Auf den gleichzeitig bestehenden Komplex aus Tendenzen und Werken, die dem künstlerisch entgegenstanden, wurde der Begriff nicht angewandt, auch wenn manches davon gleichfalls inszeniert war.

3 Türk. *kul* – Sklave, Diener, Vasall.

[4] Beiname Süleymans I. in der Türkei (türk. *Kanuni*), im Abendland <der Prächtige> beigenannt.

[5] Galeotte (ital. *galeotta*) – kleine Galeere mit 16 bis 20 Ruderbänken. Ein recht behändes Kriegsschiff mittlerer Größe, auch bekannt unter dem Namen Galiotte.

[6] Ein Schiff, mit dem zur See schwere Artillerie transportiert wurde.

[7] Ital. *galeotto* (Galeerensklave). Die Etymologie des Wortes, das sich nur durch einen Buchstaben von Galeotte unterscheidet, erklärt eventuell die mögliche Verwirrung, vgl. Anm. 5).

[8] Türk. *kapudan paşa* – Oberster Flottenkommandant im Osmanischen Reich. Dieses Amt hatte Chaireddin (Hayreddin) Barbarossa inne, nach ihm Mehmed Pascha Sokolović und in der betreffenden Zeit Ali Pascha Mujezinzade (Müezzinzade Ali Paşa).

[9] Amtlicher diplomatischer Dolmetscher, Übersetzer, vornehmlich bei ausländischen Vertretungen in der Türkei. Hier wohl eher bezogen auf einen Emissär, Gesandten.

[10] Schriftliche Anweisung, Erlass, Verordnung des Sultans. Die Urkunde wurde durch die Tughra (türk. *tuğra*), das Sultanssiegel, einem Monogramm aus Namenszug und Titel, beglaubigt.

[11] Türk. *fikir bayır* (<Hügel zum Nachdenken>). Bezeichnung für die Anhöhe, auf welcher die Festung errichtet wurde.

[12] Von türk. *kale* – Burg, Festung und meydan – Feld. <Burgfeld>.

[13] Von lat. *Antemurale Christianitatis*.

14 Dem byzantinischen Kaiser und Geschichtsschreiber Konstantin Porphyrogennetos zufolge besiedelte der slawische Stamm der Serben die byzantinische Stadt Singidon zu Beginn des 7. Jahrhunderts. Die Serben nannten die Stadt *Beli Grad*, Weiße Stadt, wegen des weißen Kalksteinmassivs, auf dem sie sich befand, und wegen der hier vorgefundenen weißen Festung, in welche Felsgestein des gleichen geologischen Sediments verbaut worden war.

15 Arab. <Haus des heiligen Krieges>

16 Wie auch im Falle des Sinan, dessen Familie im Osmanischen Reich lebte, wurden ausnahmslos Kinder fremder Abstammung – der unterworfenen christlichen Völker wie auch islamisierter Bosnier und Arbanassen – gewaltsam zu den Janitscharen gezwungen.

17 Sokolović erhielt den Beinamen <Der Lange> (türk. *Tavil*) hauptsächlich aufgrund seiner ausgesprochen schlanken Gestalt, welche seine Körpergröße noch unterstrich.

18 Von türk. *terazi* – Vorrichtung oder Platz zum Wiegen von Lasten wie auch zum Austarieren von Gewichten.

19 Aus dem Französischen (von griech. παιδιον – Kind, Sklaven- oder Dienerjunge; neulat. – *pagius*, italien. – *paggio*). Frühere Bedeutung: ein junger Adliger, der sich auf den Ritterdienst vorbereitet und/oder eine junger Adliger im Dienste eines Herrschers; Knappe.

20 Statthalter (heute im Sinne von Gouverneur) der größten militärisch-administrativen Gebietseinheit des Osmanischen Reiches, dem Beglerbegluk.

21 Oberster Feldherr.

22 Maritza, Marica (serb. u. bulgar.), Ebros (griech.).

23 Die Stadt Svilengrad im heutigen Bulgarien.

24 Angehörige der leichten Reiterei, welche aus der türkischen wie auch aus der islamisierten angestammten Balkanbevölkerung formiert wurde. Hierbei handelt es sich um Verbände, die ausnahmslos in den Grenzregionen des Osmanischen Reichs bestanden und einem strengen Reglement unterlagen. In Zeiten außerhalb von großen Kriegszügen hatten sie die Aufgabe, unentwegt in das fremde Gebiet einzufallen und den Gegner zu verunsichern.

25 Kompanie des Janitscharenkorps. Eine Orta umfasste 400 Mann.

26 Radovan Samardžić. *Mehmed Sokolović.* Belgrad 1971.

27 Nach heutigem Verständnis der oberste Finanzbeamte innerhalb der Zentralgewalt. Außer dem Großdefterdar in Konstantinopel besaß der Staat auch einen defterdar für jede einzelne Provinz und jeden Paschaluk.

28 Türk. *çelebi.* Eigentlich eine Ehrenbezeichnung für einen Gebildeten edler Herkunft, d.h. für einen adligen Herrn; zuweilen auch gebraucht als informeller Standestitel eines Prinzen. In späterer Zeit nahm die Bezeichnung in Einzelfällen den Beiklang eines Personennamens an.

29 Geistlicher Führer der islamischen Weltgemeinschaft.

30 Aus dem Persischen <königlicher Herr>, Großherr, der Ehrentitel vereint in sich die Bedeu-

tungen von Herrscher, Kaiser, Souverän, Großsultan (einer der Titel osmanisch-türkischer Sultane).

31 Gleichbedeutend mit dem Titel eines Janitscharenagas.

32 <Steigbügelhalter>. Der im persönlichen Dienste des Sultans stehende Hofmann hatte die Aufgabe, dem Sultan beim Aufsitzen in den Sattel zu helfen und ihn, neben ihm her laufend, bei Ausritten zu begleiten. Dem Schoß des Sultans noch näher zu sein, war kaum möglich. Diese zunächst unbedeutend und auch eher beschämend anmutende Rolle bei Hofe verweist deshalb durchaus aufs Gegenteil: auf das uneingeschränkte Vertrauen des Herrschers zu denjenigem, den er mit diesem Dienst betraut.

33 <Kleiderhüter>, Kämmerer. Ihm oblag die Betreuung der Kleider seines Herrn.

34 Kommandeur der Schwertträger des Sultans, zuständig für das persönliche Rüstzeug des Herrschers.

35 Truchsess, der Verantwortliche für die herrschaftliche Tafel; er hatte jedes Gericht und Getränk, welches dem Sultan gereicht wurde, vorzukosten.

36 Türk. *kapıcıbaşi* – Rangältester unter den Befehlshabern der Torwächter, der Serailwache.

37 Erlasse und Befehle, wonach Untertanen zu erdrosseln oder auf sonstige Art und Weise umzubringen waren.

38 Militärischer und administrativer Verwalter eines Sandschaks. Mehrere Sandschaks bildeten ein Beglerbegluk (oder auch Paschaluk).

39 Oberster Baumeister/Erbauer/Architekt; einer der Bestandteile dieses Titels – *mimar* (<Architekt>) – wurde im Falle des Sinan zum festen Beinamen: Mimar Sinan.

40 Türk. *siamet* – großes Dienstgut (Militärlehen).

41 Türk. *vakıf* – Stiftung, deren Einkünfte der Stifter für den Unterhalt religiöser Einrichtungen oder von Bildungsanstalten bestimmt oder generell dem Gemeinwohl, d.h. wohltätigen Zwecken widmet.

42 Türk. *müte-velli* – Verwalter eines Vakufs nach dem Scheriat oder laut Stiftungsurkunde.

43 Oberster Barbier im osmanischen Serail.

44 1548/49.

45 Türk. *alaybeği* – Kommandant der Spahi, der zur Heerfolge verpflichteten Lehensreiterei, in einem Sandschak.

46 Der Ort ist von Belang, denn von ihm leitet sich der Name her, unter welchem der Sohn als türkischer Geschichtsschreiber bekannt wurde: *Ibrahım Peçevi.*

47 Die Medresse ist eine beliebige Schule für mittlere oder höhere Bildung, *mektebı/mektep* hingegen steht für Grundschule.

48 Gemeint ist die berühmte Lieblingsfrau Süleymans, die ehemalige Sklavin Roxelane, Tochter eines russischen orthodoxen Priesters.

49 Kommandeur eines Kriegs- oder auch Handelsschiffes; Befehlshaber einer Flottille oder eines Teils von ihr.

50 Namentlich dieses Aussehen war der Grund da-

für, dass er im Serail zuerst von den Frauen und bald auch von allen Übrigen <der Lange> gerufen wurde, und häufig wurde diese Epitheton auch Bestandteil seines Rufnamens; vgl. Anm. 17.

51 Türk. *vali* – Provinzstatthalter im Osmanischen Reich.

52 Fumées Schrift wurde 1594 unter dem Titel *Histoire générale des troubles de Hongrie et de Transilvanie* publiziert (dt. Historia von den Empörungen, so sich im Königreich Ungarn auch in Siebenbürgen, Moldaw, in der Bergische Walachey und andern Örthern zugetragen haben, 1596).

53 Türk. *mescit* – kleine, weniger bedeutende Moschee, im Unterschied zur cami. Muslime können alle Gebete individuell verrichten, ausgenommen das Freitagsgebet und die Gebete zum Bayram-Fest, welche gemeinschaftlich in der *cami* (Freitagsmoschee) verrichtet werden. In den kleinen Wohngebietsmoscheen im türkischen Einflussbereich konnte man sich folglich sehr wohl niederwerfen, allerdings nicht Freitags und nicht zum Bayram. Oftmals besaßen sie auch kein Minarett.

54 Das verpflichtende Freitagsgebet. Im Übrigen findet sich im Tagebuch über den Feldzug von Sultan Süleyman gegen Belgrad, dessen Inhalt Süleyman persönlich diktierte, in diesem Zusammenhang Folgendes: »Mit Gottes Hilfe wurde die Feste Belgrad heute eingenommen … Von der Burg herab ließen städtische Muezzine den Gebetsruf erschallen.« Und weiter: »Freitag … Der erhabene Sultan hat die neu gebaute Brücke glücklich überquert und Einzug in Belgrad gehalten. Er hat das

Freitagsgebet gebetet. Die untere Kirche ließ er zu einer Moschee umgestalten.«

55 So wie Rumeli (Rumelien) die alte Bezeichnung für den europäischen Teil des Osmanischen Reiches ist, steht Misir für Ägypten.

56 *Sebilj*, öffentlich zugänglicher Brunnen.

57 Von den ersteren sei die Monografie über die ägyptische Hauptstadt *Tausend Jahre Kairo* hervorgehoben, von letzteren der Roman *Al-Zaini Barakat* (dt. Seini Barakat, Diener des Sultans, Freund des Volkes).

58 Über Mahfuz hat er zwei Bücher geschrieben. Die Jahre ihrer Kindheit brachten sie kaum zwanzig Meter voneinander entfernt zu, in derselben Straße (durch die wir gemeinsam spazierten). Wie er zu mir sagte, sei er jetzt dessen ältester noch lebender Freund.

59 In Europa ist dieses Amt des Obersten Gutachters des (Glaubens-)Rechts zumeist unter der Bezeichnung Großmufti bekannt. Ebussuud persönlich hat viel für die Oberhoheit des Gerichts über das Militär geleistet. Seine Reform des osmanischen Staatsrechts führte zur festen Verankerung der *Ulema* (der Wissenschaft und der Glaubenslehre) im gesamten System.

60 Vielen gilt er als der beste Korandeuter aller Zeiten.

61 <Stütze>

62 Deutschland.

63 Ungarn.

64 Während der nächstfolgenden dreißig Jahr nahmen ausnahmslos Angehörige der Familie Soko-

lović das Amt des Patriarchen von Peć, d.h. der Serbischen orthodoxen Kirche ein: Makarije (1557–1571), Antim (1571–1575), Gerasim (1575–1586) und Sava(tije) Sokolović (1586).

65 <Neuer Hamam>.

66 Sinan fehlte nur ein einziges Jahr zur Vollendung eines ganzen Jahrhunderts. Er brachte es auf neunundneunzig Jahre. Auch Mehmed hätte wohl noch lange, wenn auch vielleicht nicht so lange, zu leben gehabt, wäre er nicht in seinem vierundsiebzigsten Lebensjahr, was freilich kein allzu hohes Alter bedeutet, als ein noch völlig vitaler und aktiver Mann von der Hand eines fanatischen Anhängers des Hamzevikultes zu Tode gekommen.

67 Das aus dem Griechischen stammende Wort steht für Pferderennbahn. Im Türkischen lautet die entsprechende Bezeichnung (auch für den betreffenden Platz in Istanbul) *at meydanı*, gebildet aus den Wörtern *at* <Pferd> und *meydan* <Feld>.

68 Nach der Errichtung so vieler größerer wie kleinerer, jedoch gleichermaßen bedeutender Bauten, welche alle fünf Jahrhunderte überdauern sollten und welchen das Osmanenreich seine türkisch-islamische wie auch weltliche Kultur verdankte, wurde Mimar Sinan von seinem Herrscher reich beschenkt. Erhalten ist ein Vakuf (schriftlicher Erlass zur Gründung von Besitztum) von Sultan Süleyman aus dem Jahre 1563, wonach Sinan über folgendes Vermögen verfügen durfte: achtzehn Gebäude, achtunddreißig Werkstätten, neun Wohnhäuser, ein Feld, eine Mühle, drei Springbrunnen, eine kleine Moschee und eine Schule.

Die hier mit aufgelistete »kleine Moschee« ist diejenige, von der soeben die Rede ist.

69 Die Sokollu-Mehmed-Pascha-Moschee in Kadirga (*Kadırga*) wurde im Verlaufe der Jahre 1571/72 vollendet. Ebenso der überdachte Basar und die Karawanserei in Dorćol, dem sog. türkischen Viertel in der Belgrader Altstadt.

70 Die Sokollu-Mehmed-Pascha-Moschee in Azapkapi (*Azapkapı*) wurde in den Jahren 1577/78 vollendet. Ebenso die Drinabrücke im bosnischen Višegrad (s. Ivo Andrićs Roman *Die Brücke über die Drina*).

71 Uroš Nemanjić herrschte über Serbien von 1243 bis 1276.

Anmerkung der Übersetzerin

Um die Lesbarkeit des Romans nicht unnötig zu erschweren, habe ich dort, wo eingedeutschte Varianten von Namen, Titeln, Begriffen und Bezeichnungen den deutschsprachigen LeserInnen bereits vertraut bzw. in deutschen Nachschlagewerken vorhanden sind, diese möglichst auch verwendet.

Die türkischen Namen von Städten, Stadtvierteln u. ä. habe ich beibehalten.

Teilweise unterschiedliche Schreibungen z. B. bei Namen sind vom Autor beabsichtigt. Das Anmerkungssystem stammt vom Autor selbst.

Angela Richter

Über den Autor

Vladislav Bajac, geb. 1954 in Belgrad, ist Romancier, Erzähler und Dichter.

Er studierte an der Philologischen Fakultät in Belgrad, Bereich Jugoslawische Literaturen und allgemeine Literaturwissenschaft. Neben seinem schriftstellerischen Wirken war er als Journalist, Literaturübersetzer und Verleger tätig.

Aus dem Englischen übersetzte er eine Vielzahl von literarischen Texten sowie mehrere Anthologien und Bücher, darunter: *The Poets of the Beat Generation* (1979), *Trip. A Guide to Contemporary American Poetry* (mit Vladimir Kopicl, 1983), *Zen Storys* (1980, 1982, 1984, 1995 und 2000), Leonard Cohens Gedichtband *The Energy of Slaves* (1981) sowie die *Chán-Storys* (1982).

Mit Bora Đoković gab er die Anthologie *Najnovija beogradska priča* (Die neuste Belgrader Erzählung) heraus.

Gedichtbände: *Koji put do ljudi vodi* (1972, Welcher Weg führt zu den Menschen); *Put haiku* (1988, Der Weg des Haiku). 1991 und 1993 war er Gewinner des weltweiten Wettbewerbs *International Itoen Haiku Poetry Contest* in Tokio, Japan.

Prosabände: *Evropa na leđima bika* (1988, Europa auf dem Rücken eines Stiers), *Podmetači za snove, Geopoetične basne* (1992, *Untersetzer für Träume,*

Geopoetische Fabeln), für den er 1995 den Preis »Stevan Pešić« für den besten Prosaband des Jahres erhielt.

Romane: *Knjiga o bambusu* (1989 und 1992, Das Buch vom Bambus), *Crna kutija, Utopija o naknadnoj stvarnosti* (1993, Schwarze Schachtel, Utopie einer nachträglichen Wirklichkeit; Arbeitsstipendium der Borislav-Pekić- Stiftung), *Druid iz Sindiduna* (1998, Der Druide aus Sindidun; Auszeichnung »Sechster April« für den besten Roman über Belgrad, Preis der Branko-Ćopić- Stiftung der Serbischen Akademie der Wissenschaften und Künste für das beste Buch des Jahres, Auszeichnung »Goldener Bestseller«), *Bekstvo od Biografije. Život u osam imena* (2001, Flucht vor der Biografie. Ein Leben in acht Namen; Auszeichnung »Hit Libris«), *Evropa ekspres, Roman u pričama* (2003, Europa-Express, Roman in Erzählungen; Internationaler Preis »Goldener Ring« für das künstlerische Werk, Skopje, Mazedonien).

Für den Roman *Hamam Balkania* erhielt er 2008 den »Balkanika«-Preis für das beste in einer Balkansprache veröffentlichte Buch. Es wird z. Zt. in weitere elf Sprachen übersetzt.

Ausgewählte Werke in sieben Bänden (2000 bis 2003).

Gedichte und Prosa von Valdislav Bajac wurden in zahlreiche Sprachen übersetzt. Einzelne Bücher des Autors sind in Frankreich, Mazedonien, Bulgarien, Russland und Italien erschienen. Mehrere seiner Texte wurden dramatisiert und im Ausland aufgeführt.

Vladislav Bajac ist der Begründer des Verlags *Geopoetika* und Vizepräsident des Serbischen PEN-Zentrums.

Der Autor lebt in Belgrad.

Inhalt

Hamam oder die Kunst zu leben 7

Vor Beginn 10

Das Ende 19

Ganz zu Beginn 22

Kurz vor dem Ende 26

Nach dem Beginn 28

Vor dem Ende 33

Kapitel I 39

1. Kapitel 42

Kapitel II 46

2. Kapitel 50

Kapitel III 56

3. Kapitel 59

Kapitel IV 62

4. Kapitel	65
Kapitel V	68
5. Kapitel.	73
Kapitel VI	76
6. Kapitel	88
Kapitel VII	98
7. Kapitel	104
Kapitel VIII	113
8. Kapitel	117
Kapitel IX	124
9. Kapitel	129
Kapitel X	141
10. Kapitel	149
Kapitel XI	160
11. Kapitel	167
Kapitel XII	175
12. Kapitel	182
Kapitel XIII	185

13. Kapitel	191
Kapitel XIV	196
14. Kapitel	201
Kapitel XV	208
15. Kapitel	215
Kapitel XVI	220
16. Kapitel	224
Kapitel XVII	227
17. Kapitel	230
Kapitel XVIII	235
18. Kapitel	242
Kapitel XIX	247
19. Kapitel	251
Kapitel XX	256
20. Kapitel	266
Kapitel XXI	271
21. Kapitel	276
Kapitel XXII	282

22. Kapitel 291
Kapitel XXIII 297
23. Kapitel 306
Kapitel XXIV 315
24. Kapitel 321
Kapitel XXV 329
25. Kapitel 333
Kapitel XXVI 341
26. Kapitel 347
Kapitel XXVII 357
27. Kapitel 361
Kapitel XXVIII 369
28. Kapitel 378
Kapitel XXIX 388
29. Kapitel 398
Kapitel XXX 413
30. Kapitel 423
Nach dem Ende (Wasser) 430

€ 20,88

Das Ende vom Ende 440

Post Mortem: Statistik 449

Koca Mimar Sinan Aga 450

Hadschi Mehmed Pascha Sokolović der Große 452

Anmerkungen 454

Anmerkung der Übersetzerin 464

Über den Autor 465

Inhalt 467